Jana Engels wurde 1978 in Berlin geboren. Seit 2002 lebt sie in der Nord-Eifel. Mittlerweile blickt sie auf die Veröffentlichung einiger Romane zurück, in denen es um Liebe, Familie und Verwicklungen geht. Neben Spannung und fesselnden Emotionen findet sich auch immer eine Prise feinen Humors in ihren Geschichten.

JANA ENGELS

WEIHNACHTSCHAOS IM Gutshof ZUM Glück

Erstausgabe November 2022

Copyright © 2022 dp Verlag, ein Imprint der
dp DIGITAL PUBLISHERS GmbH
Made in Stuttgart with ♥
Alle Rechte vorbehalten

Weihnachtschaos im Gutshof zum Glück

ISBN 978-3-96087-996-4
E-Book-ISBN 978-3-96087-893-6

Covergestaltung: Herzkontur – Buchcover & Mediendesign
Umschlaggestaltung: ARTC.ore Design
Unter Verwendung von Abbildungen von
shutterstock.com: © Tommy Haugsveen, © Tohuwabohu1976, ©
Kindlena, © Billion Photos, © by-studio, © klyaksun, © Aksenova
Natalya
Lektorat: Ulrike Maria Berlik
Satz: dp DIGITAL PUBLISHERS GmbH
Druck und Bindung: Books on Demand GmbH, Norderstedt

1 – Dr. Carolina Beeken

„Habt ihr noch Kaffee?" Carolina betrat abgehetzt das Schwesternzimmer und warf einen hoffnungsvollen Blick auf die Kaffeemaschine.

„Gott sei Dank", seufzte sie, als sie die Kanne bis zur Hälfte mit dem tiefschwarzen Gebräu gefüllt sah. Zielstrebig und ohne auf eine Antwort zu warten, ging sie zum Küchenschrank hinüber. Mit schnellem Griff nahm sie einen Becher und füllte ihn schwungvoll. Der Kaffee schmeckte zwar scheußlich, aber er erfüllte seinen Zweck. Sie brauchte unbedingt einen ordentlichen Schub Koffein, bevor sie weitermachen konnte. Erst jetzt drehte sie sich erschöpft schnaufend um, lehnte sich an den Küchenschrank und blickte über den Rand der Tasse in die fragenden Augen von Verena und Melli. Die beiden Stationsschwestern saßen gerade beim verspäteten Frühstück.

„Ich muss gleich zur Visite auf die Drei, Sinzenich ist schon wieder ausgefallen und ich springe für ihn ein", erklärte sie und pustete in den Kaffee.

„Schon wieder ausgefallen' klingt sehr schmeichelhaft. Erwartest du ernsthaft, dass er in den paar Tagen vor Weihnachten noch mal wiederkommt? Ich denke, der Zug ist abgefahren."

Melli arbeitete nicht nur wie Carolina im Klinikum Sankt Vith, sie war auch ihre beste Freundin. Carolina und sie hatten oft über Sinzenich, Carolinas Einsatz und die mögliche Nachfolge gesprochen. Sie waren dabei immer wieder zu eben diesem Schluss gekommen. Sinzenich war raus und das führte dazu, dass Carolina vorerst für zwei arbeiten musste.

„Natürlich kommt er vorher noch mal wieder. Er wird doch nicht sang- und klanglos von der Bühne verschwinden. Dafür ist er viel zu lange in der Klinik beschäftigt gewesen."

„Klar kommt er wieder. Zum Tschüss sagen." Verena schlug sich mit ihrer knappen Bemerkung eindeutig auf Mellis Seite.

„Ihr dürft nicht vergessen, dass er krank ist und dazu auch noch gern etwas von seinem Ruhestand genießen würde, bevor er abtritt. Ist doch klar, dass er mehr auf sich achten muss." Carolina nahm Oberarzt Sinzenich in Schutz. Sie übernahm die Aufgaben trotz aller Mühe gern. Sie stand so kurz vor der Beförderung und sie wollte sie auch. Der Zeitraum, in dem sie ihn nur vertreten durfte, war absehbar. Noch einen Monat und dann hatte sie es geschafft.

„Wenn du nicht bald mehr auf dich achtest, bist du noch vor Monatsende verhungert. Deine Klamotten sitzen verdächtig locker. Willst du noch schnell was essen?" Melli schob ihre Tupperdose über den Tisch, in der zwei Vollkornbrote und ein paar Partytomaten lagen.

„Nein, danke." Carolina winkte mit erschöpftem Lächeln ab. „Im Moment reicht mir der hier vollkommen", sie hob die Tasse leicht an, „und ich muss auch sofort wieder los. Irgendwer in diesem Haus muss ja arbeiten."

„Hört, hört. Ist die Beeken etwa unzufrieden? Und ich dachte, sie wäre scharf auf den Job vom Sinzenich und könnte sich nichts Besseres vorstellen, als sich für alle hier von morgens bis abends den Arsch aufzureißen."

Melli kicherte und stupste Verena mit dem Ellenbogen an, welche gleich darauf albern hinzufügte: „Wahrscheinlich steht sie auf den Alten und nicht auf seinen Job, so wie sie sich für ihn einsetzt."

Melli, die sich die Brotdose wieder herangezogen und eine Tomate genommen hatte, ließ diese fallen, riss theatralisch die Augen auf und hielt sich die Hand vor den weitgeöffneten Mund. „Du meine Güte, meinst du etwa wirklich, die Beeken steht auf Sinzenich?! Aber, das wäre ja ein Skandal!"

Beide lehnten sich auf ihren Stühlen zurück, verschränkten demonstrativ die Arme und machten eine bedeutungsschwere Pause, in der sie Carolina von oben bis unten musterten.

„Was wohl seine Frau davon halten mag?", wendete sich Verena dann wieder an Melli.

„Hoffentlich macht dieses Geheimnis nicht die Runde im Haus. Du weißt doch, wie hier getratscht wird." Für den letzten Satz hatte Melli sich mit dem Oberkörper zur offenen Tür gelehnt und ihn deutlich lauter gesprochen als nötig.

Nun gackerten beide amüsiert um die Wette. Carolina seufzte ebenfalls belustigt und zog nachsichtig die Augenbrauen über den Unfug der beiden Krankenschwestern hoch.

„Ihr seid zwei blöde Schnepfen", erklärte sie dann lächelnd, als Verena und Melli mit Tränen in den Augen nach Luft schnappten. „Ich stehe nicht auf ihn und ich nehme ihn keineswegs in Schutz.“

„Aber?“ Melli wischte sich die Augenwinkel trocken und blickte Carolina neugierig an.

„Kein Aber.“ Carolina gab unter den neugierigen Blicken der beiden Frauen einen kräftigen Schuss Milch in ihren Kaffee. Nicht, weil sie das Getränk mit Milch lieber genoss, sondern um ihn abzukühlen. Dann stürzte sie den Inhalt der Tasse hinunter und stellte sie entschlossen ins Becken für den Abwasch.

„Wenn ich nachher vorbeikomme, spüle ich“, versprach sie, aber Verena winkte ab.

„Falls du später vorbeikommst, sind wir längst fertig. Geh du dich lieber mal um Sinzenichs Visite kümmern, Frau zukünftige Oberärztin.“

Abrupt hielt Carolina in ihrer Bewegung inne. „Weißt du etwa schon was, Verena?“ Sie sah die stämmige Blondine eindringlich an.

„Na ja, nichts Offizielles, nur das Übliche, das, was eh alle wissen. Sinzenich geht und Farbach erzählt, wie sehr du für die Nachfolge geeignet bist“, wehrte sie ab.

Carolina zögerte einige Sekunden. Im Grunde hätte sie bereits auf dem Weg zu Station Drei sein müssen, aber vielleicht wusste Verena noch mehr.

„Aber ich weiß was. Nämlich, dass du den guten Parkplatz los bist, noch bevor du ihn bekommen hast, wenn du dir hier weiter die Beine in den Bauch stehst und schwatzt“, brachte sich Melli belehrend ein und bewegte ihre Hände wedelnd vor ihrem Oberkörper. Gerade so, als wolle sie eine Schar Hühner vertreiben.

„Husch, husch.“

„Schon gut, du hast ja recht." Carolina gehorchte und verließ das Schwesternzimmer.

„Von nichts kommt nichts", hörte sie ihre Freundin rufen, nachdem sie schon einige Meter den Flur entlanggegangen war, und drehte sich nochmals um.

„Ich bin ja schon unterwegs." Mit einem Lächeln auf den Lippen verließ Carolina die Station und war kurz darauf wieder vollkommen in die Arbeit versunken.

An die Beförderung und die Albernheiten im Schwesternzimmer dachte Carolina erst wieder nach Dienstende, als sie durch die große Glastür der Sankt Josef Klinik hinaus in die kalte Dunkelheit schritt. Es war gerade erst vier, aber die Sonne hatte sich bereits hinter den Bergen verkrochen. Sie fröstelte.

Carolina mochte den Winter, die schneebedeckten Felder, die sich weit über die Berge der ostbelgischen Eifel erstreckten und von dunklen, dichten Wäldern begrenzt wurden. Sie liebte den Anblick, wenn sich dicke Schneeschichten auf den Ästen der Bäume sammelten. Jedes Mal, wenn die Wildtiere sich auf der großen Wiesenfläche hinter ihrem Wohnhaus einfanden, weil ihr Sohn Lucas Leckereien aus seinen Kastanien- und Eichelvorräten dort verteilt hatte, ging ihr das Herz auf. Der Siebenjährige hatte den ganzen Herbst über eifrig daran gearbeitet und genoss, wenn die Tiere des Waldes zu Besuch kamen.

Den kurzen Tagen konnte Carolina jedoch nichts abgewinnen. Sie schlugen ihr hin und wieder aufs Gemüt, sodass es sie immer viel Kraft kostete, dieser Schwermut nicht einfach nachzugeben, sondern aktiv und positiv gestimmt zu bleiben.

Ein kräftiger Wind wehte Carolina nun vor dem Klinikum entgegen und trieb den herabfallenden Schnee munter vor sich her. Die dicken Flocken stoben ihr auch ins Gesicht, sodass sie die Augen zusammenkniff und den Kopf zwischen die Schultern zog. Der dicke rote Strickschal bedeckte nun ihren Mund und die Nasenspitze. Die Hände stopfte sie trotz Handschuhen in die Manteltasche und setzte sich vorsichtig in Bewegung. Der neue Schnee knirschte mit jedem Schritt unter ihren Schuhen. Carolina warf einen beiläufigen Blick aus den schmalen Augen auf die klaffende Lücke zwischen den Fahrzeugen der Klinikleitung und denen der anderen leitenden Ärzte. Den freien Stellplatz von Oberarzt Dr. Sinzenich zierte eine dünne Schicht Neuschnee, gleichmäßig wie Zuckerguss. Carolina schnaufte, während sie gegen den Wind und die Schneeflocken anstapfte, immer weiter fort von der Klinik, zum Parkplatz für das normalsterbliche Krankenhauspersonal. Wenn sie wenigstens ausnahmsweise schon hier vorne parken dürfte. Aber nein. Der Parkplatz gehörte Sinzenich, auch wenn er ihn nicht brauchte und Carolina seine Arbeit übernahm. Er könne schließlich jederzeit kurzfristig im Krankenhaus erscheinen, hatte Farbach, der Direktor der Klinik festgestellt und Carolina auf die übrigen Plätze verwiesen, die nun auch keine Weltreise entfernt seien. Sie sah auch ein, dass er recht damit hatte und wusste, dass sie auf hohem Niveau jammerte. Angenehmer war ein Parkplatz vor der Haustür dennoch, vor allem jetzt, da sich der Eifeler Winter von seiner besonders ungemütlichen Seite zeigte.

Selbstredend wünschte Carolina ihrem betagten Kollegen schnelle Besserung, und dass er bald wieder zur Arbeit kommen könnte, und ebenfalls gönnte sie ihm nach so vielen gemeinsamen Arbeitsjahren einen würdigen Abschied in den Ruhestand. Immerhin war der alte Sinzenich ihr stärkster Fürsprecher gewesen, als es darum gegangen war, seine Nachfolge zu planen.

Vier Wochen lagen noch vor ihr. Am ersten Januar würde sie ihren Dienst als Oberärztin Dr. Carolina Beeken antreten. Die jüngste Oberärztin, die diese Klinik je gesehen hatte, und dieser Parkplatz vor der Haustür gehörte selbstredend zum schmückenden Beiwerk ihrer neuen Position. Wichtig war, dass es für Carolina auf der Karriereleiter endlich nach oben ging. Viel zu lang hatte sie sich von anderen Dingen oder Personen ablenken lassen.

Augenblicklich dachte sie an Olaf, den verheirateten Arzt aus Köln. Er hatte sie viel zu lange mit seinen Versprechungen hingehalten, ihr die wahre Liebe vorgegaukelt und dann das Herz gebrochen. Aber er sollte definitiv der Letzte gewesen sein, der sich so etwas mit ihr erlaubte. Carolina war nicht dumm. Das stellte sie an jedem einzelnen Tag bei der Arbeit in der Klinik unter Beweis. In Sachen Männer hatte sie bisher aber immer ein unglückliches Händchen bewiesen. Es war das Gesetz der Serie, hatte mit Phillip angefangen, sich fortgesetzt und mit Olaf geendet. Einer wie der andere hatte sie ausgenutzt und Carolina war klar geworden, dass sie etwas Grundlegendes an ihrem eigenen Verhalten ändern musste. Deshalb hatte sie vor knapp einem Jahr beschlossen, eben dieses unglückselige Händchen gänzlich von den Herren der Schöpfung zu lassen. Sie kam mit ihrem Sohn Lucas, Resultat einer dieser Begegnungen, bestens allein zurecht und er war es auch, der mit seiner Anwesenheit in ihrem Leben dafür sorgte, dass Carolina nicht verbittert darüber geworden war. Egal wie schief alles gelaufen war. Lucas würde sie um nichts in der Welt wieder hergeben. Allein die Vorstellung, ohne ihn zu sein, löste unerträgliche Qualen in ihr aus.

Nachdem sie diese rigorose Entscheidung erst einmal gefällt hatte, war es Carolina unerwartet leichtgefallen, die Suche nach dem Mann fürs Leben aufzugeben. Sie hatte von jetzt auf gleich eingesehen, dass es für sie einfach nicht den Richtigen gab und dass sie auch niemanden brauchte. Rückblickend erkannte sie, dass mit einer Beziehung am Hals die Heirat höchstwahrscheinlich der nächste Schritt gewesen wäre. Ganz bestimmt hätte es dann bald weitere Geschwister für Lucas gegeben und dann wäre möglicherweise die Wahl für Sinzenichs Nachfolge auf einen anderen gefallen.

Damals mit Olaf hätte sie noch Ja zu allem gesagt, aber jetzt ... Ihr Herz hatte genug gelitten, genug Trennungsschmerz durchlebt. Offensichtlich war Carolina ein anderer Lebensweg bestimmt und so, wie es jetzt war, schien es perfekt. Sie hatte ein klares Ziel vor Augen und würde sich nicht mehr durch emotionale Achterbahnfahrten aus der Bahn werfen lassen.

Carolina stapfte vorbei an einem der geschmückten Tannenbäume, die den Eingang des Parkplatzes beleuchteten. Am anderen Ende der Freifläche, einsam unter einer dicken Schneedecke sah sie ihr kleines Auto. Nicht mehr lang, nur noch ein paar Wochen, dachte sie sich und kämpfte sich zielstrebig hinüber.

Natürlich musste sie ihre Freude über die Beförderung noch ein wenig im Zaum halten, immerhin war der Vertrag noch nicht unterschrieben, aber im Grunde konnte nichts mehr schiefgehen. Sie wusste von Farbach, dem Leiter der Klinik, dass es bisher nur eine einzige Bewerbung auf diese Stelle gegeben hatte. Dass es sich nur um ihre handeln konnte, war Carolina klar. Schließlich hatte sie die nach etwas Bedenkzeit eingereicht, und Rückendeckung aus dem gesamten Kollegium gab es für sie auch. Dass sie überhaupt ihre Unterlagen hatte einreichen müssen, eine reine Formalie, darauf hatte Farbach sie deutlich hingewiesen. Er bestand immer darauf, dass alles seinen organisatorischen und korrekten Gang nahm. Eine gewisse Nervosität darüber, dass er sich mit der offiziellen Verkündung ihrer neuen Stelle so lange Zeit ließ, konnte sie dennoch nicht abstreiten. Gewiss hing es mit Sinzenichs Abwesenheit zusammen. Es war nur fair zu warten, so lange Dr. Sinzenich unpässlich war. Nun denn, sie übernahm ja bereits zu aller Zufriedenheit dessen Aufgaben, auch wenn es hart war. Sie musste sich nur noch etwas in Geduld üben und ihre Gedanken auf andere Themen lenken. Von diesen anderen Themen gab es dann auch reichlich.

So durften Lucas und Carolina sich in diesem Jahr endlich auf die wohlverdienten gemeinsamen Weihnachtstage freuen. Das allererste Mal seit Lucas' Geburt konnten sie die ganzen Feiertage bis einschließlich Silvester zusammen verbringen. Ein wohlwollendes Entgegenkommen von Farbach. Wenn sie erst einmal befördert war, rückten freie Feiertage wieder in weite Ferne. Außerdem wollte sich Carolina in diesem Jahr besonders für die Weihnachtsgeschenke ins Zeug legen. Nicht nur für Lucas, sondern für die ganze Familie. Die ewig arbeitende Frau Doktor konnte auch anders. Das wollte sie zeigen und hatte bereits im September damit begonnen, Ausschau zu halten, und eine detaillierte Liste angefertigt. Sie musste nur noch gezielt einkaufen und hatte so den Geschenkestress abgewehrt.

Beim Auto angelangt wischte sie großzügig mit dem Ärmel über die Fahrertür und die Frontscheibe. Sobald der Wagen wenigstens partiell vom Schnee befreit war, klopfte sie Mantel und Handschuhe ab. Um die Tür zu öffnen, musste sie kräftig ziehen, da das Dichtungsgummi zwischen Rahmen und Tür festgefroren war. Dann endlich nahm sie im geschützten Innenraum Platz, schlug die Tür hinter sich zu und zog die Handschuhe aus. Sofort verteilte sich ihre Atemluft im Wageninneren und ließ die Scheiben von innen beschlagen. Mit wenigen Handgriffen hatte Carolina den Motor gestartet, die Lüftung, Front- und Heckscheibenheizung auf Maximum gestellt und wartete auf klare Sicht. Fröstelnd rieb sie die Hände aneinander und lauschte den Klängen des Radios, die sich durch das Rauschen des Gebläses kämpften. In die letzten Takte des Titels quatschte die Moderatorin hinein.

„… und das war der neue Weihnachtshit von Phil Damians. Toller Song, Emotionen, weihnachtliche Romantik und rockige Klänge. Was will man mehr? Da komme ich zumindest in richtige Feiertagsstimmung und stelle mir vor, wie ich mit meinem Liebsten unter dem Christbaum sitze. Feiert ihr mit eurem Schatz? Mail ins Studio, ich freue mich auf eure Nachrichten."

Es folgte Musik und Carolina gab sich Mühe, den Stich in ihrem Herzen zu ignorieren.

Sobald die Scheibenwischer den verbliebenen Schnee beiseitegeschoben hatten, setzte Carolina langsam zurück und machte sich auf den Weg nach Weidingen. Dort wohnte sie nicht nur auf dem Gutshof ihres Vaters, sondern im Ortskern betrieben ihre Stiefmutter Irina und ihr „Fastschwager" Nick seit letztem Jahr das Weidinger Caféhaus. Lucas verbrachte oft die Nachmittage dort und sie holte ihn abends nach der Arbeit ab.

Seit Irina und Nick, der Freund ihrer Schwester, am Jahresanfang aus der Bäckerei Mertens das Weidinger Caféhaus gemacht hatten und es nun gemeinsam betrieben, kam Carolina in den Genuss dieser luxuriösen Betreuung für ihren Sohn. Irina hatte in den Jahren zuvor viel Zeit auf dem Gut verbracht und oft Lucas' Betreuung übernommen, wenn es für Carolina mal wieder eng geworden war. Auch wenn Carolina lange mit der neuen Frau an der Seite ihres Vaters gehadert hatte, hatte sie diese Hilfe angenommen. Andernfalls wäre sie nicht durchs Studium gekommen und könnte nicht wie gewohnt arbeiten. Irina war viel jünger als Carolinas leibliche Mutter und verstand sich ausgezeichnet mit Lucas. Es war trotz aller Vorbehalte, die Carolina gegen Irina von Anbeginn hegte, eine Win-Win-Situation. Mit der Rückkehr von Carolinas Schwester Natalie nach Weidingen entspannte sich die familiäre Situation im Hause Beeken etwas. Allmählich näherten sich die Frauen an. Nach der Eröffnung des Caféhauses hatte Irina sogar angeboten, sich nachmittags auch weiter um Lucas zu kümmern. Der Schulbus hielt nur wenige Gehminuten vom Caféhaus entfernt an der einzigen Haltestelle in Weidingen. So war alles recht einfach geregelt. Lucas bekam bei Irina ein warmes Mittagessen, durfte seine Hausaufgaben im Büro erledigen, wobei immer jemand zur Verfügung stand, der einen prüfenden Blick darauf warf. Wenn es das Wetter zuließ, ging er anschließend auf den in Sichtweite gelegenen Spielplatz und traf sich mit seinen Freunden. Sogar zu seinem geliebten Tischtennistraining konnte der Siebenjährige selbstständig gehen.

Es war ein Traum für Carolina und für Lucas. Wenn die Arbeitszeit so lag wie in dieser Woche, konnten sie die Abende miteinander verbringen. Im Moment spielten sie mit Vorliebe gemeinsam Schach, wobei ihre Motivation unterschiedlicher Natur war. Lucas spielte, weil eine Partie durchaus lange dauern konnte und er somit die Bettgehzeit enorm hinauszögern konnte. Carolina erfreute sich daran, dass er sich in Taktik und Strategie übte.

Noch knapp hundert Meter entfernt von ihrem Ziel lenkte sie den Wagen an den Straßenrand, denn Parkplätze vor dem Eingang des Caféhauses waren rar. Die Gäste kamen von nah und fern, um sich die Weidinger Köstlichkeiten schmecken zu lassen oder sie als Geschenk mit nach Hause zu nehmen.

Zu beiden Seiten der Durchfahrtsstraße hatte das Räumfahrzeug die Schneemassen aufgetürmt. Solche Mengen wie in diesem Jahr hatte es lange nicht mehr gegeben. Die weihnachtliche Dekoration in den Fenstern der umliegenden Häuser und die leuchtenden Girlanden über der Straße versetzten das kleine von Fachwerkbauten geprägte Eifeldorf in eine festliche Stimmung. Das Weidinger Caféhaus bildete in diesem

Jahr den hell erleuchteten Mittelpunkt. Nick hatte sich anständig ins Zeug gelegt und für eine ansprechende Dekoration gesorgt. Vor dem Eingang stand eine prächtig geschmückte Tanne, das schneebedeckte Dach und die Fenster wurden von warmweißen Lichterketten beleuchtet. Tannenzweige und rote Schleifen rundeten das Bild ab.

Irina, die unangefochtene Dekorationskönigin Weidingens, gestaltete den Innenraum des Caféhauses zu jeder Jahreszeit mit Herzblut und sorgte dafür, dass die Gäste sich wohlfühlten. Die Adventszeit bildete auch für sie immer den festlichen Höhepunkt des Jahres und so gaben die großen Fenster den Blick in ein so festlich geschmücktes Inneres frei, dass wirklich jedem warm ums Herz werden musste.

Carolina konnte den Besuchen im Caféhaus und auch den Gesprächen mit ihrer Stiefmutter mehr und mehr abgewinnen. Der mühsam in ihr aufrecht erhaltene Gegenwind ließ langsam nach. Als sie nun eintrat, wurde sie von warmer, nach Gebäck duftender Luft und weihnachtlichen Klängen begrüßt. An den festlich dekorierten Tischen entdeckte Carolina fremde und einheimische Gesichter. Sie zog Schal und Mantel aus, legte beides über den Arm und bahnte sich ihren Weg, vorbei an der langen Schlange vor der Verkaufstheke, in den hinteren Bereich. Durch die schwere Holztür betrat sie den privaten Bereich der Räumlichkeiten. Hier hatten Irina, Nick und dessen Mutter Martina nicht nur die Backstube und ein großes Büro, sondern auch einen schönen Aufenthaltsraum für sich und das Personal eingerichtet. Ohne zusätzliche Unterstützung waren die drei schon bald nach der Eröffnung nicht mehr ausgekommen. Sie waren erfolgreich gestartet und konnten sich über mangelnden Zuspruch nicht beklagen.

„Mama!", wurde sie augenblicklich von Lucas begrüßt, der auf dem Boden saß und mit Pinsel und Farbe eine Gipsfigur bemalte, während Irina an ihrem Schreibtisch saß und Bestellungen bearbeitete.

„Hallo, mein Schatz!" Carolina hockte sich daneben und schloss ihr Kind fest in die Arme. „Wie läuft es hier? Alles in Ordnung?"

„Ja, klar. Schau mal, ich helfe Oma bei der Dekoration." Stolz präsentierte er sein halb fertiges Kunstwerk.

„Oh, wie schön!", bestaunte Carolina seine Arbeit. Dann endlich drehte sie sich zu Irina um und flüsterte ihr ein aufrichtiges „Danke" zu.

„Darf ich es noch zu Ende machen?", bat Lucas, und nachdem sie wortlos Irinas Zustimmung erhalten hatte, willigte Carolina ein. Sie war ihr sehr dankbar für ihre Unterstützung, wollte diese Hilfsbereitschaft aber nicht über Gebühr strapazieren.

„Also gut, dann mache ich mich aber nützlich und koche einen Tee für uns beide." Entschlossen nahm sie Irinas benutzte Teetasse vom Tisch und ging damit in den Aufenthaltsraum nebenan. Irina, die ihre Tees selbst trocknete und mischte, hatte sich dort einen ansehnlichen Vorrat zugelegt. Aus den vielen Dosen auf dem Regal suchte Carolina die mit der Beschriftung „Wintertee" heraus und setzte Wasser auf. Wenige Minuten später kehrte sie mit zwei wohlduftenden, dampfenden Tassen zurück.

„Der Laden brummt mit jedem Tag mehr. Noch nicht einmal ein Jahr habt ihr auf und seid bis weit hinter Sankt Vith bekannt. Meinen herzlichen Glückwunsch."

„Ja, das hätten wir uns wirklich nicht träumen lassen. Also gehofft ja, aber dass uns der Erfolg so überrennt, ist schon unglaublich." Irina lehnte sich in ihrem Stuhl zurück, atmete tief durch und setzte ihre Lesebrille ab.

„Du, wenn es dir zu viel wird, mit Lucas meine ich …", begann Carolina, wurde aber sofort unterbrochen.

„Nichts ist mir zu viel. Mich zu kümmern, ist eine willkommene Abwechslung zwischen all dem anderen hier und ich verbringe so gern Zeit mit ihm."

„Aber falls es doch zu viel wird, sagst du mir bitte Bescheid, okay?"

„Darüber zerbrich dir mal nicht dein kluges Köpfchen, Frau Oberärztin. Dann stellen wir noch jemanden ein. Außerdem flaut das Geschäft mit Sicherheit nach den Feiertagen etwas ab."

„Noch bin ich keine Oberärztin", warf Carolina ein, sprach aber nicht weiter, weil die Tür zum Büro polternd geöffnet wurde. Nick, der Freund ihrer jüngeren Schwester Natalie, trat ein.

„Hi, Caro", grüßte er eilig und wendete sich dann an Irina. „Franz und ich wollen morgen Vormittag den Baum fürs Adventssingen schlagen. Kannst du mich für zwei bis drei Stunden entbehren?"

„Ja, ja, das wird schon. Fahrt ihr ruhig. Das wäre noch schöner, wenn wir über unser Geschäft die Tradition zu Hause vernachlässigen würden."

„Kann ich mitkommen?", bat Lucas, der bereits sein Kunstwerk vollendet hatte und dabei war, die Farbe zurück in die Kiste zu stellen.

„Morgen ist doch Schule", warf Carolina kopfschüttelnd ein und erntete einen enttäuschten Blick.

„Wir fällen ihn morgen nur. Das Aufstellen und Schmücken heben wir uns für das Wochenende auf. Da kannst du mit Sicherheit helfen."

„Jaaa!" Lucas riss begeistert beide Hände nach oben.

„Gut, dann sage ich Franz zu und wir sehen uns." Er zeigte mit dem Finger auf Lucas und grinste. Dann verabschiedete Nick sich mit einem freundlichen Nicken und verließ das Büro so schnell, wie er eingetreten war.

„Wir fahren jetzt auch. Danke für deine Unterstützung, und wenn du etwas brauchst, dann gib mir bitte unbedingt Bescheid." Carolina nahm Lucas' Jacke vom Garderobenhaken.

„Jetzt, wo du es erwähnst ..." Irina zog einen Stapel Briefe hervor und sah mit einem besorgt abwägenden Blick auf ihre Armbanduhr. „Die sollten noch vor sechs zur Post. Meinst du, du kriegst das hin?"

„Klar, kein Problem", erklärte sie sich bereit, froh mit einer kleinen Gegenleistung aushelfen zu können.

„Und die hier auch. Bitte kosten und bewerten. Zimtsterne mit geheimer Zutat, die ich gern beim Adventssingen anbieten möchte." Sie reichte Carolina eine Tüte mit Plätzchen hinüber.

„Zimtsterne? Wie kommt's? Hast du etwa keine Lust mehr auf Pralinen?"

„Doch, doch, aber hin und wieder ist mir nach Veränderungen. Pralinen gibt es trotzdem. Keine Sorge. Die Antwortkarte ist wie gewohnt in der Tüte drin, sag mir am Wochenende Bescheid, wie sie schmecken."

„Klar, mach ich", erwiderte Carolina und wickelte sich wieder in ihren Schal. „Hopp, Lucas, anziehen und

Ranzen nicht vergessen. Wir fahren noch mal nach Sankt Vith, zur Post."

Es hatte aufgehört zu schneien, die Landstraße war geräumt und sie kamen Viertel vor sechs beim Postamt an.

„Du bleibst hier, ich springe kurz rein", ordnete Carolina an, nachdem sie in zweiter Reihe gehalten und die Warnblinkleuchten eingeschaltet hatte.

„Hier darf man nicht parken", protestierte Lucas berechtigterweise, fand aber kein Gehör.

„Du siehst, die Post ist leer, ich gebe nur die Briefe ab und bin in unter drei Minuten wieder da. Das nennt man nicht Parken, sondern Halten." Carolina zwinkerte ihm verschwörerisch zu, stieg aus dem Auto und stapfte zielstrebig zum Schalter. Innerhalb weniger Minuten war sie zurück und erklärte: „Siehst du, nichts passiert und jetzt schnell ab nach Hause."

In der Weidinger Ortsdurchfahrt vor der Pension Janssen blockierte ein schwarzes Fahrzeug mit deutschem Kennzeichen die Straße. Es blinkte rechts und war, so gut es ging, am Straßenrand abgestellt, aber die Schneemassen in der engen Straße erlaubten es Carolina an dieser Stelle nicht, daran vorbeizufahren. Also wartete sie geduldig und starrte auf das Heck des Wagens. In Gedanken war sie bereits dabei, die Waschmaschine anzustellen.

„Mama, wofür steht *D* auf dem Auto?", fragte Lucas unvermittelt in die Stille.

„Deutschland, das weißt du doch."

„Ja, das weiß ich, ich meine das andere D", fragte Lucas unbeirrt weiter.

Carolina betrachtete das verschmutzte Nummern-schild des Fahrzeugs. „Ach, DAS. Das steht für Düssel-dorf."

„Ist das weit weg?"

„Geht so, zwei Stunden mit dem Auto musst du schon einplanen."

„Können wir da mal hinfahren?"

Carolina warf ihrem Sohn einen ungläubigen Blick zu und kräuselte die Lippen.

„Es gibt zwar schönere Ziele, aber von mir aus, wenn uns einfällt, was wir dort anstellen sollen, können wir uns das fürs nächste Jahr vornehmen."

„Okay." Lucas nickte zufrieden und schwieg. Schein-bar war nun alles, was ihn beschäftigte, besprochen.

Carolina trommelte mittlerweile ungeduldig mit den Fingern auf dem Lenkrad herum. Sie standen jetzt schon sechs Minuten und warteten. Da sie selbst es zu-vor nicht besser gehalten hatte, wollte sie aber ungern hineingehen und nach dem Halter des Fahrzeugs fra-gen. Die Straße war menschenleer, wie ausgestorben, ungewöhnlich. Unschlüssig starrte sie auf die Tür der Pension, dann kramte sie die Tüte mit Irinas Keksen aus der Handtasche.

„Hier", sie hielt Lucas die geöffnete Tüte hin. „Oma sagt, dass wir kosten sollen. Es ist eine Geheimzutat drin. Vielleicht kriegen wir raus, was es ist."

In der Tat waren die Zimtsterne köstlich, doch so sehr sich Carolina auch bemühte, die geheime Zutat schmeckte sie nicht heraus.

„Endlich", entfuhr es ihr, als die Eingangstür zur Pen-sion geöffnet wurde und ein Mann ohne Jacke auf den Gehweg trat. Den Kopf eingezogen und die Arme vor der Brust verschränkt, bahnte er sich seinen Weg zum Auto. Als er durch die Lücke zwischen den beiden Autos schritt, wendete er Carolina das verfrorene Gesicht zu. Im Scheinwerferlicht ihres Autos hob er für einen Moment entschuldigend den Arm.

„Ja, ja, kein Problem." Carolina hob ebenfalls die Hand und sprach leise vor sich hin. Die Gegend lebte nun mal vom Tourismus und der Typ war so was von Touri, dass Verständnis angesagt war.

„Nur im Hemd." Sie schüttelte missbilligend den Kopf. „Eben noch im Schnee und morgen mit Lungenentzündung im Krankenhaus."

Langsam setzte sich das Auto in Bewegung. Bis zur nächsten Kreuzung folgte sie mit etwas Abstand, dann bog der Fremde ab und der Weg nach Hause war frei. Begleitet von weihnachtlichen Klängen aus dem Radio lenkte sie ihr Auto die gewundene Landstraße durch die Dunkelheit. Der Lichtkegel ihres Scheinwerfers erhellte die verschneiten Felder, die das etwas außerhalb liegende Gut Beeken, das Zuhause ihrer Familie, umgaben.

Gut Beeken, das waren verschiedene Ländereien und ein Waldstück rund um das ostbelgische Dorf Weidingen. Franz Beeken hatte diese früher noch selbst bewirtschaftet, aber nach und nach seine Aufgaben abgegeben. Nun waren die Flächen größtenteils an die Bauern in der Umgebung für deren Viehzucht verpachtet und die prächtigen Rinder verschiedener Rassen boten einen eindrucksvollen Anblick.

Inmitten der Felder, außerhalb des Ortskerns, auf einer Anhöhe gelegen, befand sich, eingefasst von einer massiven Mauer, das imposante, kastenförmige Wohnhaus. Mehrere Generationen der Familie Beeken hatten bereits hier gewohnt. Familiäre Zerwürfnisse hatte es immer wieder gegeben, zuletzt als Carolinas Mutter die Familie für eine neue verließ. Aktuell lebten Franz Beeken, Carolinas Vater, und seine zweite Frau Irina auf dem Anwesen. Außerdem Carolina selbst mit ihrem Sohn Lucas. Franz hatte das Haus extra umbauen lassen, als Carolina mit Lucas schwanger gewesen war. Es war eine schwere Zeit gewesen.

Von ihrer Beziehung zu Phillip, Lucas' Vater, hatte sie zuvor niemandem erzählt.

Der Schmerz über die Trennung ihrer Eltern saß tief, auch das Natalie, ihre jüngere Schwester, mit der Mutter nach Köln gezogen war, hatte Carolinas Vertrauen in die Familie erschüttert. Dass sie selbst dann von dem Mann, dem sie ihre Zuneigung geschenkt hatte, so schrecklich verraten worden war, hatte ihr zu schaffen gemacht.

Nachdem sie Phillip von der Schwangerschaft erzählt hatte, war er nicht auf sie zugegangen, hatte sie nicht in den Arm genommen und versichert, dass sie das schon gemeinsam schaffen würden. Nein, er hatte Carolinas Nachricht nur als Taktik bewertet, mit der sie ihn an sich binden wollte. Diese Ablehnung hatte Carolina damals so furchtbar getroffen, dass sie den Entschluss gefasst hatte, Lucas allein zu bekommen und ohne Phillip großzuziehen. Wenn der Vater sich aus der Verantwortung zog, dann würde es einfach keinen Vater geben. Sie würde sich mit aller Kraft um das kleine Wesen in ihrem Bauch bemühen, es versorgen und großziehen. Die Vaterschaft hatte Phillip abgelehnt, damit war er für sie von der Bildfläche verschwunden.

Von damals bis heute hatte sie niemandem preisgegeben, wer denn Lucas' Vater war. Das hatte anfangs für ordentlich Klatsch im Dorf gesorgt. Mittlerweile hatten sich die Menschen daran gewöhnt. Sie erntete ab und zu teils mitleidige, teils bewundernde Blicke, denn sie arbeitete hart im Krankenhaus und kümmerte sich um ihren Sohn. Im Grunde galt ihre Situation mittlerweile als akzeptiert.

Franz Beeken war damals ebenso betrübt darüber gewesen wie seine neue Frau Irina, dass Carolina partout nicht mit der Wahrheit rausrücken wollte, aber er hatte ihren Wunsch respektiert. Trotzdem hatten sie sich beide sehr um Carolina gesorgt. Das Studium hatte sie bereits abgeschlossen, hätte beruflich durchstarten sollen, aber in Brüssel wollte sie nicht mehr bleiben. Alles schien für Carolina mit einem Mal sinnlos und hoffnungslos geworden. Sie hatte den Halt verloren. So hatte Franz sie gebeten, wieder nach Hause zurückzukehren.

Während Carolina ihre neue Situation verarbeitet und sich um eine Stelle in der Klinik bemüht hatte, war Franz auf Gut Beeken aktiv geworden. Er hatte einen Teil des Hauses in Rekordzeit baulich abtrennen und umbauen lassen. Zunächst hatte sie im Kinderzimmer, das mittlerweile zum Gästezimmer bei Irina und Franz geworden war, wohnen müssen. Aber kurz vor der Geburt waren die nötigsten Arbeiten vollendet worden. Seither bewohnten sie und Lucas eine Dreizimmerwohnung im ersten Stock. Über eine Metalltreppe, die seitlich am Haus angebaut war, konnten sie die Wohnung ungestört betreten und verlassen.

In dieser Zeit war das Verhältnis zwischen Carolina und ihrer Stiefmutter noch recht distanziert gewesen. Aber Irina, die fast zwanzig Jahre jünger war als Franz und selbst keine Kinder hatte, war immer in der Nähe und bereit gewesen, zu helfen. Nun war Lucas bereits sieben Jahre alt und besuchte die Schule in Sankt Vith. Die Zeiten hatten sich geändert. Carolinas Leben spielte sich nun hier ab, auf Gut Beeken mit ihrem Kind.

Nachdem sogar Carolinas Schwester Natalie im letzten Jahr nach Weidingen zurückgekehrt war und dort mit ihrer Jugendliebe Nick wohnte, war ein Großteil der Familie Beeken endlich wieder zusammen.

Carolina und Lucas waren ein eingeschworenes Team. Hatte sie noch bis vor einem Jahr verzweifelt versucht, den Mann fürs Leben und einen guten Vater für ihn zu finden, so war sie jetzt darüber hinweg. An der letzten Enttäuschung mit Olaf hatte sie lange zu knabbern gehabt. Den Himmel auf Erden hatte er ihr versprochen und sie hatte ihm geglaubt. Jede Fortbildung hatte Carolina genutzt, um Zeit mit Olaf zu verbringen, ihn für sich zu gewinnen. Doch als es darauf ankam, zählten Olafs Versprechen nicht mehr. Nach der letzten Fortbildung, immerhin eine zweiwöchige Tagung auf einem Luxusschiff, hatte er Carolina abserviert. Kurz vor dem Weihnachtsfest im letzten Jahr war es gewesen. Sie hatte es nicht verstehen können und der Verlust schmerzte sie sehr. So hatte sie sich das Fest der Liebe damals nicht vorgestellt. Aber Natalie war nach langer Zeit wieder dabei gewesen und so ließ sich in jedem Übel auch etwas Positives, Neues finden.

Nach einer angemessenen Phase des Liebeskummers hatte sich Carolina wie wild in die Arbeit gestürzt und sich gegen viele andere Ärzte behauptet. Sie hatte sich sehr darüber gefreut, als die Wahl für die Stelle der neuen Oberärztin auf sie gefallen war, obwohl sie insgeheim wusste, wie hart sie dafür geschuftet und wie sehr sie diesen Job verdient hatte.

Sie holte ihre Gedanken aus der Vergangenheit, als sie den großen steinernen Torbogen, die Einfahrt zum Gutshof, passierte, und stellte den Wagen im Hof ab. Zur linken Seite erstrahlte die Scheune in wunderbarem weißgoldenen, weihnachtlichen Glanz. Übers Jahr diente die Scheune Irina als Werkstatt, in der sie allerhand handwerkliche Dinge herstellte. Sie hatte ein Händchen und eine Freude daran, kunstvolle Gegenstände und Dekorationsartikel herzustellen. Früher hatte sie noch öfter in der Scheune gearbeitet und in einem kleinen Bastelgeschäft im Dorf ihre Waren verkauft. Doch seit sie in die Bäckerei von Nick und Martina eingestiegen war, die mittlerweile zum angesagtesten Caféhaus der Gegend avanciert war, kam sie nicht mehr so häufig dazu. Trotzdem stellte sie noch genug her, um in dem kleinen Souvenirshop des Cafés ihre Kreationen zu verkaufen.

Auf die Tradition des Adventssingens, die Irina und Franz nach der Heirat ins Leben gerufen hatten, um mit etwas Gemeinsamen auf diesem Hof zu starten, wollten sie aber trotz der vielen Arbeit nicht verzichten. Nur noch wenige Tage lagen zwischen heute und dem Samstag vor dem zweiten Advent, dem Tag, an dem sich das halbe Dorf hier oben auf dem Gut einfand. Das Adventssingen glich einem riesigen Familientreffen, zu dem Freunde und Bekannte eingeladen waren.

Wie jedes Jahr verbreiteten die warmweißen Lichterketten ein besinnliches, heimeliges Weihnachtsgefühl auf dem Hof. Augenblicklich wurde auch Carolina warm ums Herz. Die Gedanken an die Vergangenheit und den täglichen Stress auf der Arbeit verflüchtigten sich und sie fand sich lächelnd im Hier und Jetzt wieder. Hier im Auto mit ihrem Sohn Lucas.

„Na los, Großer, raus mit dir", forderte Carolina ihn auf, als sie den Motor ausgeschaltet hatte. Eilig öffnete Lucas die Tür und stob davon. Sie hätte es ihm nicht sagen müssen. Während ihr Sohn noch eine letzte Runde durch den Schnee tobte, stieg Carolina aus, legte die Schutzfolie auf die Frontscheibe des Autos und genoss die friedliche Stille. Sie sog die kalte, saubere Winterluft ein, reckte ihr Gesicht dem rabenschwarzen Himmel entgegen und ließ die feinen Schneeflocken auf ihren Wangen landen, wo sie wenig später schmolzen. Dieses Weihnachtsfest würde auch für Carolina den sehnsüchtig erwarteten und herrlich entspannten, festlichen Abschluss eines anstrengenden Jahres bilden. Keine Krankenhausschichten, viel Zeit mit Lucas und dem Rest des Beeken-Klans, Adventssingen, Spaziergänge im Schnee und im neuen Jahr würde sie als Oberärztin ins Krankenhaus zurückkehren. Sie genoss die friedliche Stille und war in diesem Augenblick so glücklich und sorgenfrei wie lange nicht mehr.

„Komm, wir gehen rein!"

Sie beugte sich hinab, formte einen Schneeball und warf ihn in Lucas' Richtung.

„Nicht getroffen!", rief dieser belustigt zurück und revanchierte sich mit einem gutplatzierten Wurf auf Carolinas Rücken. Sie lachten und stiegen die Treppe zur Wohnung hinauf.

Dieses wunderbare Gefühl der Zuversicht begleitete Carolina auch noch am nächsten Morgen. Auf dem Weg ins Krankenhaus setzte sie Lucas wie immer an der Bushaltestelle ab, wo er noch ausreichend Zeit hatte, sich mit den anderen Kindern auszutauschen. Der Bus fuhr etwas später ebenfalls nach Sankt Vith, aber Mutter und Sohn fuhren bewusst getrennt. Würde Lucas mit Carolina gemeinsam fahren, so fehlte ihm der morgendliche Austausch mit den Mitschülern, und dank der Extra-Runde zur Schule wäre Carolina jeden Morgen gestresst und spät dran. So hatte sie Lucas zum Abschied gewunken, den Thermokaffeebecher gezückt und fuhr nun tiefenentspannt zur Arbeit. Die Morgensonne tauchte den Himmel und die hügelige verschneite Landschaft in ein herzerwärmendes Orange. Die ersten Strahlen durchbrachen den Winterhimmel und verliehen dem Tagesanbruch einen herrschaftlichen Glanz. Zwischen vorsichtigen Schlucken aus dem

Kaffeebecher, das Getränk war noch sehr heiß, sang sie gut gelaunt, doch wenig textsicher die Radiosongs mit. Sie fuhr aufs Klinikgelände, parkte das Fahrzeug und lief beschwingt zum Haupteingang des Krankenhauses.

„Guten Morgen", trällerte Carolina in Richtung des Glaskastens am Empfang und winkte im Vorbeigehen.

Die junge Frau, die seit Kurzem dort arbeitete, schien etwas schüchtern. Carolina hatte bisher nicht viel mit ihr gesprochen, aber die überdimensionale karminrote runde Brille hatte sich ihr ins Gedächtnis gegraben. Als sie bereits den Fahrstuhl erreicht hatte, ertönte plötzlich eine piepsige, dünne Stimme hinter ihr.

„Warten Sie, warten Sie bitte! Frau Doktor Beeken?"

Carolina drehte sich um und die junge Frau, die eben noch am Empfang gesessen hatte, stand hinter ihr. Sie hielt einen zusammengefalteten Zettel in der Hand, dessen Falz sie mit den Fingerspitzen der anderen Hand nervös nachfuhr.

„Guten Morgen! Was gibt es denn?" Mit verwundertem Blick musterte Carolina die junge Frau, die kaum größer als eineinhalb Meter maß. Der Zettel erregte ihre Aufmerksamkeit und sie musste sich Mühe geben, die Frau anzusehen, während diese ihr Anliegen mit schwachem Stimmchen vortrug.

„Es gab verschiedene Anrufe für Sie. Keiner der Herren wollte eine Nachricht hinterlassen, sondern sich später noch mal melden, aber ich habe es trotzdem für Sie aufgeschrieben, weil es mir so komisch vorkam. Hier!" Sie reichte Carolina zaghaft den Zettel und schien ihre Reaktion abzuwarten.

„Ich danke Ihnen sehr", erwiderte Carolina lächelnd. Ihr Blick streifte das Namensschild der Frau, dann faltete sie neugierig das Blatt Papier auseinander. Vier Namen standen darauf. Ungläubig las sie jeden einzelnen, in ihrem Blick fanden sich unzählige Fragezeichen.

„Verstehe ich das richtig, Bettina? Die Anrufer haben sich mit diesen Namen bei Ihnen gemeldet und wollten alle mit mir sprechen?"

Bettina zog verunsichert die Schultern hoch und schob sich die große Brille auf der Nase zurecht. „Merkwürdig, nicht? Hätte ich es lieber dabei belassen sollen?"

„In der Tat ist das merkwürdig. Aber Sie haben schon alles richtig gemacht. Lassen Sie sich mal davon nicht die Laune verhageln. Da erlaubt sich bestimmt nur jemand einen blöden Scherz mit mir. Vielleicht sogar einer meiner Ärztekollegen."

„Okay." Bettina hob scheu die Hand und begab sich wieder an ihren Arbeitsplatz. Keinen Augenblick zu spät, denn gerade betraten zwei Frauen das Gebäude und hielten auf den Empfang zu.

Carolina steckte den Zettel kopfschüttelnd in die Manteltasche und drückte den Knopf für den Lift. Im Fahrstuhl zog sie das Papier noch einmal hervor und las sich die angeblichen Namen der Anrufer durch.

David Bowie, Freddy Mercury, Kurt Cobain, Chester Bennington. Seltsam. Hatte sich das Kollegium im Krankenhaus etwa gedacht, sie in den letzten Tagen noch aufs Korn nehmen zu können? Sie schüttelte belustigt den Kopf und entschied, auf jeden Fall, achtsam und gewappnet für irgendwelche Scherze zu sein.

Sobald Carolina auf der Station ankam, brach der tägliche Trubel über sie herein. Im Handumdrehen war sie in ihre Arbeitshose geschlüpft und hatte sich den Kasack übergezogen. Wenig später war der Zettel, den sie eilig in die Tasche gesteckt hatte, bereits wieder in Vergessenheit geraten. Erst als sie sich zu einer kurzen Pause auf Station bei Melli und Verena einfand, fiel er ihr wieder in die Hände.

„Na, steckt ihr zwei etwa dahinter?", fragte Carolina geradeheraus und zeigte den beiden die Liste mit den Namen. Doch sie erntete nur verständnislose Blicke.

„Was ist denn mit denen?" Verena rümpfte die Nase.

„Heute früh haben diese Männer angeblich versucht, mich über die Krankenhausnummer anzurufen." Sie zog forschend die Augenbrauen hoch. Die erwarteten Lämpchen der Erkenntnis über den Köpfen beider Frauen blieben leider aus. Die beiden waren entweder wunderbare Schauspielerinnen oder hatten wirklich keine Ahnung.

„Sagen euch die Namen der Männer auf dieser Liste wirklich nichts?"

„Entschuldige, sind das irgendwelche Kerle, mit denen du mal was hattest?" Melli beugte sich nach vorn und flüsterte, als gelte es ein Geheimnis zu bewahren. Carolinas Augen wurden vor überraschter Verwunderung beinahe untertassengroß.

„Ist das euer Ernst? Wollt ihr beide tatsächlich behaupten, dass ihr nicht wisst, um wen es hier geht?"

Melli und Verena zuckten synchron mit den Schultern, um ihrer Ahnungslosigkeit Ausdruck zu verleihen.

„Also ehrlich, Mensch! Das alles sind Musiker! Queen, Linkin Park, Nirvana ...“

„Und mit denen hattest du was?“ Verenas Stimme verirrte sich augenblicklich in die nächsthöhere Oktave.

„Quatsch!“ Melli schnappte sich mit einer schnellen Handbewegung den Zettel und las die Namen aufmerksam. „Jetzt, wo du es sagst. Von David Bowie habe ich schon mal gehört. Ist der nicht schon tot?“

Carolina rang verzweifelt mit den Armen und zupfte den Zettel aus Mellis Händen. Sie wusste nicht, ob sie amüsiert oder geschockt sein sollte.

„Ja, ihr zwei! Die sind ALLE schon tot!“

„Wie können die dich dann anrufen?“ Verena runzelte die Stirn und wendete sich ab, als wäre sie diejenige, die verladen werden sollte und keine Lust mehr darauf hatte.

„Anders gefragt: Warum ruft dich jemand in ihrem Namen an?“ Melli zupfte den Zettel wieder zurück und begutachtete ihn nochmals aufmerksam.

„Das ist die große Frage“, hielt Carolina fest. „Ich vermute, dass mir jemand im Krankenhaus einen Streich spielt. Euch zwei hatte ich zuerst in Verdacht. Aber wenn ihr es nicht seid, dann wird wohl jemand anderes dahinterstecken. Seid so lieb und haltet die Ohren für mich offen, okay?“ Mit einer schnellen Bewegung angelte sie die Liste wieder aus Mellis Fingern und ließ den Zettel in ihrer Brusttasche verschwinden.

„Machen wir, kein Problem.“ Verena hatte sich wieder gefangen. „Aber wenn du mich fragst, war das keiner von hier.“

„Wie kommst du darauf?“, wollte Melli wissen.

„Weil die alle viel zu spießig und langweilig sind, also bis auf uns beide, aber wir waren es ja nicht."

Carolina musterte Verena und versuchte, irgendetwas in ihrem Gesicht zu finden, das sie oder Melli doch noch entlarvte. Aber vergebens.

„Apropos spießig", wechselte Verena augenblicklich das Thema. „Wisst ihr eigentlich schon, was ihr zur Weihnachtsfeier anziehen werdet?" Sie hatte die Hände in die Seitentaschen ihres weinroten Kasacks gesteckt und balancierte auf den Außenristen. Eine Unart, die ihren Füßen früher oder später zum Verhängnis werden würde, wie Carolina fand, aber hier stieß sie immer wieder auf taube Ohren.

„Mein Outfit ist schon klar und eines kann ich euch verraten, es ist ganz und gar nicht spießig." Melli zog vielversprechend die Augenbrauen hoch, grinste und schüttelte ihre Schultern wie eine brasilianische Samba-Tänzerin.

„Und du? Du wirst dich hoffentlich in Schale schmeißen für deinen großen Tag."

„Nein, ich habe noch nichts. Ich muss noch shoppen gehen. Es wird aber weder spießig noch aufreizend, eher schlicht und elegant. Schließlich wird meine Beförderung bekannt gegeben."

„Und dann gibt es Champagner!", juchzte Verena und gleich darauf sprangen die beiden Frauen wie zwei Gummibälle auf und ab, klatschten in die Hände und quietschten aufgeregt.

„Ich hoffe, mit den Vorbereitungen fürs Catering bist du schon ein Stück weiter als mit deiner Garderobe. Schlicht kommt hier bestimmt nicht so gut an und du hast uns den Schampus versprochen."

Carolina lächelte, obwohl sie sich innerlich gerade wie vom Bus überfahren fühlte. Verdammte Axt, sie hatte versprochen sich um Speisen und Getränke zu kümmern! Im Gegenzug hatte sie die freien Tage über Weihnachten und Neujahr ergattert.

Sie hatte die Organisation immer wieder aufgeschoben und nun war sie ihr durchgerutscht. Ihr, der Organisationsperfektionistin. Unfassbar! Aber, noch waren Hopfen und Malz nicht verloren. Carolinas Gedanken rasten mit Lichtgeschwindigkeit durch ihren Kopf. Es war noch nicht zu spät, den Plan, den sie sich schon vor Wochen zumindest gedanklich zurechtgelegt hatte, durchzuführen. Gleich nach Dienstschluss würde sie die Liste schreiben und dann Irina und Nick bitten, den Auftrag zu übernehmen. Die beiden waren Profis und machten den ganzen Tag nichts anderes, als Essen für fremde Leute zu organisieren.

„Keine Sorge, ich habe alles im Griff. Ihr kriegt euren Schampus. Aber jetzt muss ich mich erst mal um unsere Patienten kümmern. Ich bin schon viel zu lange bei euch beiden Schnattertaschen versackt. Entschuldigt mich, die Arbeit ruft." Carolina ergriff die Flucht. Glücklicherweise hatte sie noch knapp zweieinhalb Wochen bis zur Feier. Sie bekam das schon hin.

Nach Dienstschluss auf dem Parkplatz ließ sie den Motor ihres Wagens laufen, damit es warm darin wurde, während sie im matten Licht der Innenbeleuchtung eilig notierte, was für die anstehende Weihnachtsfeier notwendig war. Die Verantwortung und das Budget waren schon vor Wochen an sie übergeben worden. Verärgert über diesen Fehler, den sich Carolina definitiv hätte sparen können, kaute sie auf den

Innenseiten ihrer Wangen herum. Sie bemühte sich, den Block auf dem Lenkrad abgelegt, halbwegs leserlich zu schreiben. Immer wieder trommelte sie nervös mit dem Stift auf dem Block herum.

Knapp fünfzig Gäste hatten zugesagt und waren zu bewirten. Speisen und Getränke mussten organisiert werden und es durfte nicht aussehen wie auf den letzten Drücker. Wie peinlich wäre es für sie, wenn sie als künftige Oberärztin nicht einmal mit wochenlangem Vorlauf Partysnacks organisiert bekäme.

„Noch ist nichts verloren", wiederholte sie wie ein Mantra, während sie auf den Notizblock starrte.

Carolina hatte sich das Blatt in drei Spalten aufgeteilt. Warme Speisen, kalte Speisen und Getränke. Glühwein, Champagner, Bier und Wasser, hatte sie notiert. Glücklicherweise fiel das Adventsingen auf Gut Beeken, wie in jedem Jahr, auf das Wochenende des zweiten Advents. Die Krankenhausfeier fand knapp zwei Wochen später am Freitag vor dem vierten Advent statt. Auf Irinas Hilfe und Erfahrung konnte sie sicher zählen. Diese hatte das Adventssingen auf dem Hof ins Leben gerufen. Sie war Profi im Bewirten vieler Menschen und konnte auch mit einigem Equipment aufwarten. So dachte Carolina beispielsweise sofort an den großen Kübel, in dem sie Glühwein bereitstellen konnte. Sie brauchte nur eine Steckdose, literweise Glühwein und das Ding wurde zum Selbstläufer. Wasser, Champagner und ein Bierfass könnte sie von einem Getränkeservice liefern lassen. Kuchen, Plätzchen und Pralinen würde sie gleich bei Irina in Auftrag geben. Dabei fiel ihr ein, dass sie die Bewertungskarte für die Zimtsterne noch gar nicht ausgefüllt hatte.

„Na, warte. Das haben wir gleich.“

Sofort zog sie die Tüte mit den restlichen Keksbröseln und der Karte, die mittlerweile einige Fettflecken aufwies, aus der Handtasche und beantwortete alle Fragen wahrheitsgemäß. Es war eine ihrer leichtesten Übungen, denn die Plätzchen schmeckten vorzüglich. Vielleicht sollte sie die auch gleich mit auf die Bestellung setzen. Zu guter Letzt fehlte noch etwas Herzhaftes. Schließlich sollten die Gäste satt werden. Auch hier würde sie sich an Irina halten. Sie hatte gute Verbindungen, vielleicht konnte die ihr die Bestellung des Spanferkels abnehmen.

„Puh“, erleichtert seufzte Carolina. Sie steckte Block und Stift wieder in die Handtasche. Sie hatte wieder Oberwasser, alles halb so schlimm.

Im Auto war es mittlerweile ordentlich warm geworden, sodass sie sich ihrer Jacke und des Schals entledigte. Als sie ein paar verirrte Kekskrümel von den Hosenbeinen putzte, fiel ihr das Gespräch mit Verena und Melli ein. Sie brauchte noch Klamotten.

„Eins nach dem anderen“, ermahnte sie sich flüsternd und atmete zur Beruhigung durch. Das Einkaufen würde sie anschließend in Angriff nehmen. Sobald alle Bestellungen platziert waren, konnte sie sich entspannt um die Garderobe kümmern. Zumindest entspannter als Farbach, wenn er sie wieder im Krankenhaus entbehren musste. Aber sie hatte ausreichend Überstunden angehäuft, davon würde sie definitiv einige in Anspruch nehmen.

Nun musste sie sich zügig auf den Weg nach Weidingen machen. Höchste Zeit, Irina mit der Bestellung zu überraschen und ihr etwas Umsatz zu verschaffen. Den

Rest des Tages wollte sie nutzen und noch mit Lucas spielen. Doch sie kam nur langsam voran. Es schneite schon wieder und so musste sie sich geduldig in die Autoschlange einfädeln. Es dauerte eine gefühlte Ewigkeit, bis Carolina endlich in Weidingen ankam. Auch hier herrschte Hochbetrieb, die wenigen schmalen und gewundenen Straßen waren vollgestopft mit Autos, deren Kennzeichen von teils langen Anreisen zeugten. Es wirkte, als gäbe es etwas umsonst. Eine lange Schlange hatte sich vor dem Eingang des Caféhauses gebildet, einen freien Parkplatz suchte sie vergeblich. Stattdessen stellte sie das Auto in einiger Entfernung ab und ging den Rest des Weges zu Fuß.

Wieder warm in ihren Mantel eingepackt, lief Carolina unter den goldgelben Lichterketten, die über der Straße leuchteten, entlang und sog den Duft nach Weihnachtsbäckerei ein. Sie liebte den Geruch nach frischen Waffeln und anderen Leckereien, der mittlerweile aus der Straße nicht mehr wegzudenken war. Zu ihrer Linken türmten sich Schneeberge und trennten den Gehweg von der Straße. Zu ihrer Rechten drängte sich eine Menschenschlange an der historischen Fachwerkfassade, die teils etwas windschief hinaufragte. Sie überholte die Wartenden. Am Kopf der Schlange, dem Eingang zum Café angekommen, konnte Carolina durch die großen Scheiben des Weidinger Caféhauses trotz üppiger Weihnachtsdekoration schon sehen, dass auch im Geschäft Hochbetrieb herrschte. Sie warf einen kurzen Blick auf die Uhr. Es war bereits halb sieben. In einer halben Stunde war Ladenschluss. Als sie eintreten wollte, vernahm sie ein ungehaltenes Schimpfen. Ein Herr mittleren Alters, eine blaue

Pudelmütze auf dem Kopf und ein Bäuchlein unter der Jacke, echauffierte sich.

„Junge Dame, glauben Sie etwa, dass die Regeln des Anstands nur für alle anderen in der Schlange gelten? Stellen Sie sich gefälligst hinten an. Vordrängeln gibt es nicht."

Getuschel unter den anderen Wartenden, aber Carolina gab sich gelassen.

„Junger Mann, ich arbeite hier. Ich kann auch Feierabend machen und dann bekommt hier keiner irgendetwas."

Der Mann schnappte kurz nach Luft, fing sich dann wieder und murmelte etwas, das fast wie „Entschuldigung, ich meinte ja nur …" geklungen haben könnte, und trat einen Schritt zurück in die Reihe. Carolina quittierte mit einem überlegenen Lächeln und betrat das Gebäude.

3 – Eine unmögliche Bestellung

Natalie und Irina stand die Anstrengung des Tages in Form von glühend roten Wangen ins Gesicht geschrieben. Beide hatten alle Hände voll zu tun. Carolina winkte ihnen zu und begab sich direkt in den Personalbereich. Dort lag Lucas auf der Couch und schlief. Martina, Nicks Mutter, spülte in der Küche das Geschirr.

Carolina kannte Martina bereits seit ihrer Kindheit. Oft hatte sie früher für die Familie Sonntagsbrötchen geholt. Auf dem Heimweg von der Schule hatte sie sich manchmal ein süßes Teilchen von ihrem Taschengeld gekauft. Nach der Scheidung der Eltern hatte Carolina jedoch die meiste Zeit bei ihrer Freundin Annelie in Sankt Vith verbracht und war nur noch selten hergekommen.

Nick, Martinas Sohn, war schon immer der beste Freund ihrer jüngeren Schwester Natalie gewesen. Als diese dann im letzten Jahr nach fünfzehn Jahren nach Weidingen und zur Familie zurückgekehrt war, war auch die Liebe zwischen beiden wieder entflammt. Carolina räusperte sich mürrisch bei dem Gedanken daran. Sie gönnte den beiden ihre Beziehung von Herzen, aber sie knabberte noch immer an einer Gemeinheit, die sie in jugendlichen Jahren begangen hatte. Damals, als sie ebenfalls eine gewisse Zeit für Nick schwärmte, hatte sie einen Keil zwischen ihre Schwester und Nick getrieben. Carolinas Mutter hatte die jüngere Tochter mit nach Deutschland genommen und Carolina hatte den Kontakt zwischen Natalie und Nick sabotiert. Natalie war nicht zurückgekehrt, aber Nick hatte all die Jahre den engen Kontakt mit der Familie gepflegt. In Carolina verliebt hatte er sich nicht. Sein Herz hing immer an Natalie.

Irina, zwanzig Jahre jünger als Franz, hatte anfangs einen schweren Stand im Dorf und in der Familie. Die junge Frau aus Polen musste sich mehr als einmal vorwerfen lassen, dass sie es nur auf Hab und Gut abgesehen hatte. Zu Unrecht. Das waren mittlerweile alte Kamellen. Im letzten Jahr hatte es viele positive Veränderungen in der Familie Beeken gegeben. Natalie war zurückgekehrt, die Familie versöhnt und aus der Bäckerei mit Schwierigkeiten war ein florierendes Caféhaus im Familienbetrieb geworden.

„Hallo, Caro!" Martina trocknete sich die Hände an einem Geschirrtuch ab und kam Carolina entgegen. „Er schläft seit zwei Stunden. Die Schule hat ihm heute wohl ordentlich zugesetzt. Du bist doch nicht böse?"

„Natürlich nicht. Es ist gut, dass er hier schlafen und sich ausruhen kann. Ich bin so froh darüber."

„Keine Ursache. Wie ist die Lage draußen?"

„Du meinst den Ansturm vor der Tür?" Carolina nickte über die Schulter. „Voll würde ich sagen. Geparkt habe ich hinter dem Kinderspielplatz und bin hergelaufen. Die Leute stehen in langer Schlange bis draußen. Was ist denn los?"

„Heute konnten die Aktionsstollen abgeholt werden. Du erinnerst dich an unsere Social-Media-Gutscheinaktion? Wir haben mit etwas Ansturm gerechnet, aber das war dann doch zu viel. Außerdem ist Katharina ausgefallen. Die liegt mit Fieber und Schnupfen im Bett. Die sollte heute beim Verkauf helfen, deshalb musste Natalie jetzt einspringen."

„Das klingt ja echt nach einem tollen Erfolg und monstermäßig viel Arbeit. Sind denn alle verkauft?“

„Wenn nicht, dann kann nur noch eine Handvoll übrig sein. Wir hatten dreihundertfünfzig gebacken, der Rest sollte beim Adventssingen verputzt werden. Ich fürchte, wir müssen noch mal nachlegen oder uns etwas anderes überlegen.“

Martina grinste, die Freude über den Ansturm wollte sie nicht verbergen. Carolina aber dachte sich, dass sie lieber bis zum nächsten Morgen warten sollte, um mit Irina zu sprechen. Die war gewiss froh, wenn sie heute die Schürze ausziehen und die Füße hochlegen konnte.

„Kann ich euch denn noch irgendwie helfen? Solange Lucas schläft, kann ich die Zeit sinnvoll nutzen.“

„Das ist lieb von dir, Caro. Aber hier hinten ist nichts mehr zu tun, da bin ich mit allem durch. Frage gern mal vorn im Verkaufsraum.“

Als Carolina zurückkehrte, hatte sich der Ansturm tatsächlich etwas gelegt. Ina, eine Schülerin, die sich etwas Taschengeld dazuverdiente, räumte gerade das restliche Geschirr von den Tischen ab. Natalie hatte abkassiert und klappte ihr Portemonnaie zu. Die Schlange vor dem Verkaufstresen war so zusammengeschrumpft, dass nur noch wenige Kunden draußen in der Kälte stehen musste.

Carolina schlüpfte hinter die Verkaufstheke, wusch sich die Hände am Spülbecken und zog eine der weißen Rüschenschürzen über. Sie sahen sehr altmodisch aus, aber Irina stand auf diesen alten Kram und hatte sich bei der Schürzenauswahl durchgesetzt.

„Kann ich dir helfen? Lucas schläft hinten.“

„Das ist lieb. In der Tat kannst du die Kuchen und Kekse einpacken.“

Carolina nickte. Das hatte sie bereits einige Male gemacht. Die Arbeit war nicht schwer. Schon zückte sie die erste Papiertüte mit der hübschen Tuscheskizze des Hauses. Die hatte Irina angefertigt und drucken lassen. Nun zierte ihre Zeichnung die Webseite, die Speisekarten und auch die Papiertüten und sorgte für einen hohen Wiedererkennungswert.

Als der letzte Kunde das Geschäft verlassen hatte, wendete sich Carolina an Irina.

„Irina, ich würde sehr gern etwas mit dir besprechen. Hast du morgen früh Zeit für einen Kaffee? Ich fahre später in die Klinik und es ist sehr wichtig für mich. Ich brauche deine Hilfe.“

„Das trifft sich gut. Ich habe mir nämlich morgen Vormittag eine Auszeit eingeplant. Dein Vater und ich wollen gemütlich zusammen frühstücken und die letzten Vorbereitungen für das Adventssingen besprechen. Komm einfach um acht dazu.“

„Sehr gern.“ Carolina war dankbar, dass Irina nicht sofort wissen wollte, was los war.

„Danke für deine spontane Hilfe.“

„Keine Ursache. War doch nur eine Kleinigkeit. Du hättest das auch ohne mich geschafft“, gab Carolina bescheiden zu.

„Das stimmt, aber gemeinsam ist es viel angenehmer.“

„Da hast du recht.“ Carolina verstaute die Papiertüten im Schrank und zog die Schürze wieder aus. „Wenn du mich nicht mehr brauchst, werde ich Lucas wecken gehen.“

Etwa zehn Minuten später verabschiedete sich Carolina. Der verschlafene Lucas lehnte sich mit roten Wangen an sie und rieb sich die müden Augen.

„Wartet!" Irina reichte ihnen noch ein in Papier eingeschlagenes Kuchenpäckchen, dann machten sie sich auf den Heimweg.

„Mama, ich habe Kopfschmerzen und meine Beine tun weh." Lucas lief tapfer, aber Carolina fürchtete, dass er etwas ausbrütete. Vielleicht hatte er sich bei Katharina angesteckt?

***

Im Laufe der Nacht krabbelte Lucas in Carolinas Bett.

„Mama, ich habe Durst." Er stöhnte und glühte am ganzen Körper.

„Oje, du hast Fieber", stellte sie fest. Sie holte ein Glas Wasser und das Fieberthermometer und maß seine Temperatur.

„Mein Kopf tut so weh", stöhnte Lucas, während er in kleinen Schlucken trank.

„Neununddreißig sechs", stellte Carolina fest und entschied sich, ihm ein leichtes Mittel gegen Fieber und Schmerzen zu verabreichen.

„Kann ich bei dir schlafen?" Lucas hatte sich bereits hingelegt und schaute sie durch die halbgeöffneten Augen an.

„Natürlich. Ich hole dir noch deine Decke."

Wenig später löschte sie das Licht, lauschte Lucas' Atmung in der Dunkelheit. Er stöhnte immer wieder und brauchte lange, bis er endlich in den heilenden Schlaf sank. Immer wieder wälzte er sich unruhig hin und her, schwitzte, was sie als gutes Zeichen wertete, und sie gab ihm zu trinken, wenn er danach verlangte.

Nun endlich, als Carolinas Wecker klingelte, schlief er ruhig und wie ein Stein. Seine Stirn war kühl, aber es war selbstredend ausgeschlossen, dass sie ihren Sohn heute in die Schule schickte. Sie gönnte sich noch ein paar Minuten im Bett, bevor sie aufstand, deckte Lucas liebevoll zu und begann ihren Tag in ungewohnter Ruhe. Bevor sie zu Irina ging, brachte sie Lucas das Telefon, Wasser und Tee ans Bett.

„Guten Morgen, mein Schatz", weckte sie ihn sanft. „Ich bin kurz unten bei Oma. Schlaf dich in Ruhe aus, und wenn du mich brauchst, rufst du an. Okay?"

Lucas nickte müde, ohne die Augen zu öffnen. Carolina legte nochmals prüfend ihre Hand auf seine Stirn und nahm sich vor, nicht länger als nötig bei Irina zu bleiben.

Sie warf sich ihren Mantel über, schlüpfte in die dicken Winterstiefel und stapfte über den verschneiten Hof zum Hauseingang von Irina und Franz. Einzelne Schneeflocken fielen sachte vom Himmel und verloren sich in der weißen Pracht ringsherum. Der Geruch nach verbranntem Holz lag in der Luft. Es war noch dunkel, aber ein Streifen in mattem Rosa kündigte den baldigen Tagesanbruch an.

Carolina musste nicht lange warten. Irina öffnete wie immer gut gelaunt. Sie hatte sich die Haare zu einem altmodischen Dutt zusammengebunden und trug auch zu Hause eine der verzierten Küchenschürzen. Bei ihrer Stiefmutter hatte Carolina immer das Gefühl, sie wäre in der falschen Zeit geboren. Irina war kaum älter, aber sie stand vollkommen auf diesen altmodischen „Omakram“. Sie selbst verwendete den Begriff sehr häufig. Sie war von ihrem Wesen viel reifer und erwachsener, als Carolina es jemals sein würde, und passte trotz des Altersunterschieds zu ihrem Vater wie keine andere Frau.

***

„Guten Morgen, komm rein! Ich habe schon gedeckt. Ich hatte gar nicht auf dem Schirm, dass du heute Urlaub hast.“

„Habe ich auch nicht, ich bummele nur ein paar von den unzähligen Überstunden ab.“

„Das ist doch schön. So kurz vor Weihnachten kann dir etwas Ruhe nur recht sein.“

„Wie man es nimmt. Viel Ruhe habe ich nicht. Darüber wollte ich heute mit dir sprechen. Es gibt noch eine Menge für mich zu erledigen und seit letzter Nacht ist Lucas auch noch krank.“

„Ach der Arme! Er wollte doch so gern mit Opa den Baum schmücken und in der Scheune vorbereiten. Hoffentlich ist er bis zum Wochenende wieder auf den Beinen.“

„Das wird schon. Ich bin zuversichtlich. Er liegt jetzt im Bett und ruht sich aus. Heute und morgen bleibt er zu Hause und dann ist sowieso Wochenende.“

Irina ging voraus ins Esszimmer, wo Carolinas Vater bereits saß und seinen Kaffee trank.

„Guten Morgen. Habe ich richtig gehört? Lucas ist krank?“

„Ja, er hatte Fieber letzte Nacht, aber ich hoffe, dass er bald wieder auf den Beinen ist.“

Irina goss Kaffee ein und bot Carolina von den mit Zuckerglasur verzierten Kuchenteilchen an.

„Greif zu!" Irina war schon immer eine gute Gastgeberin mit Leidenschaft fürs Backen und Kreieren von süßen Kunstwerken gewesen. Das hatte sich, seit sie bei Nick und Martina in den Betrieb eingestiegen war, nicht geändert.

„Ich werde ihm ein paar Teilchen fürs Frühstück einpacken", erklärte Irina, während Carolina von ihrem Kaffee trank.

„Danke, da wird er sich freuen. Du kennst ihn ja. Obwohl wir noch etwas von gestern Abend übrighaben. So langsam muss ich mal was Herzhaftes dazwischenschieben", stellte Carolina fest, dann zog sie endlich den bereits ordentlich in Mitleidenschaft gezogenen Bewertungszettel für die Zimtsterne aus der Hosentasche.

„Hier kommt noch unsere Rückmeldung zu den Plätzchen. Sie sind wie immer ein Genuss. Von uns gibt es ein klares Ja."

„Hervorragend!" Irina freute sich, stellte den Kuchen für Lucas beiseite und las sich die Einträge auf der Bewertungskarte durch. So hatte sie es schon früher gehalten, vor dem Caféhaus. Es machte ihr einfach Spaß, in der Küche zu zaubern und Feedback einzuholen.

„Dann sollten wir sie wohl am Wochenende in der Scheune anbieten." Sie steckte die Karte ein und kümmerte sich weiter um das Kuchenpaket für Lucas.

„Apropos, Adventssingen", begann Carolina und zog die zusammengefaltete Liste, die sie sich für die Weihnachtsfeier im Krankenhaus geschrieben hatte, aus der anderen Hosentasche.

„Ich hatte gehofft, dass du mir mit deinem Organisationstalent aus der Patsche helfen könntest. Ein Auftrag für euer Geschäft ist auch noch drin."

Irinas abwartender, freundlicher Blick ruhte auf ihr.

„Ich hatte mich vor längerer Zeit dazu bereit erklärt, mich um Essen und Getränke für unsere Weihnachtsfeier in der Klinik zu kümmern. Ich wollte dich schon vor Wochen gefragt haben, aber das ist mir irgendwie durchgerutscht. Ich bin so oft eingesprungen, dass ich es vergessen habe. Ich hoffe, du kannst mir helfen und bekommst meine Bestellung noch unter."

„Zeig mal her!" Irina streckte die Hand nach dem Zettel aus und überflog ihn.

„Fünfzig Leute? Wann ist die Feier?"

„Freitag in zwei Wochen." Carolina wurde kleinlaut. Jetzt, wo sie mit Irina darüber sprach, war sie nicht mehr so zuversichtlich. Zaghaft suchte sie den Blick ihres Vaters, aber der versteckte sich hinter seiner Zeitung.

„Die Planung hinkt ein wenig. Wer hat denn diese Bestellung aufgeschrieben?"

„Ich. Was ist denn damit?"

Irina schob das Kuchenpaket für Lucas beiseite und setzte sich. Sie atmete schwer durch.

„Lassen wir mal Kuchen, Kekse und Pralinen außen vor. Du hast ein Spanferkel aufgeschrieben, für fünfzig Personen. Das könnte knapp werden. Da müsstest du für etwas mehr Beiwerk sorgen zum Sattwerden. Wo hast du es denn bestellt?"

„Das ist ja das Problem. Ich habe noch gar nichts bestellt. Ich hatte es vollkommen vergessen."

„Mhm, ich fürchte, so kurzfristig wirst du keins mehr bekommen."

Carolina war, während Irina sprach, immer weiter in sich zusammengesackt. Sie hatte viele Feste auf dem Hof miterlebt, bei denen Irina ihre Gäste immer herrschaftlich bewirtet hatte. Dass sie jetzt so vollkommen unfähig war, den Hunger von fünfzig Personen einzuschätzen, bereitete ihr Kummer.

„Wie sieht es denn aus mit Geschirr und Gläsern? Musst du das auch organisieren?" Irina stand auf und schritt nachdenklich, mit leicht gerunzelter Stirn, im Zimmer auf und ab.

„Nein, das bekommen wir aus der Krankenhausküche, denke ich. Ich frage schnellstmöglich nach." Carolina fing sich wieder. Sich hängenzulassen, war keine Lösung.

„Das ist doch schon mal was." Irina tippte mit dem Finger gegen ihre Oberlippe und gab ein undefiniertes Summen von sich. „Einfacher wäre es, wenn wir nicht unser eigenes Adventssingen vor der Brust hätten."

„Ja, da du es gerade ansprichst. Darf ich mir danach deinen großen Glühweinbottich für die Weihnachtsfeier ausleihen? Das würde einen Großteil der Getränkeversorgung gewährleisten."

„Ja klar, der ist das geringste Problem. Alles andere macht mir größere Sorgen."

Carolina beobachtete ihre Stiefmutter dabei, wie sie grübelte und sich den Kopf zerbrach. Irina wendete den Blick mal zur Decke, dann wieder auf den Zettel. Gleichzeitig wechselte sie sich ab, die Lippen zu schürzen oder die Wangen aufzublasen. Carolina musste trotz ihrer misslichen Lage schmunzeln. Irinas Gesichtsakrobatik war einfach herrlich.

„Mit Pralinen wird es bis nächste Woche eng, aber Plätzchen gehen vielleicht, wenn du die Auswahl begrenzt. Woher die Kuchen nehmen? Das wird eine echte Herausforderung." Sie faltete den Zettel zusammen und hielt ihn hoch. „Darf ich den behalten?"

Carolina nickte.

„Du gehst jetzt erst mal zu unserem kleinen Patienten und bringst ihm Frühstück mit. Ich werde nachher mal ein paar Telefonate führen und mir Gedanken machen."

„Ach, Irina. Das ist so lieb von dir. Wenn ich dich nicht hätte ..."

„Warte erst einmal ab. Ich habe noch nichts erreicht."

„Das weiß ich. Aber, dass du mir hilfst, nimmt mir etwas Stress von den Schultern und ich mache es wieder gut. Versprochen."

„Ich weiß." Irina setzte sich wieder und trank endlich ihren Kaffee.

„Sag mal, Papa, du bist doch heute zu Hause, oder?" Vorsichtig wendete sich Carolina nun an ihren Vater.

„Klar, ich will Hof und Scheune noch weiter vorbereiten. Warum?"

„Kann ich dir Lucas vorbeibringen? Der freut sich, wenn er bei dir und den Hunden auf der Couch liegen kann, und mir geht es besser, wenn er nicht so lange allein ist."

„Natürlich. Bring ihn zu mir. Wir machen das schon."

„Danke!" Carolina stand eilig auf und beugte sich zu ihrem Vater hinunter, um ihm einen Kuss auf die Wange zu drücken. Irina begleitete sie bis zur Haustür.

Dort umarmte sie ihre Stiefmutter zaghaft. „Danke, dass du mir hilfst. Bitte sage mir, was ich tun kann, damit du für unser Fest am Wochenende etwas entlastet bist."

„Da fällt mir gewiss etwas ein. Am besten kommst du heute Abend ins Café und wir reden dann weiter."

„Okay." Carolina nahm den Kuchen und stapfte noch immer niedergeschlagen, aber mit einem Hoffnungsschimmer in den Augen zurück in die Wohnung. Lucas hatte sich mittlerweile vom Schlafzimmer ins Wohnzimmer bewegt und sah fern.

„Nanu, geht es dir denn schon wieder besser?", wollte Carolina wissen und erntete ein wohliges Grinsen. „Du siehst aus, als wäre nichts gewesen", stellte sie fest.

„Muss ich jetzt etwa doch noch in die Schule?" Lucas streckte abwehrend die Arme vor der Brust aus.

„Nein. Du bleibst zu Hause. Besser gesagt beim Opa, wenn ich gleich losfahre. Der freut sich schon auf dich."

„Oh ja, ich mich auch. Dann gehen wir in die Scheune."

„Immer langsam mit den jungen Pferden. Erst einmal ruhst du dich aus und versuchst, kein Fieber mehr zu bekommen. Okay?"

„Mhm", murrte Lucas, fügte sich aber schnell in sein Schicksal. Beim gemeinsamen Frühstück mit seiner Mutter ließ er es sich schmecken und Carolinas Optimismus wuchs.

„Du wirst schon bald wieder fit sein. Vielleicht bist du ja gar nicht krank, sondern gewachsen. Da bekommen Kinder schon mal Fieber. Das ist nämlich anstrengend."

4 – Eine Einladung zum Kaffee

Im Laufe des Vormittags telefonierte Carolina erfolglos sämtliche Getränkelieferanten der Gegend ab. Niemand konnte oder wollte sie beliefern. Entweder war die Bestellung zu viel oder zu wenig oder alle Touren waren ausgebucht. Schließlich nahm sie sich den Vorschlag eines der Mitarbeiter am Telefon zu Herzen.

„Wenn Sie mir Ihre Bestellung durchgeben, kann ich alles abholfertig machen. Entweder kommen Sie selbst vorbei oder Sie finden jemanden, der die Getränke für Sie abholt."

Carolinas Gehirn ackerte. In ihrem Kleinwagen bekam sie kein Fass unter. Da passten nicht mehr als sechs Getränkekisten. Selbst dann musste sie schon ordentlich stapeln, Beifahrersitz, Rückbank und Kofferraum. Außerdem wusste sie aus Erfahrung, dass sie den Kasten auf dem Beifahrersitz anschnallen musste, denn ihr Auto interpretierte dieses Gewicht als Fahrgast.

„Wenn ich bis dahin einen Lieferwagen und einen Fahrer organisiert habe, könnte es klappen. Wissen Sie was, das machen wir."

Sie gab ihre Bestellung durch und war froh, wieder ein Stückchen weitergekommen zu sein. Bis zur Feier hatte sie mit Sicherheit ein Auto organisiert. Sie würde Nick später fragen, ob er ihr seinen Lieferwagen lieh und vielleicht sogar mit ihr gemeinsam in den Getränkegroßmarkt fuhr.

Nachdem sie aufgelegt hatte, brachte sie Lucas zu ihrem Vater und machte sich mit dem Auto auf den

Weg nach Sankt Vith. Langsam und mit Bedacht lenkte Carolina ihr Fahrzeug die Straße hinunter. Der Neuschnee darauf in Verbindung mit der Kälte gab eine gefährliche Kombination ab. Sie fuhr behutsam auf die Kreuzung zu und bemerkte ein von links herannahendes Auto, das deutlich zu schnell fuhr. Der Fahrer bremste im nächsten Moment, rutschte aber mit seinem Fahrzeug auf die Kreuzung und blieb auf Carolinas Spur stehen. Ein entgegenkommendes Fahrzeug musste ein Ausweichmanöver starten. Carolina hatte bereits vorsichtig abgebremst und näherte sich der Szene aufmerksam. Als sie nur noch wenige Meter entfernt war, hatten sich beide Fahrer bereits durch Handzeichen verständigt und fuhren unbeschadet weiter. Beim Blick auf das deutsche Kennzeichen des beinahe Verursacherfahrzeugs erkannte Carolina das D wieder und erinnerte sich. Düsseldorf. Den Wagen hatte sie doch kürzlich mit Lucas zusammen vor Janssens Pension gesehen.

„Da hat der Ärmste noch mal Glück gehabt. Die Touristen unterschätzen den Schnee immer wieder", flüsterte sie und fuhr noch konzentrierter weiter. Sie hatte keine Lust, in einen Unfall verwickelt zu werden. Auch, wenn es nur Blechschaden wäre, gingen ihr Zeit und Nerven verloren. Außerdem wäre sie dann nicht mehr mobil.

„Keine Schwarzmalerei!", ermahnte sie sich und wendete sich gedanklich wieder ihren Aufgaben zu. Nachdem die Getränke bestellt waren, wollte sie Nick noch um den Lieferwagen bitten und sich um ein neues Outfit bemühen. Sie würde es packen und Stück für Stück die Punkte auf ihrer To-do-Liste abarbeiten.

***

Im Caféhaus herrschte, genauso wie bereits in den vergangenen Wochen, Hochbetrieb.

„Hi, Nick", begrüßte Carolina ihn, als sie ihren Kopf in die Backstube hielt.

„Hallo! Gar nicht in der Klinik?" Er sah kurz zu ihr hinüber, unterbrach seine Arbeit aber nicht. Gerade war er dabei, eine große Menge Teig von einem in den anderen Behälter umzufüllen.

„Später. Ich muss vorher noch etwas erledigen. Deshalb bin ich hier. Hast du kurz Zeit für mich? Ich möchte dich um etwas bitten." Carolina setzte ihr charmantestes Lächeln auf.

„Nein. Wenn das so weitergeht, habe ich nie wieder Zeit." Er lächelte erschöpft. Trotzdem stellte Nick den leeren Behälter ab, zog die Handschuhe aus und ging zu ihr hinüber.

„Worum geht es denn? Brauchst du Mehl?"

„Wenn es nur so einfach wäre." Sie lachte und winkte ab. Dann erzählte sie ihm vom Catering für die Weihnachtsfeier, dessen Organisation sie übernommen und dann vor lauter Arbeitsstress versäumt hatte. Mit ernstem Blick hörte er sich aufmerksam ihre Story an.

„Noch ist nichts verloren. Ich muss ein wenig improvisieren und hier und da ein paar Gefallen einfordern. Dann passt es schon." Optimistisch sah sie ihn an.

„Und welcher Gefallen schwebt dir bei mir vor?" Nick sah unschlüssig in die Backstube.

„Ich habe die Getränke bereits bestellt, aber sie müssen abgeholt werden. In mein kleines Auto bekomme ich sie nicht rein und da habe ich an dich und deinen

Lieferwagen gedacht. Würdest du für mich die Getränke abholen und in die Klinik bringen?"

Nick sah wenig begeistert aus. Dann griff er sich in seine blonden Bartstoppeln und rieb sich das Kinn. „Ich verstehe dein Dilemma, aber ich kann dir leider nicht helfen."

„Was?", entfuhr es Carolina erschrocken. Sie hatte nicht mit einer Absage gerechnet. „Warum denn nicht?"

„Der Lieferwagen ist gerade in der Werkstatt. Ich weiß noch nicht, was er hat. Die rote Kontrollleuchte ist angegangen. Der ist frühestens in ein paar Tagen fertig. Ich stehe damit ebenfalls vor einem Problem, denn ich habe noch keine Ahnung, wie ich am Wochenende die Sachen fürs Singen zum Gut schaffen soll. Das Wochenende drauf ist er an einen Studienfreund von Natalie verliehen, der ihn für seinen Umzug braucht. Der Typ verlässt sich auf mich. Ich bin mir noch nicht so sicher, ob das überhaupt klappt." Er warf ihr einen mitleidigen Blick zu.

„Oh, nein. Wenn ich deinen nicht haben kann, muss ich mir einen Lieferwagen mieten. Ich hatte gehofft, mir diesen Aufwand sparen zu können." Enttäuscht blickte Carolina zu Boden. Der Getränkehandel befand sich etwas mehr als fünfzig Kilometer entfernt. Die Idee, das Nick mit seinem Wagen fuhr, war so schön einfach gewesen.

„Gibt es denn niemanden im Krankenhaus, den du fragen kannst?"

„Nein. Die sollen ja nicht wissen, dass ich es verpennt habe. Wie stehe ich denn dann da? Ich will Oberärztin werden und schaffe es nicht einmal, ein paar Speisen und Getränke pünktlich zu organisieren."

„Stimmt schon, aber gehst du da nicht zu hart mit dir ins Gericht?" Er sah sie ungläubig an und fügte dann tröstend hinzu. „Das kann doch jedem Mal passieren."

„Kann sein. Aber mir wäre es lieber, wenn es mir erspart bliebe und niemand Wind von meinem Versagen bekäme. Ich habe auch meinen Stolz." Sie schlug die Augen nieder. „Tja, dann ist es so und ich muss in den sauren Apfel beißen. Ich werde einen Transporter reservieren und falls dein Auto wieder zur Verfügung steht, storniere ich, okay?" Sie seufzte ernüchtert.

„Ja, klingt nach einem vernünftigen Plan."

„Die Getränke müssen am Donnerstag oder Freitag vor dem vierten Advent abgeholt werden. Könntest du dann den Fahrdienst für mich übernehmen und alles abholen?"

„Freitag vor dem vierten Advent? Das muss ich mit Martina und Irina absprechen. Da wird hier wieder die Hölle los sein."

„Ach, bitte, Nick. Ich helfe dir dafür am Samstag und übernehme mit meinem kleinen Auto Kurierfahrten vom Caféhaus zu uns. Dann bist du die Sorge schon mal los."

Begeistert war er nicht, aber er zog sein Handy aus der Tasche und warf einen prüfenden Blick in seinen Terminkalender.

„Versprechen kann ich es nicht. Aber ich werde die beiden fragen."

„Du bist ein Schatz. So wie ich die zwei kenne, werden sie nichts dagegen haben. Wir müssen uns doch gegenseitig unterstützen."

Nick steckte sein Smartphone wieder ein und lächelte zustimmend. „Eine Bedingung habe ich trotzdem noch.“

„Ach ja? Welche denn?“

„Du singst am Wochenende endlich mal ‚Alle Jahre wieder‘ mit mir. Du hast dich lang genug davor gedrückt.“

Carolina hob an zu protestieren, nickte dann aber und gab sich einverstanden. Dieses Opfer würde sie bringen.

„Danke!“ Sie verabschiedete sich. Sie winkte Martina und Irina zu, als sie durchs Lokal ging, und trat hinaus auf den Gehsteig. Der Schnee darauf war zu einer glatten, festen Schicht getreten worden. Sie warf einen Blick auf die Uhr, als jemand erschrocken aufschrie. Im nächsten Augenblick wurde sie unsanft von hinten angerempelt. Sie spürte einen festen Tritt gegen die Wade und gleich darauf wurde sie fest umklammert. Sofort war ihr Körper in Alarmbereitschaft versetzt.

„Tschuldigung! Tschuldigung! Tut mir leid“, hörte sie eine erschrockene männliche Stimme.

„Autsch!“ Carolinas ließ ihr Telefon zurück in die Manteltasche gleiten und versuchte, sich gefechtsbereit aus dem Klammergriff zu befreien.

„Vorsicht, bitte!“, vernahm sie gleich darauf eine unsichere Männerstimme nah an ihrem Ohr. Sie gehörte zu einem gut gekleideten Mann auf wackligen Beinen.

„Warum halten Sie mich fest?“

„Ich halte nicht Sie fest, ich halte mich an Ihnen fest. Es tut mir schrecklich leid, aber in den Schuhen habe ich keinen Halt.“

Carolina löste sich vorsichtig und sah prüfend auf seine schwarzen Herrenslipper hinab. „Zugegeben, Sie tragen denkbar ungünstiges Schuhwerk. Das ist leichtsinnig und beinahe lebensgefährlich."

„Sie haben ja recht. Das ist echt gefährlich. Nicht nur für mich, sondern auch für Sie." Der Mann, auffällig attraktiv, vielleicht Mitte dreißig, starrte Carolina, für ihre Begriffe, etwas zu lange an. Sie trat vorsichtig einen Schritt zurück.

„Oh nein, wie schade." Er bückte sich, um eine Caféhauspapiertüte aufzuheben, aus der einige Kekse herausgefallen waren.

„Die guten Plätzchen", klagte er und dabei bemerkte Carolina, dass sein dunkles, kurzes Haar fast vollständig mit Schneeflocken bekränzt war. Es sah aus, als trüge er eine Mütze aus Schnee.

„Sie haben es wohl nicht so sehr mit dem Winter?" Jetzt, da Carolina verstand, dass sie vor diesem Menschen nicht viel zu befürchten hatte, löste sich auch ihre Zunge wieder.

„Sie haben es erfasst. Im Moment bin ich diesbezüglich eher ein Pflegefall, falsche Schuhe, falsche Kleidung, aber ich hoffe, dass ich mich schnell eingewöhne."

„Aha", erwiderte sie höflich, wollte das Gespräch aber nicht unnötig in die Länge ziehen.

„Ja, ich möchte hier nämlich sesshaft werden. Kommen Sie von hier? Es ist so eine schöne Gegend." Er lächelte und schien das Gespräch im Gegensatz zu Carolina nicht so schnell beenden zu wollen.

„Das sagen die meisten Touristen, aber nur solange sie hier sind. Wenn sie erst wieder zu Hause sind, kneifen sie doch."

Carolina richtete ihren Schal, steckte die Hände in die Manteltaschen und wollte sich abwenden.

„Warten Sie, ich werde wirklich herziehen und ich würde mich freuen, wenn ich schnell Anschluss fände. Ich bin Tim." Er streckte seine Hand in Carolinas Richtung aus. „Haben Sie Lust, mal einen Kaffee mit mir trinken zu gehen? Sie könnten mir bestimmt ein paar Insider-Tipps geben."

„Das ist sehr nett, aber nein danke", erwiderte sie distanziert lächelnd und ließ die Hände tief in ihren Taschen. Der ließ wohl nichts anbrennen, ging es ihr durch den Kopf. Der Mann zog seine Hand zurück, lächelte aber unbeirrt.

„Na, vielleicht beim nächsten Mal. Wenn ich hier wohne, werden wir uns mit Sicherheit öfter über den Weg laufen und dann trinken Sie auch einen Kaffee mit mir."

„Kommen Sie unbeschadet nach Hause, Tim", verabschiedete Carolina sich, konnte sich aber ein amüsiertes Grinsen nicht verkneifen, als sie ihren Weg fortsetzte.

„Warten Sie, wie heißen Sie?", rief er Carolina hinterher. Sie stockte, war für einen Moment versucht, ihren Namen zu nennen, besann sich dann aber wieder. Sie hatte den Männern abgeschworen. Egal wie sie es in der Vergangenheit angestellt hatte, es hatte immer mit Kummer geendet. Sie musste solche Abenteuer bereits im Keim ersticken. Also drehte sie sich nur kurz um, sah ihn freundlich an und hob die Schultern hoch, als hätte sie keine Ahnung. Auch sein enttäuschter Blick konnte sie nicht erweichen.

Wenig später, als sie ihren Parkplatz fast erreicht hatte, hielt ein schwarzes Auto direkt neben dem Gehsteig. Aus der heruntergelassenen Scheibe winkte Tim und rief: „Danke noch mal! Wir sehen uns bestimmt wieder. Bis dann!"

Carolina sah ihm kopfschüttelnd nach. Ein echter Draufgänger. Jung, attraktiv und wahrscheinlich an jedem Finger zehn Verehrerinnen. Ihr Blick blieb auf dem Kennzeichen haften. D für Düsseldorf.

Er schon wieder. Na, das würde nichts geben, wenn er bliebe. Dieser Tim war Tourist durch und durch. Er kam gewiss nicht unbeschadet über seinen ersten Winter. Wahrscheinlich brach er sich alle Knochen und bekam einen Dauerplatz im Krankenhaus.

Sie stieg ins Auto und hing ihren Gedanken nach. Eine niedliche Kennenlerngeschichte wäre es schon gewesen, nur für den Fall, dass sie auf der Suche nach einer Beziehung gewesen wäre. War sie aber nicht. Diese Zeiten waren vorbei. Von Männern hatte Carolina die Nase voll. Sie hatte genug damit zu tun, sich um ihren Sohn und die Arbeit zu kümmern.

***

Der Gedanke an Tim ließ sie aber nicht so schnell wieder los und begleitete Carolina, während sie in einer Boutique nach einem eleganten und doch schlichten Outfit für die Feier suchte.

Die Verkäuferin zeigte sich geduldig und schließlich hatte Carolina ein paar sehr hübsche Teile ausgewählt, die sie auch anschließend noch nach Belieben getrennt voneinander tragen konnte.

Sie betrachtete sich wohlwollend im Spiegel. In der schwarzen, engen Jeans kam ihr Po sehr gut zur Geltung. Was aber allen anderen, auch diesem Tim, für den Fall, dass sie sich jemals wiedersehen sollten, verborgen bleiben würde, denn darüber fiel eine elegante, lange, wollweiße Chiffon-Bluse mit V-Ausschnitt. Bin ich zu abweisend gewesen, dass ich ihm nicht einmal meinen Namen gesagt habe? – Nein. Es fängt ja jetzt schon wieder an, dass ich mich nicht aufs Wesentliche konzentriere.

Als rustikalen Kontrast hatte sie sich einen Strickpullover aus superweicher Wolle in dunklem Grün ausgesucht. Das Norwegermuster darauf verlief wie ein gezackter Kragen in Weiß und Hellbraun um den Rundhalsausschnitt. Die Ellenbogen waren verstärkt. Dieser Pullover würde Carolina auch über die Weihnachtsfeier hinaus für wenigstens zwei Jahre gute Dienste leisten. Das konnte sie von dem kurzen schwarzen Kleid, das sie wenigstens einmal anprobiert hatte und das ihr auch ausgezeichnet stand, nicht gerade behaupten.

„Vielen Dank und eine schöne Adventszeit", verabschiedete Carolina sich und warf einen erneuten Blick auf die Uhr. Höchste Zeit, ins Krankenhaus zu fahren. Doch bevor sie sich auf den Weg machte, rief sie ihren Vater an, um sich nach Lucas' Befinden zu erkundigen.

„Hi, Papa, wie geht es meinem kranken Hasen?"

„Schon besser. Wenn er so weitermacht, muss ich ihn bald anbinden, damit er mir nicht auf den Hof rennt und den Tannenbaum schmückt." Franz lachte, im Hintergrund erklang Hundegebell.

„Das klingt ja richtig vielversprechend. Er soll aber drinnen bleiben und sich trotzdem schonen. Sonst liegt er gleich wieder flach, bevor er bis drei zählen kann."

„Keine Sorge, ich passe schon auf. Im Moment spielen wir Schach. Soll ich ihn dir mal geben?"

„Sehr gern", erwiderte Carolina und wartete, bis Franz den Hörer an Lucas weitergegeben hatte.

„Mama?"

„Ja. Ich habe gehört, dass es dir schon wieder etwas besser geht?"

„Und wie. Ich bin schon fast wieder fit. Opa hat gesagt, dass er wartet, bis ich wieder gesund bin und dann schmücken wir den Baum zusammen."

„Das klingt gut. Wie läuft das Schachspiel?"

„Ich glaube, ich gewinne. Ich habe schon eins von Opas Pferden."

„Ich drücke dir die Daumen und du erzählst mir alles, wenn ich heute Abend wieder da bin. Okay?"

„Okay." Damit legte er auf. Für einige Sekunden schaute Carolina überrascht auf ihr Telefon, dann machte sie sich auf den Weg zu Arbeit.

***

Als sie ins Gebäude trat, lief sie zielgerichtet zum Empfang, wo die junge Frau mit der auffälligen großen karminroten Brille gerade den Telefonhörer auflegte. Als sie Carolina erkannte, zog sie einen neuen Zettel hervor.

„Guten Tag, Frau Doktor Beeken", rief sie und wedelte mit dem Papier durch die Luft.

„Hallo, gab es etwa weitere Anrufe für mich?"

„In der Tat, die gab es." Sie reichte den Zettel unter der Glasscheibe hindurch und fügte dann schüchtern hinzu: „Wenn Sie mich fragen, Frau Doktor Beeken, ich glaube ja, dass es immer derselbe Typ ist, der anruft. Haben Sie eine Idee? Soll ich es der Verwaltung melden?" Bettina konnte ihre Unsicherheit darüber, wie sie mit dieser Situation umgehen sollte, nicht verbergen.

„Erst mal nicht. Ich gehe davon aus, dass sich das in den nächsten Tagen aufklären wird." Carolina schüttelte den Kopf und las die Namen auf dem Zettel durch.

„Falco und John Lennon. Ich frage mich wirklich, was das soll. Da hat jemand einen merkwürdigen Humor."

„Mir ist das unheimlich. Macht Ihnen das keine Angst? Was ist, wenn es sich um einen Verrückten oder einen Stalker handelt? Oder einen verrückten Stalker", warf Bettina ein. Ihr Gesicht was mit einem Mal recht blass geworden, wodurch die rote Brille noch kräftiger zur Geltung kam.

„Machen Sie sich mal keine Sorgen. Das klärt sich bestimmt bald. Es ist nur ein alberner Scherz, da bin ich mir sicher."

„Na gut, wie Sie meinen. Aber wir müssen etwas tun, wenn das nicht aufhört."

Carolina nickte und verabschiedete sich. Statt des Fahrstuhls nahm sie die Treppe und ging hinunter in die Krankenhausküche. Sie wollte sich mit dem Küchenpersonal hinsichtlich des Service und des Geschirrs für die Weihnachtsfeier besprechen. Diesen Teil der Organisation hatte sie tatsächlich schon vor Wochen erledigt. Erleichtert machte sie sich eine Viertelstunde später auf den Weg nach oben. Wenigstens lief hier alles nach Plan. Die Küchencrew würde sich auch um die Getränke kümmern, wenn Carolina sie schon vorab liefern ließ.

Während der nächsten Dienststunden hoffte sie, Direktor Farbach oder wenigstens seiner Sekretärin Merle über den Weg zu laufen. Auf diese Weise würde sie sich und die noch ausstehende Anpassung in ihrem Vertrag in Erinnerung rufen können. Auch wenn Farbach im Rahmen seiner ausufernden Rede die offizielle Verkündung während der Weihnachtsfeier vornahm, ließ er sich mit den Formalitäten zu Carolinas Verärgerung mehr als genug Zeit. Dass sie jetzt schon alle Arbeiten erledigte, mit der Beförderung aber bis nach dem Jahreswechsel warten sollte, empfand sie bereits als kleinkariert. Dass sie nun auch noch so lange auf die Papiere warten musste, gefiel ihr einfach nicht. Sie wusste, dass sie sich erst entspannte, wenn die Unterschrift des Direktors unter der Vereinbarung prangte.

Aufmerksam ging sie durch die Flure, vorbei an Farbachs Büro, doch weder er noch irgendjemand sonst arbeitete noch hier. Vorhin hatte sie die dicken Autos von Farbach und Sinzenich vor der Tür auf ihren Parkplätzen gesehen, oder irrte sie sich? Carolina warf einen Blick auf die Uhr. „Natürlich, ach Shit!", flüsterte sie. Es war bereits nach vier und da war die Verwaltungsetage selbstredend wie ausgestorben. Sie hatte die beiden verpasst, als sie unten in der Küche gewesen war. „Dann eben nicht."

Sie fügte sich in ihr Schicksal und beschloss, sich zumindest noch ein paar Minuten für einen Kaffee mit Melli zu gönnen. Die sollte laut Dienstplan auf jeden Fall noch da sein.

Schon als Carolina den Stationsflur betrat, sah sie ihre Freundin mit der Bettpfanne voran über den Gang laufen und stahl sich von Melli unbemerkt ins Schwesternzimmer. Der Nachmittag verlief bis jetzt ruhig. Die Besuchsregeln waren immer noch streng, das machte sich bemerkbar. Aber was den Krankenhausbetrieb etwas reibungsloser machte, war für die Patienten bisweilen eine absolute Katastrophe. Plötzlich fiel ihr auf, dass die Weihnachtsdekoration recht karg ausfiel. Bis auf ein paar LED-Teelichter konnte sie nichts entdecken. Wie hatte ihr das nur entgehen können?

„Na, so in Gedanken, Frau Doktor?" Eine Schwester stand neben ihr.

„Hallo, Ramona, ja, ich vermisse die Weihnachtsdekoration. Mir ist die Zeit irgendwie davongerannt. Ich hatte nicht auf dem Schirm, dass es nicht mehr so lang bis Weihnachten ist. Als ich die Kerzen gesehen habe, ist mir eingefallen, dass ich nicht einmal eine Kleinigkeit ins Arztzimmer gestellt habe. Das mache ich sonst immer."

Ramona arbeitete als Springerin zwischen den Stationen. Mitte oder Ende vierzig, nicht besonders groß und von untersetzter Figur. Ihre dunklen Haare trug sie in einer fransigen Kurzhaarfrisur, die sie durch violette Strähnchen farblich gepimpt hatte. Sie war nett und fleißig und wusste, was zu tun war, egal auf welcher Station sie eingesetzt wurde, und Ramona war auch immer bestens informiert.

„Ja, schade, nicht wahr? Es ist, als wäre dieses Jahr zu Weihnachten der Wurm drin. Erst ist die Weihnachtsbeleuchtung beim Hochwasser im Keller abgesoffen und die Firma, die den Baum im Foyer aufstellen sollte, kommt auch nicht, weil sich die Mitarbeiter ständig krankmelden. Wie soll denn da festliche Stimmung aufkommen?"

„Und woher weißt du das alles?", wollte Carolina wissen und dachte sich zugleich, dass dies die Erklärung für ihr weihnachtliches Versäumnis gewesen sein könnte. Es sah nirgendwo weihnachtlich aus. Es fehlte an der richtigen Stimmung.

„Na, von Merle. Ich war vorhin beim Kaffeeklatsch." Ramona grinste. Carolina widerstand dem Impuls, sich nach Details zu erkundigen. Nein, sie würde nicht fragen, ob Merle vielleicht etwas ausgeplaudert hatte. Das wäre nun mehr als unprofessionell und einer zukünftigen Oberärztin nicht würdig. Es hatte schon genug Kommentare von den Kollegen gegeben, dass sie sich immer zu gut mit dem Pflegepersonal verstand. Was sie zwar ärgerte, aber nicht davon abhielt, den Umgang weiterhin zu pflegen.

„Kaffee. Gut, dass du es sagst. Deswegen bin ich hier." Carolina nahm sich eine Tasse, goss sie halb voll und setzte sich. Just in diesem Moment kam Melli zurück.

„Oh, Caro? Ist Frau Doktor schon wieder strebsam im Einsatz?" Melli streckte ihr frech die Zunge heraus, aber Carolina machte sich nichts daraus, weder aus der Bemerkung noch aus der Grimasse. Sie kannte Melli lang genug. Bevor sie antworten konnte, ertönte bereits das Piepen einer weiteren Patientenklingel.

„Ich gehe diesmal", entschied Ramona und so konnte sich Melli für ein paar Minuten setzen.

„Du kennst mich. Ich liebe meine Arbeit."

„Das ehrt dich – Streberliese!"

„Von nichts kommt nichts", antwortete Carolina mit einer ihrer liebsten Phrasen. „Shoppen war ich heute Vormittag auch noch, das Outfit steht."

„Echt, zeig her!"

„Kann ich nicht, liegt draußen im Auto."

Melli blickte aus traurigen Kulleraugen, als hätte man ihr gerade ihr Lieblingsspielzeug weggenommen.

„Du zeigst es nicht einmal?"

„Du wirst es noch früh genug sehen. Es ist ja nicht mehr lang."

„Dann erzähl mir wenigstens, was es ist, oder nein! Besser noch, lass mich raten." Melli legte den Finger auf die Lippen und bedeutete ihrer Freundin, still zu sein. Dann legte sie die Stirn in Falten, schloss die Augen und machte ein hoch konzentriertes Gesicht.

„Ein Strickkleid mit hoffentlich kurzem Rock, langen Ärmeln und hohen Stiefeln dazu, und weil du nicht so sehr auffallen willst, ist es einfarbig in einem dunklen Ton gehalten." Sie öffnete die Augen und strahlte siegessicher.

„Du liegst so was von daneben. Kein Kleid!"

Melli blickte irritiert. „Kein Kleid? Was hast du jetzt schon wieder angestellt?"

„Eine schwarze Hose, weiße Bluse und einen superweichen Norwegerpulli zum Drüberziehen."

Melli verzog keine Miene. Sie wartete offensichtlich noch darauf, dass Carolina zu erkennen gab, dass sie scherzte. Tat sie aber nicht.

„Ist nicht dein Ernst. In Hose und Pulli zur Party? Mensch, Caro, so wird das nichts mit den Männern. Du musst dir wenigstens ein bisschen Mühe geben." Der bedauernde Blick mit dem Melli sie betrachtete, beeindruckte Carolina wenig.

„Genau! Das Thema hatten wir doch schon. In kurzem Kleid kann ich nicht gut arbeiten und von Männern habe ich genug. Und selbst wenn nicht, wäre jeder, dem an mir nur das kurze Kleid auffällt, auf der Stelle disqualifiziert. Was ziehst du noch mal an?"

„Ein kurzes Kleid." Melli rollte mit den Augen.

„Ach, Melli!" Carolina sagte es, als seien bei ihr Hopfen und Malz verloren, war sich aber sicher, dass Melli es ihr nicht übel nahm. Und so war es auch.

„Na, wird schon schiefgehen", kommentierte sie nur und gleich darauf grinsten sich beide an. Das Thema war erledigt.

5 – Jimi Hendrix ist zurück

Am Abend, zurück auf Gut Beeken, traf Carolina auf ihren bestens gelaunten Sohn Lucas. Das Fieber war nicht zurückgekehrt, er hatte abwechselnd geschlafen und mit Opa Franz Schach gespielt.

„Hallo, mein Schatz! Dir geht es ja schon sichtlich besser", begrüßte sie ihn.

„Ein bisschen, aber nicht so gut, dass ich morgen schon wieder in die Schule kann." Er bemühte sich um ein glaubwürdiges Husten, um seine kritische Situation zu verdeutlichen.

„Keine Sorge, du bleibst bis zum Wochenende zu Hause und erholst dich. Aber ich frage in der Schule nach Aufgaben für dich und Tischtennis ist natürlich auch gestrichen."

„Hm", gab sich Lucas mürrisch einverstanden und begann damit, das Schachbrett für eine weitere Partie mit seinem Opa aufzubauen.

„Wir bleiben übrigens zum Abendessen, Papa", wendete sich Carolina an ihren Vater. Dabei entging ihr das freudige Grinsen auf dem Gesicht ihres Sohnes nicht. „Irina hat sich Gedanken über mein Problem mit der Weihnachtsfeier im Krankenhaus gemacht und will mir einige Vorschläge unterbreiten. Sie hat mich gebeten, das Abendessen für uns alle vorzubereiten. Im Froster ist noch Suppe, sie bringt Brötchen mit."

Franz saß seinem Enkel gegenüber am Tisch und seufzte. „Wenn sie sich nur nicht übernimmt. Ich bin ehrlich gesagt wenig begeistert davon, dass sie sich deine Probleme auch noch aufhalst. Wir haben noch so viel für unser Adventssingen am Wochenende zu erledigen. Wie soll denn da Weihnachtsstimmung aufkommen? Eher noch brechen wir alle an Erschöpfung zusammen."

„Ach, Papa." Carolina trat zu ihm, legte ihre Arme um seine Schultern und schmiegte ihr Gesicht an seines. Sie spürte seine grauen, weichen Stoppeln gern auf ihrer Wange. „Es tut mir leid, dass ich damit so kurzfristig um die Ecke komme, und ich bin ihr so unglaublich dankbar, dass sie mir hilft. Egal wie. Allein wäre ich vollkommen aufgeschmissen und säße wahrscheinlich irgendwo verzweifelt in der Ecke. Ich verspreche, ich werde selbst bis zum Umfallen schuften und bei den Vorbereitungen für das Singen bin ich doch sowieso dabei."

„Ja, die Familie muss zusammenhalten. Werden wir auch. Trotzdem darf es mir niemand übel nehmen, dass ich meine Familie lieber entspannt und glücklich sähe. Stattdessen springen wir alle hektisch arbeitend und nervös herum. Jeden Tag ein neues Chaos. Besinnlich ist bei uns im Moment gar nichts."

„Es wird aber noch besinnlich, Papa. Versprochen!"

„Ich kann auch helfen", meldete sich Lucas zu Wort. „Wenn ich nicht in die Schule muss, habe ich doch Zeit. Opa und Nick haben mir sowieso versprochen, dass ich mithelfen kann, den Baum zu schmücken."

„Wenn du fit bist und die Schulaufgaben erledigt sind, findet sich bestimmt eine Möglichkeit", nahm Carolina ihm sanft den Wind aus den Segeln und ließ ihren Vater wieder los. „Ich gehe jetzt mal schnell das Essen warm machen und dann sehen wir weiter."

„Komm, Opa, eine Runde schaffen wir noch", hörte sie Lucas hinter sich, als sie das Zimmer verließ.

In der großen Küche lagen die beiden Belgischen Schäferhunde Fiona und Aramis und dösten auf ihren Kissen. Sie wedelten freudig mit den Schwänzen, als Carolina zu ihnen trat, blieben jedoch brav liegen und ließen sich zur Begrüßung hinter den Ohren kraulen. Dann richtete sie sich langsam wieder auf und griff geräuschlos nach der Dose mit den Hundeleckerlis, die über den Tieren im Hängeregal stand. Aufgeregt wie ein Kind, das sich heimlich etwas aus der Bonbondose stibitzte, nahm sie für jeden Hund ein Leckerchen heraus. Sie sollten nichts zwischendurch bekommen, aber hin und wieder setzte sich Carolina darüber hinweg. In Sekundenschnelle hatten die beiden Hunde die Leckerbissen vertilgt und sahen Carolina mit erwartungsvollen Blicken an.

„Nein, nein, ihr Süßen", flüsterte sie und streichelte beide nochmals. „Das muss reichen, sonst krieg ich Ärger und den kann ich gerade nicht gebrauchen."

Die Suppe erhitzte sich mehr oder weniger von allein, und als Irina heimkam, hatte Carolina bereits den Tisch gedeckt. Nun saßen sie gemeinsam beim Abendessen und Irina erzählte von ihren Bemühungen.

„Also, ich habe mit beiden Metzgern und dem Partyservice gesprochen. Ein Spanferkel kannst du leider vergessen. Die sind alle bis unters Dach ausgebucht."

„Oh, nein." Carolina lehnte sich enttäuscht zurück. Sie hatte so sehr darauf gehofft, dass Irina das Ruder für sie herumreißen könnte.

„Keine Panik, du musst die Sache nur ordentlich verkaufen. Wie wäre es statt des Ferkels mit zwei deftigen

Suppen? Du könntest eine vegetarische und eine fleischhaltige Suppe anbieten. Wie wäre es mit Pfifferling-Cremesuppe und Gulasch? Um dem Essen eine besondere Note zu geben, könntest du auf Hirsch, statt Rindfleisch setzen. Dazu Steinofenröggelchen und alles ansehnlich kredenzt. Dann habt ihr ein gutes, rustikales Essen und keiner muss hungern."

Carolina fing ihren schelmischen Blick auf. In ihrem Kopf ratterte aber schon das nächste Problem.

„Das wäre eine großartige Variante, aber woher soll ich denn jetzt die Suppen nehmen? Ich kann die doch nicht noch selbst kochen. Vor allem nicht in diesen Mengen. Ich wünschte, ich hätte Nein gesagt. Ich habe nur an die Beförderung und die Verbesserungen im neuen Jahr gedacht, dass ich mich im Hier und Jetzt vollkommen übernommen habe. Verdammt, ich schaffe das nicht allein." Carolina gab ihre Erkenntnis unumwunden preis. Hier im Kreis der Familie fiel es ihr leichter, ihre Bedenken und Sorgen zuzugeben.

„Ich hätte dir den Vorschlag nicht gemacht, wenn ich nicht schon für dich vorgefühlt hätte." Irina lächelte aufmunternd und strich Carolina über den Arm. „Die Metzgerei Wilbers betreibt ja auch einen Partyservice. Die zwei Kessel Suppe könntest du bei ihnen bekommen, wenn du dich bis morgen bei ihnen meldest. Lieferung ins Krankenhaus wäre inklusive."

„Großartig, Irina, das nehme ich. Du bist der Wahnsinn!"

„Nicht der Rede wert, das waren nur ein paar Telefonate. Den Rest der Organisation musst du jetzt übernehmen." Irina gab sich wie immer bescheiden.

„Danke, das mache ich gleich morgen früh."

„Schwieriger zu klären ist die Nachtischfrage", berichtete Irina nun weiter. „Wir sind echt ausgelastet und können dir keine Torten backen. Du könntest auf Fruchtsorbet ausweichen, aber auch das muss zubereitet, gekühlt und abgefüllt werden. Oder ..." Irina machte eine lange Pause.

„Oder was?" Carolina ahnte, dass sie auch hier schon irgendetwas ausgeheckt hatte.

„Du könntest abends für ein paar Stunden allein in die Bäckerei und Makowiec backen. Wenn du genug von den polnischen Mohnstollen auftischst, habt ihr leckeren, süßen und weihnachtlichen Nachtisch. Nick würde dir Platz in der Backstube machen und du könntest in der nächsten Woche schon anfangen. Der Vorteil ist nämlich, dass sich die Stollen lange halten, wenn du sie ordentlich einpackst."

„Ich soll nachts allein bei euch im Laden backen? Hast du nicht Angst, dass ich mehr Chaos anrichte als alles andere?"

„Doch, genau das habe ich." Irina lächelte matt. „Ich sage ja nur, dass es eine Option wäre. Du kannst auch einfach gefrorene Torten kaufen und dann ist es so. Es gibt recht ansehnliche Angebote im Großmarkt."

„Ja, das habe ich mir auch schon für den allerschlimmsten Fall überlegt." Carolina schob ihren leeren Suppenteller beiseite und lehnte sich niedergeschlagen zurück.

„Ach wisst ihr, ich habe gar keine Lust mehr auf diese blöde Weihnachtsfeier. Am liebsten würde ich alles absagen." Plötzlich klirrte es laut auf dem Tisch. Erschrocken hob Carolina den Blick und Aramis, der mittlerweile unter dem Esstisch lag, ließ ein missmutiges

Grollen verlauten. Lucas hatte seinen Suppenlöffel in den Teller fallen lassen und begann gleich darauf zu protestieren. „Wenn du da nicht hingehst, bekommst du den neuen Job nicht und dann musst du wieder an Weihnachten arbeiten. Du hast versprochen, dass dieses Jahr alles anders wird." Seinem Gesichtsausdruck entnahm sie, dass er es sehr, sehr ernst meinte, und es tat ihr gleich darauf leid, dass sie ihre Gedanken so unbedacht in seiner Gegenwart geäußert hatte.

Sie lächelte besänftigend und streichelte Lucas' Hand. „Keine Sorge, ich habe nur gesagt, dass ich *am liebsten* absagen wollte. Aber das mache ich natürlich nicht, sondern werde mich zusammennehmen und mich kümmern. Ich lass mir doch den neuen Job nicht entgehen. Versprochen ist versprochen!"

Lucas atmete erleichtert durch.

„Ich werde mich ordentlich ins Zeug legen und habe noch keine Ahnung, wie ich diese Stollen backen soll, aber in Ordnung. Wir machen das so, wie deine Oma vorgeschlagen hat." Mit einem hoffnungsfrohen Lächeln wendete sie sich Irina zu. „Ich vertraue dir und danke dir schon jetzt unendlich für deine Unterstützung. Wahrscheinlich werde ich bis zum Rest meines Lebens Wiedergutmachung leisten müssen."

„Na, na, du musst es nicht gleich übertreiben. Fürs Erste reicht es, wenn ich Samstag auf dich zählen kann."

„Woran hast du gedacht? Ich habe Nick bereits angeboten, für ihn die Lieferfahrten zu übernehmen, da der Transporter kaputt und in der Werkstatt ist."

„Ja, das hat er mir auch gesagt. Wenn du einfach nur da bist und ein Auge auf unsere älteren Gäste hast, das wäre fantastisch.“

„Dann machen wir das so. Ich bin da und du sagst mir, wenn du etwas brauchst.“

„Ab Dienstagabend könntest du rein theoretisch backen.“

„Oje, das werden lange Tage und wo bleibt dann Lucas?“

„Darum kümmere ich mich“, warf Franz mit seiner ruhigen und tiefen Stimme ein. Er hatte die ganze Zeit ruhig daneben gesessen und aufmerksam zugehört. Nun richtete er sich an Lucas. „Oder hast du etwas dagegen, eine Woche bei Oma und Opa zu schlafen, mein Kleiner?“

„Ey, ich bin nicht klein.“ Lucas’ Protest war verhalten. Für jedermann zeichnete sich seine Freude über diesen Vorschlag deutlich erkennbar in seinem Gesicht ab.

„Ach, wenn ich euch nicht hätte. Ich wüsste nicht, wo mir der Kopf steht, und wie ich das alles schaffen soll. Ich schwöre, ab nächstes Jahr wird alles anders. Dieses Chaos muss ein Ende haben.“

„Nick kommt am Freitag vorbei, dann wollen wir die Musikanlage aufbauen und in der Scheune zu Ende schmücken“, begann nun Franz von seiner Planung zu berichten.

„Ich darf mithelfen, du hast es versprochen“, warf Lucas zwischen zwei Löffeln Schokopudding ein.

„Natürlich.“ Carolina seufzte gerührt und war beim Anblick ihres Sohnes gleich viel ruhiger. Er war der beste Grund, anzupacken und die nächsten Tage durchzustehen.

***

Bevor Carolina am nächsten Morgen zur Arbeit fuhr, machte sie einen Abstecher in den Keller. Dort hatte sie sehr ordentlich all ihr Hab und Gut in beschrifteten Kartons untergebracht und diese fein säuberlich übereinandergestapelt. Sie schleppte eine Kiste mit Weihnachtsdekoration über den Hof zu ihrem Auto und verstaute sie im Kofferraum. Eine andere trug sie hinauf in die Wohnung, damit sie auch dort endlich mit Lucas für entsprechende Atmosphäre sorgen konnte. Bis auf seinen Adventskalender gab es nicht sonderlich viel in der Wohnung, das nach Winter und Weihnachten aussah. In diesem Jahr war Carolina echt nicht sie selbst. Dass Weihnachten auf Gut Beeken durch deutsche Bräuche geprägt war, ging auf Norma Ringstetten, Franz' erste Frau, Mutter von Carolina und Natalie, zurück. Sie selbst hatte deutsche Wurzeln und hatte daran festgehalten. Es war mitunter schwierig gewesen. Vor allem wenn die Kinder viel länger auf ihre Weihnachtsgeschenke hatten warten müssen. Doch die Schwestern hatten sich daran gewöhnt und Lucas kannte es auch nicht anders. Selbstverständlich brachte Sinterklaas auch immer eine Kleinigkeit auf Gut Beeken vorbei.

Als sie am Krankenhaus ankam, war die Zufahrt zum Parkplatz durch den Transporter einer Handwerkerfirma blockiert und so entschied sie sich kurzerhand, auf Sinzenichs freiem Stellplatz zu halten. Sie hob den Karton aus dem Kofferraum und trug ihn ins Foyer, wo sie beinahe mit einem der Handwerker zusammenstieß. Endlich wurde der Weihnachtsbaum aufgestellt und der Eingangsbereich geschmückt. Der stattliche

Baum, er war gewiss vier Meter hoch, verströmte einen kräftigen Geruch nach Tannengrün und Harz. Die Girlanden mit roten Schleifen und großen goldenen Kugeln sorgten ebenfalls für ein heimeliges Ambiente. Obwohl die Handwerker ihre Kisten, Verpackungen und Werkzeuge unprofessionell und unfallgefährlich im Foyer verteilt hatten, war es Carolina gleich ein klein wenig wärmer ums Herz. Sie lief zum Empfang und stellte ihren eigenen Karton davor auf den Boden, bevor sie das Gespräch begann.

„Guten Morgen, wie gehts? Gab es wieder irgendwelche seltsamen Anrufe für mich?"

„Nein, heute nicht", erwiderte die junge Frau mit der roten Brille etwas abwesend und sah an Carolina vorbei. Diese folgte dem verträumten Blick, der auf einem der Handwerker am Tannenbaum ruhte.

„Ich sehe, hier ist heute Morgen viel zu tun", kommentierte Carolina mit einem Augenzwinkern. „Falls sich doch jemand meldet, rufen Sie mich an und stellen Sie das Gespräch durch. Dann haben wir das Rätsel schnell gelöst."

Sie ging amüsiert zum Fahrstuhl. Ja, für sich selbst hatte Carolina eine Beziehung ad acta gelegt, aber das hieß nicht, dass sie anderen die kleinen Momente des Flirtens und Schmachtens nicht gönnte.

Kurz vor zehn, sie wollte sich gerade von der Kinderstation aus auf den Weg zu den anstehenden sonografischen Untersuchungen machen, klingelte ihr Telefon.

„Bettina Speichert hier, vom Empfang!", erklang die ihr bereits bekannte zurückhaltende, dünne Stimme.

„Ja. Hallo, das ging schnell. Wollen Sie mir etwa einen kuriosen Anruf durchstellen?" Carolina blieb am Lift stehen und drückte auf den Knopf. Das Untersuchungszimmer lag zwei Stockwerke höher.

„Nein, das nicht." Es folgte eine unsichere Pause. „Es ist aber jemand hier, der Sie sprechen möchte. Er sagt, sein Name sei Jimi Hendrix."

Die Fahrstuhltür öffnete sich, ein Herr mit Infusionsständer verließ den Lift, aber Carolina war so perplex, dass sie vergaß einzusteigen. Die Tür schloss sich und der Fahrstuhl fuhr ohne sie weiter.

„Jimi Hendrix hat er gesagt, sind Sie sicher?"

„Klar, aber er ist es natürlich nicht. Ich habe schon gegoogelt. Der echte Jimi Hendrix ist tot."

„Was Sie nicht sagen", entfuhr es Carolina. Bettina kannte den ominösen Fremden offensichtlich nicht. Somit löste sich Carolinas Idee, es könnte sich bei diesem Typen, um jemanden aus dem Krankenhaus handeln, in Wohlgefallen auf.

„Er hat ausdrücklich nach mir gefragt?"

„Ja."

„Und er hat nicht gesagt, worum es geht?"

„Nein. Nur, dass er mit Ihnen sprechen muss und es sehr wichtig sei."

„Was für eine Idiotie!" Carolina schwankte zwischen Neugier und Empörung.

„Er steht draußen vor dem Eingang und wartet auf Sie. Soll ich sagen, dass es jetzt nicht passt? Ich kann auch die Polizei rufen."

„Nein, wir wollen es nicht übertreiben. Das haben wir gleich und dann hat dieser Quatsch ein Ende. Ich komme runter und werde diesem Kerl anständig die Meinung geigen."

Sie drückte erneut auf den Knopf und rief den Lift. Ein Mann mit einem Infusionsständer betrat den Fahrstuhl mit ihr. Carolina konnte nicht sagen, ob es der gleiche war, der ihn erst kurz zuvor verlassen hatte.

„Rauf oder runter?", fragte sie ihn höflich und steckte ihr Telefon wieder ein.

„Runter bitte", erwiderte dieser.

„Na, wunderbar!"

Sie drückte das E für Erdgeschoss und war wenige Augenblicke später im Foyer angekommen. Bettina reckte bereits ungeduldig ihren Hals über die Theke und zeigte mit einem Stift auf einen groß gewachsenen, schlaksigen Kerl in schwarzem Hoodie und zerrissener Jeans. Die Kapuze hatte er übergezogen. Sie hatte keine Ahnung, wer der Typ war oder was er von ihr wollen könnte. Die untere Partie seines Gesichts wurde von einem auffälligen Vollbart beinahe vollständig verdeckt. Den oberen Bereich versteckte er hinter einer verspiegelten Sonnenbrille.

Sie sah Bettina an und hob ahnungslos die Schultern. Dann durchquerte sie mit entschlossen Schritten das Foyer. Dabei musste sie über einige Kabel steigen, die wirr und vollkommen nutzlos auf dem Boden verteilt waren, und warf einem der zuständigen Handwerker einen missbilligenden Blick zu.

Die automatische Eingangstür öffnete sich, Carolina stellte sich mit etwas mehr als zwei Metern Sicherheitsabstand neben den Fremden und fragte kühl: „Ich bin Doktor Beeken. Was verschafft mir die Ehre mit Jimi Hendrix, David Bowie, Kurt Cobain und Co?"

Der Fremde, der vor dem Schneefall geschützt unter dem Vordach stand, wendete sich ihr zu. Sie hatte noch immer keine Ahnung, mit wem sie es zu tun hatte. Doch als er die ersten Worte sprach, war es Carolina, als verlöre sie den Boden unter den Füßen. Ihr Herz begann aufgeregt und heftig zu schlagen. Sie spürte es dumpf in der Brust und am Hals. Das Blut rauschte laut durch ihren Körper und sie produzierte plötzlich Unmengen des Stresshormons Cortisol. Diese Stimme kannte sie nur zu gut. Was zum Teufel wollte ER hier?

6 – Nummer vier

Carolinas Hände wurden augenblicklich schweißnass. Ihr Herz überschlug sich beinahe und sie wusste nicht, ob es vor Wut, Überraschung oder Panik geschah.

„Was machst du hier? Was willst du?" Mit verschränkten Armen zischte sie den Mann, der etwa im gleichen Alter war, an und ging in Abwehrstellung. Am liebsten hätte sie ihm die Meinung gegeigt und dann ohne Weiteres stehengelassen, aber das ging natürlich nicht, ohne Aufsehen zu erregen. Das war das Letzte, was sie beide gebrauchen konnten. Aber was zum Geier hatte es zu bedeuten, dass ER hier war? Sie sah sich suchend um, ob ihn nicht vielleicht doch schon irgendjemand entdeckt hatte.

Der Mann zog schüchtern die Sonnenbrille ein kleines Stück hinunter und blickte verunsichert unter seiner Kapuze hervor. Die Augen suchten blitzschnell das nähere Umfeld ab. Dann vergrub er seine Hände, so tief es nur ging, in seine Hosentaschen und ließ die Schultern hängen. Er wirkte wie ein Teenager, nicht wie jemand, der die Welt gesehen hatte und vor Selbstbewusstsein strotzte.

„Entschuldige, ich will dir keinen Ärger machen." Er sprach leise und demütig.

„Du willst mir keinen Ärger machen?" Carolina bemühte sich, leise zu sprechen, und schnappte nach Luft. Diese überfallartige Überraschung musste sie erst einmal verarbeiten.

Phillip Dahmen, der Mann, der sie und ihr Kind damals im Stich gelassen hatte, der Mann, dem seine

Karriere wichtiger als alles andere gewesen war, der Mann, dem sämtliche Herzen zu Füßen lagen, der die Welt gesehen hatte und als Phil Damians, der berühmte Rockstar PHIL DAMIANS, Stadien füllte, stand hier, irgendwo in der verschneiten Eifel, vor ihr, versteckte sich hinter einem Bart und Sonnenbrille und wollte keinen Ärger machen?

„Ich kann mir vorstellen, dass du sauer auf mich bist. Ich verstehe das. Ich habe mich falsch verhalten und es tut mir leid, dass ich so ein Idiot war."

„Und jetzt bist du keiner mehr?" Carolinas Augen blitzten feurig, und obwohl sie sehr leise sprach, durchschnitten ihre Worte rasiermesserscharf die Luft. Die Gedanken rasten wild durch ihren Kopf. Was bildete er sich ein? Mit zusammengekniffenen Augen lauerte sie auf seine Antwort, aber Phillip wich nur einen Schritt zurück und hob ahnungslos die Schultern.

Verächtlich stieß Carolina die Luft aus. Sie begriff die ganze Situation nicht. Alles war ihr zu viel und sie brachte alle Kraft auf, Phillip nicht zu zeigen, dass sie kurz vor dem Durchdrehen war.

„Du veranstaltest diesen absurden Zirkus, um mir zu sagen, dass du ein Idiot bist? Nichts für ungut, aber das habe ich bereits gewusst. Du hast es nur noch einmal ausführlich bestätigt."

Mit einer energischen Drehung wendete sie sich ab und wollte wieder hineingehen. Angst kroch ihr durch die Glieder. Insgeheim hatte sie immer gewusst, gefürchtet, dass es eines Tages so weit sein würde. Nun aber hatte Phillip sie unverschämt überrumpelt. Jetzt hieß es einen kühlen Kopf behalten und keine unüberlegten Entscheidungen treffen. Dass er irgendetwas im

Schilde führte, lag offensichtlich auf der Hand. Aber sie würde sich auf nichts mit ihm einlassen. Sie würde Lucas wie eine Löwin beschützen. Er hatte seine Chance vor acht Jahren gehabt, jetzt war er raus und damit musste er leben.

„Warte, bitte!" Seine warme, zitternde Stimme verursachte ihr einen Stich in der Brust. Trotzdem hielt sie in der Bewegung inne. „Bitte", wiederholte Phillip noch demütiger.

„Was?" Sie fuhr ihn über die Schulter blickend schroff an.

Er suchte nach Worten. Langsam wendete sie sich ihm wieder zu und verschränkte abwehrend die Arme. Er bekam jedoch keinen geraden Satz heraus.

„Hast du ... bist du ... ich meine ... sind wir ..."

Hach! Der berühmte Phil Damians, der Frauenversteher, Entertainer, der nie um eine witzige Antwort verlegen war, ein Star, der die Bühnen der Welt rockte, stand vor ihr und stotterte. Carolina hielt die Arme noch immer fest vor der Brust verschränkt. Ihr Blick eine einzige Kampfansage.

„Damals ... als wir miteinander Schluss gemacht hatten ..."

Carolina riss entsetzt die Augen auf, ihr lief ein Schauer über den Rücken. Sie hatten niemals miteinander Schluss gemacht. Er hatte sie sitzen lassen und war rücksichtslos abgehauen, aber sie schluckte ihre Worte hinunter. Jedes Wort, das sie an ihn richtete, war zu viel, würde ihm Raum in ihrem Leben geben, den er nicht verdient hatte.

„Du hast damals gesagt, dass du ... Oh Gott, ich weiß nicht, wie ich es sagen soll ... Stimmte es wirklich?

Warst du damals schwanger?" Beim letzten Wort brach ihm die Stimme weg.

In ihrer Brust galoppierte ihr Herz, sie rang nach Atem. Dann flüsterte sie energisch: „Ja, es stimmte wirklich. Ich war damals schwanger, aber du wolltest nichts davon wissen und bist abgehauen. Ich denke, damit sind die Fakten klar und alles andere geht dich nicht mehr das Geringste an."

Carolina war entschlossen, ihre kleine Familie zu verteidigen, ihren Sohn zu beschützen. Für Phil Damians war darin kein Platz. Dieser Typ kam nicht einfach so aus einer sentimentalen Laune heraus daher und machte alles kaputt.

Phillip taumelte einige Schritte zurück und lehnte sich an die grauverputzte Mauer am Eingangsbereich. Trotz der unbändigen Wut in ihrem Bauch und obwohl dieser furchtbar voluminöse Bart und die bescheuerte Brille Phillips Gesicht fast vollständig verdeckten, war ihr die plötzliche Veränderung in und um seine Augen herum nicht verborgen geblieben. Er sah gerührt, erleichtert, überwältigt aus.

„Du bist also ... wir sind wirklich ... wir haben ein Kind?"

Carolina rang nach Atem. Hatte er bis zuletzt geglaubt, sie hätte ihn belogen? Für wen hielt er sich und vor allem für was für einen Menschen hielt er sie? Es war unfassbar.

„ICH habe ein Kind. Ich, denn ich bin da, seit ich von seiner Existenz weiß, mit allen Höhen und Tiefen. Ich versuche seit damals mein Bestes und ich habe auf vieles verzichtet."

Phillip nickte, löste sich langsam von der Wand und trat wieder ein paar Schritte an Carolina heran.

„Das glaube ich dir und ich bin froh. Ich bin einfach nur froh darüber." Sah sie da etwa Tränen in seinen Augen? „Caro, ich verspreche dir, dass ich nichts gegen deinen Willen tun werde. Ich wollte dich wiedersehen und mit dir über alles reden."

„Und da fällt dir nichts Besseres ein, als mich an meinem Arbeitsplatz zu überfallen?" Sie schüttelte fassungslos den Kopf.

„Es tut mir leid. Ich wusste nicht, was ich tun sollte. Ich wollte dich bestimmt nicht überfallen, aber ich war ratlos. Ich habe erst überlegt, dir zu schreiben, aber dann wusste ich nicht was und wie. Da erschien es mir einfacher, dich zu besuchen." Er klang bei Weitem nicht wie ein Entertainer.

„Da fehlen mir echt die Worte. Woher weißt du eigentlich, dass ich hier arbeite? Stalkst du mich etwa?" Entrüstet hielt Carolina stand und hoffte darauf, dass ihre Fassade hielt.

„Nein, ich stalke dich natürlich nicht. Ich habe deinen Namen gegoogelt und habe dich dann auf der Webseite des Krankenhauses gefunden. Da war die Sache klar. Ziemlich cool, dass du es so weit gebracht hast."

„Ziemlich cool? Ich fasse es nicht. Mit einer Gitarre auf der Bühne zu stehen und zu singen ist ziemlich cool." Sie machte bei den Worten „ziemlich cool" Gänsefüßchen in der Luft.

„Das, was ich hier geleistet habe ohne dich, wohlgemerkt, verdient eine Eins mit Sternchen und du wirst es mir auf keinen Fall kaputtmachen. Niemand weiß, dass wir irgendetwas miteinander zu tun haben und so wird es auch bleiben. Hast du mich verstanden?"

„Caro, ich verspreche dir, ich mache nichts kaputt. Ich habe nur ein paar Fragen. Ich fühlte mich in letzter Zeit immer elendig und wünschte mir endlich Gewissheit."

„Was du nicht sagst." Langsam ließ Carolina die Arme sinken. Der Wind frischte auf und wehte die Schneeflocken nun auch unters Vordach und in ihr Gesicht. Erst jetzt bemerkte sie, dass sie die ganze Zeit ohne Jacke bei Phillip draußen gestanden hatte. Sie hob die Arme wieder und umschlang ihren Oberkörper in dem aussichtslosen Versuch, sich zu wärmen.

„Ich habe ein Zimmer in der Pension Janssen in Weidingen. Nummer eins."

„Echt jetzt. Nummer eins? Leidest du unter Starallüren?"

„Dass ich das Zimmer bekommen habe, ist ein Zufall, ich schwöre. Es ist von einem Strohmann im Management gebucht worden. Ich warte dort auf dich. Bitte, komm vorbei und lass uns reden", flehte er sie an und Carolina spürte, wie ihr Widerstand bröckelte.

„Wie stellst du dir das vor? Ich habe im Gegensatz zu dir Verpflichtungen. Im Moment weiß ich sowieso nicht, wo mir der Kopf steht, und dann tauchst du hier auch noch auf. Das muss ich erst mal alles verarbeiten."

„Ich bin da, komm vorbei, wann immer es dir passt."

„Und wenn ich erst nach Weihnachten Zeit habe?"

„Solange die Presse keinen Wind davon bekommt, wo ich bin, ist es kein Problem. Ich bin vor ein paar Tagen untergetaucht. Wenn du mich nicht verrätst, weiß keiner, wo ich bin."

„Was machst du eigentlich, wenn du mal richtige Probleme bekommst?", fragte Carolina, winkte aber dann nur müde mit der Hand ab und zeigte, dass sie keine Antwort auf diese Frage haben wollte. Stattdessen fuhr sie deutlich genervt fort. „Ich weiß nicht, was ich tun werde. Über all das hier muss ich erst einmal gründlich nachdenken und meine Gefühle sortieren. Versprechen kann und will ich nichts."

„Das ist sehr großzügig von dir. Danke."

„Ich weiß und jetzt muss ich wieder rein, denn meine Patienten warten bestimmt schon ganz ungeduldig." Sie drehte sich um und wollte ihn so stehenlassen, aber als sie Bettinas Blick auffing, die neugierig vom Empfang hinüberblickte, erinnerte sich an die vergangenen Tage und die Namen der Musiker, die Phil verwendet hatte, um sie zu erreichen. Abrupt hielt sie an und richtete noch einmal ihre Worte an Phillip.

„Kannst du mir mal verraten, wieso du dir diesen Schwachsinn mit den falschen Namen ausgedacht hast?"

Phillip hatte noch immer die Hände in den Taschen seiner Jeans vergraben.

„Reine Vorsichtsmaßnahme. So checke ich auch immer in Hotels ein und bestelle beim Lieferservice, wenn ich mich selbst kümmern muss."

„Ob du dich mit David Bowie oder Phil Damians gemeldet hättest, hätte hier keinen Unterschied gemacht. Das hätte dir sowieso keiner geglaubt!" Sie ließ Phillip stehen und ging hinein, geradewegs zu Bettina.

„Ist alles in Ordnung, Frau Doktor Beeken? Sie sehen sehr blass aus." Die junge Frau machte ein ernsthaft besorgtes Gesicht und ihre Hand lag bereits auf dem

Telefonhörer. Bettina signalisierte sofortige Bereitschaft, das Nötigste zu tun.

„Ja, alles in Ordnung. Sie müssen sich keine Mühe machen. Ich bin nur enorm verärgert über dieses Theater. Da hat sich jemand einen dummen Scherz erlaubt und nicht nachgedacht. Das ist jetzt aber geklärt."

„Kennen Sie diesen Mann also?" Bettina ließ den Telefonhörer los, schob sich die Brille zurecht und streckte ihren Rücken gerade durch.

„In der Tat. Es ist ein Bekannter, den ich schon längere Zeit nicht mehr gesehen habe. Er ist gerade in der Gegend und dachte, dass es unterhaltsam sein könnte, wenn er auf diese Weise den Kontakt zu mir aufnimmt. Ich habe ihm anständig die Leviten gelesen. Dies hier ist schließlich ein Krankenhaus und kein Comedy-Klub. Er wird umgehend mit dem Blödsinn aufhören. Er hat es versprochen." Noch einmal blickte Carolina zur Eingangstür, aber von Phillip war nichts mehr zu sehen. „Auf jeden Fall vielen Dank fürs Bescheidgeben. Sie haben alles richtig gemacht."

Sie klopfte zum Abschied auf die Empfangstheke und machte sich wieder auf den Weg nach oben zum Untersuchungszimmer. Sie war viel zu spät dran für ihre Sonografie-Patienten.

***

In der Tat hatte sich bereits ein Grüppchen vor dem Untersuchungszimmer gebildet. Carolina ließ sich nichts anmerken, schloss die Tür auf und rief die erste Patientin hinein. Ein neunjähriges Mädchen mit frechen blonden Seitenzöpfen, das von seiner übernächtigten Mutter begleitet wurde.

Nun hieß es für Carolina, professionell zu arbeiten und sich nicht durch dieses unerwartete Auftauchen Phillips ablenken zu lassen. Es kostetet sie viel Kraft, doch etwa eineinhalb Stunden später waren alle Untersuchungen durchgeführt und die Ergebnisse dokumentiert.

Gedankenversunken brachte sie die Patientenakten wieder zurück. Beim Einsortieren in den Wagen stellte sie fest, dass ihre Finger wie Espenlaub zitterten. Das Zusammentreffen mit Phillip hatte seine Spuren hinterlassen. Obwohl Carolina so furchtbar überrascht worden war, hatte sie souverän reagiert, aber sich nicht über die umfassende Bedeutung seiner Anwesenheit klar werden können. So langsam sackte die Information und drückte ihr den Magen zusammen. Schnell stützte sie sich an der Wand ab, schloss die Augen und atmete gegen die aufsteigende Panik an. Nach vorn gebeugt und die andere Hand auf den Magen gelegt, hoffte sie, dass ihr Kreislauf sich nicht jeden Augenblick verabschiedete. Vier oder fünf konzentrierte Atemzüge stand sie so, dann richtete sie sich langsam auf. Im nächsten Augenblick wurde ihr jedoch speiübel. Wie von der Tarantel gestochen lief sie los, rannte Verena, die gerade ins Zimmer trat, dabei fast über den Haufen. Auf wackeligen Beinen erreichte sie die Besuchertoilette schräg gegenüber auf dem Gang. Gerade noch rechtzeitig hielt sie den Kopf über die Toilettenschüssel, dann erbrach sie sich heftig. Lange ließ Carolina kaltes Wasser über ihre Handgelenke laufen und wusch sich das Gesicht. Sie konnte ihre Verfassung nicht leugnen. Blass war sie, die Augen rot gerändert und Verena hatte gesehen, wie sie davongestürzt war.

Es kam selten vor, dass sie nicht wusste, was sie tun sollte. Erneut füllte Carolina ihre Hände mit kaltem Wasser, tauchte das Gesicht hinein und spülte die Tränen fort. Ein sinnloses Unterfangen. Dort, wo die herkamen, lauerten noch so viele weitere. Tränen der Angst, Tränen der Verzweiflung, Tränen der Wut. Warum musste Phillip wieder auftauchen? Warum gerade jetzt und warum war er damals abgehauen?

„Verdammt", schluchzte sie in ihre nassen Hände. Die Tür öffnete sich und eine Frau trat ein.

„Guten Tag", grüßte sie, sichtlich verwundert.

„Guten Tag", antwortete Carolina und zog sich ein paar Papiertaschentücher aus dem Spender. Sie tupfte das Gesicht trocken, schnäuzte sich und sah ihrem Spiegelbild eine Weile in die Augen. Die Frau neben ihr verkörperte die klassische Besuchsoma. Die Dame trug ein geblümtes Tuch um den Hals, die grau melierten Haare waren hochgesteckt und eine Gleitsichtbrille mit goldenem Gestell zierte ihre Nase. Sie befüllte eine Blumenvase mit Wasser, vermied jeden weiteren Blickkontakt und verließ den Toilettenvorraum eilig. Carolina blieb und sah auf ihre Hände. Die zitterten noch immer ein wenig. Wie sollte sie nur die Schicht überstehen?

„Gar nicht. Ich werde das einzig Richtige tun und mich krankmelden", flüsterte sie ihrem Spiegelbild entschieden zu. Sie warf das benutzte Papier in den Eimer und verließ die Besuchertoilette.

„Na, endlich! Noch eine Minute länger und ich wäre reingekommen. Was ist denn passiert?", wollte Verena wissen.

„Ich fürchte, ich habe mir etwas eingefangen. Mir ist nicht gut und ich werde jetzt sehen, dass ich nach Hause komme, bevor ich noch jemanden anstecke und ihr den Schlamassel auf der Station habt.“

„Ja, das wollte ich dir auch gerade vorschlagen. Du siehst echt scheiße aus“, stellte Verena geradeheraus fest.

„Danke für die Blumen“, entgegnete Carolina mit matter Stimme.

„Aber jetzt, wo ich kurz drüber nachdenke, solltest du dich lieber erst etwas hinlegen. Du siehst nicht gerade so aus, als könntest du Autofahren.“

„Nein, nein. Wenn es ein Virus ist, dann liegt morgen die ganze Station flach. Das kann nun wirklich keiner von den Knirpsen gebrauchen. Ich schaffe das schon, keine Sorge.“

„Wenn du meinst, du bist der Boss, aber fahr vorsichtig. Wir brauchen dich noch.“

„Nun male nicht gleich den Teufel an die Wand. Das ist bestimmt in ein paar Stunden wieder vorbei.“ Carolina war sich sicher, dass sie recht hatte. Denn nur Phillip hatte sie diese kleine Eskapade zu verdanken. Hin und wieder hatte sie sich in den ersten Jahren ausgemalt, wie es sein könnte, wenn Phillip und sie sich noch einmal begegneten. Aber so waren die Zusammentreffen in ihrer Fantasie niemals ausgefallen. Da war sie immer cool und selbstsicher gewesen.

Carolina verabschiedete sich von Verena und eine Viertelstunde später hatte sie ihr Auto erreicht. Die Außentemperaturen waren weiter gesunken. Sie musste das Eis von ihrer Frontscheibe kratzen. Dabei konnte sie einen kleinen Teil der Wut auf Phillip Dahmen alias Phil Damians abarbeiten.

Warm war ihr geworden, und als Carolina endlich im Auto saß, mit beiden Händen das kalte Lenkrad umklammerte, wusste sie, was sie tun musste. Je eher sie es hinter sich brachte, umso eher konnte Phillip wieder aus ihrem Leben verschwinden. Aus ihrem und aus Lucas' Leben. Er hatte sie damals im Stich gelassen und seine Chance aufs Vatersein damit vertan. Das würde sie ihm sagen und ihn auffordern zu gehen. Die Welt konnte nicht groß genug sein für Phil Damians. Er sollte sich nicht wagen, Carolina und Lucas jetzt ihre kleine, heile Welt kaputtzumachen. Sie fuhr geradewegs zur Pension Janssen. Bevor sie aus dem Wagen stieg, legte sie neues Make-up auf. Nicht zu aufdringlich, aber so, dass Phillip nicht sofort sehen konnte, dass sie geweint hatte.

Lisa Verhoven, die sie noch aus der Schule kannte, stand an der Rezeption. Ausgerechnet.

„Hi, Caro, was treibt dich denn hierher? Brauchst du etwa ein Zimmer?", flötete sie.

„Hallo, Lisa, nein, ein Zimmer brauche ich nicht. Ich bin hier mit jemandem verabredet."

„Lass mich raten. Du hast ein Date mit Zimmer vier?"

„Was?" Carolina schüttelte irritiert den Kopf, was sollte das denn nun wieder?

„Nicht? Schade." Lisa schob enttäuscht die Unterlippe nach vorn und sah aus wie ein Kindergartenkind, das kein Eis essen darf.

„Nein, ich habe kein Date. Es ist harmlos. Darf ich trotzdem?" Carolina zeigte auf die Treppe und bat um Erlaubnis, nach oben zu gehen.

„Welches Zimmer denn?“ Lisa ließ nicht locker.

„Zimmer eins.“ Mit ihrer Antwort sorgte Carolina für eine kurzzeitige Entgleisung von Lisas Gesichtszügen.

„Echt, der Typ? Bist du dir sicher? Du solltest dir lieber die Vier anschauen. Vertraue mir!“ Schnell hatte sie wieder ein Lächeln aufgesetzt.

„Das würde ich selbstverständlich tun, wenn ich Interesse an einem Date hätte. Habe ich aber nicht.“ Sie zickte Lisa unnötig an, aber die schien sich glücklicherweise nichts daraus zu machen.

„Hm, du musst es ja wissen. Wenn ich David nicht hätte, dann wäre ich schon längst mit Nummer vier ausgegangen und hätte den Typen klargemacht.“ Ein vielsagendes Grinsen zeichnete sich auf Lisas Gesicht ab. „Du bist selbst schuld, wenn du ihn dir nicht wenigstens mal ansiehst.“

„Lisa, du musst mir den Typen nicht schmackhaft machen. Ich bin nicht auf der Suche. So wie es ist, mit Lucas und mir, bin ich genau glücklich.“ Unnötigerweise rechtfertigte sich Carolina und ärgerte sich im nächsten Moment darüber. Lisa sagte nichts mehr, sondern zuckte gleichmütig mit den Schultern und begann, die Tageszeitung auf der Theke zu sortieren.

„Ich geh dann mal“, löste sich Carolina und machte sich auf den Weg ins erste Obergeschoss des alten Fachwerkhauses. Sie wollte das bevorstehende, äußerst unangenehme Treffen schnell hinter sich bringen.

Die Treppenstufen aus Holz waren mit einem dunkelroten Läufer ausgelegt. Dieser verschluckte das Trittgeräusch ihrer Winterstiefel. Die Holzdielen darunter und das Treppengeländer gaben jedoch knarzende Geräusche von sich. Sie ließ sich davon aber nicht beirren.

Mit jedem Schritt wurde sie entschlossener. Oben angekommen hatte sie bereits ordentlich Tempo zugelegt. Als sie um die Ecke in den Flur einbog, nahm sie noch einen Schatten wahr, konnte aber nicht mehr abbremsen. Mit voller Wucht prallte dieser Schatten im nächsten Augenblick gegen ihren Kopf. Mit einem dumpfen Schlag erwischte jemand sie mit seinem steinharten Schädel. „Autsch!", rief sie, kniff die Augen zusammen und geriet ins Straucheln. Sofort griff Carolina sich an die Stirn und presste ihre Handfläche fest auf die Stelle mit dem stechenden Schmerz.

Während sie fühlte, ob sie sich vielleicht eine Platzwunde zugezogen hatte, hörte sie etwas zu Boden fallen und eine männliche Stimme jammerte: „Boah, das gibt ein Horn."

Der Aufprall hatte Carolinas Kopf mächtig durchgeschüttelt. Sie spürte neben dem stechenden Schmerz an der Stirn, wo sich gerade eine stattliche Beule unter ihrer Hand formte, auch, wie er sich in Wellen im ganzen Kopf ausbreitete. Das hatte ihr gerade noch gefehlt.

„Entschuldigung, sind Sie verletzt?" Die Frage ging an sie.

Als sie die Augen wieder öffnete und sich ans Licht gewöhnt hatte, sah sie, mit wem sie zusammengestoßen war.

„Echt jetzt, Sie schon wieder?" Der tollpatschige Tourist stand vor ihr und sein schmerzverzerrtes Gesicht wandelte sich sofort zu einem freundlichen Lächeln, als er Carolina wiedererkannte.

„Hi! Das ist ja ein Glück, dass wir uns wieder begegnen." Er freute sich sichtlich.

„Wenn das für Sie die Definition von Glück ist, möchte ich nicht in Ihrer Haut stecken, wenn Ihnen mal ein Unglück widerfährt. Es fühlt sich an, als hätten Sie mir den Schädel einschlagen wollen. Sie entpuppen sich langsam als Gefahr für sich und andere."

Sie sah diesen Tollpatsch missmutig an. Er sah trotz allem niedlich aus.

„Das tut mir aufrichtig leid." Auch er rieb sich eine Stelle am Kopf, die offensichtlich schmerzte, dann richtete sich sein Blick auf den Boden. Eine Blechdose mit Plätzchen war hinuntergefallen und hatte den Deckel verloren. Nun lag ein Teil der Kekssterne auf dem Boden. Einer davon war bereits in Brösel zertreten worden.

„Oh, wie schade um die leckeren Kekse", kommentierte Carolina betrübt.

„In der Tat, aber ich weiß glücklicherweise, wo ich Nachschub herbekommen. Die sind aus der Bäckerei in der Hauptstraße. Zimtsterne, einfach lecker."

„Ja, die kenne ich. Gute Wahl. Die sind die besten Zimtsterne in der Gegend." Sie antwortete nur aus Höflichkeit, während Tim sich hinkniete und begann, die verstreuten Plätzchen einzusammeln. Sie blieb neben ihm stehen, rieb sich weiter die schmerzende Stirn und wartete geduldig, bis er fertig war. Auf keinen Fall wollte sie an Phillips Tür klopfen, solange dieser Tim noch hier unterwegs war. Der schien ihre abwartende Haltung jedoch etwas anders zu interpretieren. Als er wieder aufstand, die Blechdose in der einen und ein paar lose Zimtsterne in der anderen Hand, sah er sie mit leicht geröteten Wangen an.

„Das muss Schicksal sein, dass wir innerhalb so kurzer Zeit zweimal aufeinandertreffen und das im wahrsten Sinne des Wortes."

„Es handelt sich hier wohl weniger um Schicksal, sondern es liegt daran, dass wir in einem überschaubaren Dorf sind. Hier ist die Chance groß, dass man sich häufiger trifft." Sie antwortete nüchtern.

„Aber das ist doch großartig. Ob es nun Schicksal ist oder nicht, das Gute daran ist, dass wir uns oft begegnen werden. Wenn das kein Grund zur Freude ist."

Carolina musterte ihn plötzlich aufmerksam. War das vielleicht der Typ, der in Nummer vier wohnte, der Typ, mit dem Lisa sie verkuppeln wollte? Sie hatte schon beim ersten Zusammenprall festgestellt, dass er nicht unattraktiv war. Abgesehen davon, dass er etwas unbeholfen schien, war er recht nett.

Aber, ich brauche keinen neuen Mann in meinem Leben, rief sie sich schnell zur Ordnung. Mit den Altlasten habe ich schon genug Ärger am Hals.

Der Gedanke an das bevorstehende Gespräch mit Phillip verursachte ihr sofort wieder Übelkeit.

„Ich weiß, ich habe mir bei unserer letzten Begegnung eine Abfuhr geholt, aber da waren Sie wohl in Eile. Nachdem es heute schon wieder gekracht hat, würde ich Ihnen gern zeigen, dass ich auch eine andere Seite habe. Wie wäre es mit Kaffee und frischen Zimtsternen? Ich lade Sie ein."

Carolina schüttelte entschieden den Kopf, bereute es jedoch gleich wieder. Es schmerzte. Sie hatte wohl mehr abbekommen, als sie dachte.

„Nein, danke. Ich bin nicht auf der Suche nach einem Date oder mehr", erklärte sie stöhnend und griff sich wieder an den Kopf. Tim schaute sie enttäuscht an.

„Das habe ich doch gar nicht erwartet. Wie ich schon bei unserem ersten Treffen erwähnt habe, ziehe ich gerade hierher. Bevor ich mich auf die Suche nach einer Beziehung mache, muss ich erst einmal eine geeignete Wohnung finden. Da freue ich mich sehr, wenn ich Anschluss zu netten Menschen finde. Ein paar gute Freunde wären nicht schlecht, vor allem da die Auswahl in dem kleinen Dorf offensichtlich begrenzt ist."

Augenblicklich tat Carolina ihre abweisende Haltung leid. Sie war so darauf versessen, sich Männer und potenzielle Beziehungen vom Hals zu halten und sich nicht wieder in Herzensangelegenheiten verstricken zu lassen, dass sie auch mögliche neue Freundschaften rigoros geblockt hatte. Es war Tim und sich selbst gegenüber nicht fair und so gab sie sich einen Ruck.

„Na gut, warum eigentlich nicht. Unter diesen Umständen kann ich mich wohl auf einen freundschaftlichen Kaffee und ein paar Weihnachtsplätzchen einlassen."

Sofort hellte sich Tims Miene auf. „Wie wäre es jetzt gleich? Wir gehen ins Caféhaus", schlug er euphorisch vor.

„Immer sachte mit den jungen Pferden. In den nächsten Tagen bin ich echt schwer beschäftigt." Sie dachte an das bevorstehende Adventssingen auf Gut Beeken, die noch notwendigen Vorbereitungen, die sie Irina im Gegenzug für ihre Unterstützung angeboten hatte. Dass sie sich noch ein paar Nächte backend um die Ohren schlagen musste. Im Grunde hatte sie nicht einmal

Zeit für einen freundschaftlichen Kaffee. Allerdings würde Lucas in der kommenden Woche bei ihrem Vater bleiben und die Abende nicht im Caféhaus verbringen.

„Montagabend ab sechs gern. Wir können uns dort treffen."

Anschließend kann ich gleich damit beginnen, die ersten Mohnstollen zu backen, dachte sie sich, behielt den Gedanken aber wohlweislich für sich.

Tim war sofort einverstanden. „Super. Dann warte ich am Montag ab sechs im Weidinger Caféhaus auf Sie, wenn Sie nichts dagegen haben, und lade Sie zu ein paar überaus leckeren Köstlichkeiten ein. Ich weiß noch nicht so viel über die Gegend, aber es gibt dort die besten Backwaren weit und breit."

„Das ist mir in der Tat bekannt", erwiderte Carolina freundlich.

„Klar, natürlich. Sie kommen ja von hier und kennen sich aus." Er legte die losen Kekse auf den Deckel der Dose, putzte seine Hand am Hosenbein ab und streckte sie aus. „Wollen wir unter diesen Umständen nicht endlich zum Du übergehen? Wie ich bereits sagte, heiße ich Tim."

Carolina ergriff die Hand und erwiderte. „Hallo, Tim, ich heiße Caro." Obwohl sie sich alle Mühe gab, distanziert zu bleiben, schlich sich ein zurückhaltendes Lächeln in ihr Gesicht.

„Freut mich. Dann sehen wir uns am Montag."

„Gut, dann bis Montag."

Er hielt Keksdose und Plätzchen vor seinem Bauch fest und ging auf die Treppe zu. Vor dem Absatz blieb er stehen und sagte mit sehr ernstem Gesichts-

ausdruck. „Nur für den Fall, dass etwas dazwischen-
kommt. Du kannst an der Rezeption eine Nachricht
hinterlassen. Ich wohne in Zimmer vier."

7 – Phil Damians

Carolina wartete noch zwei Minuten, lauschte, bis es endlich still war im Haus, dann klopfte sie an die Zimmertür mit der Nummer eins. Sie hörte Geräusche, aber niemand öffnete.

„Das beginnt ja hervorragend", flüsterte sie, klopfte erneut, etwas kräftiger, und lauschte. Wieder vernahm sie Geräusche im Zimmer, dann ein vorsichtig gerauntes „Ja?", unmittelbar hinter der Tür. Sie erkannte Phillips Stimme.

„Hi. Ich bin es, Caro." Sie sprach ebenfalls leise, konnte sich aber den genervten Unterton nicht verkneifen. Sie konnte sich gerade tausend andere Dinge vorstellen, die sie lieber täte, als jetzt mit Phillip über die gemeinsame Lage zu sprechen.

„Bist du allein?", wollte er wissen.

„Natürlich, was denkst du denn?" Entrüstet schüttelte sie den Kopf, obwohl Phillip es sowieso nicht sehen konnte. Gleich darauf hörte sie, wie sich das Schloss in der Tür drehte. Er öffnete sie einen Spalt, sodass Carolina eintreten konnte. Danach klappte er sie sofort wieder zu und drehte den Schlüssel herum.

„Ist das nicht ein bisschen paranoid?" Sie empfand sein Benehmen übertrieben.

Er lachte zynisch auf. „Nein, ich wünschte, es wäre so. Der Ruhm hat jede Menge Schattenseiten. Er hat sie mir mehr als einmal gezeigt."

Carolina legte die Stirn in Falten. Augenblicklich schmerzte sie und die Haut spannte auf der frischen Beule.

„Hast du vielleicht einen Kühlakku oder wenigstens einen Lappen mit kaltem Wasser für mich? Das echte Leben ist nämlich auch kein Zuckerschlecken." Er sollte sich bloß nicht einbilden, er könnte Mitleid für sein Leben als gefeierter Star erheischen.

„Einen Kühlakku habe ich nicht, aber ein nasses Handtuch kann ich dir geben." Sofort verschwand er im Badezimmer. Sie hörte Wasser rauschen, dann kam er mit der nassen Kleinstausgabe eines Handtuchs zurück.

„Hier. Setz dich doch." Phil reichte ihr nervös das Handtuch und bot ihr einen der Sessel an. „Was ist denn passiert?"

Ohne Phillip anzusehen, setzte sie sich und presste den nasskalten Frotteestoff auf die schmerzende Stelle.

„Ach, blöde Sache. Ich bin gerade unglücklich mit jemandem zusammengestoßen. Das hat echt gerumpelt, aber das wird schon wieder. Erfreulicherweise ist keine Platzwunde draus geworden. Das hätte mir gerade noch gefehlt." Jetzt erst sah Carolina Phillip an und stellte überrascht fest, dass dieser fürchterliche Bart, der noch am Vormittag sein Gesicht verunziert hatte, verschwunden war.

„Du hast dich rasiert? Das war eine ausgezeichnete Idee. Glückwunsch. Das wirre Kraut in deinem Gesicht stand dir nicht sonderlich gut." Sie wickelte das Tuch auseinander und wieder zusammen, dann presste sie es wieder auf die Stirn.

„Das weiß ich selbst. Keine Sorge, der Bart war nicht echt. Wenn man stets und ständig auf der Straße erkannt wird, muss man zu kleinen Tricks greifen. Ich verkleide mich fast immer. Dieser enorme Bart ist schnell angeklebt und verschafft mir etwas Privatsphäre. Es ist im Alltag sehr angenehm, nicht erkannt zu werden und in der Masse zu verschwinden."

Carolina erwiderte nichts, sondern konzentrierte sich aufs Kühlen ihrer Beule. Es tat ausgesprochen gut.

„Schön, dass du gekommen bist. Ich hatte ehrlicherweise nicht damit gerechnet, dass du so schnell hier auftauchen würdest", begann Phil erneut nach einer sehr langen Pause. Das Schweigen zwischen ihnen war ihm sichtlich unangenehm.

„Hm, ich auch nicht", brummte Carolina ihre Antwort. Ihr Kopf schmerzte und war plötzlich wie leer gefegt. Wie hatte sie sich das nur gedacht? Einfach herkommen und Phillip sagen, dass er aus ihrem Leben verschwinden sollte? Als ob er sich darauf einlassen würde. Und wenn doch? Was dann? Hatte sie Lucas gegenüber nicht auch eine Verantwortung? Hatte sie das Recht dazu, ihm seinen Vater vorzuenthalten? Heute früh noch sah die Welt vollkommen anders aus. Da stand Phillip nicht zur Diskussion. Er existierte im Carolina-Lucas-Kosmos nicht. Aber jetzt? Jetzt war er aufgetaucht und es ließ sich nicht mehr rückgängig machen. Warum nur hatte er alles so kompliziert werden lassen?

„Erzähl mal, wie ist das denn genau passiert mit dem Zusammenstoß?"

Carolina winkte ab. „Das ist doch uninteressant. Ich glaube, dass wir beide Wichtigeres zu besprechen haben, oder nicht?"

Phillip, der noch immer mitten im Zimmer gestanden hatte, nickte sofort zustimmend und setzte sich auf das Fußende seines Bettes.

„Du hast recht. Es gibt ein viel wichtigeres Thema. Ich freue mich so sehr, dass du gekommen bist. Du kannst dir gar nicht vorstellen, welche Angst ich hatte, dass du mich hängen lässt."

„Etwa so, wie du mich vor acht Jahren?" Sie hob ruckartig den Kopf und bereute es sofort, nicht aber ihren rasiermesserscharfen Tonfall.

„Schon klar, damit hätte ich rechnen müssen."

„Womit?" Sie fragte unwirsch und sah ihn nicht einmal an.

„Na, dass du mich nicht mit Samthandschuhen anpackst."

Sie lugte unter dem Handtuch hervor und sah, dass er mit hängendem Kopf auf dem Fußende des Bettes saß.

„Und das mit Recht oder siehst du das anders?" Carolina war unter normalen Umständen ein freundlicher und umgänglicher Mensch. Die letzten Wochen, Tage und Stunden brachten sie jedoch langsam an die Grenze ihrer Belastbarkeit. Nun überfielen sie auch noch die Verzweiflung, die Wut und die Enttäuschung von damals und überwältigten sie. All die Jahre hatte sie geglaubt, mit Phillips Weggang und seiner Verantwortungslosigkeit abgeschlossen zu haben, aber in diesem Augenblick wurde ihr klar, dass es nicht stimmte. Sie hatte diese Gefühle nur gut verpackt in Kisten, weit hinten in ihrem Inneren, wo sie, ohne an Intensität eingebüßt zu haben, auf den heutigen Tag gelauert hatten. Sie stand auf, funkelte Phillip bitterböse an und konnte nicht länger an sich halten.

„Du Egoist hast mir nicht nur das Herz gebrochen. Du hast mich sitzen lassen, schwanger, und dich einen Dreck um uns gekümmert. Ich habe mir den Arsch aufgerissen, um als Mutter nicht komplett zu versagen und MEIN Kind großzuziehen." Dabei tippte sie sich energisch gegen die Brust.

„Ohne die Hilfe meiner Familie hätte das nicht funktioniert und ich wäre heute nicht da, wo ich bin. Du hast keine Ahnung, was ich für meinen Job leisten musste. Den kriegt man nicht geschenkt. Es geht mir gut, es geht uns gut und wir sind glücklich miteinander und es funktioniert. Alles funktioniert ohne dich und nicht etwa, weil ich es mir so ausgesucht habe. Es funktioniert ohne dich, weil du es so wolltest und wir uns trotzdem nicht haben unterkriegen lassen." Sie rang nach Luft, hielt noch immer das Tuch gegen die Stirn und wendete sich dann wütend ab. Sie wusste bereits, als die Worte ihren Mund verließen, dass sie nicht bei der Wahrheit geblieben war und Phillip mit ihrem Ausbruch unrecht tat. Aber angesichts der emotionalen Überforderung und des Stresses, den sein plötzliches Auftauchen in ihr auslöste, konnte sie nicht anders. Sie war nicht bereit, das Gesagte zurückzunehmen.

Etwas weniger aufgebracht, aber entschlossen sprach Carolina nach einigen bewussten Atemzügen weiter. „Bilde dir ja nicht ein, dass du nach ein paar Jahren einfach hier anspaziert kommen und auf berühmten Daddy machen kannst, dem alles sooo furchtbar leidtut!" Nun zitterte sie am ganzen Körper, ihre Stimme drohte zu versagen und sie japste nach Luft. Nur weil Phillip sich jetzt Phil nannte und ein Star war, hatte er nicht das Recht, ihr Leben auf den Kopf zu stellen und vor allem nicht das ihres Sohnes. Mit dem Kampfgeist, wie nur eine Löwin ihn aufbringt, würde sie Lucas gegen alle etwaigen Gefahren beschützen. Sie wusste, wie sehr sich Lucas einen Vater wünschte, aber es hatte einfach nicht funktioniert. Sie würde nicht zulassen, dass Phillip ihn zurückweisen und verlassen konnte.

Phillip saß immer noch auf dem Fußende des Bettes, hielt den Kopf gesenkt, knetete seine Hände und ließ Carolinas Tirade ergeben auf sich niederprasseln. Sie sah es, als sie sich ihm wieder zuwendete.

„Du hattest deine Chance!", hob sie erneut an, nachdem sie wieder zu Atem gekommen war. Sie wollte dieses grauenvolle Kapitel schnellstmöglich beenden. In ihrem Kopf überschlugen sich die Gedanken und die Angst davor, Phillip könnte ihr Leben jetzt auf den Kopf stellen, hielt Carolina fest umklammert. Ihr überhitztes Gemüt sah nur einen Ausweg. Angriff als besten Weg der Verteidigung. Sie musste ihn wieder loswerden und dazu musste sie mit harten Bandagen kämpfen. „Du hattest sie und du hast es versaut. Wir hätten ein normales Leben als Familie haben können, aber du wolltest nicht. Du hast dich für die Musik und gegen mich entschieden. Das kannst du nicht wieder gutmachen und damit wirst du leben müssen. Also, sag, was du willst und verschwinde. Du hast schon genug Aufregung angerichtet. Ich kann es immer noch nicht fassen, mit welcher Selbstverständlichkeit du einfach in unser Leben geplatzt bist." Mit energischer Geste schüttelte sie das kleine Handtuch aus, legte es akkurat zusammen und hielt es sich wieder an die Stirn. Weniger, um zu kühlen, sondern viel mehr, um Phillip nicht zu zeigen, dass ihr das Wasser in den Augen stand. Carolina konnte sich genau erinnern, wann sie das letzte Mal so aufgebracht und verzweifelt gewesen war. Damals, als Phillip gegangen war, hatte es sich genauso angefühlt und vor diesem Schmerz musste sie ihren Sohn beschützen. Vor einem Vater, der ihn verleugnet und im Stich gelassen hatte. Sie lehnte sich zurück und starrte auf den Boden. Eine Weile herrschte absolute Stille im Zimmer.

„Du hast mit allem recht." Phil flüsterte seine Worte kaum hörbar.

Carolina suchte überrascht seinen Blick, aber er starrte unablässig auf den Boden. Für einen Augenblick dachte Carolina sogar, sie hätte ihn schniefen gehört. Weinte er etwa? Er, der große Phil Damians, der Rockstar, dem die Welt gehörte, der in Ruhm und Reichtum lebte, von den Fans geliebt und vergöttert wurde?

„Ja, genau! Ich habe mit allem recht. Was hast du dir nur dabei gedacht. Damals und heute sowieso?"

„Das würde ich dir gern erklären, aber es ist nicht in drei Worten getan." Phillip hob den Kopf. Sofort bemerkte Carolina die geröteten Augen. Die Angst, weich zu werden und unüberlegte Entscheidungen zu treffen, befiel sie. Trotzdem gab sie sich einen Ruck und sah Phillip herausfordernd an.

„Also schön. Ich gebe dir zehn Minuten. Keine Sekunde länger." Wie zum Beweis sah sie auf die Uhr und tippte mit dem Finger darauf. „Die Zeit läuft."

„Damals, als wie beide zusammen waren, da konnte ja keiner ahnen, dass das mit der Musik mal so groß werden würde. Davon geträumt hatte ich ja. Du erinnerst dich bestimmt noch an die Jungs von früher." Carolina erinnerte sich nur zu gut. Mit den Typen aus Phils damaliger Band war sie nie so richtig warm geworden. Sie hatte sich unsterblich in den niedlichen, Gitarre spielenden Phillip verliebt. Dass er mehr schlecht als recht von seiner Musik lebte und professionell durchstarten wollte, hatte er ihr erst später erzählt. Sie war blind vor Liebe gewesen und hatte es damals nicht wahrhaben wollen, dass er sich auch mit anderen Frauen traf und sich nicht festlegen wollte. Sie schob die Gedanken an früher mit aller Kraft beiseite und zwang sich zuzuhören, was Phillip zu sagen hatte. Die Lippen hatte sie zu einem schmalen Strich zusammengepresst.

„Mit denen bin ich ja anfangs eine ganze Weile durch die Klubs getourt, aber dann von einem Tag auf den anderen, als ich den Manager von den Studios kennengelernt und den Plattenvertrag unterschrieben hatte, wurde alles anders. Allein die Aussicht auf Erfolg, seine ganzen Versprechungen haben mich total überrollt. Ich war geblendet und habe nicht mehr klar denken können. Ich dachte, jetzt oder nie! Ich war schließlich nicht mehr der Jüngste."

„Ist mir gar nicht aufgefallen", kommentierte Carolina.

„Ich weiß, dass ich es nicht wieder gut machen kann. Ich war dumm und leichtgläubig damals. Mein damaliger Manager, dieser Frank, hatte mir eingetrichtert, dass ein Kind das Ende meiner Karriere bedeuten könnte, noch bevor sie überhaupt angefangen hat. Da hattest du mir noch gar nichts erzählt. Er quatschte in einer Tour auf mich ein, wie sehr eine Beziehung meinen Erfolg ausbremsen würde, und ich sah das ja genauso. *Der Typ sexy Junggeselle verkauft sich viel besser*, hat er immer gesagt und hatte auch recht damit."

Carolina begann nervös mit dem Fuß zu wippen. „Worauf willst du hinaus? Deine Erklärungen kannst du dir sparen. Ich will sie nicht hören. Du hast dich für ein anderes Leben entschieden und sogar behauptet, ich hätte die Schwangerschaft erfunden. Kannst du dir vorstellen, wie ich mich in diesem Augenblick gefühlt habe?"

„Nein, nicht einmal ansatzweise und es tut mir unsagbar leid. Wenn ich könnte, würde ich es ungeschehen machen, aber dafür ist es leider zu spät. Ich kann dich nur bitten, mir zu glauben und irgendwann vielleicht auch zu vergeben. Ich war nicht ich selbst. Ich war nicht bereit, mich festzulegen, und dieser Manager hat mir klargemacht, dass jede Woche eine andere versuchen würde, mir ein Kind anzuhängen, wenn ich nicht aufpassen würde. Er erzählte eine Schauergeschichte nach der anderen. Seine Hauptgeschichte war immer die gleiche, dass die Frauen überhaupt nicht schwanger wären, sondern immer nur Geld für eine erfundene Abtreibung rausschlagen wollten. Das wäre gängige Methode, man dürfte sich auf so etwas niemals einlassen. Und dann würden die Frauen auf angebliche tragische Weise die Kinder verlieren und sich nie wieder melden. Bei denen, die die Kinder kriegten, stellte sich dann oft heraus, dass jemand anders der Vater war. Ich hörte nichts anderes von ihm, außer dass ich mich auf meine Karriere konzentrieren müsste, und das wollte ich doch auch. Unter anderen Umständen hätte es vielleicht etwas mit uns werden können."

„Wurde es aber nicht." Carolina fröstelte. „Ich hätte damals alles für dich getan."

„Ich weiß, und dass ich dir nicht geglaubt habe, ist unentschuldbar. Alle diese Szenarien spielten sich in meinem Kopf ab und ich hörte auf meinen Manager. Du passtest ins Bild."

„Aber warum tauchst du dann ausgerechnet jetzt hier auf? Was hat sich verändert?" Carolina stöhnte und lehnte sich zurück.

„Du hast sicherlich mitbekommen, dass wir vor ein paar Wochen unsere Europatour beendet haben."

Carolina schüttelte den Kopf. „Was glaubst du denn? Dass ich ein Poster von dir über meinem Bett habe und deine Tourdaten auswendig weiß? Du solltest zum Punkt kommen, deine Zeit läuft."

„Während dieser Tour ist mir einiges klar geworden. Nämlich, dass ein Teil von mir uns gerne eine Chance gegeben hätte."

„Ist nicht dein Ernst." Carolina stieß wütend die Luft aus.

„Ich weiß, dass mein Verhalten vollends bescheuert war, darüber müssen war gar nicht reden. Es ändert die Vergangenheit auch nicht. Ich hatte nur gehofft, dass du, wenn ich dir alles erkläre, ein kleines Fünkchen Verständnis für meine Situation aufbringen kannst."

„Dein idiotischer Manager hat gesagt, ich bin nicht schwanger, und du hast ihm, ohne mit der Wimper zu zucken, geglaubt und mich abserviert." Carolina wusste nicht, wohin mit der Wut, die sie in diesem Augenblick erfasste, und sie warf, begleitet von einem wütenden Aufschrei, ihr Handtuch nach Phil.

„Du hast recht. Ich war ein Idiot und naiv und keinesfalls so erwachsen, wie ich mich gefühlt habe. Das alles ist mir aber erst im Laufe des letzten Jahres aufgegangen. Ich war sehr lange sehr unreif. Ich war erfolgreich, so wie ich war, und hatte keine Veranlassung, mich zu ändern.“

„Und was ist im letzten Jahr passiert, dass du dich so gewandelt hast und geläutert wurdest? Hattest du eine Erleuchtung?“

„So in der Art.“

„Nein!“, rief Carolina ungläubig aus.

„Jeremie, unser Drummer, hat all die Jahre kein Geheimnis um seine Freundin Liseth gemacht und sie dann letztes Jahr geheiratet. Das war ja groß in den Medien und hat seine Fanbase keineswegs erschüttert. Das hat mich sehr überrascht. Wir haben sogar die Tour so gelegt, dass er zur Geburt seiner Tochter zu Hause sein konnte, und haben dafür enormen Zuspruch erhalten.“

Carolina lauschte mit offenem Mund. Sie tippte auf ihre Uhr und erklärte fassungslos: „Du hast noch zweieinhalb Minuten. Komm zum Punkt.“

„Der Punkt ist …“, nun geriet Phillip ins Stocken, „… der Punkt ist, dass ich Franks Worte geglaubt und verinnerlicht hatte. Du hattest dich auch später nicht mehr gemeldet und Unterhalt eingefordert, also war für mich klar, dass die Angelegenheit erledigt war.“ Phillip saß da, mit gesenktem Kopf und hochgezogenen Schultern. Er sah aus, als erwartete er jeden Moment mit einem härteren Gegenstand als einem Handtuch beworfen zu werden.

„Du hast also geglaubt, nur weil ich dir nicht hinterhergerannt bin und dich verklagt habe, war das der Beweis dafür, dass ich nicht schwanger war? Komm mal runter von deinem hohen Ross. Das Einzige, wofür das der Beweis war, ist, dass du es sehr gern bequem hattest. Wenn Caro sich nicht meldet, dann wird da schon nichts gewesen sein. In Sachen schwanger oder nicht kann die sich ja mal geirrt haben. Ich sage dir was, du hast dich geirrt und deshalb ist es auch nicht dein Sohn, sondern meiner! Und ich sage dir noch etwas: Deine Zeit ist um."

Sie stand auf, ordnete ihre Kleidung und ging ohne ein weiteres Wort zur Tür.

„Ein Junge?" Ein lauter Schluchzer entfuhr ihm und als Carolina sich umdrehte, sah sie, wie er sich mit dem Ärmel seines Sweatshirts die Tränen aus dem Gesicht wischte. Sie hielt inne. „Ja, ein Junge."

„Oh mein Gott! Ich kann es nicht glauben. Sagst du mir, wie er heißt?"

Diese Situation war so grotesk und der Gedanke an Lucas ließ Carolina weich werden. Sie gab nach, als ihre Hand schon auf der Türklinke lag.

„Lucas." Sie schluckte gegen den Kloß in ihrem Hals und drückte ihr Brustbein durch, um besser atmen zu können.

„Warte, bitte", presste Phillip hervor. „Als ich Jeremies Tochter im Arm gehalten habe, war ich so überwältigt. Ich dachte an dich und fragte mich immer wieder, ob ich vielleicht doch schon Vater bin und was ich dann alles verpasst hätte. Die Unwissenheit brach mir das Herz, und als du heute Morgen gesagt hast, dass wir, dass du tatsächlich ein Kind bekommen hast, da ist etwas in mir zerbrochen und zugleich etwas gewachsen. Ich hatte keine Ahnung und ich will dir dein Leben nicht durcheinanderbringen und auch ...", er sprach noch immer unter Tränen aber nun sehr behutsam weiter, „... auch unseren ... Sohn will ich nicht durcheinanderbringen. Wenn du glaubst, dass es das Richtige für ihn ist, mich nicht kennenzulernen, dann werde ich es akzeptieren."

„Du wirst akzeptieren müssen, wofür immer ich mich auch entscheide. Was, wenn er bereits einen Vater hat? Einen Vater, der immer für ihn da war? Wie bitte soll ich ihm beibringen, dass da noch jemand ist, der jetzt mal sein Papa sein will? Für wie lange ist noch dahingestellt. Die nächste Tour kommt bestimmt." Carolina kämpfte ebenfalls mit den Tränen. Sie hatte das Gefühl, sobald sie aufhörte zu reden, würde alles wie in einem Wasserfall aus ihr herausbrechen.

„Ich hatte deinen Namen gegoogelt und dich dann auf der Webseite des Krankenhauses gefunden. Ich Idiot bin davon ausgegangen, dass du nicht geheiratet hast und noch immer allein bist. Es tut mir leid und das Schlimmste ist, dass ich es nie wieder gutmachen kann. Wenn Lucas Vater und Mutter hat, dann werde ich mich zurückziehen und abreisen."

Carolina schloss die Augen, aber die Tränen bahnten sich bereits ihren Weg. Das alles war einfach zu viel des Irrsinns.

„Weißt du, vielleicht solltest du deinen Mitmenschen, im Augenblick mir, auch ein bisschen Zeit geben, zu verarbeiten, was du von dir gegeben hast. Nein, Lucas hat keinen Vater, und ja, ich werde ihn beschützen und in seinem Interesse handeln. Was aber genau sein Interesse ist, muss ich mir erst mal in Ruhe überlegen." Ihre Hand lag noch immer auf der Türklinke. „Lass mich einfach mal in Ruhe denken und zu einer Entscheidung kommen. Wie soll denn ein vernünftiger Mensch in so einer Situation angemessen reagieren?"

„Warte noch kurz, Caro." Phillip stand auf, ging ins Badezimmer, schnäuzte sich und kam dann mit einem wunderschönen Blumenarrangement zurück. Darin steckte ein Briefumschlag. „Hier, die hatte ich dir besorgt."

„Mensch, Phillip! Wofür sollen die sein? Mit ein paar blöden Blumen ist doch nicht alles wieder in Ordnung. Du wirst damit auch nicht meine Entscheidungen beeinflussen."

„Natürlich nicht. Das weiß ich. Ich weiß aber noch, dass du Blumen sehr magst. Ich hatte gehofft, es könnte für einen vorsichtigen Anfang reichen, und ich habe dir meine Telefonnummer in die Karte geschrieben. Damit du mich erreichen kannst. Wann immer du so weit bist, bin ich hier. Ich werde mich in diesem Zimmer noch eine Weile verschanzen."

„Hrggh, du bist unmöglich." Sie ließ ihn mit den Blumen stehen, zog den Briefumschlag aus dem Strauß und öffnete ihn. Es steckte tatsächlich nur eine weiße Karte mit einer handschriftlich darauf geschriebenen Handynummer darin.

„Warte." Sie steckte die Karte in ihre Handtasche, zückte einen Kugelschreiber und schrieb ihre eigene Handynummer auf den Umschlag.

„Hier, aber nur für den absoluten Notfall", erklärte Carolina und gab Phil das Stück Papier zurück. „Dann kommst du hoffentlich nicht mehr auf die dumme Idee, im Namen toter Musiker an der Zentrale des Krankenhauses für mich anzurufen." Phillip nickte und steckte den Umschlag in seine Hosentasche.

„Ich weiß nicht, wann ich dir sagen kann, wie es für mich und Lucas weitergeht. Am besten gehe ich jetzt erst einmal nach Hause und denke nach."

Energisch verließ sie das Zimmer. Gleich darauf fiel die Tür hinter ihr ins Schloss. Im nächsten Augenblick stolperte sie über einen Gegenstand. Es war eine Sporttasche, die mitten im Hotelflur abgestellt worden war. Sofort ließ sie den Blumenstrauß los und versuchte, ihren Sturz abzufangen. Sie sah nur noch, wie der Strauß den direkten Weg über das Treppengeländer nach unten nahm.

„Auf den kann ich sowieso verzichten", schimpfte Carolina leise und rappelte sich wieder auf. Doch keine zwei Sekunden später wanderten die Blumen die Treppe wieder hinauf.

„Gehören die etwa zu dir?" Tim streckte ihr den Strauß galant entgegen. Die Blüten hatten kaum Schaden genommen.

„Offensichtlich", knurrte Carolina. „Und die, gehört die zu dir?" Sie zeigte verärgert auf die Sporttasche.

„Ja. Leider muss ich das zugeben. Hast du dich verletzt?" Er kam besorgt zu ihr.

„Nein, aber vielleicht sollte ich den Kaffee mit dir canceln, bevor Schlimmeres geschieht. In deiner Nähe ist es echt gefährlich."

Ein Anflug von Traurigkeit zeigte sich in Tims Augen, auffällig hübschen Augen, wie sie feststellen musste. Noch immer hielt er den Blumenstrauß in der Hand und beäugte ihn skeptisch. Auf ihren verheulten Gesichtsausdruck ging er aber nicht ein.

„Sicher, dass es an meiner Tollpatschigkeit liegt, dass du absagen willst, und nicht an den Blumen? Wo kommen die eigentlich her?"

„Das geht dich gar nichts an." Carolina nahm den Strauß und ging ohne ein weiteres Wort an ihm vorbei. Dieser Typ machte sie nervös und das konnte sie auf keinen Fall gebrauchen.

„Also sehen wir uns Montag?", fragte Tim über das Treppengeländer gebeugt nach unten.

„Ja, bis Montag", erwiderte Carolina und nun huschte doch ein zaghaftes Lächeln um ihre Lippen.

„Also doch Nummer vier?", fragte Lisa und setzte eine verschwörerische Miene auf. Sie stand am Empfang und grinste wie eine Siegerin. „Keine Sorge, dein Geheimnis ist bei mir sicher. Ich kann schweigen wie ein Grab."

„Von wegen", dachte Carolina, war aber gleichzeitig froh, dass Lisas Augenmerk nicht mehr auf Phillip gerichtet war.

8 – The sexiest man alive

Carolina hatte mit niemandem über Phillip gesprochen, versuchte, sich nichts anmerken zu lassen, und hatte die ganze Nacht ihre Sorgen in sich hineingefressen. Sie hoffte darauf, dass mit dem nächsten Tag alles besser würde, sie einen anderen Zugang zu dieser Angelegenheit bekam und sich über alles klar werden konnte. Aber nichts wurde klarer. Stattdessen hatte sie am nächsten Tag das Gefühl, von diesem einzigen Thema verfolgt zu werden.

Aus dem Autoradio ertönte die Meldung, dass die Rocklegende Phil Damians verschwunden sei. Zuletzt sei er vor einigen Tagen gesehen worden. Nun schien er abgetaucht, wie vom Erdboden verschluckt. Auch sein Management könne oder wolle keine genaue Auskunft über den Verbleib des Musikers geben. Er nehme eine dringend benötigte kreative Auszeit und man bitte um Respekt und Geduld. Sie drehte verärgert das Radio ab. Carolina konnte auch eine dringende Auszeit gebrauchen. Stattdessen platzte Phillip ungefragt in ihr Leben, stellte alles auf den Kopf und vervielfachte die Zahl der Aufgaben, um die sie sich sowieso schon kümmern musste, erheblich. Sicher, er war nicht schuld an ihrem Chaos, aber er setzte noch eins obendrauf.

Von der Wohnung bis zur Arbeit, in den Patientenzimmern, einfach überall, wo sie stand und ging, drehte sich alles um das gleiche Thema. Sie hörte nur noch Phil Damians.

Ihre Gedanken kreisten wild um ihn und malten sich alle möglichen Szenarien aus, wie sein Auftauchen ihr zukünftiges Leben verändern und beeinflussen würde. Dass sich alles ändern würde, war ihr klar und vor dieser Unausweichlichkeit hatte Carolina Angst.

„Gleichmäßig atmen. Ruhe finden. Das ist normal, weil ich aufgewühlt bin", sagte sie sich immer wieder, wenn sie das Gefühl hatte, gleich verrückt zu werden.

Als sie in ihre Arbeitsroutine rutschte, ließ das Gedankenkarussell endlich nach. Ihr Gehirn ließ sie nicht im Stich, sondern wusste, worauf es sich zu konzentrieren galt. Alles andere wäre unprofessionell und fahrlässig gewesen.

Als sie die Teenagermädchen auf Zimmer dreizehn zur Visite aufsuchte, wurde sie auf eine harte Probe gestellt, denn es gab kein anderes Thema als das Verschwinden des megacoolen Phil D.

„Der hat nicht mal was auf Insta oder TikTok gemacht. Voll komisch, macht der doch sonst immer", stellte eines der Mädchen fest.

„Vielleicht hatte er einen Herzinfarkt oder einen Schlaganfall. Der ist ja schon voll alt", bemerkte die andere und sorgte für Schmunzeln unter dem anwesenden Klinikpersonal. Carolina musste enorme mentale Kräfte aufwenden, sich auf die Begutachtung der Patientenwunden zu konzentrieren.

„Ja, aber süß ist er trotzdem und die Musik ist immer voll nice."

„Die schreibt der bestimmt nicht selbst oder was meinst du?"

„Noch einen Tag Bettruhe und dann langsam in Bewegung kommen", bestimmte Carolina für eine der beiden, „und hier drüben von Schonkost auf Normalkost umstellen." Sie nickte und einer der anwesenden

Assistenzärzte notierte eifrig mit. Für einen Moment hatte sie sich die Aufmerksamkeit der Mädchen gesichert, ein bestätigendes Nicken eingefordert und dann die Visite fortgesetzt.

Später im Stationszimmer spielte Melli einen Song an und Carolina war sich sicher, dass sie den schon einmal gehört hatte.

„Von wem ist der? Ich komme nicht drauf."

„Na von Phil Damians, *VOLL NICE*, oder?"

„Du hast deine Ohren wohl auch überall, was?"

„Ich gebe mir zumindest große Mühe. Wusstest du, dass er zwei Jahre in Folge zum Sexiest-man-alive gewählt wurde?"

„Nein, aber ich glaube, das nicht zu wissen, ist nicht schlimm", entgegnete Carolina so uninteressiert wie möglich.

„Mir wäre der übrigens nicht zu alt, eher genau meine Kragenweite." Melli zog lasziv die Augenbrauen hoch und schob ihren Busen nach vorn.

„Ehrlich, Melli, manchmal bist du unmöglich. Du kannst den Mann doch nicht nur auf sein Äußeres reduzieren. Du weißt schon, dass es, wenn es andersherum wäre, eine riesige Aufregung gäbe."

„Du meinst, wenn er so über mich dächte. Ja, das gäbe eine unglaubliche Aufregung. In meinem Schlafzimmer."

„Im Ernst, das ist nicht witzig." Es bereitete Carolina plötzlich großes Unbehagen, wie Melli von Phillip, vom Vater ihres Sohnes sprach.

„Nein, ist es nicht. Du hast recht. Witzig ist aber, wie du darauf reagierst. Stehst du etwa doch auf den? Wahrscheinlich kennst du alle seine Lieder auswendig." Mellis Blick wurde immer ernster und eindringlicher. "Caro?"

"Ja?"

"Du weißt schon, dass das alles nur Gehabe ist. Der Typ ist ein Megastar, ein Produkt, eine Marke. Kein Mensch in diesem Krankenhaus wird jemals irgendwas mit diesem Typen anfangen und wahrscheinlich sieht er in echt nicht mal halb so gut aus", erklärte sie besorgt.

"Du musst nicht mit mir reden, als wäre ich zwölf." Carolina stand verärgert auf.

"Sorry, war keine Absicht. Aber du warst mir kurz etwas unheimlich."

"Kann sein, dass der Stress mich komisch macht. Im Moment ist es einfach viel. Kommst du eigentlich morgen zum Singen zu uns aufs Gut?"

"Nur wenn Phil Damians auch kommt." Sie kicherte wieder, rang sich aber doch noch zu einer ernsthaften Antwort durch. "Nein, schon vergessen? Ich werde zu meiner Oma fahren, vorgezogenes weihnachtliches Beisammensein. Wahrscheinlich hast du eine Gehirnerschütterung. Du zeigst Stimmungsschwankungen und vergisst alles."

"Wegen der Beule? Jetzt hör aber auf. Stimmt, deinen Besuch bei deiner Oma hatte ich in der Tat vergessen, aber wie gesagt, das ist der Stress."

Sie hatte Melli zwar erzählt, dass sie mit jemandem zusammengestoßen war, aber nicht, dass sie sich mit ihm verabredet hatte. Melli würde die Situation nur wieder falsch deuten.

Nun fand sich auch Ramona im Schwesternzimmer ein.

„Hier, noch eine Runde Kaffee und dann schaffen wir auch die restlichen Stunden.“

Melli stellte Kaffeebecher auf den Tisch, doch damit war das Thema Phil noch nicht erledigt. Das Radio, das schon seit dem Vormittag leise spielte, brachte Rock und Pop NEWS und natürlich ging es darin um das Verschwinden von Phil. Melli lächelte und drehte das Radio etwas lauter, um dem Beitrag besser folgen zu können. Die Medien bauschten das Verschwinden von Phil Damians ordentlich auf. Mittlerweile hatten die Recherchen der Reporter ergeben, dass er sich um eine dringende Familienangelegenheit kümmere und sich für unbestimmte Zeit aus der Öffentlichkeit zurückziehen werde.

Carolina schnaubte entnervt. „Können die nicht über was anderes reden? Den ganzen Morgen geht das schon so. Als ob die Welt keine anderen Sorgen hätte.“

Mit viel zu viel Schwung stellte sie die Kaffeetasse wieder auf den Tisch und das hellbraune Gebräu schwappte über.

„Verfluchter Mist“, schimpfte Carolina und holte sich ein Küchenpapier, um die Flecken wegzuwischen.

„Welche Laus ist dir denn über die Leber gelaufen?“, wollte Ramona wissen. „Interessiert dich etwa nicht, wo er abgeblieben ist? Er ist vor einigen Tagen das letzte Mal gesehen worden und nun ist er abgetaucht, wie vom Erdboden verschluckt.“ Ramona wiederholte beinahe eins zu eins die Worte der Radiomoderatorin. „Da steckt bestimmt eine Frau hinter der dringenden Familienangelegenheit, um die er sich kümmern muss.“

„Mir fällt da auf Anhieb auch einiges ein, worum der Mann sich bei mir kümmern könnte", erklärte Melli und bekam erneut einen schwärmerischen Gesichtsausdruck, den Carolina nur noch mit einem verständnislosen Kopfschütteln quittierte.

„Nun tu nicht so. Ich lege meine Hand dafür ins Feuer, dass keine von uns dreien ihn von der Bettkante stoßen würde", versuchte Melli es erneut, aber Carolina hatte genug.

„Ihr entschuldigt mich, ich habe zu arbeiten." Mit versteinerter Miene räumte sie ihre Tasse fort und verließ angespannt das Zimmer. Warum konnte Melli nicht ab und zu ihr vorlautes Mundwerk halten?

Sie zog sich für ein paar Minuten in den Ruheraum zurück und atmete konzentriert. Mellis Kommentar hatte ihr einen Stich verpasst. Natürlich wusste sie nicht, in welcher Wunde sie da gerade so fleißig stocherte, und am liebsten hätte sie Melli ins Vertrauen gezogen, aber wie? Und schlimmer noch, was dann? Sie horchte in sich hinein und stellte sich ernsthaft die Frage, ob Melli vielleicht richtig lag und sie noch Gefühle für Phillip hegte. Alle Beziehungsversuche nach ihm waren schwere bis mittelprächtige Fehlschläge gewesen. Lag es vielleicht doch an ihm? Sie schlug die Hände vors Gesicht und wusste nicht weiter. Nach all den Misserfolgen hatte sie sich nur noch um ihren Sohn und die Karriere kümmern wollen. Da wusste sie, für wen sie es tat und was sie erwartete.

„Um Phillip von der Bettkante zu stoßen, ist es schon acht Jahre zu spät." Carolina flüsterte die Worte und ärgerte sich gleich darauf, dass sie derart impulsiv auf Mellis Kommentar reagierte. Langsam schritt sie im

Ruheraum auf und ab. Die Erinnerung an eine schöne, aufregende und intensive Zeit mit Phillip brach sich Bahn. Damals, als Carolina sich Hals über Kopf in ihn verliebt hatte und glaubte, dass es Phillip ebenso ginge, hatte sie nicht einmal gewusst, dass er auf dem Weg zum Profimusiker war. Als sie von der Band, dem Manager und den Tourplänen erfahren hatte, war sie zugleich stolz auf ihn und dann unendlich traurig gewesen. Schließlich hatte sie alles auf eine Karte gesetzt und gehofft, dass er sich für sie entscheiden würde. Die Realität sah dann leider anders aus. Was dieser Manager getan hatte, war schäbig, aber das Phillip sich nach ihm gerichtet und ihm mehr geglaubt hatte als ihr, konnte Carolina nicht begreifen. So viel Zeit war seitdem vergangen und den Schmerz über den Verlust der Beziehung hatte sie überwunden. Nicht aber den Schmerz, den ihr Mutterherz fühlte, wenn sie daran dachte, dass ihr Sohn ohne Vater aufwuchs. Deshalb hatte sie nicht nur aus ihrer Sicht den Mann fürs Leben gesucht. Es sollte auch für Lucas passen. Sie beide hatten sich so sehr eine richtige Familie gewünscht. Der letzte Versuch mit ihrem Arztkollegen Olaf ...

Ihr Telefon klingelte. Ein Anruf von der Kinderstation.

„Ja?"

„Ich bin es, Melli. Alles in Ordnung?" Sie klang besorgt.

„Nein, nicht so richtig."

„Du weißt schon noch, dass ich deine Freundin bin und du mit mir über alles reden kannst?"

„Ja. Aber über gewisse Dinge spricht es sich nicht so leicht."

„Habe ich vorhin etwas gesagt, das dich verletzt hat? Tut mir leid, wenn du wirklich auf diesen Musiker stehst, ist das doch völlig okay."

Carolina musste schmunzeln, es war nur fair und richtig, sich zu überwinden und ihrer Freundin die Wahrheit zu sagen. Sie schloss die Augen und sammelte ihren Mut.

„Ach, Melli, ich habe dich lieb und du verstehst mich. Die Sache ist die ..." Erneut holte sie Luft, versuchte ihre zitternde Stimme unter Kontrolle zu bringen. „Weißt du, Lucas' Vater, er hat große Ähnlichkeit mit diesem Musiker, also äußerlich gesehen. Jetzt wo dieses Thema in den Medien ständig hoch und runtergekaut wird und sich gefühlt jeder in meinem Umfeld über Phil Damians unterhält, habe ich ständig die Sache von damals im Kopf. Das macht mich echt fertig." Ups, dachte sich Carolina, während sie in den Hörer lauschte. Es hatte sich als noch schwieriger herausgestellt, die Wahrheit zu sagen, als sie gedacht hatte. Nun hatte sie ihre Freundin angelogen oder wenigstens halb. Die Wahrheit hatte sie ihr jedenfalls nicht gesagt.

„Ach, Caro! Warum sagst du das denn nicht gleich? Wenn ich gewusst hätte, wie sehr dich das trifft, hätte ich den Blödsinn doch gelassen. Entschuldige bitte. Es kommt nicht wieder vor, okay?"

„Ja, okay! Ich muss jetzt weitermachen, wir reden später in Ruhe, ja?" Ihre Stimme war matt, als sie sich verabschiedete. Dass sie ihrer Freundin nicht die volle Wahrheit gesagt hatte, lag Carolina schwer im Magen.

Bis Dienstende ließ sie das gestrige Gespräch mit Phillip immer wieder Revue passieren. Er hatte sich verändert, war erwachsener und vor allem ruhiger geworden. Außerdem musste sie allen anderen zustimmen, war er sehr wohl ein attraktiver Mann. Vielleicht sprach er die Wahrheit und wollte sich tatsächlich verantwortungsvoll um seinen Sohn kümmern? In Gedanken sah sie eine glückliche Familie vor sich. Lucas, Carolina und Phillip und plötzlich war da noch jemand. Wie hieß er gleich? Ach ja, Tim.

Carolina befühlte die leichte Wölbung über dem rechten Auge, schüttelte den Kopf und lächelte versöhnlich. Sie hatte am Morgen eine ordentliche Portion Make-up aufgetragen, den Rest kaschierten die Haare.

Ob dieser Tim sich heute früh auch geschminkt hatte? In ihrem Kopf stand er nur in Boxershorts im Bad vor dem Spiegel und vertuschte seine Beule. Früher hätte Carolina einen Typen wie ihn sicherlich nicht von der Bettkante gestoßen, um es mit Mellis grobschlächtigen Worten auszudrücken. Sie hätte sich zumindest die Mühe gemacht herauszufinden, ob er ihre kleine Familie vervollständigen könnte.

„Ach was, reiß dich zusammen", ermahnte sie sich selbst.

Weder Phillip noch Tim noch irgendein anderer Mann hatten etwas in ihrem Kopf zu suchen. Der einzige Mann, um den es sich gerade drehen sollte, war ihr Sohn Lucas. Sie straffte die Schultern und versuchte, ihre Gedanken abzuschütteln. Es gab genug Patienten, um die sie sich kümmern musste.

Trotz aller guten Vorsätze konnte Carolina ihre Gedanken nicht gänzlich von der neuen Situation lösen. Warum musste Phillip ausgerechnet jetzt hier auftauchen und alles durcheinanderbringen? Es war nicht fair, dass sie sich jetzt ohne Vorwarnung mit ihm und seiner Anwesenheit auseinandersetzen musste. Und Lucas erst ... Was sollte sie ihm sagen? Wie sollte das alles später überhaupt funktionieren? Wie sollte sie sich Gedanken um die Zukunft machen, wenn sie nicht einmal in der Gegenwart wusste, was zu tun war? Sie konnte Phillip ja schlecht zum Singen mit in die Scheune bringen und sagen: „Überraschung! Schaut mal, wer da ist! Alle Welt sucht ihn, aber er ist bei uns.“

Sofort entwickelte sich die Situation in ihrem Kopf weiter. Nach ihrer überraschenden Ankündigung würde ein Raunen durch die Anwesenden gehen. Fragen würden auf sie einprasseln, wie sie dies nur angestellt habe, dass der Megastar bei ihnen in der Scheune stand, und sie würde lächelnd abwinken. „Kriegt euch wieder ein. Der feiert jetzt jedes Weihnachtsfest mit uns, er ist doch Lucas’ Vater.“ Dann würden allen Anwesenden die Gesichtszüge entgleisen. Sie alle würden mit schockgeweiteten Augen und offenen Mündern dastehen und gar nichts mehr sagen. Zumindest so lange, bis Lucas kam und die beiden auf der Bühne die rockige Version von „Vom Himmel hoch“ performten. Dann geriet die Menge wahrscheinlich außer Rand und Band und sie müsste einen nach dem anderen mit einem Kreislaufkollaps aus der Scheune retten. Dann war es eins fix drei vorbei mit der Ruhe und Romantik zu Hause. Hardcorefans würden auf dem Hof campen und Lucas müsste mit Bodyguards in die Schule gebracht werden.

Lucas. Der Gedanke an ihn bremste Carolinas Kopfkino. Sie tat ihm mit Sicherheit keinen Gefallen, wenn sie diese Tür erst einmal öffnete. Mit einem Vater wie

Tim wäre er wohl besser bedient. Und schon wieder war Tim in ihrem Kopf.

Nach Dienstschluss saß Carolina unschlüssig in ihrem Auto auf dem Parkplatz des Klinikums und hielt nervös das Smartphone in der Hand. Sie hatte all ihre Überlegungen des Tages abgewogen und war in Bezug auf Phillip zu einem Ergebnis gekommen. Es war allerdings ein Ergebnis, das ihr nicht gefiel und welches ihr große Sorge bereitete. Trotzdem wollte sie ihre Befindlichkeit hintanstellen und hoffte inständig, im Sinne ihres Sohnes zu entscheiden. Fakt war nun mal, dass er ein Recht auf die Wahrheit hatte.

Carolina stieß ein verzweifeltes Grollen aus, dann öffnete sie den Internetbrowser und suchte nach News zu Phil Damians. Sie überflog mehrere Onlineberichte zu seinem Verschwinden, welches in der Tat einen mittelschweren medialen Sturm verursacht hatte. Sie konnte sich nur im Ansatz ausmalen, mit welchem Paparazzi-Aufkommen hier im Ort zu rechnen wäre, wenn sich erst herumsprach, dass Phil in Janssens Pension abgestiegen war. Zwei Herzen schlugen in ihrer Brust. Lucas und seinen Vater zusammenzubringen oder ihn vor einem möglichen gebrochenen Herzen beschützen. Was, wenn Phillip als Vater versagte? Wenn er es nicht schaffte, sein Kind vor den Medien zu beschützen? War die Katze erst einmal aus dem Sack, mussten neben Phillip auch Carolina und Lucas mit dem Interesse der Öffentlichkeit leben. Was, wenn der schlimmste Fall eintrat und Phillip sich wieder für Jahre aus dem Staub machte? Tränen der Wut und Hilflosigkeit sammelten sich in ihren Augen, dann öffnete sie den Messenger und schrieb eine kurze Nachricht an ihn.

*Ich bin immer noch sauer auf dich. Nur für den Fall,
dass ich dir entgegenkommen sollte, läuft alles nach
meinen Regeln, einverstanden?*

Sofort wurde die Nachricht als gelesen angezeigt und
Phillip antwortete Sekunden später:

Einverstanden.

Heiße und kalte Schauer liefen über Carolinas Rücken, die Kraft in ihren Fingern schwand. Es war, als
säße sie in einem kleinen Boot ohne Paddel und ent-
fernte sich langsam vom Ufer. Sie wusste nicht, wohin
die Reise gehen würde, und sie hatte Angst.

Auf dem Heimweg fuhr Carolina besonders aufmerksam durch die verschneiten Straßen Weidingens und
ertappte sich dabei, wie sie nach Tims Auto Ausschau
hielt. Aber nirgends war er zu entdecken.

Endlich erreichte sie das Caféhaus und trat in die
warme Luft und den Duft nach Gebäck ein. Als sie von
der heimeligen Weihnachtsmusik eingehüllt wurde,
war es, als fiele ihr eine schreckliche Last von den
Schultern. Sie war so gerührt von diesem Moment des
Heimkommens, dass sie beinahe geweint hätte.

Auch hier glitt ihr Blick suchend durch die Räumlich-
keit. Ein kleiner Funken Hoffnung in Carolina suchte
Tim. Sie hätte sich gefreut, ihn wiederzusehen. Rein
freundschaftlich selbstverständlich, wie sie sich selbst
sofort in Erinnerung rief.

„Hallo, Irina!" Sie grüßte ihre Stiefmutter, die gerade
die Teilchen und Pralinen in der Auslage ordnete. Es

waren noch zehn Minuten bis Ladenschluss, aber die Kunden standen wie immer an.

„Hallo, Caro!“

„Wie läuft's? Kann ich dir noch etwas unter die Arme greifen?“ Auch wenn Carolina am liebsten nur kurz dagesessen und ihre Gedanken sortiert hätte, bot sie ihre Hilfe an. Schließlich wurde sie selbst auch nicht hängengelassen.

„Sehr gern. Es wäre sehr hilfreich, wenn du das gebrauchte Geschirr einsammelst und in die Küche bringst. Dann kannst du die Tische abwischen, die Stühle hochstellen und mit dem Mopp durchgehen.“

Die Anweisungen waren klar und strukturiert und Carolina ließ sich nicht zweimal bitten. Vierzig Minuten später sah es im vorderen Teil des Lokals schon wieder reinlich aus.

9 – Adventssingen

Die Morgensonne tauchte die verschneite Landschaft und Gut Beeken erneut minutenlang in ein romantisches, anmutiges Rot. Carolina konnte sich kaum an dem Spektakel sattsehen, das sich in den letzten Tagen stetig wiederholte, und sog die Ruhe, die in diesem Naturschauspiel lag, bewusst auf.

Sie hatte den Frühstückstisch gedeckt, und da auch Sinterklaas gefeiert wurde, stand auf Lucas' Platz ein mit Naschwerk gefüllter Stiefel aus Pappe, so wie Carolina es von früher kannte. Daneben ein in Geschenkpapier eingewickeltes neues Buch. Die restlichen Geschenke, auch für die Erwachsenen, gab es an Weihnachten. Nun kochte das Teewasser sprudelnd im Topf. Sie wartete darauf, dass Lucas aus dem Badezimmer kam, und sah gedankenversunken hinaus auf den schneebedeckten Innenhof. Von ihrem Platz am Küchenfenster aus konnte sie nur einen Teil des Gebäudes und die Scheune betrachten, die ruhig und beschaulich anzusehen war.

Es war die Ruhe vor dem Sturm, einem schönen, aber doch anstrengenden Sturm. Gleich würden alle Familienmitglieder wild in und um die Scheune herumwuseln und das alljährliche Adventssingen auf Gut Beeken auf die Beine stellen, das kleine Weihnachten der Familie. Im Großen und Ganzen war der Ablauf jedes Jahr der Gleiche. In der weihnachtlich geschmückten Scheune trafen sich alle Freunde und Bekannte der Familie. Es wurde gegessen und getrunken, gemeinsam gesungen und erzählt. Die Feier begann am Nachmittag, sobald es dunkel wurde, und endete irgendwann spät in der Nacht. Irina hatte immer das Zepter in der Hand, wusste, wann wo etwas fehlte oder gebraucht wurde. In jedem Jahr gab es ergreifende, emotionale Momente.

An das letzte Jahr erinnerte sich Carolina noch zu gut. Ihre Schwester Natalie war zurück nach Hause gekommen. Neben der Versöhnung mit der Familie hatte auch die Beziehung zu ihrer Jugendliebe Nick ein Happy End gefunden. Carolina atmete schwer. Auch wenn es in ihrem Leben gerade genug Stoff für emotionale Momente gab, würde sie diese Themen heute unter dem Deckmantel des Schweigens verwahren, so wie unter der makellosen Neuschneedecke, die sich auf dem Innenhof ausgebreitet hatte. Sie dachte an Phillip, dem womöglich die Decke auf den Kopf fiel in seinem kleinen Zimmer. Was, wenn er sich nicht zurückhalten konnte und plötzlich doch hier auftauchte, um Lucas zu sehen?

Sie rieb sich nervös die Hände und widmete sich dann endlich der Teezubereitung. Die nächsten Tage würden ihr einiges abverlangen. Auch wenn sie auf die Hilfe ihrer Familie zählen konnte, sah sie der ebenfalls bevorstehenden Backaktion nicht gelassen entgegen.

Ruhe bewahren und eins nach dem anderen, dachte sie.

„Was tut man nicht alles für die Karriere." Carolina goss das Teewasser über die getrockneten Pfefferminzblätter und drehte sich zu ihrem Sohn um, der es sich gerade geräuschvoll auf der kleinen Eckbank gemütlich machte und zügig sein Geschenk öffnete. „Ja! Ich wusste, dass er kommt. Super! Kann ich es gleich lesen?“ Er sah Carolina mit einem herzerweichenden Hundeblick an.

„Zwei Seiten und dann frühstücken wir. Du kannst es gleich mit nach draußen nehmen, und wenn du zwischendurch eine Pause brauchst, suchst du dir ein ruhiges Plätzchen in der Scheune. Okay?“

Er nickte zustimmend, aber Carolina sah ihm an, dass es ihm wahrlich nicht leichtfiel. Sie hatte sich bewusst für dieses Geschenk entschieden. Es gehörte zu einer Reihe, die Lucas sehr gern las. Damit war er ein paar Stunden beschäftigt.

„Mama, was ist Karriere? Ist das schlimm?“ Er stellte seine Frage ohne Vorwarnung, als er das Buch neben seinen Teller gelegt hatte und sich sein Frühstücksbrot schmierte.

Carolina blickte in das besorgte Gesicht ihres Sohnes.

„Nein, ist genau genommen schon etwas Gutes. Karriere nennt man Erfolg im Beruf. Das wünschen sich die meisten Menschen. Dann dürfen sie mehr Verantwortung übernehmen und häufiger selbst Entscheidungen treffen. Viele Menschen glauben, dass ihre Arbeit dadurch angenehmer wird, und man verdient etwas mehr Geld, wenn man Karriere macht. Wenn ich im nächsten Jahr mit dem neuen Job im Krankenhaus anfange, dann habe ich auch Karriere gemacht. Ich freue mich sehr darauf.“

Carolina stellte die Teekanne auf den Tisch, setzte sich ihm gegenüber auf ihren Stuhl und beobachtete Lucas’ Gesichtszüge, während er das Gehörte in seinem Kopf sortierte.

„Magdalenas Papa macht Karriere. Sie sagt, dass es so schlimm ist, dass sich ihre Eltern scheiden lassen.“

Carolina schluckte und verstand, woher die Sorge ihres Kindes rührte.

„Oh, das tut mir leid für Magdalena. Egal ob mit Karriere oder ohne, wenn Eltern sich scheiden lassen, ist es immer doof für die Kinder. Manchmal verändert sie die Menschen und dann kann es sogar vorkommen, dass Eltern sich scheiden lassen, und manchmal gibt es vollkommen andere Gründe, dass sich die Eltern nicht mehr lieben."

Lucas blickte auf seinen Teller. Sie spürte, dass ihm noch irgendetwas auf der Seele brannte.

„Das ist trotzdem ziemlich blöd mit der Karriere", stellte Lucas fest. „Veränderst du dich dann auch?"

Carolina nahm ihre Teetasse und pustete darin herum.

„Du musst dir keine Sorgen machen. Meine Karriere bringt nichts Schlimmes. Im Gegenteil. Die ist gut. Bei mir ist es etwas anderes. Ich muss mich nicht verändern, ich mache die neue Arbeit sowieso schon seit einiger Zeit. Es muss nur offiziell verkündet werden, damit alle im Krankenhaus es wissen und es seine Ordnung hat. Außerdem bekommen wir dann mehr Zeit für uns an den Wochenenden. Das habe ich schon im Sommer mit Direktor Farbach besprochen", erklärte sie und dachte sofort wieder an die Weihnachtsfeier und das Essen, für das sie verantwortlich war. Wenn ich es nur nicht vermassele und Farbach es sich im letzten Moment noch anders überlegt, fügte sie in Gedanken hinzu.

„Aber für Magdalena ist es echt schlimm. Ihr Papa zieht weg und sie sieht ihn dann nicht mehr so oft. Ich finde, das ist schlimmer, als wenn man gar keinen Papa hat“, resümierte Lucas und fuhr fort, sich sein Marmeladenbrot zu schmieren. „Gut, dass ich nur dich habe, dann kannst du dich auch nicht scheiden lassen.“

Er ließ das Messer unabsichtlich auf den Teller fallen und Carolina durchfuhr es wie ein elektrischer Schlag. Mit großen, ungläubigen Augen sah sie ihren Sohn an, für den das Thema nun abgeschlossen schien. Genüsslich biss er in sein Frühstücksbrot und linste mit einem Auge auf das bunte Cover seines neuen Buches. Sein Appetit war wieder da.

Während sie Lucas beim Frühstück zusah, drehten sich ihre Gedanken sofort wieder im Kreis. Natürlich war es in Lucas' Interesse, seinen Vater kennenzulernen, überhaupt einen zu haben. Aber es ging auch ein erhebliches emotionales Risiko davon aus. Sie alle konnten dabei verletzt werden, Lucas auch. Wenn Phil nur aus einer Laune heraus Vater spielen wollte und im nächsten Moment schon wieder aus ihrem Leben hier in Weidingen verschwunden war, dann musste Carolina die Scherben, die der Superstar auf Abwegen hinterlassen hatte, zusammenkehren. Wenn er es ernst meinte, gab es da immer noch das Problem mit seiner Berühmtheit. Wie sollte sie die denn in den Alltag integrieren? Es schien ihr unmöglich. Warum war Phillip nicht in seinem normalen Leben geblieben? So wie dieser Tim.

Carolinas Atem stockte. Überrascht stellte sie die Tasse ab. Sie wusste doch gar nichts über diesen Mann und sein Leben und trotzdem war der Gedanke, ihn an Phillips Stelle zu sehen, überraschend angenehm. Warum gingen ihre Überlegungen immer so seltsame Wege?

Sie griff sich an die noch immer leicht lädierte Stelle an der Stirn. Irgendwie war der Typ in seiner tollpatschigen Art ja auch süß. Vielleicht konnte er wirklich ein guter Freund werden? Nach Olaf hatte sie jedenfalls ihre Lektion gelernt. Ein für alle Mal. Beziehungsgeschichten gehörten ab sofort der Vergangenheit an. Sie hatten sich zu einem freundschaftlichen Kaffee, mehr noch Wiedergutmachungskaffee verabredet. Daran war nichts Verwerfliches und sie würde ihm nicht absagen, nur weil in ihrem Kopf Durcheinander herrschte. Durcheinander, genau. Und wer war dafür zuständig? Phillip. Phillip alias Phil Damians Superstar, der Schwarm aller Frauen, nur eben nicht ihrer, nicht mehr, dafür aber Vater ihres Sohnes. Was für ein Dilemma.

Lautes, verspieltes Hundegebell und gleich darauf das unverkennbare Dröhnen der Schneefräse holten Carolina zurück aus den Gedanken. Im nächsten Moment versetzte Lucas dem Frühstück ein jähes Ende.

„Nein! Ich wollte doch mitfahren!", rief er und sprang wie von der Tarantel gestochen auf. Er stopfte den Rest seines Brotes in den Mund, kippte den Kakao aus der Tasse hinterher und lief aus der Küche.

„Wasch dir wenigstens noch die Hände", rief Carolina ihm nachsichtig, und noch immer in ihrem Gedankenkarussell gefangen, hinterher. Sie wusste nur zu gut, wie gern Lucas auf den Arbeitsfahrzeugen seines Großvaters mitfuhr.

Er sauste Richtung Badezimmer an der offenen Küchentür vorbei, für den Hauch einer Sekunde hörte Carolina das Wasser laufen, dann lief er zurück in die Küche und griff sich sein Buch. In Windeseile zog er sich seine Stiefel an und im nächsten Moment knallte die Tür.

Gleichmäßiges Motorengeräusch von draußen. Carolina ließ den Kopf sinken. Phillip sollte sich bloß nicht wagen, ihrem Sohn die unbeschwerte Kindheit zu versauen. Sie musste achtsam und sorgfältig überlegt in dieser Angelegenheit vorgehen, so viel stand fest.

Carolina räumte den Tisch ab und beobachtete im Anschluss, mit der Teetasse in der Hand am Küchenfenster stehend, wie Lucas und ihr Vater eine Runde nach der anderen mit der Schneefräse auf dem Hof drehten. Die beiden Schäferhunde liefen wie außer Rand und Band in großen Kreisen um sie herum. Dass das Smartphone auf dem Küchenschrank vibrierte, nahm sie nur unterschwellig wahr. Sie griff danach und stellte überrascht fest, dass die Nachricht von Phillip gekommen war. Ob er sich auch gerade den Kopf über die Situation zermarterte? Sie öffnete die Nachricht.

Erlauben deine Regeln, dass wir uns heute Abend treffen?

Irritiert runzelte sie die Stirn. Bevor sie antworten konnte, ging die nächste Nachricht ein.

Ich schwöre, dass ich ehrenhafte Absichten habe.

„Das will ich wohl hoffen", sprach Carolina zu sich selbst und überlegte, ob und wie sie auf diese Nachrichten antworten sollte.

Ich habe gerade über dich nachgedacht. Es gibt jede Menge zu besprechen, aber heute Abend geht es nicht. Wir haben ein Fest auf dem Hof. PS: Wenn du keine ehrenhaften Absichten hast, hast du bald gar keine Absichten mehr.

Sie fügte einen erhobenen Zeigefinger an die Textnachricht an und drückte auf Senden.

Phil schickte zur Antwort ein erschrockenes Emoji mit weit aufgerissenen Augen. Laut Anzeige schrieb er eine weitere Nachricht, also wartete Carolina geduldig auf den nachfolgenden Text.

Entschuldige, ich habe mich falsch ausgedrückt. Bitte, können wir uns treffen und darüber reden? Mir fällt schon fast die Decke auf den Kopf. Ich glaube, Einzelhaft kann nicht schlimmer sein.

Carolina überlegte hin und her. Sie hatte ihre Hilfe für das Adventssingen fest zugesagt und würde ihr Versprechen keinesfalls brechen. Außerdem wollte Nick noch mit ihr singen, den durfte sie auch nicht hängen lassen, so gern sie sich auch drücken wollte. Vielleicht konnte sie sich nach dem Singen für eine Stunde fortstehlen.

Ich versuche es gegen Abend, aber ich kann es nicht versprechen. Ich melde mich kurz vorher bei dir,

schrieb sie schließlich.

Danke, Caro. Du bist ein Engel.

„Wir werden sehen“, flüsterte sie und stellte die leere Teetasse in die Spüle. Es war höchste Zeit mitanzupacken.

Als sie unten auf dem Hof ankam, hatten Lucas und ihr Vater gerade ihren Räumungsdienst beendet. Keine Sekunde zu spät, denn während Carolina die beiden Hunde ausgiebig zur Begrüßung kraulte, klingelte ihr Telefon. Nick rief sie an und bat um die ersten Lieferfahrten.

Am frühen Nachmittag war die Scheune fast für das jährliche Adventsingen vorbereitet. Dass alle an der Organisation Beteiligten eine gewisse Routine dabei bewiesen, erleichterte die Arbeit etwas. Auch, dass Irina uneingeschränkt das Kommando führte. Ihre Augen leuchteten vor Begeisterung und ihre Wangen glühten rot.

„Kommt bitte alle mal in die Scheune, damit wir uns kurz besprechen können“, trommelte sie ihre Helfer zusammen. „Ich gehe kurz alles durch: Der Baum steht, die Krippe ist fertig. Tontechnik und Beleuchtung auch?“ Sie warf Nick einen fragenden Blick zu, der mit einem Daumen nach oben bestätigte. „Die Stühle und die Gesanghefte sind auch da.“

Irina sah sich prüfend um, dann wendete sie sich an Martina, Natalie und Carolina: „Wir müssen noch Kaffee kochen und den Glühwein erhitzen.“

„Das kann ich machen“, bot sich Carolina an.

„Prima, dann können Nick und Natalie vielleicht die Backwaren anrichten und Martina hilft mir, die Suppe und den Auflauf im Speisewärmer hierher zu fahren.“

„Oma, kann ich auch noch was helfen?“ Lucas sah Irina erwartungsvoll an.

„In der Tat, das kannst du.“ Irina beugte sich zu ihm hinunter und Carolina hörte, wie sie leise sagte: „Ich brauche jemanden, der die Suppe abschmeckt und dann den Opa ablenkt, damit der nicht überall nascht.“

„Kein Problem, ich habe da eine Superidee. Ich frage ihn, ob wir mit den Hunden in den Wald gehen können“, schlug Lucas vor.

„Sehr gut. So machen wir es“, bestätigte Irina. Als sie sich aufrichtete, blickte sie Carolina an und zwinkerte erleichtert.

Als diese später mit den vollen Kaffeekannen aus dem Haus trat, hatte es erneut begonnen zu schneien. Die dichten Schneeflocken stoben ihr ins Gesicht und die Sonne verabschiedete sich langsam. Die Vorbereitungen waren akkurat und auf den Punkt verlaufen. Alles war startklar und die Lichterketten um die Scheune herum erwärmten ihr das Herz. Im Innenraum ertönten bereits Weihnachtslieder. Das Buffet war angerichtet und abgedeckt, trotzdem verbreitete sich ein leckerer Duft und Carolina dachte sich, dass es nun ruhig bald losgehen durfte. Sie hatte während der Fahrerei über den Tag keinen Hunger verspürt. Nun knurrte ihr Magen deutlich.

„Fröhliche Weihnacht überall ...“ Carolinas Schwester Natalie kam lauthals singend auf sie zugestürmt, um sie in den Arm zu nehmen. Sie konnte gerade noch die Kannen abstellen.

„Ist es nicht unglaublich? Ich liebe das Adventssingen fast mehr als Weihnachten selbst. Wenn ich nur daran denke, wie nervös ich im letzten Jahr war, weil ich

Angst hatte, alle wiederzusehen und die Sache mit Nick und überhaupt ... Oh, ich bin so froh, dass wir das hinter uns haben. Dieses Jahr genießen Nick und ich das Fest entspannt und glücklich als Paar, ohne Aufregung und Gefühlsachterbahn."

„Das wäre mal eine Idee", flüsterte Carolina und hielt ihre Schwester noch immer herzlich im Arm. Beschämt erinnerte sie sich daran, dass sie an dem Desaster zwischen ihrer Schwester und Nick nicht ganz unschuldig war, und freute sich, dass sich das geschwisterliche Verhältnis wieder zum Guten gewandelt hatte. Sie hielt Natalie lange fest und für einen Augenblick war Carolina sogar in der Versuchung, ihre Schwester ins Vertrauen zu ziehen. Doch die hatte schon eine andere Idee im Kopf.

„Apropos Gefühle. Wollen wir uns ab jetzt mal um dein Liebesglück kümmern?" Natalie stellte sich vor ihre Schwester und der Schalk blitzte in ihren Augen. Carolina fegte ihre Idee beiseite. Plötzlich kam es ihr unpassend vor, diesen schönen Abend mit ihren Sorgen zu belasten.

„Nein, danke. Ich bin geheilt", erwiderte sie stattdessen wie immer im Brustton der Überzeugung. „Ich komme in der letzten Zeit sehr gut zurecht und deshalb wird sich an meiner Meinung auch nichts ändern. Keine Männergeschichten mehr, ergo keine gebrochenen Herzen."

„Du weißt schon, dass nicht alle Männer solche Idioten sind wie Olaf? Es gibt auch richtig tolle Typen." Natalie warf Nick, der gerade mit seinem Werkzeug an ihnen vorbeilief, einen verliebten Blick zu.

„Ja, weiß ich, aber den hast du an deiner Seite und es ist dir gegönnt.“

„Es gibt noch mehr, glaube mir. Wir müssen nur richtig suchen und die Spreu vom Weizen trennen.“ Natalie stieß mit ihrer Motivationsrede auf Granit.

„Ich habe aber weder Zeit noch Lust, mich durch die vielen Nieten zu arbeiten, bis Mister Right endlich dabei ist. Außerdem kenne ich unsere Weidinger Pappenheimer. Entweder sind sie bereits gebunden oder es hat einen guten Grund, dass sie es nicht sind.“

„Vielleicht solltest du mal über den Weidinger, besser gesagt über den ostbelgischen Tellerrand hinausgucken.“ Wie auf Bestellung erschien das schwarze Auto mit dem Düsseldorfer Kennzeichen in Carolinas Gedanken, gleich darauf wurde es von Phillip abgelöst.

„Vielleicht überlege ich es mir, wenn Lucas groß genug ist und alles besser verstehen kann. Vorher binde ich mir keinen Typen mehr ans Bein. Ich bin froh, wenn ich mein Leben jetzt einigermaßen auf die Reihe kriege. Im Moment ist echt der Wurm drin.“

„Ach stimmt. Ich habe schon gehört, dass du Nachtschichten in der Backstube einlegen willst. Wenn du meine Meinung hören willst, denke praktisch und kaufe dir eine Ladung fertige Torten.“

„Wie sieht das denn aus? Ich habe vor Monaten erklärt, dass es kein Problem ist, mich zu kümmern, und dass ich beste Verbindungen zum Caféhaus habe. Da kann ich jetzt nicht mit Tiefgefrorenem ankommen, wenn alle auf selbst gebackene Köstlichkeiten warten.“

„Perfektionistin wie immer. Aber wenn es in die Hose geht, vergiss bitte nicht, dass ich versucht habe, dich davon abzuhalten.“

„Es wird nicht in die Hose gehen, dafür werde ich sorgen, und du musst bitte an mich glauben." Carolina faltete die Hände vor der Brust und sah ihre Schwester flehend an.

„Mach ich. Wenn eine es schafft, dann du." Sie umarmten sich noch einmal, dann wurde ihre Aufmerksamkeit auf Lucas und Opa Franz gelenkt, die gerade in die Scheune zurückkehrten.

„Sie kommen, sie kommen", rief er aufgeregt und Carolina griff sich erschrocken an die Stirn. „Der Glühwein steht noch im Haus. Du kannst schon mal Guten Tag sagen und ich hole den Topf, bevor Irina noch mit mir schimpft."

„Oma schimpft doch nie", bemerkte Lucas.

Sie gingen gemeinsam zum Eingang der Scheune, wo Lucas seinen Begrüßungsposten einnahm und seine Aufgabe gewissenhaft übernahm.

Es dauert nicht lange und die Gesellschaft war vollzählig. Herzliches, aufgeregtes Stimmengewirr erfüllte den Raum. Irina stand vor der aufgebauten Krippe und tippte auf das Mikrofon. Wie immer hatte sie eine Begrüßungsansprache vorbereitet und wollte das Gesangsfest eröffnen. Auf ihrem Arm, unter einem Tuch verborgen, hielt sie einen Gegenstand. Das neueste Mitglied ihrer Krippenfamilie. Sie wartete, bis alle ihre Plätze eingenommen hatten. Bevor sich Carolina wehren konnte, hatte Nick sie bereits an die Hand genommen und zog sie mit sich zu den Stühlen in der ersten Reihe.

„Nick, was soll denn der Unfug?" Nervös sah sie sich um und suchte Natalie, die wohl eher an seiner Seite sitzen wollte. Doch die hatte es sich mit Lucas bereits woanders bequem gemacht.

„Kleine Vorsichtsmaßnahme, dass du mir nicht plötzlich verloren gehst. Du hast versprochen, dass du mit mir singst." Er lachte sie siegessicher an.

„Ja, du hast recht. Versprochen ist versprochen. Du hättest mich aber nicht gleich als Geisel nehmen müssen", flüsterte sie. „Ich kann es mir gar nicht leisten, dich zu verprellen, ich bin schließlich auf deine Hilfe angewiesen."

„Das ist wirklich der einzige Grund?"

Sie sah in sein gekränktes Gesicht.

„Natürlich nicht. Mit keinem singe ich lieber als mit dir. Aber sei gewarnt, ich habe nie behauptet, dass ich es kann. Womöglich steht dir die Blamage deines Lebens bevor." Carolina machte ein ergebenes Gesicht.

„Es geht doch um das Miteinander und dafür ist deine Sangeskunst geradezu perfekt."

„Wenn du es sagst. Vielleicht ist es besser, dass wir nicht ein einziges Mal zuvor geübt haben. So weißt du wenigstens nicht, welches Desaster dich gleich erwartet", flüsterte Carolina und schüttelte amüsiert den Kopf, als wäre Nick sowieso nicht mehr zu helfen, und richtete ihre Aufmerksamkeit auf Irina, die bereits mitten in ihrer Rede angelangt war.

„Ich weiß, dass ihr euch genauso wie ich auf das gemeinsame Singen freut. Es erfüllt diesen Raum immer mit so viel Liebe, Wärme und festlichem Glanz. Für mich ist dieser Tag einer meiner Höhepunkte im Jahr, eine lieb gewonnene Tradition." Sie blickte mit strahlenden Augen in die Runde. „Zu dieser Tradition gehört auch, dass unsere Krippe Zuwachs bekommt, und ich sehe euch die Neugier an euren Nasenspitzen an. Was hat sie sich in diesem Jahr ausgedacht?" Irina machte eine bedeutungsschwere Pause, bevor sie das Tuch lüftete und stolz ein liegendes Lamm präsentierte. Den Korpus hatte sie aus Holz geschnitzt und bemalt, das Fell bestand aus echter weißer Wolle. Niemandem hatte sie es zuvor gezeigt und genoss den Applaus für ihre Arbeit. Sie setzte es behutsam zu den anderen Figuren in die große Krippe, dann sprach sie weiter. „Ich sehe schon, ihr habt alle eure Gesangshefte in der Hand und seid startklar. Eine kleine Änderung im Ablauf wird es noch geben. Unser diesjähriges gemeinsames Adventssingen beginnt mit einer Premiere. Nick und Caro, darf ich euch jetzt auf die Bühne bitten?"

Erschrocken hielt Carolina die Luft an, im nächsten Moment stand Nick auf und hielt ihr seine Hand hin. Wie im Traum brachte sie die wenigen Meter hinter sich und stand gleich darauf vor der versammelten Gesellschaft. Im nächsten Moment erklang die Begleitmusik. Im Gegensatz zu Carolinas Androhung trugen die beiden eine herzerwärmende und anmutige Version von „Stille Nacht, heilige Nacht" vor. Nachdem die letzten Töne verklungen waren, ertönte erneut Applaus und Carolina wagte es, ins Publikum zu sehen. Einige der Anwesenden hatte die Darbietung sogar zu Tränen gerührt. Erleichtert nahm sie ihren Platz wieder ein und nun sangen alle gemeinsam.

Später am Buffet, als Carolina Glühwein und Kaffee ausschenkte, trat Frau Janssen zu ihr. Sofort schoss Adrenalin durch Carolinas Körper, die Gedanken überschlugen sich. Wusste die alte Dame möglicherweise, wer bei ihr in der Pension wohnte? Wollte sie vielleicht mit ihr über Phillip sprechen? Kalt und heiß zugleich wurde Carolina, als die alte Dame ihren Mund öffnete und das Wort an sie richtete.

„Meine Liebe, eure Darbietung war wundervoll. Du solltest viel häufiger singen. Möchtest du dich nicht unserem Chor anschließen? Eine Stimme wie deine fehlt uns noch.“

Sofort machte sich Erleichterung breit. „Lieben Dank, Frau Janssen, aber das muss ich dankend ablehnen. Ich weiß gar nicht, woher ich die Zeit dafür nehmen soll.“

„Ach, wie schade. Du hast wohl viel zu tun in der Klinik?“

„Ja. Im nächsten Jahr wird es besser, aber im Moment habe ich so viel zu tun, dass ich kaum weiß, wo ich anfangen soll. Ein Termin jagt den nächsten.“ Dabei dachte sie an Phillip, der jetzt in der Pension saß und auf sie wartete. Nervös blickte Carolina auf die Uhr, aber es war noch zu früh, um sich für eine Weile davonzumachen.

„Na ja, es eilt ja nicht, Kind. Ich habe auch erst spät angefangen, aber ich wünschte, ich hätte nicht so lange gewartet. Für mich hat sich der Chor als willkommener Ausgleich und gute Ablenkung herausgestellt. Früher, als ich noch vieles in der Pension selbst gemacht habe, hatte ich auch das Gefühl, dass ich nur von einer Aufgabe zur nächsten gesprungen bin. Das ist auf die Dauer nicht gut.“

„Das weiß ich doch und es handelt sich auch nicht um einen Dauerzustand. Im nächsten Jahr wird sich einiges ändern und ich habe mehr Zeit für Lucas und für mich und vielleicht auch für den Chor.“ Carolina zwinkerte und entlockte der alten Frau Janssen ein hoffnungsfrohes Lächeln.

Sie wähnte das Gespräch schon beendet, als Frau Janssen noch einmal anhob: „Im Übrigen haben wir uns erlaubt, einen Gast mitzubringen. Der junge Mann wohnt seit einigen Tagen bei uns in der Pension und kommt so gut wie nie aus dem Zimmer. Wo ist er denn, ich wollte euch beide miteinander bekannt machen?“ Frau Janssen sah sich suchend um, während Carolina bemüht war, sich aus ihrer Schockstarre zu lösen, ohne in Schnappatmung zu verfallen.

Phillip. Wie konnte er ihr so etwas antun? Verkleidung hin oder her, sie hatten eine Vereinbarung. Die konnte er doch nicht sprengen, indem er einfach so auf dem Gut auftauchte? Die freundliche Einladung der Janssen hätte er genauso freundlich ablehnen können.

„Da sind sie ja.“ Frau Janssen zeigte auf ihren Gatten, der zielstrebig auf sie zusteuerte. Aber bei dem Mann, der neben ihm lief, handelte es sich definitiv nicht um Phillip. Es war kein geringerer als der tollpatschige Tim und der lächelte wie ein Honigkuchenpferd, als sich ihre Blicke trafen.

„Großes Kompliment, Caro. Ich hatte ja gar keine Ahnung, wie schön du singen kannst“, begrüßte Herr Janssen sie und Carolina bemerkte, wie ihr plötzlich Röte in die Wangen stieg.

„Ich möchte dich gern mit einem unserer Pensionsgäste bekanntmachen. Er wohnt bei uns.“

„Ja, das ist mir tatsächlich bekannt“, entgegnete Carolina mechanisch. „Hallo.“ Sie reichte Tim die Hand.

„Herr Schneider wohnt zwar bei uns, aber er ist auf der Suche nach einer passenden Wohnung, denn er will sich im schönen Weidingen niederlassen", führte Frau Janssen munter aus, bevor Tim zu Wort kam.

„Wir haben uns gedacht, dass es für ihn eine gute Gelegenheit wäre, Kontakte zu knüpfen", fügte der alte Herr Janssen väterlich hinzu.

„Das ist sehr freundlich, Herr Janssen, aber gar nicht notwendig. Tim und ich sind uns bereits über den Weg gelaufen, mehr oder weniger." Sie lächelte und richtete das Wort nun an Tim, während sich eine angenehme Freude in ihr ausbreitete. „Das ist ja eine Überraschung."

„In der Tat. Ich kann gar nicht beschreiben, wie sehr ich mich freue, dass ich das Angebot angenommen habe und mitgekommen bin."

„Schau mal, da drüben sind die Wilberts! Ich muss Helga unbedingt nach ihrem Apfelkuchenrezept fragen." Frau Janssen grinste Carolina schelmisch zu, hakte sich bei ihrem Mann ein und die beiden zogen demonstrativ davon.

Auffälliger geht es nicht, dachte Carolina und wendete sich an Tim. „Kann ich es denn verantworten, dir einen Glühwein anzubieten, oder ist damit zu rechnen, dass ein Unglück geschieht?" Sie nahm eine Tasse und sah Tim abwartend an.

„Nein, keinen Alkohol für mich. Ich muss fahren. Ich habe nämlich das Glück, dass ich die beiden Herrschaften heute chauffiere. Ich glaube auch, dass dies der Umstand ist, der mich dafür qualifiziert hat, die beiden hierher zu begleiten."

„Wenn du da mal nicht zu hart mit den beiden ins Gericht gehst. Das Adventssingen auf unserem Hof hat Tradition und eignet sich hervorragend dafür, neue

Menschen kennenzulernen. Vor allem, wenn man sich hier niederlassen möchte."

Ein Lächeln zeichnete sich auf Tims Gesicht ab. „Oh, versteh das bitte nicht falsch. Ich bin vollkommen zufrieden mit der Lage und für mich hat sich der Abend schon gelohnt."

„Ach ja?" Sie blickte abwartend, ob er seiner Antwort noch eine Erklärung hinzufügen wollte, aber er blieb einsilbig.

„Ja."

„Dann bekommst du jetzt einen Kaffee, damit du die beiden nachher gut nach Hause bringst", beschloss sie und widmete sich der Thermoskanne.

„Das mache ich sowieso. Man kann mir einiges vorwerfen, aber nicht, dass ich verantwortungslos bin."

Carolina hielt, die Hand auf dem Hebel der Kanne, in der Bewegung inne und sah auf. Seine Stimme und das Wort Verantwortung hallten in ihrem Kopf nach. Ihre Blicke verfingen sich für einen knappen Moment ineinander und sie bemerkte zum ersten Mal seine sanften braunen Augen. Erschrocken über dieses angenehme Gefühl löste sie sich aus der Situation, befüllte die Tasse und stellte sie vor Tim ab.

„Milch und Zucker nimmst du dir besser selbst", versuchte sie, wieder etwas Distanz aufzubauen. Sie wischte sich nervös die Hände an einem Geschirrtuch ab und sah sich suchend nach ihrer Schwester um. Dieser Tim war ihr gerade, bewusst oder unbewusst, viel zu nahegekommen. Sie wollte nicht, dass ihr Körper in irgendeiner Form auf ihn oder einen anderen Mann reagierte. Also trat sie die Flucht an und bestimmte, dass jetzt der richtige Moment gekommen war, sich ablösen zu lassen und das Treffen mit Phillip hinter sich zu bringen.

„Ich finde es großartig, dass wir uns heute hier begegnet sind. Vielleicht können wir unsere Verabredung vorziehen?“ Tim schien von all dem, was in ihr vorging, nichts zu bemerken. Er füllte Milch und Zucker in seinen Kaffee und lächelte sie offen an.

„Da muss ich leider passen. Ich muss gleich noch mal weg.“

„Schade, aber dann werde ich mich bis Montag gedulden. Vorfreude ist bekanntlich die schönste Freude. Bis dahin werde ich mit den anderen Gästen vorliebnehmen und gute Kontakte knüpfen.“

„Klar! Stürze dich ruhig ins Getümmel. Halb Weidingen ist bei uns zu Gast. Du findest mit Sicherheit Anschluss.“

„Gut, dann bis spätestens Montag“, verabschiedete er sich und Carolina nickte. Während er sich etwas verloren umsah, drückte Carolina ihrer Schwester, die auf ihr Winken hin zum Tisch gekommen war, das Geschirrtuch in die Hand und hatte es plötzlich sehr eilig.

„Du musst für mich ein Auge auf die Getränke haben. Ich hab noch etwas Dringendes zu erledigen.“ Dann trat sie, wie sie sich eingestehen musste, die Flucht vor Tim an, der sich heute weniger tollpatschig, dafür sehr attraktiv präsentierte. Auf dem Weg hinaus belud sie noch einen Teller mit Leckerbissen und entschuldigte sich bei Irina für etwa eine Stunde. Wenige Minuten später stand sie in Janssens Pension und klopfte an die Zimmertür mit der Nummer eins.

Dieses Mal öffnete Phil sofort, denn Carolina hatte ihr Kommen mit einer weiteren Textnachricht angekündigt. Sie schlüpfte ins Zimmer und hielt ihm gleich darauf den in Papier gewickelten Pappteller mit den Leckereien vor die Nase.

„Hier, kleine Aufmerksamkeit des Hauses. Sorgt vielleicht für Abwechslung. So leckere Sachen bekommst du hier wahrscheinlich nicht so oft in deiner Einzelzelle."

Phillips Augen leuchteten auf.

„Danke! Setz dich doch." Er setzte sich und begann sofort damit, die Kuchenstückchen auszupacken.

„Ich habe mich schon gefragt, was du so den ganzen Tag treibst und was du isst."

Phillip überging ihren Kommentar und biss herzhaft in eines der Teilchen.

„Möchtest du auch welche?", fragte er mit vollem Mund.

„Nein. Iss ruhig. Ich bin nicht zum Essen hierhergekommen. Es gibt wichtige Dinge, die wir besprechen und über die wir uns klar werden müssen, und dabei müssen wir auch noch alles geheim halten."

„Du willst also gleich zur Sache kommen?" Augenblicklich ließ Phillip den Kuchen auf seinen Schoß sinken und sah sie fragend an.

„Wir müssen. Wir haben den Hof voller Gäste und keiner weiß, wo ich bin. Ich habe mich zwar abgemeldet und gesagt, dass ich was erledigen muss, aber es ist besser, wenn ich schnell wieder nach Hause komme.

Lu...“, sie stockte und sah Phillip ernst an, „... mein Sohn wartet auch auf mich.“

„Ist schon okay“, entgegnete er enttäuscht. „Du hast recht und ich habe verstanden. Du hast mir mit deiner Nachricht neulich schon deutlich zu verstehen gegeben, dass dich mein plötzliches Auftauchen verärgert hat. Du brauchst mich nicht, das sehe ich auch.“ Er machte eine Pause. „Ich schwöre, ich werde weder dir noch unserem Sohn Schwierigkeiten bereiten. Wenn du willst, dass ich gehe, werde ich es tun. Ich habe nur versucht, endlich das Richtige zu tun.“

Bei den Worten „unserem Sohn“ überfiel Carolina ein plötzlicher Schwindel und Angst kroch in ihr hoch.

„Nichts anderes versuche ich auch. Ich habe nicht gesagt, dass du verschwinden sollst. Ich will das Richtige tun, aber ich weiß nicht, was das Richtige ist. Dass du plötzlich hier auftauchst, bringt mein, unser Leben durcheinander und ich weiß nicht, wie ich damit umgehen soll. Ich versuche, nicht aus verletztem Stolz zu handeln, sondern das Wohl meines“, sie machte eine Pause und rang sich zu seiner Formulierung durch, „unseres Kindes im Auge zu behalten. Ich sage dir, du hast den denkbar schlechtesten Zeitpunkt ausgesucht, hier aufzutauchen.“

„Das weiß ich. Jeder Tag, den ich versäumt habe, hat es schlimmer gemacht. Aber jetzt ist mir mein Versagen klar geworden. Ich muss etwas tun. Ich kann und will nicht mehr länger warten und endlich Verantwortung übernehmen. Das heißt aber nicht, dass ich dein Leben auf den Kopf stellen will.“ Er stellte den Kuchenteller neben sich aufs Bett.

„Dass du so ohne Vorwarnung hier auftauchst …“, stöhnte Carolina und ließ erschöpft den Kopf in den Nacken sinken.

„Hätte eine Vorwarnung etwas geändert?“

„Ich fürchte nicht“, gab sie zu.

Sie sahen sich an und betretenes Schweigen breitete sich aus.

„Wir brauchen mehr Zeit“, stellte sie nach einer Weile fest.

„Die würde ich mir nehmen, solange es eben dauert.“

„Wie lange willst du denn bleiben?“ Carolina blickte überrascht auf. „Ich habe in den Nachrichten gehört, dass man sich in den Medien schon Sorgen um dich macht. Sogar dein Management könne keine Auskünfte zu deinem Verbleib geben. Du kannst dich auch nicht wochenlang in diesem Zimmer verkriechen. Du hast dir mit Weidingen echt nicht die beste Unterkunft ausgesucht, dich zu verstecken. Hier kennt jeder jeden und ein fremder Mann bleibt auch nicht lange unbemerkt. Wenn ich mir so die Frauen in meinem Umfeld anschaue, ist es für dich nicht mehr sicher, wenn nur eine von ihnen Wind bekommt, wo du steckst.“

„Die Unterkunft ist aus dieser Sicht gesehen vielleicht nicht die beste Idee, aber hier vermutet man mich doch als allerletztes. Da vertraue ich auf meinen Manager. Das ist nicht mehr der von früher und er weiß selbstredend, wo ich bin. Er unterstützt mich, versorgt mich mit Informationen und deckt mich in den Medien. Er ist der Einzige, dem ich von der besonderen Wichtigkeit meiner persönlichen Angelegenheit erzählt habe.“

„Er weiß, dass du deinen lang verleugneten Sohn suchen willst?“

Phillip verzog das Gesicht, als fügten ihm Carolinas Worte körperliche Schmerzen zu.

„Nein, ich bin natürlich nicht ins Detail gegangen. Ich wusste doch selbst nicht, was mich erwartet. Er weiß nur, dass es eine Familienangelegenheit ist. Wie es weitergeht, hängt nun von dir ab. Egal, wie deine Entscheidung ausfällt, ich werde mich danach richten. Im Moment trage ich große Hoffnung in mir."

Wieder breitete sich Schweigen aus, Carolina warf einen Blick auf die Uhr. Sie rang eine Weile mit sich, bevor sie wieder das Wort an Phillip richtete.

„Also, dann sage ich dir jetzt, wo ich mich gerade gedanklich befinde. Grundsätzlich glaube ich, dass Lucas dich kennenlernen sollte. Dass du berühmt bist, macht die Sache deutlich komplizierter, als sie ohnehin schon wäre. Ich bin der Meinung, dass Lucas ein Recht auf seinen Vater hat, aber auch, dass wir die Sache behutsam angehen müssen. Wir haben uns jahrelang nicht gesehen, wir sind mittlerweile Fremde füreinander, oder nicht? Was wissen wir denn noch voneinander? Was haben wir überhaupt voneinander gewusst?" Den letzten Satz sprach sie etwas leiser aus.

„Im Zweifel weißt du alles. Mein Leben ist doch schon gläsern genug. Du kannst sämtlichen Klatsch googeln."

„Du sagst es: Klatsch. Daran bin ich nicht interessiert. Außerdem habe ich all die Jahre vermieden, mich mit dir und deiner Karriere zu befassen. Du kannst dir vorstellen, warum."

Phillip nickte ergeben und senkte den Kopf.

„Vorschlag, du überlegst dir, wie du dir das Vatersein überhaupt vorgestellt hast. Ich suche dir etwas von Lucas heraus, besondere Ereignisse, Bilder und so weiter zum Kennenlernen. Und dann tauschen wir uns telefonisch aus. Okay?"

„Danke, Caro! Das ist eine großartige Idee und ich werde dich nicht enttäuschen."

„Gut, dann sind wir uns erst einmal einig. Das Tempo bestimme ich."

Auch hier nickte Phillip zustimmend. Sie zog ihre Jacke, die sie über den Schoß gelegt hatte, wieder an und stand auf.

„Darf ich dich zum Abschied umarmen?"

Sie nickte zögerlich. Die plötzliche Nähe war seltsam, aber trotz aller Angst und Sorge fühlte sich ihre Entscheidung, Phillip nicht abzuweisen, richtig an. Als sie das Zimmer verlassen hatte und die knarrenden Treppenstufen hinunterschritt, fürchtete sie, ihre Beine könnten jeden Moment nachgeben. Carolina fühlte sich vollkommen ausgepowert und sehnte sich nach frischer Luft.

Als sie aus der Tür trat, begegneten ihr das Ehepaar Janssen und Tim, die gerade heimkamen und sich angeregt über den Abend auf Gut Beeken unterhielten. Als Tim sie erkannte, stockte er.

„Caro?" Irritierte Verwunderung machte sich auf seinem Gesicht breit.

„Nanu, Caro, was machst du denn hier?", wollte Frau Janssen wissen.

„So ein Zufall, ich musste gerade noch etwas abliefern, das hat leider länger gedauert als gedacht. Ich hatte gehofft, Sie noch auf dem Fest zu treffen", sprudelte Carolina hervor und versuchte, sich gelöst zu geben. Sie fühlte sich ertappt, dabei hatte sie nicht einmal etwas angestellt.

„Für uns ist es schon spät genug", entgegnete Frau Janssen freundlich.

„Und ich werde bestimmt schon vermisst und werde mich mal beeilen. Einen schönen Abend noch", wünschte Carolina und schlüpfte an den beiden vorbei.

„Wir sehen uns Montag", flüsterte sie Tim zu und eilte durch den Schnee davon.

Der Gedanke, dass er einen falschen Eindruck von ihr bekommen haben könnte, weil sie nachts aus einem Pensionszimmer geschlichen kam, verärgerte sie.

***

Nachdem es am Sonntagvormittag galt, gemeinschaftlich aufzuräumen und die Scheune so herzurichten, dass Irina hier wieder ihrer Handwerks- und Bastelarbeit nachgehen konnte, verbrachten Carolina und Lucas den Nachmittag in der warmen Stube.

Anfangs sah Lucas fern und Carolina durchblätterte allein die alten Fotoalben. Dann trieb ihn aber die Neugier und er setzte sich dazu.

Fragen und Ausrufe wie „Wo war das?", „Wie alt war ich da?" und „Guck mal, wie du da aussiehst!", wechselten sich in Regelmäßigkeit ab und Carolina bemühte sich, ihm all seine Fragen zu beantworten. Zwischendurch tauchten auch Bilder von Männern auf, zu denen die Beziehungen gescheitert waren.

„Guck mal, da ist Olaf. Bist du traurig, dass er nicht mein Papa sein wollte?", fragte Lucas geradeheraus.

Carolina überlegte ein Weilchen, wie sie am besten darauf antworten sollte. Der Gedanke daran, dass sie sich so lange von ihm hinhalten lassen hatte, seine Versprechen geglaubt und sich dann doch herausgestellt hatte, dass er seine Frau für sie nicht verlassen wollte, schmerzte noch immer. Nicht mehr so sehr wie am Anfang, aber der Schmerz war noch da.

„Am Anfang war ich sehr traurig, aber mittlerweile ist es okay. Es lag aber gar nicht daran, dass Olaf nicht dein Papa sein wollte. Es lag daran, dass Olaf in eine andere Frau verliebt war. Sie sind verheiratet und glücklich. Dich trifft keine Schuld."

Worin die Ursache für das Scheitern sämtlicher Beziehungen lag, hatte Carolina lange Zeit nicht begriffen. Jetzt, da sie mit etwas Abstand darauf blickte, fiel es ihr wie Schuppen von den Augen. Sie hatte immer nur nach einem geeigneten Vater für Lucas gesucht und ihre eigenen Bedürfnisse unbewusst hintangestellt. Ja, sie war immer verliebt gewesen, aber sie hatte ihren Partnern immer, ohne es zu merken, sehr schnell die Vaterrolle zugesprochen, für die sie nicht bereit waren.

„Wir sind auch glücklich." Lucas lehnte seinen Kopf an Carolinas Schulter.

Seine Worte und diese Geste der Zuneigung rührten Carolina so sehr, dass sie ihn an sich drückte und ein paar leise Tränen vergoss. Jetzt, da sein leiblicher Vater in unmittelbarer Nähe war und sich auch noch um ihn kümmern wollte, musste sie einfach alles tun, damit sie es für ihn nicht vermasselte. Lucas löste sich und lief zurück zum Fernseher. Carolina trocknete die Tränen und schnäuzte sich.

„Ich gehe Tee kochen, möchtest du auch etwas trinken?", fragte sie ihn und stand auf, um in die Küche zu gehen.

„Nein“, lehnte er ab und so nahm sie die Fotoalben mit, goss einen frischen Kräutertee auf und blätterte dort weiter durch die Erinnerungen.

Trotz der vielen Arbeit hatte sich Carolina immer bemüht, Lucas ein sicheres und beständiges Zuhause zu geben. Sie fand, dass es ihr nach den anfänglichen Schwierigkeiten und mit Unterstützung der Familie auch gelungen war. Es hatte keine ständigen Umzüge gegeben. Sie mussten zwar mit dem Geld haushalten, aber es fehlte an nichts und Oma und Opa waren in unmittelbarer Nähe. Mit Fiona und Aramis lebten auch Haustiere bei ihnen und einmal im Jahr waren sie immer in den Urlaub gefahren. Sie nahm ein Bild von Baby Lucas heraus. Er lag bäuchlings auf einer hellblauen Decke und hielt seinen ersten Zahn bleckend in die Kamera. Er lachte und sie schmunzelte auch. An den Tag, als das Foto entstand, erinnerte sich Carolina nicht mehr genau. Aber es stand exemplarisch für die Unterstützung, die ihr Irina hatte zukommen lassen, während sie wie eine Verrückte für die Ausbildung zur Fachärztin gelernt hatte. Die Decke hatte Irina damals besorgt, sich um Lucas gekümmert, Carolina den Rücken freigehalten, ohne dass Carolina sie darum gebeten hatte. Welchen Dienst Irina ihrer Stieftochter damals erwiesen hatte, begriff sie erst später.

Während sie das Bild ausgiebig betrachtete, erhielt sie eine Sprachnachricht von Phillip. Vier Minuten fünfzehn, zeigte das Telefon. Eine recht lange Nachricht. Was hatte er geschickt, ein Lied? Sie stellte auf Lautsprecher und legte das Telefon neben das Fotoalbum, um sich die Aufnahme anzuhören.

„Hallo, Caro, ich habe mich die ganze Nacht hin und her gewälzt, weil ich überlegt habe, wie ich dir schreiben und beweisen kann, dass ich es ernst meine. Es wäre so einfach, wenn es ein Rezept dafür gäbe, aber ich muss gestehen, ich habe keine Ahnung. Als ich vor einigen Tagen hier angekommen bin, trug ich nur die Idee mit mir herum, dass wir womöglich ein Kind haben, dass ich Vater sein könnte und mich all die Jahre nicht darum gekümmert hatte. Als du mir diese Vermutung bestätigt hast, war es, als hätte ich einen Felsbrocken im Magen, es war ein unbeschreiblicher Schock und Schmerz und, verstehe mich bitte nicht falsch, auch eine irrsinnige Freude darüber. Als du gestern bei mir warst und mir erlaubt hast, dass ich Lucas – oh Mann, wie wahnsinnig ist es, diesen Namen auszusprechen –, dass ich meinen Sohn kennenlernen darf, hast du es zwar nicht gesehen, aber ich hätte vor Freude die ganze Welt umarmen können und alles hinausschreien wollen. Aber das geht natürlich nicht und ich will mich erwachsen verhalten, meinem – nein unserem Sohn, den du so lange allein versorgt hast, ein guter und verlässlicher Vater sein. Dabei möchte ich dir nicht in die Quere kommen, denn ich bin ja kein Idiot. Auch wenn ich bisher keine eigenen Erfahrungen als Vater gemacht habe, so bin ich nicht blind und weiß, dass Kinder großzuziehen harte Arbeit ist. Ich weiß, dass ich nicht immer nur als der Party- und Geschenkepapi auftauchen darf, und auch, dass ich deine Ansichten und Regeln weder infrage stellen noch übergehen darf. Aber ich weiß auch, dass mein bisheriges Leben irgendwann wieder auf mich wartet, dass ich auf die Bühne zurückkehren und arbeiten ... Oh mein Gott, ich sehe gerade vor mir, wie du die Augen verdrehst, aber bitte glaube mir, das, was ich tue, ist auch Arbeit. Andere Arbeit zwar, aber auch Arbeit. Dann stehe ich wieder in der Öffentlichkeit. Du sollst wissen, dass es keine Skandale geben wird und dass ich mich anständig juristisch beraten lassen werde. Ich werde Beruf und Privatleben strikt und rigoros trennen. Lucas und du, ihr müsst natürlich vollständig aus der Öffentlichkeit herausgehalten werden."

Es folgte eine lange Pause.

„Und weißt du, über all diese Dinge habe ich mir Gedanken gemacht. Ich habe festgestellt, dass ich kein Konzept habe, das ich dir präsentieren kann, dass ich Angst davor habe, die Vaterrolle anzunehmen, und Angst davor, zu versagen. Da gibt es noch so vieles anderes, was wir nicht besprochen haben, was mir heute Nacht das Hirn zermartert hat. Was, wenn du jemanden kennenlernst, der dir ein ebenbürtiger Partner und Lucas ein liebevoller Vater ist? Es tut mir leid, dass ich das alles nicht viel früher gefragt habe und jetzt, da es mir bewusst wird, stelle ich fest, dass ich dich nicht einmal gefragt habe, wie es dir damit geht. Wie geht es dir?"

So, wie er die Frage stellte, war die Angst, die darin mitschwang, Carolina könnte ihm noch immer eine Abfuhr erteilen, deutlich zu hören.

„Also, ich weiß, ich habe jetzt viel geredet und wir sind irgendwie kein Stück weiter. Melde dich bitte mal. Ich

Die Nachricht war zu Ende. Das Foto des lachenden
Babys war nur noch verschwommen zu erahnen. Carolina hatte Tränen in den Augen. Es war der verletz-
lichste Phillip, den sie bisher gehört hatte. Ja, auf das El-
ternsein konnte man sich nicht richtig vorbereiten. Sie
war es auch nicht gewesen, hatte gepokert, verloren
und schließlich große Angst gehabt. Ihre Situation war
zwar eine andere gewesen, aber die Angst, als Elternteil
zu versagen, war im Grunde die gleiche gewesen. Damals hatte sie viele helfende Herzen und Hände an ihrer Seite gehabt und war mit ihrer Aufgabe, mit Lucas
gewachsen. Jetzt war es ihre Aufgabe, selbst die helfende Hand zu reichen und Phillip eine Brücke zu
bauen, damit Lucas endlich einen Vater, seinen Vater
bekam. Sie zog sich ein Papiertaschentuch aus der Box,
putzte sich die Nase und blickte, als sie aufsah, in das
versteinerte Gesicht ihres Sohnes. Er stand mit einem
Blatt Papier und einem Stift im Türrahmen und starrte
sie mit offenem Mund an.

Entsetzt starrte Carolina zurück, schob Fotoalbum
und Telefon zur Seite.

„Stehst du schon lange da?“

Lucas nickte.

„Hast du gerade zugehört?“, flüsterte sie reglos und
kaum hörbar. Im freien Fall ging es für sie in einen endlos tiefen Abgrund. Lucas nickte abermals, eine Bewegung wie in Zeitlupe.

„Was genau hast du denn gehört?“ Mit bebenden Lippen und erneuten Tränen in den Augen stellte Carolina

ihre Frage, doch er antwortete nicht. Also stand Carolina auf, öffnete einladend ihre Arme, ging die wenigen Schritte auf ihren Sohn zu und kniete sich vor ihn.

„Lucas?"

Er erwiderte ihre Umarmung und weil Carolina genauso sprachlos war, hielten sie sich eine Weile einfach nur fest.

„Hast du meinen richtigen Papa gefunden?", wollte er nach einer Weile wissen.

Carolina löste sich, wischte die Tränen fort und beschloss, dass sie nicht um den heißen Brei reden wollte. Lucas hatte die Wahrheit verdient und sie würde auch ihm eine kindgerechte Brücke bauen. „Ja, das war dein Papa und er würde dich sehr gern kennenlernen."

„Wow!" Mehr brachte Lucas nicht heraus, dann zeigte er ihr das Blatt, das er in den letzten Minuten nicht losgelassen hatte.

„Wunschzettel", las Carolina vor, wischte sich nochmals über die Augen, weil die bunten Buchstaben schon wieder verschwammen, und las weiter. „Ein Schlagzeug, ein neues Spiel für die Konsole, Süßigkeiten, Papa." Sie räusperte sich verlegen und fragte ungläubig. „Du hast dir deinen Papa gewünscht?"

Lucas nickte wild und sprach aufgeregt weiter. „Das ging ja voll schnell. Ich bin eben erst mit Schreiben fertig geworden. Wo ist der denn? Kommt er an Weihnachten zu uns?"

„Puh." Carolina löste sich und atmete durch. Was sollte sie tun? Sie beschloss, die Sache trotz allem langsam anzugehen.

„So einfach ist das alles nicht. Wir haben gerade erst Kontakt aufgenommen. Jetzt müssen wir ziemlich viel

Erwachsenenkram machen und organisieren. Aber wir werden uns darum kümmern. Dass du das jetzt so schon mitbekommst, damit habe ich ehrlich gesagt nicht gerechnet. Du freust dich also?"

„Ja, klar, und wie, sonst hätte ich es nicht auf den Wunschzettel geschrieben." Carolina umarmte ihren Sohn aufs Neue. „Können wir ihn gleich anrufen?"

„Bestimmt bald, aber lass uns erst einmal diesen Erwachsenenkram erledigen, okay? Wir könnten ihm aber gemeinsam ein Bild malen oder einen Brief schreiben, in dem du ein bisschen von dir erzählst. Er hat gesagt, dass er sich mega freut und total aufgeregt ist, dich kennenzulernen."

„Super Idee, wir malen ein Bild!" Lucas lief in sein Kinderzimmer, holte Papier und seinen Farbkasten, dann saßen sie am Küchentisch. Das gemeinsame Malen gestaltete sich so, dass Lucas mit dem Pinsel agierte und Carolina ihm dabei zusah. Zwischendrin stellte er immer mal wieder Fragen über seinen Vater in die Stille. Einige kannte sie bereits aus der Vergangenheit, das Thema war ihnen beiden schließlich nicht fremd. Aber jetzt, da die Person real geworden war, schien Lucas nochmals alles aufarbeiten zu wollen.

„Wie heißt mein Papa?"

„Phillip."

„Habt ihr euch auch scheiden lassen, wie Magdalenas Eltern?"

„Nein, scheiden lässt man sich, wenn man geheiratet hat. Dein Papa und ich waren nicht verheiratet."

„Warum wohnt er nicht bei uns?"

„Er hat damals eine neue Arbeit bekommen und ist in eine neue Stadt gezogen. Es dauert ja eine Weile, bis

Kinder geboren werden. Bei deiner Geburt war ich schon allein."

„Kennst du sein Lieblingsessen?" Lucas' Fragenvorrat schien unerschöpflich und Carolina gab sich Mühe, jede einzelne wahrheitsgetreu zu beantworten.

Sie widmete ihm noch mehr Aufmerksamkeit als sonst und beobachtete ihn über den Abend hinweg. Sie war überrascht, wie gut er mit dieser neuen, weltverändernden Information umging. Bis hierhin machte er es großartig, viel besser als sie selbst. Trotzdem machte sie sich Gedanken darüber, ob es unerwartete Nebeneffekte geben würde und das dicke Ende noch kam. Schließlich war er erst sieben.

Als Lucas endlich schlief, nahm sie ihr Telefon und fotografierte zunächst das Bild mit dem Baby auf der blauen Decke. Sie kochte sich einen kräftigen schwarzen Tee, gab einen Löffel Rum und zwei Stückchen Kandiszucker hinzu. Gedankenverloren rührte sie in der Tasse herum und legte sich die Worte zurecht, mit denen sie auf Phils Sprachnachricht reagieren wollte. Schließlich gab sie auf, schickte Phil das Bild und schrieb dazu:

Wir kriegen das hin. Gib mir noch ein paar Tage Zeit, ich habe gerade viel Stress. Aber bis dahin bringe ich dir ein paar Sachen von ihm.

Dann holte Carolina sich ihre Sporttasche und ging hinunter in den Keller, wo sie all ihr Hab und Gut akribisch in Kisten sortiert hatte. Neben ein paar alten Plüschtieren, Kindergartenbasteleien und einem Handabdruck in Salzteig, packte sie auch einige

Kleidungsstücke in die Tasche, die sie Lucas immer sehr gern angezogen hatte und aus denen er mittlerweile natürlich längst herausgewachsen war. Wehmütig trug sie die Tasche wieder in die Wohnung. Legte verschiedene Fotografien dazu und schrieb Phil einen Brief, in dem sie auf die einzelnen Dinge kurz einging.

Auch wenn es bei dir im Zeitraffer vonstattengeht, sollst du unser Kind wachsen sehen,

schloss sie den Brief und nahm sich vor, die Tasche am nächsten Morgen zu Phil zu bringen.

11 – Winterküsse oder heiße Liebe

Der Montagmorgen gestaltete sich wie immer. Mit etwas Besorgnis beobachtete Carolina ihren Sohn, der verschlafen sein Frühstück kaute. Das aufregende Thema vom Vorabend schien ihn gerade nicht zu beschäftigen und sie beschloss, keine schlafenden Hunde zu wecken. Offensichtlich hatte sie den richtigen Riecher gehabt und hatte durch die volle Aufmerksamkeit, die das Thema Papa gestern in den Gesprächen mit Lucas bekommen hatte, erst einmal für ausreichend Input gesorgt.

Die Nacht war klar und frostig gewesen. Minus zwölf Grad waren es immer noch, so verriet es das Außenthermometer neben der Wohnungseingangstür. In der morgendlichen Dunkelheit überquerten sie im Schein der Weihnachtsbeleuchtung den Hof. Der gefrorene Schnee knirschte laut unter ihren Stiefeln. An einigen Stellen war es glatt.

„Langsam", ermahnte Carolina ihren Sohn in der Sorge, er könnte hinfallen und sich verletzen, aber Lucas hatte seine helle Freude daran. Während sie mühsam die Scheiben vom Eis befreite, trat Lucas Eisklötzchen aus den aufgetürmten Haufen und versuchte, sie in Form eines Gesichts gegen die Scheunenwand zu werfen. Er musste einsteigen, bevor er sein Kunstwerk fertigstellen konnte, was er mit einem mürrischen Knurren kommentierte.

„Du kannst heute Nachmittag bestimmt weitermachen, wenn du bei Opa bist. Jetzt müssen wir los. Du weißt, dass der Bus nicht auf uns wartet."

Carolina öffnete die hintere Autotür und wartete, bis
er eingestiegen war. Auf dem Beifahrersitz hatte sie die
Sporttasche deponiert. Es gab keinen Grund zu Eile, sie
lagen gut in der Zeit, aber Carolina war nervös. Es lag
noch eine andere Aufgabe vor ihr, als Lucas zum Schulbus zu bringen. Sie hatte sich gestern noch am späten
Abend mit Phillip verabredet. In einer Seitenstraße in
der Nähe der Pension Janssen wollten sie sich treffen.
Im Schutz der Dunkelheit und in aller Frühe wollte sie
ihm die Tasche mit den Erinnerungen an Lucas' erste
Jahre übergeben. Die Übergabe sollte ohne Zeugen er-
folgen, und obwohl Carolina wusste, dass sie nichts Falsches tat, war sie angespannt, als würde sie tatsächlich
etwas Verbotenes tun. Aber Vorsicht war geboten,
denn weder Phillip sollte als der gesuchte Phil Damians
erkannt werden, noch wollte Carolina für irgendwelche Tratsch-Geschichten sorgen. Sie vermutete, dass es
jetzt schon für ungewöhnlich befunden wurde, dass sie
zweimal in kürzester Zeit in der Pension aufgetaucht
war. Vor allem wollte sie Tim keinen Anlass zu Mutmaßungen geben, sondern sich die Möglichkeit einer
Freundschaft offenlassen. Reinen Wein würde sie ihm
dann früher oder später schon einschenken, wenn es so
weit kam.

Kurz vor der Haltestelle an der Hauptstraße hielt sie
an und ließ Lucas aus dem Auto steigen, damit er die
restlichen Schritte zu Fuß gehen konnte. Dann fuhr sie
die Hauptstraße entlang, vorbei an der Pension und
weiter bis zur nächsten Kreuzung. Statt aber wie gewohnt rechts abzubiegen, fuhr sie nach links und
gleich darauf nochmals. Die Einbahnstraße war sehr
schmal und wenig beleuchtet. Eis knackte laut unter

den Reifen. Vorsichtig fuhr sie geradeaus, bis sie hinter der Pension den mit Phillip vereinbarten Treffpunkt erreichte. Die ganze Zeit über begleitete sie ein mulmiges Gefühl in der Magengegend. Sie hielt an, ließ den Motor laufen und sah sich um. Mit laut klopfendem Herzen beobachtete sie die Umgebung und plötzlich bewegte sich etwas. Dort vorn, neben den Glascontainern erhob sich jemand, eine große, schlanke Gestalt mit Kapuze, die Hände in den Taschen. Phillip. Sie fuhr ihm die letzten Meter langsam entgegen und hielt an, als sie direkt neben ihm war. Er hatte sich auch für diesen kurzen Aufenthalt draußen die Sonnenbrille aufgesetzt und den riesigen Bart ins Gesicht geklebt, aus seinem Mund kamen dichte Schwaden aus Atemluft.

„Guten Morgen, wartest du schon lange?" Sie flüsterte vor lauter Angst, entdeckt zu werden.

„Geht so." Er schniefte und fror offensichtlich. Er trat von einem Bein aufs andere und sah sich immer wieder nervös um.

Carolina ließ die Seitenscheibe vollständig hinunter und griff die Tasche vom Beifahrersitz. Alles sollte schnell gehen, deshalb hievte sie das Gepäckstück an ihrem Oberkörper und dem Lenkrad vorbei durch das Seitenfenster aus dem Auto.

„Das sind alles Sachen von Lucas, als er noch ein Baby war. Du kannst dir alles in Ruhe anschauen. Ich melde mich nach der Arbeit wieder. Dann können wir alles Weitere besprechen."

„Aye, aye!", flüsterte Phillip, nahm die Tasche und legte seine Hand auf die Scheibe, die Carolina bereits wieder hochfahren ließ. „Warte noch kurz!"

Die Scheibe stoppte und Carolina sah den vermummten Phil nervös an.

„Ich wollte nur noch mal Danke sagen. Du reagierst viel cooler und erwachsener, als ich es mir in meinen kühnsten Träumen vorgestellt habe. Du wirst es nicht bereuen."

Beklommen lächelte Carolina ihn an und nickte. Dann schloss sie die Fensterscheibe und machte sich auf den Weg in die Klinik. Dass Lucas bereits von Phil wusste, behielt sie absichtlich für sich. Sie war weder erwachsen noch cool in dieser Angelegenheit. Sie versuchte nur, das Richtige zu tun.

***

Am Krankenhaus angekommen, fand sie Sinzenichs Parkplatz wieder einmal leer. Das bedeutete erneut zusätzliche Arbeit. Obwohl sie seine Aufgaben mittlerweile routiniert übernahm und erledigte, brachte sie es nicht fertig, sich auf dessen Parkplatz zu stellen. Es stand eben nicht ihr Name drauf.

„Doktor Beeken, ich sage es Ihnen im Vertrauen. Die Stelle, die Sie gerade schon so verantwortungsbewusst und wirklich kompetent in Vertretung übernehmen, wird zum Jahreswechsel frei werden. Natürlich wird es eine offizielle Ausschreibung geben, aber ich bin mir sicher, dass Sie mit Ihren Fähigkeiten alle anderen Bewerber ausstechen werden."

Das hatte Farbach im Sommer zu ihr gesagt. Zwei- oder dreimal hatte er nochmals das Gespräch gesucht, sogar Zugeständnisse gemacht und sich hocherfreut gezeigt, als sie ihm versprochen hatte, eine Bewerbung einzureichen. Vor dem letzten Gespräch war ihre

Bewerbung zwar schon so gut wie fertig gewesen, aber es hatte noch einer letzten Aufmunterung durch Farbach bedurft, bis sie sich getraut hatte, sie einzureichen. Am ersten September hatte sie die Unterlagen dann persönlich zu Farbach ins Büro gebracht und bei seiner Sekretärin Merle abgegeben. Von da an hieß es für Carolina, geduldig warten und sich bis über die Ellenbogen in die Arbeit stürzen. Und davon gab es immer reichlich. Die Stelle wurde ausgeschrieben, aber im Krankenhaus gab es keine anderen Interessenten.

Ob das neue Namensschild für den Parkplatz schon beauftragt war, ging es ihr durch den Kopf. Oberärztin Dr. Carolina Beeken. Sie sah es schon vor ihrem inneren Auge und die Vorfreude wuchs. Natürlich kam die weihnachtliche Vorfreude bei allem zu kurz. Doch all die Arbeit der letzten Monate würde sich endlich auszahlen. Der Schreck über das verpatzte Catering, das sie vor einigen Tagen noch als das schlimmste Desaster bezeichnet hatte, flößte ihr nicht mehr so viel Angst ein. Dass Phillip plötzlich aufgetaucht war, schlug dieses Problem um Längen.

Die Organisation von Speisen und Getränken lief dank der Hilfe ihrer Lieben hervorragend und es zeichnete sich mit einer großen Portion Einsatz, die sie zweifelsfrei noch zu leisten hatte, ein gutes Ende ab.

Nächste Woche Freitag, sie seufzte. Es lagen noch ein paar anstrengende Schichten im Krankenhaus und in der Backstube vor ihr, aber sie würde sich zusammennehmen und nicht aufgeben.

Sobald die Weihnachtsfeier Geschichte war, galt für Carolina Dienstfrei, und zwar bis zum neuen Jahr. Weihnachten im kleinen Kreis, mit der Familie. Das war ihr Licht am Ende des Tunnels. Das war ihr erklärtes Ziel. Irgendwie musste sie es zwischen all dem natürlich noch schaffen, die Sache mit Phillip zu stemmen. Sie konnte sich kaum vorstellen, dass er noch zwei Wochen in diesem Pensionszimmer hocken wollte. Falls doch, brauchte er sich wohl bald keinen Bart mehr anzukleben.

Als sie aus dem Auto stieg, wurde es bereits hell, kalt war es immer noch. Sie lief den langen Weg vom Parkplatz zum Haupteingang und mit jedem Schritt ließ sie ein Stück ihrer Sorgen hinter sich.

Sobald sie im Krankenhausalltag angekommen war, drehten sich ihre Gedanken nur noch um die Arbeit und ihre Patienten. Erst am Nachmittag, als ihr Smartphone sie an den nahenden Feierabend erinnerte, kehrten die Gedanken an Phillip, die Sonderschichten im Caféhaus und auch die Verabredung mit Tim wieder zurück. Sie lief hinunter, um sich in der Cafeteria einen verspäteten Pausensnack zu kaufen, und kam dabei am Zeitschriftenständer des Kiosks vorbei. Auf der Titelseite prangte ein Foto von Phil. Phil der Rockmusiker mit seiner Gitarre auf der Bühne und in voller Action. Darunter die Schlagzeile: *Phil Damians – abgetaucht, um clean zu werden?*

Carolina traute ihren Augen nicht. Der Dreizeiler unter dem Bild stellte die Frage in den Raum, ob er einen Absturz im Vollrausch gehabt haben könnte. Das durfte doch nicht wahr sein. Carolina runzelte verärgert die Stirn und zog die Zeitschrift aus dem Ständer.

„Na, du findest ihn doch heiß, gib es zu." Melli tauchte unvermittelt neben ihr auf.

„Nein. Ich würde sagen, aus dem Alter bin ich raus“, antwortete Carolina zu ihrer Verwunderung, ohne groß darüber nachzudenken.

„Ich wusste gar nicht, dass er Drogenprobleme hat. Der Arme. Der wirkte auf mich immer, als hätte er sein Leben total im Griff. Einer von den Guten, die auch was im echten Leben taugen, verstehst du?“ Melli stand dicht neben ihrer Freundin und steckte die Nase in die Zeitung. Carolina übergab ihr die Zeitung und antwortete mürrisch.

„Da steht nicht, dass er Drogenprobleme hat. Das ist mal wieder typisch Klatschblatt. Irgendwelche Fragen in den Raum werfen und dann ist nichts dahinter.“

„Es stehen zumindest keine Details drin, aber meinst du nicht, dass da was dran sein könnte? Die dürften so etwas doch nicht schreiben, wenn es frei erfunden wäre, oder?“

„Sie haben es doch nicht geschrieben. Nur gefragt. Ist dir das noch nie aufgefallen?“

„Ne, ich lese immer nur die Schlagzeilen und schau mir die Bilder an, wenn ich beim Arzt oder beim Friseur sitze. Aber wenn das gar nicht stimmt, was die da schreiben, ist es ganz schön gemein.“

„Ist es definitiv. Warte mal!“ Carolina zog ein anderes Magazin heraus. Auch hier gab es ein Foto von Phil auf der Titelseite, aber etwas kleiner gehalten und betitelt mit *Burn-out?* Sie hielt es Melli wortlos hin, die schnaufte empört und steckte beide Zeitschriften wieder zurück.

„Machst du schon Feierabend“, wechselte Carolina abrupt das Thema. Sie wollte nicht länger als nötig über Phillip sprechen. Ihre Freundin Melli kannte sie recht gut und ahnte vielleicht schneller, als ihr lieb war, dass etwas im Busch war, wenn sie sich so nah an dem empfindlichen Thema bewegten.

„Ja, Friseurtermin. Es wird nichts dem Zufall überlassen. Der Radinger aus der Urologie hat sich von seiner Frau getrennt. Sie ist fremdgegangen und hat ihm das Herz gebrochen. Ich könnte ihn trösten und ihm versprechen, dass ich ihm so etwas niemals antun würde. – Ich weiß, ich weiß, du siehst das nicht gern, aber ich bin nun mal ernsthaft auf der Suche nach einem Partner und Radinger ist echt süß.“

„Und du meinst, es ist klug, sich so kurz nach der Trennung an ihn ranzuschmeißen? Gib ihm erst einmal Zeit.“

„Bist du verrückt. Jetzt ist er am empfindsamsten. Wenn ich zu lange warte, angelt ihn eine andere und ich geh leer aus. Wir sind keine Teenager mehr, du brauchst Kalkül, um an den richtigen Typen zu gelangen.“

„Kalkül“, echote Carolina und zog die rechte Augenbraue skeptisch nach oben.

„Vielleicht geht dir ja auch eines Tages auf, dass es nicht schön ist, allein alt zu werden. Spätestens wenn Lucas seine erste Freundin hat.“

„Ach, hör doch auf“, widersprach Carolina, musste aber sofort an ihre Verabredung mit Tim denken und Freude darauf regte sich in ihr. Sie warf einen Blick auf die Uhr. „Oh, schon höchste Zeit für mich, ich habe noch eine Menge zu tun. Viel Glück beim Friseur!“ Carolina brach das Gespräch unsanft ab und begab sich, ohne etwas zu essen, zurück auf die Station. Beim Gedanken an diesen Tim und den Blick, den er ihr in der Scheune zugeworfen hatte, war ihr wohlig flau in der Magengegend geworden.

***

Abgehetzt drängte sich Carolina durch das Lokal und brachte ihre Sachen in den Personalraum, wo Lucas auf der Couch lag und auf seiner Spielekonsole zockte.

„Na, mein Großer, alles klar? Ich dachte, du verbringst den Nachmittag bei Opa?" Sie drückte ihn fest zur Begrüßung.

„Vorsicht, Mama, du verdirbst mir noch das Level", beschwerte er sich und war bemüht, die Kontrolle über sein Spiel zu behalten. „Opa kommt gleich."

„Sind die Hausaufgaben gemacht?"

„Natürlich, sonst dürfte ich doch gar nicht spielen."

„Stimmt. Gut, dass du dich immer an das hältst, was ich dir sage", bemerkte Carolina albern, während sie sich die Hände wusch.

„War das jetzt sarkastisch gemeint oder wie das heißt?" Lucas drückte die Pause-Taste und sah auf.

„Ja, war es." Sie grinste ihn an und band sich eine Schürze um. Nachher, wenn Tim vorbeikam, würde sie eine Viertelstunde Pause einlegen. Dagegen würde Irina wohl nichts einzuwenden haben.

„Ich bin draußen und helfe Oma." Sie verließ den Personalraum und half im Service aus. Natürlich hatte Carolina früher, nach der Schule und während des Studiums, Erfahrungen im Kellnern gesammelt, aber sie stellte schnell fest, dass dies schon einige Zeit her und sie selbst etwas langsam darin war. Sie entschuldigte sich vorab bei den Gästen und erklärte, dass sie nur aushilfsweise einsprang. Dennoch war sie froh, dass sie

172

wenigstens alle Bestellungen behielt und nichts durcheinanderbrachte. Immer wieder warf sie einen Blick auf die Uhr. Je näher der große Zeiger der zwölf kam, desto angespannter wurde sie. Zum wiederholten Male glitt ihr Blick über die Gäste an den Tischen und zur Eingangstür. Sie wischte gerade einen der Tische ab und bereitete ihn für die nächsten Besucher vor, als jemand unmittelbar neben ihr fragte: „Entschuldigung, ist hier noch frei?"

Erschrocken richtete Carolina sich auf und drehte sich um. Die Stimme kam ihr bekannt vor und richtig, Tim stand vor ihr und blickte sie irritiert an.

„Ja, natürlich." Carolina gab sich routiniert.

„Du arbeitest hier?"

„Sieht ganz so aus, nicht wahr? Setz dich schon mal und warte einen Augenblick, dann habe ich Zeit. Soll ich uns etwas mitbringen?"

„Nein, lieber nicht, ich wollte dich einladen. Sonst ist es doch keine Wiedergutmachung für die Beule, die ich dir verpasst habe."

„Die ist ja schon Schnee von gestern, aber von mir aus." Sie lächelte beschwingt und schob zum Beweis den Pony zur Seite. „Such uns was Leckeres aus und überrasch mich."

Damit ließ sie ihn stehen und kümmerte sich um die beiden Herrschaften zu ihrer Linken, die sich für ihren netten Service bedankten. Danach lief sie zur Theke, band die Schürze ab und verabschiedete sich bei Irina und Katharina, die gerade beisammenstanden, in die Pause.

„Mein Bekannter ist gerade angekommen. Ich hatte euch ja schon vorgewarnt. Gönnt mir eine halbe

Stunde Pause, sonst schaffe ich die Spätschicht nicht." Die beiden starrten sie an, erwiderten aber nichts.

„Was ist los? Ihr seht mich an, als hätte ich Sahne oder so im Gesicht." Verunsichert rieb sie sich über die Nase, aber es gab nichts.

„Spätschicht, mit ihm? Da würde mir ein Kuchen zur Stärkung nicht reichen", platzte Katharina amüsiert heraus.

„Was erzählst du denn da für einen Quatsch? Muss ich mir langsam Sorgen machen? Alle Frauen um mich herum brauchen nur einen attraktiven Mann sehen und vergessen ihre guten Manieren." Carolina schüttelte energisch den Kopf. „Ich rede von der Spätschicht in der Backstube, die ich gleich noch einlegen muss. Er ist nur ein harmloser Bekannter."

„Ein attraktiver, harmloser Bekannter", wiederholte Katharina.

„Echt jetzt?", richtete Carolina sich an Irina, doch die hob abwehrend die Hände und antwortete: „Ich habe nichts gesagt." Aber sie musterte ihn ausgiebig.

„Jetzt schau nicht so auffällig rüber. Es ist nichts Besonderes. Macht euch mal locker."

Sie ließ die beiden stehen und begab sich zurück zu Tim an den Tisch.

„So, jetzt habe ich Pause. Wie gehts?"

„Danke, sehr gut. Ich habe mich auf unser Treffen gefreut."

„Wenn ich was sagen darf, so siehst du gerade gar nicht aus. Du schaust so bedrückt."

„Das ist ja auch nicht verwunderlich. Hätte ich gewusst, dass du hier arbeitest, dann hätte ich für unser

Treffen ein anderes Lokal vorgeschlagen. Jetzt komme ich mir vor wie der letzte Idiot.“

„Ach, mir macht das nichts. Im Gegenteil, dann muss ich mich nicht so abhetzen. Ich sagte ja schon, dass ich gerade eine Menge um die Ohren habe, und heute Abend wartet noch Arbeit in der Backstube auf mich.“ Warum Carolina ihm nur die halbe Wahrheit erzählte, war ihr nicht klar.

„Ich dachte immer, im Bäckerhandwerk muss man früh aufstehen“, sprach Tim seine Gedanken aus.

„Muss man auch, aber in dieser Woche sind ein paar Sonderschichten angesagt.“

„Habt ihr schon gewählt?“ Katharina trat mit Block und gezücktem Stift an den Tisch. Erwartungsvoll sah sie von einem zum anderen und grinste schelmisch.

„Was möchtest du denn trinken? Kaffee oder lieber Tee?“

„Oh je, bei der Menge Kaffee, die ich heute schon getrunken habe, ist Tee die bessere Wahl. Auch wenn ich noch eine Weile wach bleiben muss.“

„Wir haben ‚Winterküsse‘ und ‚Heiße Liebe‘.“ Katharina grinste bis über beide Ohren, als sie nur zwei der mehr als zwanzig Sorten anbot.

„Sehr witzig, Pfefferminztee gibt es auch. Den hätte ich gern“, bestellte Carolina. Enttäuscht schob Katharina die Unterlippe nach vorn und notierte es.

„Auch auf die Gefahr hin, dass ich unsere Verabredung ruiniere“, Tim sah Carolina entschuldigend an, „ich würde die ‚Winterküsse‘ probieren.“

„Hervorragende Wahl“, kommentierte Katharina und ihre gute Laune war augenblicklich wieder hergestellt. Mit triumphierendem Blick sah sie auf Carolina.

„Welchen Kuchen empfehlen Sie?“

„Normalerweise empfehle ich immer die belgischen Waffeln mit Vanillesoße, aber im Moment haben wir einen personellen Engpass. Wir haben noch Schokoladentarte, Omas Apfelkuchen, Beekens Süßes Allerlei und das, was vorn in der Auslage liegt.“

„Ich nehme den Apfelkuchen“, entschied sich Carolina. Tim brauchte etwas mehr Bedenkzeit.

„Ich nehme das Süße Allerlei und eine Portion von den leckeren Zimtstern-Plätzchen.“

„Sehr wohl.“ Katharina notierte auch das und lief zurück zu Irina an die Verkaufstheke, wo die beiden zu Carolinas Verunsicherung die Köpfe zusammensteckten.

Nachdem Tee, Kuchen und das Süße Allerlei, bei dem es sich um eine stattliche und hübsch angerichtete Auswahl an Pralinen und Plätzchen des Hauses handelte, serviert waren, versuchte Tim, das Gespräch noch einmal in Gang zu bringen.

„Also, entschuldige noch mal. Das ist echt blöd, dass wir ausgerechnet hier sitzen.“

„Mach dir keine Sorgen. Für mich ist es vollkommen okay. Oder hast du etwas zu verbergen?“

„Das nicht. Aber deine Chefin schaut ständig zu uns rüber und ich will dich nicht in Schwierigkeiten bringen.“

„Keine Sorge, bringst du nicht. Aber nun erzähl mal von dir, damit ich weiß, mit wem ich meine Pause verbringe. Woher kommst du, was führt dich hierher und was treibst du so, wenn du mal nicht in Zusammenstöße mit deinen Mitmenschen verwickelt bist oder

mit den Janssens überraschend auf einer Party auftauchst?"

„Findest du das doof? Ehrlich, ich habe nicht gewusst,
dass ich dich dort treffen würde. Vielleicht ein kleines
bisschen gehofft, weil die Janssen versprochen hatten,
dass das halbe Dorf dort sein würde. Da standen die
Chancen, dich wiederzusehen, ziemlich gut."

„Nein, doof fand ich es nicht. Ich war nur überrascht
und hatte, wie du bemerkt hast, leider keine Zeit. Aber
jetzt sprechen wir schon wieder über mich. Von dir
weiß ich gar nichts. Erzähl doch mal."

„Okay, da muss ich etwas ausholen, aber du hast gefragt und bekommst deine Antworten."

Carolina nickte und schob sich ein Stück Apfelkuchen in den Mund. Endlich etwas zu essen. Sie hatte ihren Hunger schon wieder vergessen, aber jetzt warf der
Geschmack sie fast um und sie stöhnte genüsslich auf.
„Sorry", sie hielt sich die Hand vor den Mund. „Ich habe
noch nicht viel gegessen heute und der Kuchen ist ein
Gedicht."

„Wie kann das sein, dass du nichts isst, wenn du doch
an der Quelle sitzt?" Er machte eine Pause, aber Carolina beantwortete seine Frage nicht. Stattdessen zeigte
sie mit der Kuchengabel auf ihn und erklärte: „Nicht
schon wieder über mich. Du bist dran ..."

Tim atmete gerade so, als müsste er sich sammeln,
dann erzählte er.

„Ich heiße Tim, das weißt du schon. Ich komme aus
Düsseldorf und habe mich nach reiflicher Überlegung
dazu entschieden, die Stadt hinter mir zu lassen und einen Neuanfang zu wagen, indem ich aufs Land ziehe.
Deshalb bin ich auch auf der Suche nach einer

Wohnung und wohne so lange in der Pension. Ich bin Single, habe keine Haustiere, lese Krimis, liebe die Berge und habe Spaß an sämtlichen Ballsportarten." Er hielt inne und für eine kurze Zeit hafteten ihre Blicke aneinander. Beim Wort Single hatte Carolina eine dezente Freude empfunden.

Unangebracht, sehr unangebracht, rief sie sich innerlich zur Ordnung. Da sie nicht auf der Suche nach einer Beziehung war, konnte er Single oder vergeben sein, wie er wollte.

„Darf ich dich neugierig ausfragen?" Wenn sich das zwischen ihnen auf freundschaftlicher Basis entwickeln sollte, musste er ihre Fragen aushalten, stellte sie für sich fest.

„Von mir aus", antwortete Tim und bereitete ihr damit eine kleine Freude.

„Was steckt hinter deinem Neuanfang? Eine gescheiterte Beziehung?"

„Nein, also vielleicht doch, was ich sagen will ..." Er machte eine längere Pause und schien nach den richtigen Worten zu suchen.

„Sorry, du musst es mir nicht erzählen, wenn du nicht willst", lenkte Carolina ein. Vielleicht war sie etwas zu forsch gewesen.

„Im Grunde spricht nichts dagegen, ich rede nur nicht so oft darüber und es ist vielleicht nicht gerade das richtige Thema für ein erstes Date."

„Dann ist es ja gut, dass wir kein Date haben", erwiderte Carolina triumphierend.

„Stimmt, ich erinnere mich an meine Worte. Freundschaftliche Wiedergutmachung."

„Zu einem Date hätte ich auch Nein gesagt. Ich gehe auf keine Dates mehr."

„Oh, darf ich fragen, warum nicht?"

„Darfst du. Ich habe mir einfach zu oft die Finger verbrannt."

„Und das, obwohl du in einer Backstube arbeitest." Seine Antwort kam so prompt und trocken, dass Carolina lachen musste, ein gelöstes und angenehmes Lachen.

„Tja, niemand ist perfekt, nicht wahr."

„Dann wäre das Leben ja langweilig."

Sein Telefon klingelte und er fischte es umständlich aus der Jackentasche. „Sorry, da muss ich drangehen, es geht um die Wohnung, die ich mir morgen ansehen möchte."

Carolina nickte. „Natürlich, geh ran."

Während Tim kurz die Details für eine Besichtigung absprach, aß sie den restlichen Apfelkuchen auf und trank ihren Tee.

Bedrückt und erfreut zugleich beendete er das Telefonat. „Ich kann mir die Wohnung gleich ansehen. Ich soll in der nächsten halben Stunde da sein."

„Dann los mit dir oder willst du ewig in der Pension wohnen?"

„Nein, natürlich nicht aber ..."

„Keine Widerrede. Meine Pause ist sowieso gleich vorbei. Vielen Dank für die Einladung. Ich wünsche dir viel Glück mit der Wohnung."

„Wann treffen wir uns wieder?", wollte er wissen.

„Du weißt doch, wo du mich findest", entgegnete sie und sie verabschiedeten sich voneinander, wobei Tim zu einer kurzen, umständlichen Umarmung ansetzte.

Carolina wartete, bis er das Lokal verlassen hatte, dann ging sie zurück zur Verkaufstheke und zog ihre Schürze wieder an. Während sie die Schleife hinter ihrem Rücken band, spürte sie Irinas Blick auf sich.

„Was ist los? Habe ich etwas falsch gemacht? Du schaust mich immer noch so merkwürdig an", wollte Carolina wissen und Irina kam dicht heran, um ihr ins Ohr zu flüstern.

„Es geht mich ja nichts an, aber ich platze beinahe. Lucas hat mir heute erzählt, dass du seinen Papa ausfindig gemacht hast. Habe ich das richtig verstanden? War er das etwa?" Ihre Augen leuchteten hoffnungsvoll.

12 – Freundschaftsdienste

Natürlich! Warum war ihr das nicht klargewesen? Selbstverständlich würde Lucas seine allerliebste Oma in diese für ihn wunderbare Neuigkeit einweihen. Sie hätte es an seiner Stelle nicht anders gehandhabt. Großartige, weltverändernde Neuigkeiten teilte man im Allgemeinen mit den Menschen an seiner Seite. Wie hatte sie dies nur für einen Augenblick verdrängen können?

Nur weil sie selbst sich verschloss und Tatsachen zumindest stundenweise verdrängte, stand das Leben um Carolina herum doch nicht still. Schlagartig wurden ihre Knie weich. Die Zeit schritt voran und die neue Situation nahm Stück für Stück Raum in ihrem Leben ein. Im Gegensatz zu ihr, die sich sorgte und mit Gedanken plagte, schienen sowohl Lucas als auch Irina hellauf begeistert.

Im tiefen Inneren wusste Carolina bereits, was zu tun war. Sie hatte nur keine Ahnung wie. Also sammelte sie sich und erklärte dann ebenso leise: „Nein, das war er nicht."

„Aber du bist in Kontakt mit ihm?" Irina griff ihr berührt an den Arm, und als Carolina bestätigend nickte, quietschte sie vergnügt.

„Wann werden wir ihn kennenlernen?" Ihre Worte waren nicht mehr als ein euphorisches Flüstern.

„Das weiß ich noch nicht. Es ist alles viel komplizierter, als du es dir vorstellen kannst, und ich habe auch noch so viele andere Dinge um die Ohren. Ich habe Angst, dass mir das alles über den Kopf wächst und

Lucas am Ende das Nachsehen hat. Wie du dich vielleicht erinnerst, stehen mir ein paar Nachtschichten in der Backstube bevor, zusätzliche Arbeit im Krankenhaus sowieso schon seit Monaten und jetzt das noch. Es kommt alles gebündelt und ich weiß nicht, wo ich anfangen soll. Außerdem …“

„Stimmt, du hast recht“, schnitt ihr Irina sanft das Wort ab. „Eins nach dem anderen, aber Angst musst du nicht haben. Wir werden das Kind schon schaukeln, und wenn du reden willst, bin ich da.“ Irina strich Carolina mütterlich über die Schulter und zum ersten Mal nahm Carolina die Berührung an, ohne darüber nachzudenken. „Warte einen Moment, ich frage Martina, ob sie hier vorn aushelfen kann.“

Sie verschwand für ein paar Minuten hinter der Tür mit der Aufschrift „privat“ und Carolina sah sich unschlüssig um. Da betrat ihr Vater das Lokal, zog sich die Mütze vom Kopf und kam auf sie zu.

„Hallo, Caro, wie läuft's?“ Sie umarmten sich kurz und herzlich.

„Ich bin dran“, erwiderte sie mit einem gequälten Lächeln, als sie sich von ihm löste.

„Ich wollte Lucas abholen, ist er startklar?“

„Ich denke schon.“ Bevor Franz zur Klinke greifen konnte, wurde die Tür bereits von innen geöffnet und Martina trat hindurch.

„Grüß dich, Franz, du möchtest bestimmt zu Lucas und Irina. Die sind hinten“, hieß sie ihn willkommen und hielt ihm die Tür auf.

„Sehr aufmerksam, vielen Dank“, brummte Franz.

„Und ich komme mit dir, denn Martina löst mich für eine Weile ab. Richtig?“

„So ist es. Also, bis später."

Sie nahmen sich die Zeit und verabschiedeten sich voneinander. Lucas war Übernachtungen bei Oma und Opa gewöhnt, trotzdem umarmte Carolina ihn nochmals innig. „Bis morgen, mein Großer!"

Irina wendete sich an ihren Mann, küsste ihn zum Abschied und sagte: „Bis morgen, *mein* Großer", was Lucas mit einem leidenden „OMA!" quittierte.

Wenig später saßen sie zu zweit in Irinas Büro.

„Also, lass uns kurz mal überlegen, wie wir dich entlasten können."

„Wenn ich das wüsste." Carolina rieb sich die Schläfen.

„Zunächst gibst du mir mal deine Schürze. Es macht keinen Sinn, dass du auch noch nach Feierabend hier schuftest." Sie hielt die Hand auf und wartete geduldig, bis Carolina die Schürze ausgezogen hatte.

„Aber ich mache das gern und habe ein schlechtes Gewissen, wenn ich nur nehme. Du hilfst mir doch im Gegenzug mit Lucas", begehrte Carolina auf.

„Zunächst einmal ist das mein Geschäft, zumindest zum Teil, und da entscheide ich. Dann bin ich Lucas' Oma und ich kümmere mich sehr gern, vollkommen ohne Gegenleistung um ihn. Außerdem solltest du langsam gelernt haben, dass du die Welt nicht allein auf deinen Schultern tragen kannst, und dankbar jede Hilfe annehmen, die man dir anbietet."

Carolina schluckte.

„Also, der erste Schritt ist der schwerste, aber dass du es nicht allein schaffst, ist dir auch klar geworden, oder?"

Diese kurze, sanfte Standpauke hatte es in sich und Carolina musste kämpfen, die Tränen zurückzuhalten. Warum hatte sie immer solche Probleme, um Hilfe zu bitten?

„Welche Aufgaben stehen an?" Irina musterte sie mit aufmerksamem Blick.

„Mohnstollen backen – erste Schicht."

„Und was würdest du jetzt am liebsten machen?"

„Mich eine halbe Stunde auf deine Couch legen", erwiderte Carolina gequält. Je länger sie im Büro saß, desto schwerer wurden ihre Knochen.

„Dann sei vernünftig und fahr nach Hause. Ruh dich aus, schlafe und über alles Weitere unterhalten wir uns morgen. Wenn es für dich okay ist, dann kann Lucas bis zu deinem Urlaub bei uns bleiben. Du kannst ihm ruhig etwas zutrauen, er versteht das."

„Und was ist mit den Mohnstollen?"

„Die verschieben wir."

Irina war die Meisterin des sanften Rauswurfs. Nur Minuten später fuhr Carolina durch die Dunkelheit die gewundene Straße hinauf nach Gut Beeken. Müde und erschöpft ließ sie Jacke, Schuhe und Tasche im Eingangsbereich liegen, verzichtete darauf, das Licht anzumachen. Irina hatte recht. Sie musste schlafen und einen klaren Kopf bekommen. Auf direktem Weg ging sie ins Bett. Ein Gedanke nach dem anderen jagte durch ihren Kopf, während sie allein in der Dunkelheit lag. Da tauchte Phillip auf in verschiedenen Variationen, der frühere ständig abgebrannte Gitarrenspieler, der Rockstar und der, der gerade in der Pension saß, auf sie wartete. Mist, sie hatte ihn vergessen. Müde nahm sie das Telefon und vertröstete ihn mit einer kurzen Nachricht. Sie hörte die Hunde bellen. Vermutlich gingen Lucas und ihr Vater die Abendrunde. Sie lächelte und wischte eine Träne der Erleichterung aus dem Augenwinkel. Irina hatte recht. Sie war gut aufgestellt mit ihrer Familie und Lucas war gut aufgehoben. Alles würde gut werden, irgendwie. Trotzdem rasten noch viele weitere Gedanken durch ihren Kopf, bis sie endlich einschlief. Sogar Tim tauchte auf. Sie kannte ihn im Grunde gar nicht, aber abgesehen von dem schmerzhaften Zusammenstoß und der Beule auf ihrer Stirn empfand sie die Zusammentreffen mit ihm immer recht angenehm. Der Gedanke, dass er herziehen und sie sich öfter treffen könnten, gefiel Carolina. Hoffentlich klappte alles mit der Wohnung, die er sich ansehen wollte.

Als der Wecker am nächsten Morgen klingelte, fühlte sie sich bereits etwas besser. Sie streckte sich gemütlich im Bett, dann nahm sie ihr Telefon zur Hand. Phillip hatte eine Sprachnachricht geschickt.

„Hi, kein Problem, wenn es heute nicht klappt. Ich wollte dir noch mal Danke sagen für die Sachen. Tut echt gut, die durchzusehen, und nachdem ich Jahre gebraucht habe, hier aufzutauchen, werde ich dich keinesfalls unter Druck setzen. Ich muss mich auch noch um ein paar Angelegenheiten kümmern, langweilig wird mir nicht. Bis später."

Als Carolina wenig später die Wohnung verließ, um zur Arbeit zu fahren, entdeckte sie vor der Tür auf dem Treppenabsatz eines von Irinas handgefertigten Weidenkörbchen. Sofort wurde ihr warm ums Herz und sie nahm es hoch. Es konnte noch nicht lange dort stehen. Aber natürlich, Irina hatte Lucas zum Bus gebracht und musste es anschließend hier abgestellt haben. Carolina nahm das Körbchen, stieg die Treppen hinab. Sie ging zu ihrem Auto, wo sie es auf dem Beifahrersitz abstellte und sich umsah. Aber Irina war nirgends zu sehen. Im Körbchen befanden sich belegte Brote, geschnittene Äpfel, selbst gemachte Pralinen und ein großer Becher mit Kräutertee. Irina war wohl doch ein Engel.

***

Zu ihrer großen Freude stand tatsächlich Sinzenichs Auto auf dem Parkplatz. Erleichtert begann sie den Dienst und lächelte.

Zum Mittagessen traf sie sich nach wochenlanger Pause endlich mal wieder mit Melli. Es gab dafür einen extra für das Personal abgetrennten Bereich in der Cafeteria der Klinik.

„Einen Euro für deine Gedanken." Melli tippte ihre Freundin mit dem Griff ihrer Gabel an.

„Wie bitte?"

„Du hast mich schon verstanden. Was ist passiert? Du bist anders", stellte sie fest.

„Ich habe gut geschlafen und dank Sinzenichs Anwesenheit weniger Arbeit." Carolina antwortete wahrheitsgemäß, aber sie wusste, dass es nicht die Antwort war, die sich Melli erhofft hatte.

„Das ist alles? Nachdem du in den letzten Tagen kaum du selbst warst, meine ich, es steckt mehr dahinter. Soll ich raten?"

„Nur zu, du lässt dich ja sowieso nicht davon abhalten", willigte Carolina ein.

„Ich glaube ja, dass ein Mann dahintersteckt. Du sagst zwar immer, dass du es aufgegeben hast – zumindest vorerst. Aber ich glaube dir nicht." Erwartungsvoll starrte Melli sie an. Sie hoffte wohl, Carolina durch ihren Vorstoß aus dem Konzept zu bringen. Sie spießte einige Salatblätter auf die Gabel und manövrierte sie in den Mund, ohne den Blick von Carolina zu lösen.

„Melli, du hast ein bisschen recht. Ich fürchte, es gibt da etwas, das ich dir sagen muss." Carolina legte das Besteck beiseite und räusperte sich, während Melli sie, auf alles gefasst, anstarrte.

„Gestern hatte ich ein erleuchtendes Gespräch mit Irina und die hat mir den Kopf zurechtgerückt. Es passiert gerade so viel in meinem Leben, dass ich nach und nach den Überblick verloren habe. Sie hat mir ihre Hilfe angeboten und das hätte ich schon viel früher in Anspruch nehmen sollen." Carolina machte eine Pause und suchte nach Worten.

„Das mit Sinzenich und der neuen Stelle bekommst du ja täglich live mit. Aber was das mit mir macht, versuche ich hier natürlich nicht an die große Glocke zu hängen. Seit ich die Bewerbung eingereicht habe, ist Funkstille. Farbach spricht nicht mehr mit mir darüber. Das macht mich wirklich total fertig, die zusätzliche Arbeit zu leisten, noch mehr Verantwortung zu übernehmen und dann nicht zu wissen, ob ich die Stelle wirklich bekomme."

„Warum fragst du ihn nicht?" Melli spießte weitere Blätter auf.

„Ich weiß auch nicht. Ich habe so lange nichts gesagt, dass es sich jetzt komisch anfühlt. Außerdem habe ich alles schriftlich eingereicht, wie er gesagt hatte. Wenn er es sich anders überlegt hätte, müsste er mir doch eine schriftliche Absage erteilen, oder nicht?"

„Mannomann, in deinem Kopf ist ja was los. Mach es nicht so kompliziert. Weißt du was, ich geh nachher zu Merle und frage sie. Natürlich nicht von dir aus, sondern weil ich es wissen will, ist doch klar. Dann sage ich dir Bescheid und die Sache ist geritzt. Wo ist das Problem?" Sie hatte den Salat aufgegessen und begann damit, das Dressing mit einem Stück Weißbrot vom Teller zu wischen.

„Wenn du es so sagst, klingt es überhaupt nicht nach einem Problem."

„Mensch, Caro! Sage ich doch", antwortete Melli und ließ das Stück Brot in ihrem Mund verschwinden.

„Ja, dann mach das." Carolina bestätigte ihre Entscheidung mit einem leichten Kopfnicken.

„So, das war Nummer eins. Was beschäftigt dich noch?"

„Die Organisation des Caterings hatte ich vergessen. Irina hat geholfen, aber ich muss mich noch um einiges kümmern. Bitte behalte es für dich, ich will nicht als Versagerin dastehen."

„Jetzt mach dich doch nicht verrückt. Farbach ist selbst schuld, wenn er dir diese Aufgabe überträgt. Du bist hier als Kinderärztin und nicht als Köchin angestellt. Wenn hier ein Versagen vorliegt, dann wohl in der Personalplanung. Ich habe mich sowieso die ganze Zeit gefragt, warum du das überhaupt angenommen hast."

„Weil er mich darum gebeten hat und weil ich ihm dafür zwei volle Urlaubswochen über die Feiertage aus dem Kreuz geleiert habe."

„Dafür, dass du so hart schuftest, hättest du mindestens vier Wochen verdient", entgegnete Melli tröstend.

„Jedenfalls musste hier noch einiges organisiert werden."

„Aber jetzt steht alles?"

„Fast." Sollte sie Melli wirklich die anstehenden Nachtschichten in der Bäckerei beichten? Sie tat es, zumindest teilweise. „Ich muss noch ein bisschen backen."

„Ist nicht dein Ernst!" Melli griff über den Tisch nach den Händen ihrer Freundin. „Bist du von allen guten Geistern verlassen?"

„Nein. Versprich mir, dass du keinem etwas sagst", bat Carolina.

„Natürlich nicht. Kann ich dir wenigstens dabei helfen? Oder besser noch, du kannst auch einfach gefrorene Fertigtorten kaufen." Melli zog die Hände zurück und sah siegessicher über den Tisch.

„Gekauft ist nicht selbst gebacken. Trotzdem danke. Ich sag dir auf jeden Fall Bescheid. Lucas bleibt für ein paar Tage bei Oma und Opa, das entzerrt die Situation gerade ein bisschen, und gut geschlafen habe ich auch."

„Ach, Caro. Eine spektakuläre Männergeschichte wäre mir da viel lieber gewesen." Enttäuscht blickte Melli sie an.

„Ich bin ja noch nicht fertig", raunte Carolina und warf einen Blick auf die Uhr. Sie hatten noch einige Minuten und es war allerhöchste Zeit, sich ihrer Freundin anzuvertrauen.

„Es gibt wirklich eine Männergeschichte, aber nicht so eine, wie du denkst. Vor ein paar Tagen hat mich

Lucas' Vater kontaktiert und nun möchte er seinen Sohn gern kennenlernen."

„Ach, du dickes Ei! Und, wie geht es dir damit?"

„Es hat mich gelinde gesagt umgehauen. Ich weiß nicht, was ich davon halten soll, es macht mir Angst und ich will das Richtige tun. Aber es ist total kompliziert."

„Das ist es doch immer."

„Ich meine richtig kompliziert." Carolina verschränkte die Arme und lehnte sich etwas zu Melli hinüber.

„Sitzt er etwa im Knast?"

„Nein!"

„Will er ihn mitnehmen?"

„Quatsch, im Gegenteil. Er richtet sich total nach mir und ist sehr nett. Er hat ordentlich Respekt vor der Verantwortung, aber er möchte sich unbedingt kümmern."

„Das klingt doch gut. Wo ist der Haken? Hat er eine Frau, die sich dagegen wehrt?"

„Melli, woran du immer denkst. Das ist es auch nicht."

„Oh nein, liebst du ihn etwa noch? Liebt er dich etwa noch?"

„Nein, alles nicht. Aber er ist beruflich viel unterwegs."

„Oh, ich hatte ehrlich gesagt mit einem richtigen Problem gerechnet."

Sie schwiegen eine Weile, räumten das Geschirr ab und liefen gemeinsam zum Fahrstuhl zurück. Als sie eingestiegen und für einen kurzen Moment allein waren, fand sich Carolina plötzlich in einer festen Umarmung wieder.

„Du schaffst das, und wenn du mich brauchst, bin ich
für dich da. Versprochen! Ich geh gleich zu Merle und
gebe dir Bescheid."

Dann ging die Lifttür auf, und während sich Melli
nach links verabschiedete, lief Carolina, innerlich mit
Dankbarkeit für ihre Freundin angefüllt, nach rechts.

Keine halbe Stunde später klingelte Carolinas mobiles Stationstelefon.

„Gute Nachrichten. Merle sagt, dass sie keine Namen
nennen darf, aber dass es exakt eine Bewerbung für die
Stelle gab, und wir beide wissen, dass es sich nur um
deine drehen kann. Sie sagte auch, dass Farbach die
Nachfolge definitiv in seiner Rede auf der Feier verkünden wird."

„Melli, du bist ein Schatz", seufzte Carolina erleichtert
und genoss das breite Grinsen in ihrem Gesicht.

„Ich weiß. Das ist eine meiner leichtesten Übungen."
Sie legte auf.

13 – Nachts sind alle Katzen grau

Mit einem Mal fühlte sie sich leichter. Die Arbeit verging wie im Flug, sie hatte sogar die Chance, einige private Worte mit den Kollegen zu wechseln, die sich alle schon auf das gemütliche Beisammensein in der nächsten Woche freuten. Bevor sie sich auf den Heimweg, vielmehr auf den Weg in die Backstube machte, erreichte sie die Nachricht, dass Lucas' Tischtennistraining kurzfristig abgesagt wurde, und so beschloss sie, ihn anzurufen und wenigstens telefonisch etwas Zeit mit ihm zu verbringen.

Es klingelte nur zweimal, dann ging Irina ans Telefon. Nach einer kurzen Begrüßung reichte sie den Hörer an Lucas weiter.

„Wie läuft es bei Oma und Opa?"

„Super! Du brauchst dir keine Sorgen machen."

„Wunderbar! Das freut mich, ich bin so stolz auf dich. Ich könnte dich nur knuddeln." Sie hatte das Gefühl, das Herz liefe gleich über vor Glück.

„Was ist denn los? Warum freust du dich so?"

„Weil ich heute eine wunderbare Nachricht im Krankenhaus bekommen habe. Es klappt mit der Karriere. Und weil das so toll ist, habe ich endlich den Kopf frei, um mich um all die anderen wichtigen Dinge in unserem Leben zu kümmern. Dich anrufen zum Beispiel."

„Auch um meinen Papa?", fragte er flüsternd.

„Auch um deinen Papa", erwiderte sie ebenso leise. „Hat dir Oma schon gesagt, dass das Training heute ausfällt?" Sie versuchte sanft, das Thema zu wechseln. Mit Erfolg.

„Ja und deshalb holt mich Opa gleich ab und wir spielen zu Hause in der Scheune. Er hat schon alles vorbereitet.“

„Du Glückspilz.“ Den Tischtennistisch hatte Franz im letzten Sommer angeschafft, um hin und wieder ein paar Sätze mit Lucas zu spielen. Alle anderen nutzten den Tisch aber auch für gelegentliche Partien.

„Dann viel Spaß und lass dem Opa auch ein paar Chancen.“

„Natürlich. Er ist ja schon alt.“ Carolina musste lachen.

„Weißt du schon, ob mein Papa an Weihnachten zu Besuch kommt?“ Lucas hatte sich nicht lange ablenken lassen und stellte seine Frage geradeheraus. Das mochte sie an ihm, brachte sie manchmal aber auch in Erklärungsnot. Hier galt es nun, den richtigen Mittelweg zu finden. Ihn nicht zu enttäuschen, keine Hoffnungen zu schüren, die sich nicht erfüllen ließen, und vor allem bei der Wahrheit zu bleiben, ohne gleich alles auszuplaudern.

„Nein, das weiß ich nicht, aber sobald ich etwas weiß, sage ich es dir sofort. Versprochen.“

„Weißt du denn, wo er wohnt?“

„Das muss ich ihn auch noch fragen. Ich weiß aber, dass er oft beruflich auf Reisen ist. Bestimmt ist er selten zu Hause. Möglicherweise hat er auch eine Wohnung im Ausland.“

„Muss er viel arbeiten?“

„Das wechselt sich ab. Mal mehr, mal weniger.“

„Ist er alt?“

„Kommt drauf an, was alt für dich ist. Er fast genauso alt wie ich.“

„Das passt prima. Und wann ist sein Geburtstag?“

„Am zwölften August.“ Carolina antwortete lachend und war überrascht, was sie noch alles wusste.

„Dann sage ihm, dass ich mich sehr freuen würde, wenn er zu uns kommt.“

„Das mache ich auf jeden Fall.“ Eine Weile schwiegen sie, aber es war keine unangenehme Stille zwischen ihnen.

„Kannst du mir zeigen, wie er aussieht? Du hast doch so viele Sachen von früher im Keller.“ Mit seiner Frage sorgte er für einen unruhigen Moment in ihrem Magen.

„Da muss ich mal in Ruhe suchen. Dafür brauche ich Zeit. Kannst du dich ein wenig gedulden?“ Verzögerungstaktik. Carolina wusste genau, wo die alten Fotos waren, aber ob und wem sie die Bilder zeigte, musste sie erst einmal überdenken.

„Ja klar, kein Problem.“

„Gibst du mir deine Oma noch mal, nachdem wir ‚Tschüss‘ gesagt haben?“

„Okay, tschüss bis morgen!“

„Tschüss, mein Schatz. Schlaf gut nachher!“ Sie hörte, wie er den Hörer weiterreichte.

„Ja?“

„Irina, ich wollte dir nur Bescheid geben, dass ich noch ein paar Schreibarbeiten erledige und mich dann auf den Weg mache. Ich bin da, bevor ihr schließt.“

„Ist in Ordnung. Hier läuft die Arbeit nicht weg. Du klingst, nebenbei bemerkt, schon viel besser als gestern.“

„Das liegt daran, dass ich mich schon viel besser fühle. Alles wird sich zum Guten wenden. Ich darf nur nicht aufgeben.“

„Das ist die richtige Einstellung.“

„Hoffen wir, dass sie lange anhält. Bis später, Irina.“

„Ja, bis dann, Caro.“

Als sie sich später auf den Heimweg machte, ließ sie das Gespräch und den Anruf von Melli nochmals Revue passieren. Es tat gut, über verschiedene Dinge reden zu können, auch wenn sie für den Anfang noch einige Informationen unter Verschluss lassen musste.

Im Caféhaus war die Stimmung gelöst, die letzten Gäste waren bereits gegangen und aus den Lautsprechern ertönte eine bezaubernde Version von „Stille Nacht, heilige Nacht“. Sogleich dachte sie an ihren Gesangsauftritt mit Nick am Wochenende, der im Nachhinein betrachtet ziemlich cool war. Sie begrüßte alle und nahm sich auch die Zeit, bei Nick vorbeizuschauen und sich nach seinem Lieferwagen zu erkundigen.

„Hi, Nick, deine Lieblings-Caro ist da!“, rief sie in die Backstube.

„Du hast ja erschreckend gute Laune. Ist was passiert?“, wollte er wissen.

„Ich hatte heute nur einen besonders guten Tag. Was sagt die Werkstatt?“

„Die hatten auch einen besonders guten Tag.“ Er verdrehte die Augen. „Es hat sich herausgestellt, dass es sich nur um eine Kleinigkeit gehandelt hat, die bereits längst behoben wurde. Sie haben nur vergessen, mich anzurufen und mir Bescheid zu geben.“

„Ist ja nicht wahr.“

„Ich habe ihnen auch gesagt, dass sie uns jede Menge Stress hätten ersparen können, aber ich wollte nicht unhöflich sein. Immerhin kostet die Reparatur nicht so viel und ich hatte mit dir eine sehr gute Kurierfahrerin.“

„Ja, was ich nicht alles kann. Leute verarzten, Kurierfahrten, Cateringservice ...“ Mit einer geschmeidigen Handbewegung deutete sie an, dass diese Aufzählung noch nicht zu Ende war. „Also kann ich dein Auto für nächste Woche einplanen?“, fragte sie und zog sich endlich Schal und Mantel aus.

„Ja, das klappt.“

Als Carolina den Mantel über ihren Unterarm legte, spürte sie ihr Smartphone vibrieren. Es verkündete den Eingang einer neuen Nachricht. Sie zog es halb heraus, sodass sie einen kurzen Blick darauf erheischen konnte. Neue Nachrichten von Phillip.

Sie entschuldigte sich kurz, brachte ihre Kleidung in den Personalraum. Dort zog sie ihr Telefon aus der Manteltasche und rief Phillip zurück.

„Caro, endlich. Ich warte wie auf Kohlen. Ist alles okay?“

„Ja, schon. Ich sagte doch, du bist zu einem denkbar ungünstigen Zeitpunkt aufgetaucht und ich habe so viel um die Ohren, dass ich gerade nicht weiß, wo mir der Kopf steht. Gerade bin ich in der Bäckerei.“

„Was machst du da?“

„Backen, damit ich meinen guten Ruf nicht verliere. Dumme Geschichte, aber da muss ich jetzt durch.“

„Allein?“

„Ja, allein.“

„Kann ich dir helfen?“

„Du mir helfen? Ich denke, du sitzt in deinem Zimmer fest und hoffst, dass dich nicht einer deiner Fans entlarvt?" Sie flüsterte und sah sich vorsichtshalber um, aber sie war allein.

„Ja, genau. Ich sitze in meinem Zimmer fest und allmählich fällt mir die Decke auf den Kopf. Lass mich dir helfen. Das ist für uns beide eine Win-win-Situation. Du musst nicht allein arbeiten, die Arbeit ist schnell getan und währenddessen überlegen wir, wie es mit Lucas und uns weitergehen kann."

„Ich kann dir eines versichern, die Arbeit wird nicht schnell erledigt sein."

„Umso besser, dann hast du wenigstens Gesellschaft. Vielleicht können wir dann auch endlich mal in Ruhe über alles reden und uns wieder kennenlernen. Ist vielleicht nicht die schlechteste Basis, wenn wir uns vertragen. Ich meine ja nur ..." Je länger er sprach, desto leiser wurde er. Sie hatte ihn gar nicht so zurückhaltend in Erinnerung. Die Vorstellung, den Abend nicht in absoluter Isolation zu verbringen, war verlockend, also gab sie kurzerhand klein bei.

„Von mir aus, auf deine Verantwortung. Du musst wissen, was du tust. Falls du auffliegst, streite ich ab, dich zu kennen."

„Ist in Ordnung. Aber mach dir keine Sorgen. Die Dunkelheit ist meine Verbündete oder wie man so schön sagt: Nachts sind alle Katzen grau."

„Ist schon gut. Du musst noch warten, bis alle anderen Feierabend gemacht haben. Ich melde mich kurz per Telefon, wenn die Luft rein ist. Du kannst dann zum Hintereingang kommen und ich lasse dich rein."

„Großartig. Du bist die Beste. Bis gleich."

Sie legte auf und begab sich in den Gästeraum. Irina wartete bereits darauf, von innen abzuschließen.

„Du klingst nicht nur besser, du siehst heute auch schon viel munterer aus. Das freut mich, zu sehen."

„Ja, ich fühle mich auch viel besser, lass dich kurz drücken. Ich habe hervorragend geschlafen, eine herzallerliebste Winterelfe hat mir Frühstück vor die Tür gestellt und im Krankenhaus hat sich bestätigt, dass ich die Stelle bekommen werde. Es gibt nur eine Bewerbung. Das ist meine. In ein paar Tagen können wir es krachen lassen und dann habe ich Urlaub. Ich hoffe, dass ich euch bis dahin nicht den letzten Nerv geraubt habe. Sobald ich Urlaub habe, könnt ihr euch hundertfach bei mir revanchieren."

„Das freut mich, zu hören, und sei gewarnt, wir nehmen dich beim Wort. Wie du schon selbst gesagt hast, gibt es bis dahin noch einiges zu tun. Lass uns keine Zeit verlieren. Je eher du anfängst, desto mehr Schlaf bekommst du."

Irina war sowieso ein Quell an Freude und Optimismus, heute konnte Carolina dieses Gefühl besonders mit ihr teilen.

„Ich habe dir das Mackowiec-Rezept und die Backanleitung ausgedruckt und laminiert. Martina ist bereits hinten in der Backstube und gibt dir noch ein paar Einweisungen. Geh schon, den Rest hier vorn schaffe ich alleine."

„Dann drücken wir mir mal die Daumen, dass alles gut geht. Kaum zu glauben, wie schwer unser Start damals war", raunte Carolina und begab sich wieder nach hinten in die Backstube, wo Martina ihren Sohn abgelöst hatte.

„Hi, Martina, da bin ich.“

„Hallo, Caro, startklar?“

„Ich hoffe. Ein bisschen nervös bin ich schon. Ich dachte immer, Natalie wäre diejenige von uns, die irgendwann mal in deiner Backstube wuselt.“

Martina lachte.

„Ich glaube, die jetzige Aufteilung ist nicht schlecht. Nick hat alles gut im Griff und sie wird sich nicht jahrelang für nichts mit dem Studium herumgeschlagen haben wollen.“

„Da hast du recht. Wo ist er überhaupt?“

„Sagen wir es mal so. Er leidet schon ein bisschen und hofft, dass du die Backstube nicht abfackelst und er morgen früh um zwei alles so vorfindet, wie er es vorhin verlassen hat. Irina hat ihm ihr Wort gegeben.“

„Uih, da fühle ich mich ja keineswegs unter Druck gesetzt“, bemerkte Carolina trocken.

„Mach dir keinen Kopf. Wir anderen sehen weniger schwarz. Außerdem bin ich oben in der Wohnung und du kannst mich rufen, für den Fall, dass es Probleme geben sollte, was ich aber nicht erwarte, denn ich zeige dir jetzt alles genau.“

Sie gingen durch die Backstube und Martina begann, zu erzählen.

„Hier drüben, dieser Bereich ist Nicks Arbeitsplatz. Dort hinten und in der Kühlzelle sind bereits die Teige und Massen für morgen vorbereitet. Bitte nichts anrühren. Hier auf der anderen Seite ist Irinas Arbeitsplatz. Hier darfst du loslegen.“ Auf dieser Arbeitsfläche lagen auch die Blätter mit der Backanleitung. Daneben standen zwei große Edelstahltöpfe mit Deckel. „Es ist alles sauber und vorbereitet. Irina hat dir schon den Mohn eingekocht, der muss nämlich acht Stunden stehen, und auch die Rosinen und Nüsse überbrüht und gehackt." Sie öffnete nacheinander die Deckel. „Alle anderen Zutaten findest du in dieser Kiste. Du kannst also gleich mit dem Teig loslegen. Du darfst sämtliche Schüsseln und Zubehör unter dieser Arbeitsfläche benutzen. Du musst es später sorgfältig abwaschen und abtrocknen. Die elektrischen Geräte, bis auf Handmixer und Ofen sind tabu. Haarnetze, Handschuhe, Schürzen, Handtücher, Verbandsmaterial", sie sah Carolina eindringlich an, „von dem ich hoffe, dass du es nicht benötigen wirst, findest du hier."

„Ich sehe schon, hier herrscht ein anderer Wind als zu Hause in meiner Küche."

„Selbstverständlich", erwiderte Martina mit stolzgeschwellter Brust.

„Kommen wir zum Ofen. Hier schaltest du ihn ein, hier tippst du die Gradzahl ein und hier kannst du den Timer starten. Du solltest aber auf jeden Fall selbst ein Auge darauf haben. Wenn alles klappt, hast du in ein paar Stunden sechs leckere Mohnstollen und weißt für die nächsten beiden Nächte, wie es geht."

„Ach, ich habe gerade das Gefühl, dass mir die Felle davonschwimmen. Was habe ich mir nur dabei gedacht?"

„Dass nichts über Frischgebackenes geht. Trau dich, ich bin mir sicher, du schaffst das. Zu guter Letzt, die Alarmanlage, der Strom und das Abschließen. Bitte schreibe dir genau auf, was ich dir jetzt erzähle."

„Du bist lustig. Ich mache die ganze Zeit nichts anderes."

„Na, dann kann doch gar nichts schiefgehen." Martina nickte ihr aufmunternd zu.

„Im Ernstfall werde ich mich melden, versprochen." Nur nicht nervös werden, wiederholte sie innerlich. Backen ist ein Handwerk. Ich gebrauche meine Hände und halte mich exakt ans Rezept.

Mit einem motivierenden „Gutes Gelingen!", überließ Martina ihr das Feld. Keine Viertelstunde später stand Carolina allein in der Backstube und sah sich nervös um. Sie inspizierte nochmals die Küchenutensilien und las ihre Notizen. Vielleicht wäre es, was das Drumherum anging, vorteilhafter gewesen, die Mohnstollen zu Hause zu backen. Aber hier hatte sie nicht nur erfahrene Backprofis, die ihr alles haarklein vorbereitet hatten, sondern auch hochwertigeres Equipment. Jetzt hieß es nur noch: Ran an den Teig.

Zuerst schrieb sie Phillip eine Nachricht. Dann legte sie die Arbeitskleidung an und begann, den Inhalt der Kiste mit der Zutatenliste im Rezept abzugleichen. Gleich darauf vibrierte ihr Handy.

Antwort von Phillip:

Bin da. Lässt du mich rein?

Sie lief zum Hintereingang, öffnete die Tür und er stand ihr in seiner bärtigen Verkleidung gegenüber.

„Hi", begrüßte sie ihn. Es war ein seltsames Gefühl, wieder auf ihn zu treffen.

„Wie kann ich helfen?"

„Am besten hilfst du mir erst einmal, wenn du dich dort hinsetzt", sie zeigte auf einen Hocker. „Vorher musst du aber deine Hände waschen, die Dinger über die Schuhe ziehen, das über den Kopf und die hier auch noch." Sie zeigte zuletzt auf eine Schürze. „Ich habe gerade eine fast militärische Einweisung erhalten. Nichts anrühren, ich muss alles so verlassen, wie ich es vorgefunden habe."

„Du kannst dich darauf verlassen, dass ich nichts ohne deine Erlaubnis anfassen werde."

Carolina nickte und las sich die Backanweisung durch, während Phillip sich seines Bartes entledigte.

„Der Mohn für die Füllung ist bereits gekocht. Die Rosinen-Nuss-Mischung ist auch bereits fertig. Dann fangen wir mal mit Butter und Zucker an. Da haben wir gleich die erste Aufgabe für dich."

Während Phillip eifrig Butter und Zucker schaumig schlug, begann Carolina damit, die Eier zu trennen. Sie arbeiteten zügig und akkurat und hatten bereits nach knapp einer halben Stunde die Mohnmischung fertig.

„Danke für die Tasche mit Lucas' Sachen. Es war sehr aufwühlend, all die Dinge durchzusehen. Großartig und kaum zu fassen, dass du so viel aufgehoben hast."

Es war der erste Versuch eines Gesprächs, der sich entspann, während die Hefeteigmischung an einem warmen Ort gehen musste.

„Du kannst es Fluch oder Segen nennen. Ich habe viel aufgehoben und in Kisten sortiert. Alles steht gut beschriftet zu Hause im Keller. In viele der Kisten habe ich schon seit Jahren nicht mehr hineingeschaut. Auch für mich war es sehr aufwühlend, dir die Tasche zu packen." Sie rieb sich mit dem Handrücken über die Stirn. „Zuerst war ich total sauer auf dich, dann habe ich mich für Lucas gefreut und zwischendrin überkommt mich immer wieder die Panik, dass unser bisheriges Leben jetzt einfach so vorbei ist. Du bist ein Weltstar, jeder kennt dich. Du kannst dich nicht ewig verstecken und irgendwann muss ich auch meine Familie einweihen. Lucas hat seiner Oma übrigens schon erzählt, dass ich seinen Vater gefunden habe." Phillip wollte etwas sagen, aber Carolina hob die Hand, um ihn zu bremsen. „Ich weiß einfach nicht, wie ich mit deinem Ruhm umgehen soll. Der wird doch Auswirkungen haben und dann stehen wir plötzlich im Rampenlicht. Das will ich für Lucas nicht. Er soll normal aufwachsen. Wie hältst du das aus, kein normales Leben zu führen?"

Phillip saß einen knappen Meter entfernt auf dem Hocker.

„Ich verstehe dich nur zu gut. Deshalb habe ich mich auch schon den ganzen Tag juristisch schlaugemacht. Wir können veranlassen, dass sämtliche Berichterstattung über dich und Lucas für die Presse tabu ist. Die Strafen gegen Verstöße können so immens sein, dass niemand es wagen wird, sich zu widersetzen, sagt mein Anwalt." Er stand auf, reckte sich und begann, um den Hocker herumzuschreiten. „Mein Anwalt hat mir auch geraten, dich nicht weiter zu bedrängen und den Zeitpunkt des Kennenlernens vollkommen dir zu überlassen. Er meinte, es würde dir vielleicht die Feiertage versauen." Er sah sich um und schien nach den richtigen Worten zu suchen. „Findest du, dass ich dich bedränge? Wäre es dir lieber, wenn ich wieder abreise?"

„Die Frage kommt reichlich spät."

Sie machte eine lange Pause und warf einen Blick auf die Hefeteigmasse. Die Mischung schäumte noch nicht.

„Wie gesagt, im Krankenhaus hätte ich dich am liebsten zum Mond geschossen. Aber mittlerweile hat sich die Welt weitergedreht, Dinge haben sich verändert und jetzt denke ich, dass es besser ist, wenn du noch ein paar Tage bleibst und wir die Begegnung mit Lucas nicht ewig hinauszögern." Sie drehte sich zu Phil um und sah, wie eine enorme Anspannung von ihm abfiel.

„Wie habe ich deine Meinung geändert?"

„Lucas hat meine Meinung geändert. Ich war unvorsichtig und habe deine Nachricht laut abgehört. Ich dachte, er sei außer Hörweite, aber da lag ich falsch. Er hat mitgehört und schnell kapiert, worum es ging."

„Und was hat er gesagt?" Phillip griff sich fassungslos an die Stirn.

„Er hat sich gefreut."

„Echt?"

„Ja und er hat mir Löcher in den Bauch gefragt, die ich alle, so gut es ging und seinem Alter entsprechend, beantwortet habe. Ich habe dich nicht in die Pfanne gehauen, falls du Angst davor hattest."

„Nein, davor nicht, also nicht so große."

„Wovor dann?"

„Zum Beispiel, dass er wütend ist und mich nicht sehen will."

„Phil, er ist sieben und er wünscht sich nichts sehnlicher als einen Papa."

Sie zog die Teigschüssel zu sich, gab die restlichen Zutaten hinein und begann damit, einen elastischen Teig zu kneten. Eine gute Möglichkeit, die Anspannung in sich loszuwerden.

„Wieso hast du keinen Partner?"

Seine Worte verpassten ihr einen Stich in der Brust und sie fühlte sich zu Unrecht verurteilt.

„Glaube nicht, dass ich es nicht jahrelang versucht habe. Es hat aber nicht funktioniert mit den Männern und ich habe meine Lektion gelernt. Nur weil es mit uns beiden oder irgendeinem anderen Typen auf Beziehungsebene nicht geklappt hat, bin ich doch keine schlechte Mutter!“ Sie knetete den Teig so intensiv, als trüge er sämtliche Verantwortung für diese Misere.

„Es tut mir leid. Ich wollte dich nicht verärgern oder deine Fähigkeit infrage stellen. Du bist eine großartige Mutter, dafür lege ich meine Hand ins Feuer. Ich bin nur ein lausiger Vater.“

Sie hörte seine Worte, erwiderte aber nichts, sondern begann eifrig damit, gleichmäßige Teigklumpen aus der Masse zu formen.

„Ich glaube, dass du das gar nicht beurteilen kannst.“

„Was genau?“

„Ob du ein lausiger Vater bist. Dafür musst du es erst einmal versuchen.“

„Und wann denkst du, wäre der richtige Zeitpunkt, damit anzufangen?“

„Wenn ich die Zeit bis Weihnachten überstanden habe, von mir aus. Vorausgesetzt, du willst und kannst so lange bleiben.“

„Ich habe Rückendeckung von meinem Management.“ Phillip zückte sein Smartphone und öffnete eine NEWS-Seite. „Hier, ich bin erst einmal für eine Weile weg vom Fenster.“

„*Phil Damians taucht ab – Neues Studioalbum wird in Kanada produziert*“, las Carolina vor und formte den letzten Teigklumpen zurecht. „So lange willst du in Einzelhaft bei Janssens hausen? Das ist eine harte Nummer.“

„Das soll jetzt nicht abgehoben oder so klingen, aber das ist es mir wert. Ich kann zwar nicht nachholen, was ich verpasst habe, aber mich ab jetzt richtig reinknien. Dass es nicht immer leicht werden wird, ist mir bewusst, und für die vielen schlaflosen Nächte, die du bestimmt hattest, bewundere ich dich sehr. Du bist stark und erfolgreich, obwohl ich ...“

„Obwohl du was?“

„Obwohl ich so ein Arsch war.“

Carolina ging nicht weiter auf seine Bemerkung ein, sondern suchte sich eine Teigrolle unter dem Arbeitstisch. „Traust du dir zu, die Teigkugeln gleichmäßig flach auszurollen? Etwa so breit wie deinen kleinen Finger.“

Sie reichte ihm das Nudelholz und ging hinüber zum Backofen, um ihn vorzuheizen, wie es in der Anleitung stand. Nachdem Phillip fertig war, gab sie die Mohnmischung auf die ausgerollten Teigfladen.

„Und jetzt?“, wollte er wissen und naschte etwas von der restlichen Mohnfüllung.

„Jetzt müssen wir die irgendwie zusammenrollen und in Backpapier einwickeln. Schon mal gemacht?“

„Darf ich mal kurz lachen? Natürlich nicht.“

„Mach dir nichts draus, ich auch nicht.“

Sie beratschlagten eine Weile und waren kurz darauf selbst überrascht, wie professionell sie die Arbeit hinbekommen hatten.

„So, die jetzt in den Ofen und wir zwei an den Abwasch oder bist du etwa schon müde?“

Dann warf sie das gebrauchte Geschirr und Besteck in die große Edelstahlspüle, ließ heißes Wasser und reichlich Spülmittel einlaufen. Schnell wuchs ein weißer

Schaumberg heran, dem sie ihre volle Aufmerksamkeit widmete.

„Von wegen müde. Ich laufe gerade erst warm." Phillip stellte sich neben sie, zog eines der Küchentücher vom Stapel und trocknete ab.

„Apropos warmlaufen. Ich muss diese Nummer morgen und übermorgen noch mal durchziehen. Hast du Lust wieder zu helfen?"

„Ehrlich? Klar, auf jeden Fall."

Die Stimmung zwischen ihnen war angenehm mild geworden, und während sie die Küche wieder blitzblank putzten und die letzten Minuten darauf warteten, dass die Mohnkuchen fertigbuken, fasste sich Carolina ein Herz.

„Phillip, du hast dich vorhin als Arsch betitelt, weil du dich damals falsch verhalten hast." Er blickte sie eindringlich an. „Ich muss dir etwas sagen und es fällt mir nicht leicht. Ich habe es noch nie laut ausgesprochen."

„Jetzt machst du mich neugierig."

„Ich war damals bis über beide Ohren verknallt in dich und hatte unsere gemeinsame Zukunft durch meine Rosabrille gesehen. Du mein Mann, ich im Krankenhaus. Ich hatte gehofft, dass du irgendwann das Interesse an der Band und vor allem den anderen Frauen verlieren würdest." Carolina starrte auf ihre Füße hinab, die in den weißen Schuhüberziehern steckten. „Als der Erfolg sich abzeichnete und du den Vertrag unterzeichnen wolltest, habe ich Panik bekommen und es auf die Schwangerschaft angelegt. Ich hatte so sehr gehofft, dass du dich dann für mich und eine Familie mit mir entscheiden würdest."

Phillip starrte sie mit offenem Mund an, erwiderte nichts. „Ich weiß, dass ich das nicht hätte tun dürfen." Phillip schwieg immer noch. „Trotzdem ist Lucas mein ein und alles und ich sehe ihn nicht als Fehler." Eine schwere Stille breitete sich wabernd in der Küche aus, Carolina und Phillip schienen wie erstarrt und erst der Backofen-Timer löste die Situation wieder.

„Danke, dass du es mir erzählt hast." Sie standen unschlüssig in der kalten Nachtluft hinter dem Caféhaus. Carolina zuckte hilflos mit den Schultern. Sie fühlte sich schrecklich und wusste nicht, was sie in diesem Augenblick sagen sollte. Sie schämte sich.

„Er ist definitiv kein Fehler." Langsam hob sie ihren Blick. Seine Lippen bewegten sich unter dem falschen Bart und ließen ihn zucken, er versuchte offenbar noch, etwas zu sagen. Sämtliche Muskeln in ihrem Körper spannten sich an.

„Ich habe dir nie etwas vorgemacht. Aber dass es dir so ernst war, habe ich nicht bemerkt. Ich hätte mich nie gegen die Musik entschieden."

„Ich weiß", flüsterte Carolina.

„Wie ist es jetzt?", fragte er etwas verlegen.

„Was meinst du?"

„Bist du immer noch verknallt?"

„Quatsch keinen Blödsinn, nein. Die Zeiten sind vorbei." Sie antwortete ruhig und freundlich. Tippte aber immer wieder mit der Stiefelspitze in den Schnee. Sekundenlang standen sie sich schweigend gegenüber, lächelnd. Ihr Atem stieg in dichten Wolken in den Nachthimmel auf, bis Carolina diesen seltsamen Moment abrupt beendete.

„Soll ich dich an der Pension absetzen?"

„Nein. Ich gehe zu Fuß. Jetzt ist Weidingen so ausgestorben, dass ich mir einen entspannten Winterspaziergang gönnen kann. Nachts sind schließlich alle Katzen grau.“

„Bist du böse auf mich?“

„Nein. Es ist okay, wie es ist. Schlaf gut.“

„Dann komm gut heim und danke für deine Gesellschaft“, verabschiedete sich Carolina und stieg ins kalte Auto. Müde fuhr sie die kurze Strecke bis zum Gutshof durch die Dunkelheit, stellte den Wagen ab und begab sich erschöpft in die Wohnung. Sie ließ den Abend immer wieder Revue passieren und fühlte sich trotz aller Scham erleichtert, ihm die Wahrheit gesagt zu haben. Er war sehr gefasst mit dieser Neuigkeit umgegangen. Ob sie immer noch verknallt in ihn war, hatte er wissen wollen. Carolina hielt den Atem an und horchte intensiv in sich hinein, aber da war nichts. Keine Liebesgefühle mehr für Phillip, aber womöglich eine gute Basis für eine Freundschaft. Sie erinnerte sich daran, wie die Leute im Krankenhaus über ihn gesprochen hatten, auch ihre Kolleginnen. Sie würde mit Sicherheit zum Feindbild avancieren, wenn sich die Geschichte erst herumsprach. Völlig grundlos, denn wahrscheinlich war sie das einzige Wesen, das sich mittlerweile gegen die Phil-Damians-Aura immun zeigte.

14 – Fieber

Am nächsten Tag wurde Carolina bereits am Morgen von Kopfschmerzen geplagt. Dennoch fuhr sie, von der eigenen Leistung motiviert, zum Dienst und fand sich am Abend für die nächste Runde in der Backstube ein. Phillip gesellte sich wieder dazu und gemeinsam brachten sie die Arbeit schnell zu Ende. Während der Backofen seine Arbeit tat, kamen sie wieder ins Gespräch.

„Erzählst du mir jetzt, warum du die Kuchen backen musst?", wollte Phillip zwischendrin wissen.

„Ich habe mich verkalkuliert. Als es darum ging, eine Weihnachtsfeier auszurichten, habe ich mich etwas aus dem Fenster gelehnt und versprochen, mich zu kümmern. Im Gegenzug habe ich zwei Wochen Urlaub am Stück ergattert. Es war auf den ersten Blick ein guter Deal, weil ich damals dachte, dass ich nur ein paar Anrufe erledigen müsste, und dann wäre die Sache geritzt. Ich sitze hier direkt an der Quelle und bin davon ausgegangen, dass Irina und Nick sich über den Auftrag freuen würden."

„Aber?"

„Ich habe es verpennt und dann waren die Auftragsbücher voll. Nicht nur im Caféhaus, sondern auch in allen anderen umliegenden Geschäften. Irina hat mir mit ein paar Telefonaten ausgeholfen, aber einen Backauftrag konnte sie nicht noch annehmen."

„Aber sie hat dir die Backstube überlassen?"

„Ja und sie hat alles idiotensicher vorbereitet, wie man am gestrigen Ergebnis sehr gut feststellen konnte. Wenn die Stollen eingepackt sind, halten sie sich über eine Woche, die lassen sich gut vorbereiten." Carolina grinste. „Ich finde es gut, dass wir so gut miteinander reden können."

„Ich auch."

„Aber viel von dir und deinem neuen Leben hast du noch nicht erzählt."

„Was gibt es da zu erzählen? Ich sitze in meinem Zimmer, versuche ein paar neue Songs aufs Papier zu bringen und stimme mich mit meinem Management ab. Denn wie du weißt, sitze ich gerade in einem kanadischen Tonstudio."

„Macht ihr das öfter so?"

„Manchmal, Marketingstrategie eben. Du kannst dir vorstellen, dass es nicht sinnvoll ist, immer live mitzuteilen, wo man gerade unterwegs ist. Es sei denn, es sind Konzerte oder Fernsehshows."

„Ja, wahrscheinlich würden dir die vorrangig weiblichen Fans die Bude einrennen."

Er antwortete nicht darauf.

„Wie ist das mit den Frauen?"

„Was genau meinst du?"

„Kannst du dich immer noch nicht festlegen ...?"

„Ich habe nicht die letzten acht Jahre in Enthaltsamkeit gelebt, wenn du das meinst."

„Entschuldige, es geht mich nichts an. Ich weiß nicht, was gerade in mich gefahren ist."

„Ist schon gut. Ich habe nichts zu verbergen. Du kannst mich fragen", bot Phillip an, aber Carolina winkte ab. Ihre Kopfschmerzen hatten sie schon über den gesamten Tag begleitet und gerade in diesem Moment noch einmal zugelegt.

„Ich muss unbedingt ins Bett.“ Erschöpft fuhr sich Carolina mit dem Handrücken über die Stirn und war froh, als sie die Backstube abschlossen.

Doch die Nacht brachte nicht die erhoffte Besserung. Im Gegenteil. Von Fieber und Schmerzen geplagt musste sie sich schließlich krankmelden und blieb im Bett. Über die nächsten Tage lag sie mit einer ordentlichen Erkältung flach. Sie trank Tee, schlief die meiste Zeit und hatte nicht einmal die Kraft an Kuchen, ihre Beförderung oder Phillip zu denken. Carolina war raus.

Erst am Sonntag war sie den ersten Tag fieberfrei. Mehr als sich anzuziehen und eine Maschine Wäsche anzustellen, war sie aber nicht fähig zu leisten. Sie lag auf dem Sofa, ließ sich von Serien berieseln und trank Tee. Zwischendurch schrieb sie Nachrichten mit Melli, Phillip, Nick und Irina. Letztere wünschte ihr einen schönen dritten Advent und fragte, ob sie schon eine halbe Stunde Besuch vertragen könnte. Carolina konnte, und wenig später leisteten ihr Lucas und Irina ein wenig Gesellschaft.

„Schön, dass es dir wieder besser geht. Dich hatte es ja mächtig aus den Schuhen gehauen“, bemerkte Irina. Sie stellte eine Packung Tee und ein paar selbst gemachte Pralinen auf den Tisch.

„Ja, schau dich bloß nicht um.“ Müde zeigte Carolina auf das Chaos im Wohnzimmer.

„Als ob es mir darum ginge. Es war wohl alles ein bisschen viel in der letzten Zeit, was?“

„Ja, war es. Aber weißt du, was faszinierend ist. Seit ich krank bin, regt mich das alles gar nicht mehr so auf. Ich bin mir sicher, dass ich in ein, zwei Tagen wieder auf den Beinen bin, und dann geht alles seinen gewohnten Gang."

„Gute Vorstellung, aber übernimm dich nicht gleich wieder. Wenn du etwas brauchst, sag Bescheid."

„Das mache ich. Aber ich denke, ich komme klar. Allein, dass Lucas bei euch ist, ist so eine Erleichterung. Für mich natürlich, aber auch für ihn. Bei euch ist er gut beschäftigt. Ab nächste Woche wird alles nachgeholt."

„Da gibt es noch etwas, was ich dir sagen will", begann Irina etwas leiser.

„Er spricht die ganze Zeit davon, dass sein Papa an Weihnachten zu Besuch kommt, und ich weiß nicht, was ich darauf antworten soll. Stimmt das etwa?"

„Oh Mann, Irina. Es ist ziemlich kompliziert. Ja, ich bin mit Lucas' Vater in Kontakt und wir haben schon überlegt, wie und wann Lucas und er sich kennenlernen können. Es soll natürlich in angemessenem Rahmen geschehen und uns alle nicht überfordern. Falls er fragt, kannst du ihm sagen, dass ich mich kümmere, aber mach ihm keine Versprechungen."

„Das würde ich sowieso nicht tun. Allerdings muss ich gestehen, dass auch ich sehr neugierig bin. Immerhin hast du dich all die Jahre konsequent ausgeschwiegen und nun hast du dich einfach so auf die Suche nach ihm gemacht."

„Habe ich gar nicht. Die Initiative ging von ihm aus und ich versuche, im Interesse unseres Kindes alles richtig zu machen. Es liegen aber noch jede Menge Felsbrocken im Weg, über die ich noch nicht sprechen kann."

„Solche Geschichten sind niemals einfach. Ich bewundere deinen Mut und deine Kraft."

„Danke für deinen Zuspruch", entgegnete Carolina und überlegte für einen kurzen Moment, Irina schon jetzt ins Vertrauen zu ziehen, aber da kam Lucas ins Wohnzimmer. Er trug einen prall mit Spielzeug gefüllten Rucksack über der Schulter.

„Ich bin fertig."

Carolina schmunzelte. „Solltest du nicht ein paar Anziehsachen mitnehmen?" Er verzog das Gesicht. „Wartet kurz. Ich packe dir schnell etwas zusammen."

Nachdem Irina und Lucas gepäckbeladen die Wohnung verlassen hatten, verkroch sich Carolina wieder ins Bett. Der Besuch hatte sie viel mehr angestrengt, als sie vermutet hätte. Sie war erschöpft und fühlte, dass ihre Temperatur wieder stieg. Da half nur eins. Schlafen.

***

Ab Mittwoch ging es dann tatsächlich wieder besser. Sie ging zwar noch nicht zur Arbeit, aber es stellte sich etwas Alltag ein. Lucas' Übernachtungsausflug wurde beendet und sie genoss die Zeit mit ihm zu Hause. Farbach hatte sich zwar ernst, aber verständnisvoll gezeigt. Sie war telefonisch so mit ihm verblieben, dass sie auch am Donnerstag und Freitag zu Hause bleiben konnte. Sie hatte mehr als genug Überstunden zur Verfügung.

„Zur Weihnachtsfeier sehen wir uns aber?", hatte er nochmals nachgefragt.

„Natürlich." Warum er nochmals nachgefragt hatte, war offensichtlich gewesen. Abgesehen vom Catering durfte sie nicht fehlen, wenn er seine Rede hielt und ihr gratulierte.

Den Donnerstag verbrachte Carolina mit Organisation. Sie saß in der Küche, trank Tee und telefonierte aus ihrer improvisierten Zentrale. Neben ihr lagen Stifte und Schreibblock, auf dem sie alles akribisch in einer Liste notierte.

Ganz oben standen die Mohnkuchen. Die hatte sie abgehakt. Aus achtzehn Mohnstollen waren zwar nur zwölf geworden, aber mittlerweile sah Carolina die Angelegenheit einen Hauch gelassener. Sie konnte es sowieso nicht mehr ändern.

Es folgten die Getränke und sie wählte Nicks Nummer.

„Hi, Nick."

„Hi, Caro, na wieder auf dem Damm?"

„Ja, so halbwegs. Ich rufe wegen der Getränke an. Können wir die morgen Vormittag abholen fahren?" Es blieb eine Weile still auf der anderen Seite.

„Nick?", fragte sie nach, als sekundenlang keine Antwort ertönte.

„Verdammte Hacke, Caro, ich habe es vergessen und Natalies Studienkollege Tobi hat noch immer den Wagen für seinen Umzug." Sie hörte in seiner Stimme, dass es ihm furchtbar leidtat. Ihr Magen zog sich zusammen und sie begann nervös, die Kästchen auf dem Schreibblock mit ihrem Kugelschreiber auszumalen, während sie darauf wartete, dass Nick weitersprach.

„Du, ich kläre das mit Natalie und Tobi. Mach dir keine Sorgen. Wir kriegen das hin."

„Okay, ich versuch's", erwiderte Carolina und atmete tief durch.

„Wirklich, ich kläre das und melde mich im Laufe des Tages bei dir.“

Sie legten auf und sie notierte an der Stelle, an der sie gern ein Erledigt-Häkchen gemacht hätte, zwei dicke, großgeschriebene R. Rückruf.

Sie wählte die nächste Nummer auf ihrer Liste.

„Guten Morgen, Metzgerei Wilbers, Wilbers am Apparat, was kann ich für Sie tun?“ Mit freundlicher, sonorer Stimme, in exakter Aussprache und akkurater Geschwindigkeit begrüßte die Chefin höchstselbst ihre Anruferin und hatte damit eine eigentümliche Wirkung auf Carolina. Augenblicklich drückte sie ihren Rücken durch und richtete sich auf.

„Guten Morgen, hier spricht Carolina Beeken. Ich rufe wegen meiner Bestellung für morgen an.“

„Beeken, einen Moment.“ Sie legte den Telefonhörer beiseite und Carolina lauschte für einige Minuten dem Arbeitstreiben in der Metzgerei, wobei sie nur Wortfetzen verstand und ihre Anspannung immer weiter zunahm. Was, wenn die Bestellung untergegangen war, ging es ihr durch den Kopf. Nervös griff sie nach ihrer Teetasse. Leer. Sie stand auf, stellte neues Teewasser an und hatte bereits das Gefühl, vergessen worden zu sein, als der Telefonhörer wieder aufgenommen wurde. „Entschuldigen Sie bitte“, erklang die angenehme Stimme von Frau Wilbers wieder. „Ja, Frau Beeken. Ihre Bestellung liegt vor. Wildgulaschsuppe und Pfifferling-Cremesuppe. Morgen Nachmittag zur Abholung. Hier steht allerdings keine genaue Uhrzeit.“

„Zur Abholung? Sind Sie sicher?“ Carolina wurde noch nervöser.

„Ja, hatten Sie etwas anderes vereinbart?“

„Soweit ich mich erinnere, schon. Die Suppen sollten in die Klinik nach Sankt Vith geliefert werden."

„Oh je, ich fürchte, das wird nicht möglich sein. Sie müssen das Essen abholen kommen." Tiefes Bedauern lag in Frau Wilbers' Stimme.

Carolina überschlug im Kopf. Wenn die Feier um achtzehn Uhr begann, dann sollte das Essen in den Töpfen nicht länger als eine halbe Stunde vorher da sein. Wenn sie Nick darum bat, dass sie die Töpfe unterwegs einsammelten, dann konnte er ihr sogar beim Tragen helfen.

„Was sind denn das für Töpfe. Wie lange hält die Suppe darin warm?"

„Ich kann Ihnen die Suppen in mobilen Cateringbehältern mit Stromversorgung bereitstellen, wenn Sie das möchten. Die sind isoliert und können dann vor Ort angeschlossen werden."

„Das klingt hervorragend. Die nehme ich gern in Anspruch und kümmere mich um die Abholung. Viertel vor fünf, wenn das okay ist."

„Gut, dann notiere ich das. Abholung Viertel vor fünf in mobilen Töpfen."

Zuletzt rief sie in der Klinik an und traf die letzten Vereinbarungen mit der Küchencrew. Den Rest des Tages ließ sie ruhiger angehen. Lucas kam direkt nach der Schule nach Hause. Sie kochte, leistete ihm Gesellschaft bei den Hausaufgaben, spielte mit ihm und war froh darüber, sich um nichts anderes mehr kümmern zu müssen. Lucas sog ihre Nähe auf wie ein Schwamm. Die gemeinsame Zeit tat beiden gut.

15 – Ein unerwarteter Kuss

Obwohl Carolina nicht zur Arbeit musste, klingelte der Wecker am Freitag so früh wie immer. Lucas hatte Schule und musste pünktlich zum Bus. Sie stand auf, bereitete ihm das Frühstück vor. Dann zog sie sich Jogginghose und Pullover über die Schlafsachen und band die ungekämmten Haare zu einem Pferdeschwanz zusammen. Es bemerkte sowieso niemand, wie sie aussah, wenn sie nicht aus dem Auto stieg, und das hatte sie auch nicht vor.

„Mama, darf ich heute nach der Schule direkt nach Hause gehen?" Lucas stellte seine Frage kurz bevor er aus dem Auto steigen wollte. An seiner Tonlage erkannte Carolina jedoch, dass er schon länger daran gearbeitet hatte.

„Warum denn? Ist was passiert oder hast du etwas Besonderes vor?"

„Das nicht, aber ich bin doch kein Baby mehr, dass ich immer bei Oma im Büro bleiben muss. Ich bin schon groß und kann auf mich alleine aufpassen."

„Woher kommt denn diese Wandlung."

„Das ist überhaupt keine Wandlung. Die anderen Kinder in meiner Klasse sind auch ständig allein zu Hause, wenn die Eltern arbeiten oder einkaufen sind."

„Die meisten Kinder in deiner Klasse haben ältere Geschwister, die zu Hause sind und auf die Jüngeren schauen."

„Nein, Nico und Konstantin sind auch immer alleine. Bitte, Mama."

„Und was machst du dann so lange, bis ich komme?"

„Ach, da fällt mir schon was ein. Lego spielen, Fernsehen, lesen. Wirklich, ich kann auf mich aufpassen. Außerdem ist der letzte Schultag. Ich muss nicht einmal Hausaufgaben machen."

„Du weißt, dass ich ausgerechnet heute bei der Weihnachtsfeier in der Klinik bin. Es wäre echt ungünstig, wenn ich da plötzlich wegmüsste. Du weißt schon."

„Ja, die Beförderungskarriere. Ich weiß. Ich stelle nichts an. Keine Sorge und falls doch irgendetwas ist, dann rufe ich bei Oma und Opa an oder gehe einfach rüber. Versprochen."

Carolina blickte ihren Sohn an, dann den Schnee auf dem Feld, der wie eine dicke Watteschicht im Schein der Laternen darüberlag. Sie wägte ab und kam zu dem Schluss, dass Lucas recht hatte. Er war so geduldig und folgsam in den letzten Wochen gewesen und ihren zusätzlichen Stress, die Schichten in der Backstube hatte er auch ertragen. Warum sollte sie ihm nicht diesen einen Wunsch erfüllen, zumal er ja nicht alleine auf dem Hof sein würde?

„Also gut. Du meldest dich bei Oma und Opa, wenn du wieder da bist. Die geben dir den Schlüssel, das spreche ich mit ihnen ab. Und du machst keinen Unfug, bis ich wieder zu Hause bin. Verstanden?"

„Verstanden!" Lucas' Augen glänzten vor Freude.

„Dann komm noch mal her, mein Großer, und drück mich noch mal." Carolina schnallte sich ab, zwängte sich etwas durch die Rückenlehnen nach hinten und zog ihren Sohn an sich heran. Sie sah ihm mit einer Mischung aus Stolz, Wehmut und Freude nach, als er ausstieg und die letzten Schritte zur Bushaltestelle zurücklegte.

Als sie zurück in die Wohnung kam, schloss sie die Rollladen und legte sich wieder hin. Sie hatte sich vorgenommen, so viel es ging, zu schlafen, damit sie nicht am Abend nachließ und die Feier vorzeitig verlassen musste. Aber obwohl sie jetzt loslassen konnte, fand sie keinen Schlaf. In ihrem Kopf tobten Phil, Farbach, Sinzenich, Lucas, Tim, Glühwein und Mohnstollen wild durcheinander. Je länger sie über alles nachdachte, desto nervöser wurde sie und desto mehr Gedanken machte sie sich darüber, was alles schief gehen konnte. Gegen zehn stand sie schließlich auf, kochte sich einen starken Kaffee und räumte Lucas' Frühstücksgeschirr beiseite. Auf der Eckbank fand sie ein fein säuberlich zusammengefaltetes Stück Papier. Sie öffnete es und bekam sofort wieder Schweißausbrüche. Es war Lucas' Weihnachtswunschliste. Oh nein, sie hatte bei all der Aufregung vergessen, sich um seine Weihnachtsgeschenke zu kümmern und nicht nur um seine, die gesamte Geschenkeliste, die sie bereits akribisch aufgeschrieben und sogar mit Beispielbildern bestückt hatte, war unerledigt liegen geblieben. Schon im Spätsommer hatte sie sich darangesetzt und nun hatte sie vergessen, die Weihnachtsgeschenke zu besorgen.

Sie las Lucas' Liste. Mit einer schnellen Handbewegung wischte sie ihre Tränen fort.

„Das Schlagzeug, stimmt." Damit hatte er ihr schon Mitte des Jahres in den Ohren gelegen.

Plötzlich hellte sich Carolinas Gesicht auf. Alles war machbar. Sie hatte es bis hierhergeschafft und heute Abend gab es etwas zu feiern. Sie würde den Vormittag nutzen und das Angenehme mit dem Nützlichen verbinden. Soeben war ihr eine grandiose Idee zugeflogen.

Sie durfte sich auch etwas gönnen und ihren Erfolg feiern. Warum sollte sie es sich nicht vorab für ein paar Stunden richtig gut gehen lassen? Es sprach nichts gegen einen Vormittag in einem Lokal, aber zur Abwechslung mal nicht im Caféhaus. Sie würde zu Ansgar Erla ins Sport-Bistro fahren und dort etwas Deftiges essen. Ab elf war der Laden geöffnet.

Sie lief ins Wohnzimmer, zog die Geschenkeliste aus ihrem Ablagefach und steckte sie mit Lucas' Wunschzettel zusammen in die Handtasche. Kurz bevor sie die Wohnung verlassen wollte, klingelte ihr Smartphone.

Nick. Stimmt, der wollte sich ja noch melden.

„Hi, Nick, alles im Plan?"

„Nein, nicht so richtig. Entschuldige, Tobi muss noch eine Tour für seinen Umzug erledigen. Er kann erst um ein oder zwei losfahren und mir den Transporter bringen."

Das Wort LOSFAHREN hallte nach. Sie getraute sich fast nicht, die notwendige Frage zu stellen, aber es gab keinen Weg daran vorbei.

„Von wo aus muss er denn losfahren?"

„Er ist in Aachen."

„Ach du meine Güte. Das schaffen wir ja nie!"

„Also, ich habe mir da etwas überlegt. Wie wäre es, wenn Tobi deine Getränkelieferung auf einem Weg mitbringt, dann holt er mich ab und wir holen die Suppen bei Wilbers. Wir liefern alles pünktlich in die Klinik. Siebzehn dreißig hattest du gesagt, oder nicht?"

„Ja, halb sechs sollten wir spätestens da sein. Um sechs geht es los."

„Caro, ich verspreche hoch und heilig, dass es klappen wird, und wir bringen extra Champagner mit, um später alle zusammen deinen Aufstieg zu feiern. Was sagst du? Der geht natürlich auf mich."

„Wie kann ich denn da noch Nein sagen?", hörte Carolina ihre eigenen Worte und atmete schwer. „Ist gut. Wenigstens haben wir einen Plan."

„Ich schicke dir nachher noch Tobis Nummer und ab und zu ein Statusupdate. Wird schon schief gehen."

„Hoffentlich nicht", antwortete sie und legte auf.

Nein, sie regte sich jetzt nicht auf. Eins nach dem anderen. Sie würde wie geplant zu „Erla" fahren, frühstücken und die Weihnachtsgeschenke bestellen – online mit Expresslieferung. Das Essen war vorbereitet und dank Nick und Tobi wurde alles in die Klinik geliefert. Die Klinikküchencrew stand auch bereit und unterstützte sie. Den Dreien sollte sie auch ruhig ein kleines Dankeschön zukommen lassen, dachte sie nebenbei.

Du musst auch mal loslassen, wiederholte sie wie ein Mantra, während sie die Treppenstufen hinunterlief, und allmählich wurde es besser. Sie betätigte den Türklopfer der Wohnung von Irina und ihrem Vater. Unmittelbar hinter der Tür schlugen Fiona und Aramis an. Ein gutes Zeichen, denn dann war auch Franz zu Hause. Einen Augenblick später wurde schon geöffnet. Ihr Vater stand in Mantel, Schal und Mütze vor ihr, die Hundeleinen in der Hand.

„Guten Morgen, wieder fit und auch noch so gut gelaunt? Hast du etwa im Lotto gewonnen?" Er sah sie überrascht an.

„Nicht ganz, aber es fühlt sich beinahe so an. Wenn ich den Tag heute überstanden habe, bin ich Oberärztin, habe Urlaub und ganz viel Zeit für mein Kind und für euch und für Familie allgemein. Dann kann Weihnachten kommen und ich kann es endlich in vollen Zügen genießen."

„So, so." Franz verzog spitzbübisch das Gesicht. Nebenbei öffnete er die Haustür weit und die beiden großen Schäferhunde drängten sich an Carolina vorbei in den Schnee. Dort tobten und spielten sie ausgelassen.

„Aber du kommst nicht nur deshalb vorbei, oder? Was kann ich denn für dich tun?" Franz sah seine Tochter fragend an.

„Lucas kommt nach der Schule allein nach Hause. Er fühlt sich zu groß für einen Nachmittag bei Oma im Büro und ich finde, dass ich ihm diesen Gefallen heute mal tun kann. Ich habe ihm gesagt, dass er sich bei euch den Schlüssel holen kann und dann oben in der Wohnung allein spielen und warten darf, bis ich komme. Er hat versprochen, dass er nichts anstellt und sich im Ernstfall bei euch meldet."

„Den Schlüssel kann er sich holen, kein Problem. Ich bin längst mit den beiden aus dem Wald zurück, wenn der Schulbus kommt."

„Und du bist auch den Rest des Tages hier, falls er Hilfe braucht?", wollte Carolina vorsichtig wissen.

„Aber sicher doch. Ich werde ein Auge auf ihn haben, aber ich glaube, du brauchst dir keine Sorgen zu machen. Er schafft das schon."

„Ich denke ja auch, dass es klappen wird. Dann bis später, ich muss noch ein paar Besorgungen machen. Danke!"

Sie umarmte ihren Vater, der zwar in die Jahre gekommen, aber immer noch ein kräftiger und groß gewachsener Mann war, dann stapfte sie durch den frischen Schnee zu ihrem Auto. Sie fegte den Schnee von

Dach und Scheiben, dabei wurde ihr ordentlich warm, aber sie fühlte sich wohl und lebendig dabei. Die Freude über ihre unerwartete Leistung in der Backstube, die Hilfe der Familie bei der Organisation des Essens und die anstehende Beförderung sorgten für eine andauernde Ausschüttung von Glückshormonen. Jetzt folgten noch ein leckeres spätes Frühstück und eine Online-Shopping-Tour.

„Warte, Caro, wolltest du den nicht mitnehmen?" Irritiert schaute Carolina auf. Franz war aus der kleinen Tür, die in das große Scheunentor eingelassen war, herausgetreten und hielt den riesigen Glühweinkessel aus Edelstahl vor seinem Bauch.

„Stimmt", sie schlug sich gegen die Stirn, „den hatte ich ja vollkommen vergessen."

„Los, mach mal den Kofferraum auf."

„Genau, dann ist das auch erledigt. Der kann ruhig eine Runde mit mir spazieren fahren. Danke, dass du daran gedacht hast." Sie küsste ihn auf die Wange und stieg dann endlich in ihr Auto ein.

***

Ansgar Erla öffnete gerade sein Lokal, das Sport-Bistro „Bei Erla", das viel mehr war als eine gewöhnliche Dorfkneipe. Im hinteren Bereich des Hauses trafen sich die Sportvereine, auch Lucas' Tischtennistraining fand hier regelmäßig statt und gern blieben die Senioren nach dem Training noch hier. Neben den Dart-, Skat- und Tischtennisspielern bediente er auch Laufkundschaft. Vormerklich Touristen, aber auch Einheimische, so wie Carolina, wenn sie sich eine Pause gönnten.

„Guten Morgen, Ansgar", rief sie ihm zu. „Ist die Küche schon warm?"

„Die Küche ja, Essen noch nicht. Schön dich zu sehen."

Sie begrüßten sich, Carolina suchte sich ein Plätzchen am Fenster und packte ihr Tablet, den Wunschzettel und die Einkaufsliste aus.

„Oh ha, mal wieder spät dran?" Ansgar, ein freundlicher Herr Mitte sechzig, zog die Brille herunter und linste darüber auf Carolinas Zettel.

„Ein bisschen, aber nichts, was nicht zu beheben ist. Internet und Online-Shopping sei Dank."

„Du gehörst jetzt also auch zu denen?" Er setzte seine Brille wieder gerade auf die Nase und griff sich gespielt leidend ans Herz.

„Nur einmal und ausnahmsweise", rechtfertigte sich Carolina.

„Dafür ist deine Liste aber ordentlich lang."

„Es steckt auch eine lange Geschichte dahinter."

„Ich bin ganz Ohr. Du weißt, du kannst mir alles sagen." Er grinste verschmitzt.

„Ich weiß, aber heute muss es geheim bleiben." Sie legte den Zeigefinger auf die Lippen, um ihre Aussage zu unterstreichen.

„Tja, dann muss ich mich wohl geschlagen geben. So viel neues dürfte nicht passiert sein, seit wir uns das letzte Mal gesehen haben. Ich finde übrigens, dass du grandios singst. Nick und du, ihr habt ein wunderbares Duett zustande gebracht. Mein Kompliment! Wie lange hast du gebraucht, bis du ihn dazu überredet hast?"

„Ich ihn? Es war andersherum. Aber es freut mich sehr, dass es dir gefallen hat. Ich war schrecklich nervös.“

„So kenne ich dich. Immer viel zu bescheiden.“ Dann tippte er mit dem Kugelschreiber auf seinen Notizblock. „Dann sage mir doch mal, womit ich dir etwas Gutes tun kann.“

„Weißt du was, ich nehme einen großen schwarzen Kaffee, ein Bauernfrühstück und ein Glas Sekt mit Orangensaft.“ Dabei grinste sie fast von einem Ohr zum anderen.

„Caro, Caro, du machst mich neugierig. Aber sei es drum. Ich werde mich in Unwissenheit fügen. Aber, der Sekt geht aufs Haus. Du hast es dir offenbar verdient.“ Ansgar schlug halbwegs passabel die Hacken zusammen, lachte und überließ Carolina ihrem Tablet und der Einkaufsliste.

Trotz der akkuraten Liste hatte Carolina erst knapp zwei Stunden später sämtliche Geschenke auf der Einkaufsliste gefunden und per Expresslieferung bestellen können. Das angegebene Lieferdatum war trotz unterschiedlicher Händler für Montag, den Dreiundzwanzigsten angegeben. Da sie dann schon zu Hause und in Urlaubsstimmung war, konnte sie die Lieferungen alle persönlich entgegennehmen. Sogar das Schlagzeug für Lucas war mit Eilzuschlag als lieferbar gekennzeichnet.

Alles fühlte sich so wunderbar an. Sie war am Ende einer langen Reise angekommen und nun begab sich jedes einzelne Puzzleteil an seine richtige Stelle. Carolina war stolz auf sich und natürlich auch auf die Familie, die ihr unter die Arme gegriffen hatte, und zu guter Letzt auch auf Phillip. Ja, sie war schrecklich wütend über sein Auftauchen gewesen und fand die Idee mit den toten Musikern alles andere als belustigend. Aber nun, nachdem sie bereits einige Zeit miteinander verbracht hatten, wusste sie, dass es richtig von ihm war und mit Sicherheit eine seiner schwersten Übungen, obwohl er als Star auf der Bühne vor Hunderttausenden Menschen auftrat.

In diesem Augenblick überkam sie das Bedürfnis, ihn anzurufen. Es klingelte einige Male, bis er das Gespräch annahm.

„Hi, Phillip – magst du Phil eigentlich lieber als Phillip?" Das hatte sie ihn bisher nie gefragt.

„Im privaten Rahmen lieber Phillip. Da fühle ich mich nicht immer in der Situation, performen zu müssen und für gute Laune zu sorgen. Es hat mir gut gefallen, dass du Phillip gesagt hast. Phil ist ein Künstler und den kann ich auf diese Weise auch mal abstreifen. Schön, dass du anrufst. Du klingst deutlich besser."

„Ich fühle mich auch viel besser. Ich esse sogar zur Feier des Tages auswärts. Mit Sekt."

„Stimmt. Die berüchtigte Weihnachtsfeier. Die geht aber erst abends los, wenn ich mich recht erinnere."

„Das stimmt. Aber nachdem jetzt alles in den richtigen Bahnen ist, habe ich mir Zeit für mich gegönnt."

„Und da rufst du mich an? Ich fühle mich geehrt. Wie schade, dass wir nicht gemeinsam beim Essen sitzen können." Die Enttäuschung in seiner Stimme war deutlich zu hören. Sie fühlte mit ihm. Er lechzte nach Abwechslung, traute sich aber nicht öfter als nötig vor die Tür und wollte vor allem keine Risiken eingehen.

„Mir ist eine Frage durch den Kopf gegangen, die wir noch gar nicht besprochen haben. Wie umfangreich kannst und willst du dich denn in Zukunft um Lucas kümmern? Welchen Aufwand, wenn ich es so nennen darf, kannst du gewährleisten?“

„Ich wollte es dir zwar persönlich sagen, aber wenn du schon so gut gelaunt bist und gezielt fragst, habe ich auch ein paar großartige Neuigkeiten.“

Sie lauschte gebannt in den Telefonhörer.

„Während der letzten Tage habe ich natürlich nicht nur faul im Zimmer gesessen. Ich habe mit meinem Management und den Anwälten gesprochen und mich nach Immobilien hier in der Nähe umgesehen. Ich habe vor, mich hier niederzulassen.“

Carolina schluckte. „Du willst hierher ins Dorf ziehen? Bist du dir im Klaren darüber, was das bedeutet?“

„Ich kann natürlich nicht die ganze Zeit hier sein. Aber wenn ich ein passendes Haus gefunden habe, kann ich dort ein Tonstudio und alles, was ich brauche, einbauen lassen. Die Wohnung in London bleibt natürlich. Hin und wieder ist es notwendig, dass ich rüberfliege.“

„Jetzt klingst du gerade wie Phil, nicht wie Phillip“, kommentierte sie seine Ausführungen. Die Idee, dass er sein Leben ändern, herziehen und in Lucas’ Nähe wohnen wollte, beeindruckte sie und sie gab einer inneren Eingebung nach.

„Phillip, wenn du magst, dann können wir uns gern am Wochenende auf ein erstes vorsichtiges Treffen einlassen. Was hältst du davon? Ich werde vorher in Ruhe mit Lucas darüber reden.“

Es herrschte Stille auf seiner Seite, dann hörte sie Phillip schwer atmen.

„Caro, du bist wunderbar!“

Sie verabschiedeten sich und Carolina blieb mit einem Gefühl vollkommener Zufriedenheit zurück. Sie schloss die Augen und hätte ihr Lächeln gar nicht abstellen können, selbst wenn sie es gewollt hätte.

„Du strahlst ja noch mehr als vorhin“, stellte Ansgar fest, als er wieder an ihren Tisch trat. „Darf ich dir noch etwas bringen?“

„Lass mich überlegen. Ja, einen Espresso nehme ich noch und dann könntest du mir vielleicht noch mit einer Idee aushelfen.“

„Ich? Schieß los, ich freue mich, dass du Wert auf meine Meinung legst.“

„Mir ist eingefallen, dass unsere Küchencrew aus der Klinik heute Abend ja auch Sonderschichten macht. Vielleicht sollte ich mich bei ihnen auch mit einem kleinen Präsent bedanken. Ich weiß, dass das im Grunde nicht meine Aufgabe ist, aber ich fürchte, wenn ich es nicht mache, dann macht es keiner und ich halte schließlich organisatorisch den Kopf hin.“

„Ich überlege mir etwas. Ich bin gleich wieder da und bringe dir deinen Espresso.“

Als er gleich darauf mit einer kleinen weißen Tasse auf dem großen Tablett zurückkam, lächelte er bereits.

„Bitte schön, der Espresso. Außerdem kommen hier ein paar gratis Anregungen des Hauses. Du könntest Wein oder Gutscheine für den Weinladen von Moni mitbringen. Pralinen von euch oder Blumen.“ Er verbeugte sich und legte ihr die Rechnung auf den Tisch.

„Vielen Dank, Ansgar, ich lasse es mir durch den Kopf gehen, obwohl Pralinen geradezu auf der Hand liegen. Darauf hätte ich auch selbst kommen können.“

Sie lächelte ihm nach und ließ ihren Blick wieder hinaus ins winterliche Weidingen wandern. Die alten, weihnachtlich geschmückten Fachwerkhäuser präsentierten sich in strahlendem Sonnenschein unter azurblauem Himmel, als sie plötzlich direkt in die freundlichen braunen Augen von Tim, dem tollpatschigen Touristen sah. Ihre Blicke hafteten aneinander und eine, wie ihr schien, unangemessene Freude über dieses unerwartete Wiedersehen regte sich in Carolina. Auch er schien sich über das Aufeinandertreffen zu freuen und bedeutete mittels Handzeichen seinen Wunsch, sich zu ihr hineinzusetzen. Carolina wurde noch wärmer ums Herz und sie nickte.

„Hallo, Caro, schön dich zu sehen. Ich hatte die Hoffnung schon fast aufgegeben, dass wir uns noch einmal treffen.“

„So? Wie kommst du dazu?“

„Nachdem du zuletzt bemerkt hattest, dass man sich hier stets und ständig über den Weg läuft, habe ich, das muss ich zu meiner Schande gestehen, die Augen offengehalten. Aber du warst wie vom Erdboden verschluckt. Ich dachte schon, du würdest mir aus dem Weg gehen.“

„Wie sollte ich das denn machen?“

„Im Gegensatz zu mir kennst du die vielen geheimen Schleichwege. Meine Ortskenntnis dagegen ist noch sehr begrenzt.“

„Trotz der vielen Spaziergänge.“ Sie lachte leise.

„Ja, deshalb freue ich mich gerade richtig, dich zu sehen.“

„Dabei kennen wir uns doch beide kaum.“ Carolina trank ihren Espresso, bevor er völlig abgekühlt war.

„Das stimmt. Aber trotzdem kann man sich sympathisch sein. Zumindest geht es mir mit dir so, und wenn ich das bemerken darf, scheinst du heute besonders glücklich zu sein.“

„Aha“, sie wartete darauf, dass er weitersprach.

„Ja, die ersten beiden Rempler, die ohne Zweifel auf meine Kappe gingen, mal nicht mitgezählt, hattest du bei unserem freundschaftlichen Nicht-Date eine besondere Traurigkeit in den Augen.“

„Gut beobachtet. Ich hatte viel um die Ohren. Aber, wo du es gerade ansprichst. Fürs Protokoll: Bei unserem NICHT-DATE“, sie legte besondere Betonung auf den Ausdruck, „hast du mich sitzen gelassen.“ Sofort wurde sein Blick schuldbewusst und sie lenkte ein. „Hey, nicht so schlimm. Es war doch kein Date. Und jetzt erzähle mal, so unter Freunden. Hat es mit der Wohnung geklappt?“

„Das erzähle ich dir sehr gern bei einem Spaziergang, wenn du Lust hast, mich zu begleiten.“

„Jetzt sofort?“

„Natürlich. Wer weiß, wann wir uns wiedersehen.“

Sie sah prüfend auf die Uhr, nickte, griff ihre Tasche und verließ das Sportbistro gemeinsam mit Tim. Sie wollte dieses wunderbare Gefühl, das sie seit einigen Stunden in sich trug, nicht aufgeben und es war ihr so, als könnte es noch eine Weile halten, wenn sie Tim begleitete.

„Wo lang sollen wir gehen?“ Er sah sie unternehmungslustig an.

„Am besten dort entlang, dann kommen wir am Caféhaus und am Fluss entlang. Zum Schluss landen wir wieder hier ..." Sie zeigte ihm die Richtung an und sie setzten sich in Bewegung.

„Musst du etwa noch arbeiten?"

„Nein. Alles erledigt. Nur noch ein paar Geschenkpralinen kaufen. ICH backe in diesem Jahr nicht mehr." Sie drehte ihm ihr Gesicht zu, zog aber sogleich die Nase kraus und schloss die Augen, weil die Sonne sie blendete. Tim gefiel ihr. Sehr sogar.

„Caro, die Bäckerin, backt nicht mehr."

Sie lachten, schlenderten eine Weile schweigend nebeneinanderher. Vielleicht ... ein aufregender Gedanke wollte sich in ihrem Kopf zusammenfügen, doch sie schüttelte ihn weg, dann lenkte sie wieder zurück aufs ursprüngliche Thema.

„Also, wie ist das nun mit der Wohnung?"

„Sie ist großartig. Drei Zimmer, großzügiges Bad, Einbauküche, akzeptabler Mietpreis, alles sauber. Ich bin hin und weg, ab dem ersten Januar könnte ich sie mieten. Den Schlüssel gibt es schon nach Weihnachten, wenn ich unterschrieben habe."

„Und so lange wohnst du noch in der Pension bei Janssens?"

„Ja, zumindest teilweise", erwiderte er und Carolina runzelte die Stirn. Erst Phillip, dann Tim, was war nur mit den Männern los? Weihnachten allein in einem Pensionszimmer stellte sie sich unsagbar traurig vor.

„Am Sonntag fahre ich erst einmal zurück nach Düsseldorf. Ich verbringe das Weihnachtsfest bei meinen Eltern. Feierst du auch?"

„Klar, mit der gesamten Familie und in diesem Jahr bei mir. Es gibt nämlich was zu feiern!"

„Ja, Weihnachten, habe ich doch gerade gesagt“, fügte er albern hinzu.

„Ja und noch einiges mehr. Kleine berufliche Verbesserung“, fügte sie fast schüchtern hinzu. Sie wollte nicht prahlen. „Unsere Familie feiert immer zusammen auf dem Gutshof. Das ist Tradition. Ach, schau mal, wir sind da“, unterbrach sie ihre Rede, als sie das Caféhaus erreichten.

„Brauchst du auch etwas?“

„Da sage ich nicht nein.“

Als sie eintraten, waren weder Natalie noch Nick oder Irina zu sehen. Wahrscheinlich aßen sie zu Mittag und nutzten, dass gerade nicht viel zu tun war.

„Hi, Kathi, wie gehts? Schön, dass du wieder fit bist.“

„Ja, das Gleiche kann ich dir auch sagen. Du siehst erholt aus.“

„Und dabei habe ich meinen Urlaub noch vor mir.“

„Du Glückspilz. Was kann ich denn für dich tun?“

„Ich hätte gern drei von den Geschenktüten mit Pralinen.“

„Klar!“

Carolina bezahlte und wartete darauf, dass Tim seine Bestellung aufgab.

„Eine große Tüte Zimtsterne? Was ist denn mit den letzten passiert?“

Er lächelte sie an und zuckte mit den Schultern, als hätte er keine Ahnung, wo sie abgeblieben sein könnten. Fügte dann aber hinzu: „Sie sind ausgesprochen lecker. Backst du die auch?“

„Nein, für Plätzchen und Pralinen ist ausschließlich Irina zuständig. Das ist nun wirklich nicht mein Metier. Aber ich koste und bewerte immer gern. Da bin ich ausgesprochen zuverlässig." Sie wusste nicht, warum sie Tim weiterhin im Glauben ließ, dass sie fest in der Bäckerei arbeitete, und nicht aufklärte. Vielleicht, weil sich das Zusammensein mit ihm auf diese Weise einfach anders, geheimnisvoller, besonders anfühlte?

Sie erreichten die Brücke, die über den kleinen Fluss führte, und blieben eine Weile darauf stehen, beobachteten das Wasser, wie es geräuschvoll zwischen der verschneiten Uferböschung entlang plätscherte. Carolina genoss diesen Moment der Ruhe und Vertrautheit sehr.

„Schau mal genau da durch", sie zeigte geradeaus zwischen zwei alte Fachwerkgiebel. „Dann siehst du die Straße, die sich den Hügel hinaufschlängelt, und Gut Beeken am Ende der Straße."

Er lehnte sich etwas zu ihr hinüber, was sie wohlwollend zur Kenntnis nahm und atmete sein dezentes Aftershave ein.

„Das Gut ist schon seit Generationen in Familienbesitz. Früher hat es mein Vater bewirtschaftet, nun verpachtet er, aber die Hundezucht betreibt er noch selbst."

„Aha, was denn für Hunde?"

„Belgische Schäferhunde", erklärte sie stolz.

„Wunderbare Tiere, die man zu führen wissen muss."

„Erweist du dich gerade als Hundeversteher?"

„So weit würde ich nicht gehen. Ich mag sie und komme gut mit ihnen klar. Als ich klein war, hatten wir einen Golden Retriever. Eine Seele von Hund."

„Wir müssen leider weiter", erklärte Carolina, nachdem sie einen kurzen Blick auf ihre Uhr geworfen hatte. „Mit dir vergeht die Zeit wie im Flug. Ich muss aufpassen, dass ich nachher nicht zu spät komme."

Sie lösten sich vom Brückengeländer und setzten ihren Weg fort. Wenige Minuten später erreichten sie Carolinas Auto.

„Es war ein sehr schöner Spaziergang mit dir, Caro", erklärte Tim und sah sie lange an.

Sie hätte in diesem Moment in seinen braunen Augen versinken können, fing sich aber noch rechtzeitig und erwiderte: „Und du hast mich nicht ein einziges Mal angerempelt."

„Das stimmt. Würdest du denn das Risiko eingehen, morgen noch einmal mit mir spazieren zu gehen?"

Sie schluckte und fühlte, dass ihre Herzfrequenz sich leicht, aber spürbar erhöhte.

„Wird das so etwas wie ein Spazier-Date?" Ihre Stimme wurde brüchig.

„Vielleicht?"

Schon wieder hingen ihre Blicke aneinander. Sie räusperte sich und fasste sich ein Herz.

„Falls ich mich für ein Vielleicht-Spazier-Date mit dir verabreden sollte, gibt es einen knallharten Faktencheck, den du bestehen musst, und wehe, du sagst nicht die Wahrheit."

Sie sprach ernst, aber in seinen Augen spiegelte sich hoffnungsfroher Glanz. „Ich bin bereit. Schieß los!"

Zackig feuerte Carolina ihre Fragen ab und ebenso schnell und ernst gab Tim seine Antworten.

„Bist du verheiratet?" – „Nein."

„Bist du in einer Beziehung?" – „Nein"

„Wie lange bist du schon Single?" - „Etwa ein dreiviertel Jahr."

„Gibt es eine verrückte Ex, die dich unbedingt zurückhaben will?" – „Nein."

„Hast du eine kriminelle Vergangenheit?" – „Nein."

„Bist du eher Realist oder Romantiker?" – „Romantiker."

Sie machte eine Pause und sah ihn noch einige Zeit prüfend an.

„Und, habe ich bestanden?", fragte er und schien dabei etwas nervös.

„Zumindest nicht durchgefallen", gab sie milde lächelnd zurück.

„Dann treffen wir uns morgen hier zur selben Zeit auf ein Vielleicht-Spazier-Date?" Er gab sich nicht die Mühe, seinen Optimismus zu verbergen.

„Ich denke schon."

„Großartig. Ach, könntest du das mal kurz für mich halten?"

Im nächsten Moment hielt er ihr die Tüte mit seinen Plätzchen vor die Nase, die sie reflexartig ergriff. Dann trat er vorsichtig einen Schritt auf sie zu, legte sanft seine Hände auf ihre Oberarme und beugte sich zu ihrer Wange. Carolina stockte der Atem. Tim war ein kleines Stück größer als sie, und während er sich zu ihr hinüberbeugte, raschelte das Papier der Plätzchentüte zwischen ihnen. Sanft berührten seine Lippen ihre Wange, es war nur ein Hauch von einem Kuss, aber er fuhr ihr angenehm bis ins Mark.

„Es war ein sehr romantisches Verhör", flüsterte er und löste sich wieder. „Bis morgen, Caro, ich freue mich sehr!"

Damit verabschiedete er sich und ging. Verdattert blieb sie stehen und sah ihm nach, wusste nicht, ob seine Aktion frech oder süß zu werten war. Dann bemerkte sie, dass sie noch immer die Tüte in den Händen hielt.

„Warte", rief sie ihm schließlich hinterher. „Deine Kekse!"

Er drehte sich um, lächelte und erwiderte: „Die sind für dich. Weihnachtsplätzchen, weil du doch nicht mehr backen willst."

„Danke", raunte sie, obwohl er bereits außer Hörweite war. Er hatte trotz aller guten Vorsätze ihre Aufmerksamkeit und ihr Interesse geweckt.

16 – Berufliche Veränderungen

Sie spürte dem angenehmen Kribbeln nach, das Tims sanfte und doch so vielversprechende Berührung auf ihrer Wange hinterlassen hatte. Erst als sie die Kälte in ihren Zehen zwickte, beschloss sie, ins Auto zu steigen. Sie musste sich schließlich noch für den großen Abend umziehen.

Lucas war zu Hause, hatte seinen Schulranzen in sein Zimmer verbannt und es sich auf der Couch vor dem Kinderfernsehen bequem gemacht.

„Hallo, mein Schatz, ich bin wieder da! Alles in Ordnung?" Sie beugte sich über die Couch und knuddelte ihn so heftig, dass er sich lachend aus ihrer Umarmung wand.

„Klar, was denkst du denn? Habe ich doch gesagt."

„Das freut mich, zu hören. Ich hoffe, du hast Hunger, ich mache dir ein Omelett zum Mittag."

„Gibt es auch Nachtisch?", stellte Lucas die ihm wichtige Frage.

„Ja, ich habe noch Eis und Früchte im Gefrierschrank."

„Lecker!", rief er aus, ohne sich jedoch von seinem Platz vor dem Fernseher zu entfernen.

„Hast du irgendwelche Zettel aus der Schule mitgebracht. Gibt es Neuigkeiten, die ich wissen sollte? Veränderungen nach den Ferien?"

„Nein? Warum fragst du?" Seine Stimme klang für einen Moment unsicher. Es schien, als befürchtete er, sie wisse bereits mehr als er.

„Nur so, man wird doch wohl noch fragen dürfen." Sie machte sich sofort daran, das Essen vorzubereiten. Immer wieder wanderten ihre Gedanken zu dem besonderen Moment mit Tim und sie genoss, dass es ihr gefallen hatte. Dieser Tag war so wunderbar, gab ihr Kraft und Zuversicht. Es fehlte nur noch ein Gospelchor, dessen Mitglieder in ihrer Küche in die Hände klatschend „Oh Happy Day" sangen. Bei dieser Vorstellung musste Carolina tatsächlich lachen und im nächsten Moment pfiff sie selber die Melodie, während sie die Eier aufschlug. Immer wieder stahlen sich Tim und dieser zauberhafte Hauch eines Kusses in ihre Gedanken und mit jedem Augenblick geriet ihr Herz mehr ins Schwärmen.

Sie beobachtete Lucas, der sein Omelett hinunterschlang, als wäre er kurz vor dem Hungertod, und sich das Eis hinterher umso genussvoller auf der Zunge zergehen ließ. Sobald das Schüsselchen restlos leergekratzt war, sprang er auf.

„Moment, wo willst du hin, junger Mann?" Carolina sah ihren Sohn mahnend an.

„Oh, was ist denn?" Lucas versuchte, durch überzeugend gespielte Ahnungslosigkeit um seine Arbeit herumzukommen.

„Keine Diskussion", erklärte sie ernst und tippte mit dem Zeigefinger auf den Tisch, wo Lucas' benutztes Mittagsgeschirr stand. Es hätte ihr nichts ausgemacht, sich allein um die Küche zu kümmern, aber glücklicherweise war sie nur gut gelaunt und nicht gleich verblödet. Sie wusste, dass es doppelt und dreifache Mühen erforderte, wenn sie erzieherisch nachlässig war.

Später als Carolina endlich in ihrem neuen Outfit im Wohnzimmer stand, mit Lucas die Regeln durchging, gab er sich verständnisvoller und einsichtig. Er hatte wohl Bedenken, sie könnte es sich noch einmal anders überlegen und dann dürfte er nicht allein in der Wohnung bleiben. Ihr Vortrag wurde durch das Klingeln ihres Handys verkürzt. Nick rief an. Du lieber Himmel, den hatte sie bei der Gefühlsduselei vollständig vergessen.

„Ja?", für einen Moment überfiel sie die Angst, es könnte doch noch etwas schiefgehen, aber er beruhigte sie.

„Statusmeldung für Kommandantin Caro. Tobi und ich haben die Getränke im Wagen, alles gekühlt. Wir fahren jetzt zu mir, dort lade ich die Backwaren ein und dann fährt er weiter zu Wilbers und holt die Suppen. Er ist bestens instruiert und weiß, dass es um Leben und Tod geht. Würdest du das bitte kurz bestätigen, Tobi?", fragte er an seinen Mitfahrer gerichtet und eine sehr tiefe Stimme ertönte im Hintergrund: „Jawohl! Leben und Tod!" Sie lachten beide und auch Carolina ließ sich anstecken. „Ihr seid großartig", antwortete sie gelöst.

„Treffpunkt in etwa vierzig Minuten an der Klinik. Wirst du da sein?"

„Ja, auf jeden Fall. Ich mache mich jetzt auf den Weg und zeige Tobi dann, wo die Sachen hinsollen."

„Alles, klar. Bis dann!" Nick legte auf und Carolina verabschiedete sich von Lucas. Eilig steckte sie noch die drei Pralinentütchen, an die sie rote Schleifen und je einen Tannenzweig gebunden hatte, in ihre Tasche. Dann verließ sie die Wohnung.

Auf dem Weg zum Auto blieb sie stehen, ließ den Blick über das verschneite Feld und den Waldrand gleiten. Der dunkle Himmel war klar und der Dezember-Vollmond auch *Kalter Mond* genannt, stand gut sichtbar, auffällig nah über den Baumwipfeln des anliegenden Waldes. Wie ein riesiger Ball in Sandbeige, auf dem sich in zartem Grauton die Oberflächenstruktur abhob, wurde er für Carolina zum Symbol für ihren Neuanfang. Sie fühlte eine nie da gewesene Verbundenheit und Glück. Ein weiteres Lächeln huschte über ihr Gesicht und sie genoss das Gefühl, dass sie auch hier das Richtige tat, wenn sie sich Tim etwas öffnete. Eine aufregende Vorfreude breitete sich in ihr aus, als sie daran dachte, ihn bereits am nächsten Tag wiederzusehen. Sollte sie Lucas zu diesem Spaziergang ebenfalls mitnehmen oder mutete sie ihm zu viel zu, wenn sich gleich zwei neue Männer, einer davon sein Vater, in ihr Leben mischten? Erzählen würde sie Tim auf jeden Fall von ihrem Sohn und hoffen, dass er sich nicht als Wolf im Schafspelz erwies. Vielleicht wusste er es auch schon, schließlich war es beim Adventssingen offensichtlich, dass Lucas zu ihr gehörte.

Als sie die Tasche mit den Präsenten in den Kofferraum legen wollte, fiel ihr der Glühweinkübel in die Hände, den sie den Tag über spazieren gefahren hatte.

„Herrje, den hatte ich ja ganz vergessen", tadelte sie sich selbst. Sie legte die Präsente auf die Rückbank, schrieb Irina eine Textnachricht, dass Lucas nun allein zu Hause war, und machte sich auf den Weg.

Vor der Klinik stand ein junger Mann. Er hatte Nicks Lieferwagen vor dem Haupteingang abgestellt. Der Motor lief. Aus dem Auspuff des Wagens und aus dem

Mund des Mannes stiegen Dunstschwaden empor. Der Mann, wohl Natalies Studienfreund Tobi, war von schmaler Statur. Er trat von einem Bein aufs andere und hielt die Arme dicht vor seiner Brust verschränkt. Er fror offensichtlich. Langsam fuhr Carolina heran und blieb neben dem Mann stehen.

„Hallo! Du bist Tobi, richtig?" Er nickte.

„Ich bin Caro, wartest du schon lange?"

„Ein paar Minuten nur", erwiderte er mit seiner beeindruckend tiefen Stimme und zog sich seine bunte Häkelmütze über die Ohren.

„Ich stell das Auto auf dem Parkplatz ab und bin gleich da." Sie legte den Gang ein, fuhr an, trat dann aber auf die Bremse und blieb stehen. Im nächsten Moment stieg sie aus dem Auto und holte den Glühweinkübel aus dem Kofferraum.

„Der bleibt gleich hier bei dir. Dann muss ich ihn nicht vom Parkplatz hierüber schleppen."

Tobi nickte und nahm ihr den Topf ab.

***

Die Küchencrew der Klinik hatte ordentliche Arbeit geleistet. Teller, Besteck, Gläser und Tische unter weißen Stofftischdecken waren vorbereitet und Tobi erwies sich als Naturtalent. Gerade als er die letzten Handgriffe erledigte und Carolina ein letztes Mal prüfend durch den Raum ging, betrat Direktor Farbach den Veranstaltungsraum, der sonst für Tagungen und Fortbildungen herhalten durfte. Er sah sich kritisch um und wendete sich dann lobend an seine Angestellte. „Frau Doktor Beeken, meine Liebe, Sie sehen mich beeindruckt. Sie sind nicht nur eine ausgezeichnete

Ärztin, sondern es steckt auch eine Menge zusätzliches Organisationstalent in Ihnen. Ich freue mich sehr darüber, dass wir Sie zu unserem Team zählen dürfen. Ich hoffe inständig, dass Sie diesem Haus noch lange erhalten bleiben." Mit diesen Worten strich er zurückhaltend über ihren Arm und ließ sie stehen. Es erforderte allerhöchste Disziplin, dass sie erst vor Freude quietschte und die flach zusammengefalteten Hände aufgeregt vor die Lippen hielt, als Farbach den Saal wieder verlassen hatte.

„Ist der nicht ein bisschen zu alt für dich? Wenn du ausgehen willst, frag einfach mich." Tobi blieb neben ihr stehen und grinste sie herausfordernd an.

„Sei doch nicht albern. So ist es nicht. Aber mein Chef war voll des Lobes und wird mich nachher zur Oberärztin befördern. Das wird man nicht alle Tage und ich freue mich. Dieser ganze Tag ist bisher wie ein Blaubeer-Muffin mit Zuckerguss und kann nur noch besser werden. Ich weiß gar nicht, wohin mit meinen Gefühlen."

„Ich stehe zur Verfügung." Tobi breitete seine Arme aus und Carolina musste lachen.

„Ziemlich platter Versuch. Lass mal stecken."

„Das hat man nun davon, dass man kein Blaubeer-Muffin ist." Tobi seufzte übertrieben und ließ die Schultern hängen.

„Du bist auch süß. Los, geh zurück in deinen Wald, Bambi. Der Abend ist jung. Du findest bestimmt jemanden, der ihn mit dir verbringen will."

„Bambi?" Tobi griff sich entsetzt an die linke Brust. „Es schmerzt, aber ich habe verstanden. Gegen Gandalf den Weißen haben ich keine Chance. Aber falls du es dir anders überlegst, hast du ja meine Nummer."

„Habe ich die?" Carolina konnte sich nicht erinnern.

„Gib mal dein Telefon." Sie rückte es heraus, entsperrte und sah zu, wie er ihr seine Telefonnummer eintippte. „Jetzt hast du sie definitiv!" Er zwinkerte und winkte zum Abschied.

„Warte!", rief sie ihm hinterher. Sofort blieb er stehen und blickte sich um. „Das ging schnell. Wie schön, ich bin sehr gern deine Begleitung."

„Sei nicht albern. Wie kommst du nach Hause?" Er kratzte sich verlegen im Nacken. „Mit dem Bus schätze ich. Ich übernachte bei Natalie ... und Nick", fügte er noch schnell hinzu.

„Hier", sie kramte zwei Geldscheine aus der Hosentasche. „Der ist fürs Fahren, du hast mich heute gerettet, und der andere ist für ein Taxi. Alles Weitere kläre ich mit Nick."

„Die Firma dankt. Es war mir eine Freude", erwiderte er und ging, nicht ohne sie noch einmal abwartend anzulächeln.

„Nein, heute nicht", erklärte Carolina gut gelaunt und sah ihm nach, als er pfeifend den Raum verließ.

„Seltsam", dachte sie.

Noch vor zwei Wochen hatte sie allen Männern auf ewig abgeschworen. Nun stand nach Jahren Phillip, der Vater ihres Sohnes, vor der Tür und wollte sich tatsächlich, mit allem was dazugehörte, der Vaterrolle annehmen. Sie hatte Tim getroffen und aus irgendeinem Grund war es ihm gelungen, ihr Herz für ihn zu erwärmen und die Chance auf mehr wenigstens in Erwägung zu ziehen. Sie hatte mit Tobi geflirtet und es hatte Spaß gemacht.

„Doktor Beeken, Sie tragen allen Ernstes eine lange Jeans?“, rief eine entsetzte Frauenstimme hinter hier aus. Es war Melli, die sich wie versprochen ordentlich in Schale geschmissen hatte. Ihr eng an der Taille anliegendes Kleid endete kurz über den Knien und präsentierte am oberen Ende Mellis üppigen und in Form gebrachten Busen. Die Haare trug sie in einer voluminösen Hochsteckfrisur und die hohen Absatzschuhe verliehen ihren schlanken Beinen eine beeindruckende Länge.

„Und du, Melli, willst dich wirklich so billig hergeben?“

„Von wegen billig“, begehrte Melli auf. „Ich sorge nur für eine ansehnliche Verpackung. Überlege selbst. Wenn zwei Geschenke unter dem Weihnachtsbaum liegen, eines sagen wir in dunklem unscheinbarem Papier, nicht einmal eine Schleife ist darumgebunden, und das andere glitzert und leuchtet verheißungsvoll, sodass du nur Augen für dieses Geschenk hast und du es unbedingt haben willst. Selbst, wenn in beiden Geschenken das gleiche drin ist, wird das wunderschön Verpackte das Rennen machen, denn du wirst dir nicht mehr die Mühe machen, in das andere zu schauen, wenn du das erste geöffnet hast.“

„Apropos Geschenke“, Carolina blickte auf die Uhr und wechselte nachsichtig das Thema, „ich muss mich noch beim Küchenteam bedanken, bevor es hier losgeht und ich es am Ende noch vergesse.“

Damit verabschiedete sie sich, um die Präsente zu verteilen, und fand sich erst wieder bei Melli ein, als sich der Saal bereits füllte und Melli aufgeregt mit einer Kollegin aus der Urologie den neuesten Tratsch austauschte. Zuerst wollte sie sich schon abwenden, aber dann fiel der Name Phil Damians und sie blieb interessiert bei den Frauen stehen.

„Jedenfalls soll die Kanada-Story purer Fake sein, und wenn wir ehrlich sind, wäre es auch viel aufregender, wenn eine von uns sein Herz zum Flimmern bringen könnte."

„Uuuuuh, besser ich als du", flötete Melli albern und erntete dafür einen schiefen Blick von ihrer Kollegin.

„Ich dachte, du bist auf Ärztefang? Woher der Sinneswandel", raunte Carolina ihrer Freundin zu, aber die andere hörte sie trotzdem und fuhr dazwischen.

„Dann könntest du ihn mir ruhig lassen. Ich bin mir sicher, dass ich endlich mal wieder einen Ausgleich zu meiner beruflichen Belastung brauche." Wieder giggelten die beiden wie Teenager.

„Könnt ihr mir kurz auf die Sprünge helfen. Wie kommt ihr zwei ausgerechnet darauf, dass sich Phil Damians zwischen euch entscheiden müsste?"

Die Urologie-Schwester zückte ihr Smartphone und öffnete die News-App.

„Bitte schön, laut neuesten Erkenntnissen treibt sich dieser Traum von einem Mann nicht in Kanada herum, um an neuen Songs zu schreiben, sondern durchforstet vor Ort die Immobilien, um sich ein teures Anwesen zuzulegen. Das wäre schon ein Ding, wenn der hier wohnen würde." Während die Urologie-Schwester in den höchsten Tönen von Phil zu schwärmen begann, überflog Carolina eilig den Artikel auf ihrem Telefon. Es wurden darin verschiedene Mutmaßungen und angebliche Belege für seine Anwesenheit im Hohen Venn zusammengetragen. Angefangen mit einem Burn-out über eine Therapie, um von einer bisher erfolgreich verheimlichten Drogensucht loszukommen. Ein Schicksalsschlag in der Familie und die Eifersucht einer Ex wurden ebenfalls als möglicher Grund genannt. Schon bald gäbe es weitere Informationen zu diesem Thema, das allen unter den Nägeln brannte.

„… und stell dir nur mal vor, du stehst in der Bäckerei und plötzlich steht er neben dir. Was würdest du tun? Bleibst du in der Defensive und wartest darauf, dass er dich zum Frühstück einlädt, oder gehst du volles Risiko und lädst ihn selbst ein?" Melli sah die andere herausfordernd an.

„Gut, dass ich diese Entscheidung nicht treffen müsste. Er würde mich definitiv von sich aus zum Frühstück einladen." Sie machte eine bedeutungsschwangere Pause, bevor sie amüsiert fortfuhr: „Anschließend würden wir uns gegenseitig vernaschen."

Das Klingeln des Löffels, den Farbach gegen sein Glas schlug, erlöste Carolina aus dieser skurrilen Unterhaltung. Das Stimmengewirr um sie herum verstummte und nun ruhte alle Aufmerksamkeit auf Professor Doktor Farbach, dem langjährigen Leiter der Klinik. Carolinas Spannung stieg merklich an, aber ihr Chef war kein Mensch, der sich gern kurzfasste, vor allem nicht an besonderen Events. Also lauschten alle Anwesenden über geschlagene fünfzehn Minuten seinem Vortrag. Der unter anderem bedeutende Ereignisse des letzten Jahres, Finanzen, Anschaffung neuer Untersuchungsgeräte und ausufernde Weihnachtsgrüße ans Kollegium beinhaltete. Endlich widmete er sich der Vorbereitung und Planung ebendieser Feier und fand ausgesprochen lobende und anerkennende Worte für das organisatorische Talent der lieben Kollegin Doktor Beeken, die überhaupt eine fähige Ärztin und ein tragender Pfeiler der Klinik sei, auf den sich das Kollegium jederzeit verlassen könne. Er klatschte applaudierend in die Hände, alle Anwesenden fielen ein und Melli stupste ihrer Freundin aufgeregt den Ellenbogen in die Seite.

„Gleich ist es so weit", flüsterte sie und Carolina richtete ihren Rücken noch weiter auf, lächelte glücklich in die Runde und lauschte Farbachs Worten.

„Womit wir nun auch schon beim nächsten wichtigen Thema des Abends angelangt sind. Wir verabschieden heute schweren Herzens unseren geschätzten Kollegen und langjährigen Mitstreiter Doktor Heribert Sinzenich in den wohlverdienten Ruhestand."

Erneuter Applaus, Sinzenich in maßgeschneidertem Anzug trat, auf einen Gehstock gestützt, neben Farbach. Sie betrachtete ihn überrascht. So gebrechlich hatte er bei seinem letzten Zusammentreffen mit Carolina gar nicht gewirkt.

„Im Namen der Klinik, der Kolleginnen und Kollegen und vor allem unserer Patienten möchte ich Ihnen für Ihr langjähriges, aufopferndes und wissenschaftliches Engagement danken. Wir wünschen einen erholsamen Ruhestand." Farbachs Sekretärin Merle wuselte unbeholfen einen Blumenstrauß hervor und reichte ihn ihrem Chef, damit dieser ihn an Heribert Sinzenich weitergeben konnte. Wieder gab es Applaus, Sinzenich trat zur Seite und nahm auf einem der bereitstehenden Stühle Platz.

„Ebenfalls möchte ich die Gelegenheit nutzen und nun offiziell die Nachfolge als Oberarzt in der Kinder- und Jugendmedizin verkünden. Die Entscheidung ist uns nicht schwergefallen, die Referenzen sprachen für sich. Begrüßen wir sehr herzlich und neu in unserem Team Doktor Tim Schneider, der als erfahrener Kinderarzt aus Düsseldorf zu uns in die Eifel kommt." Carolinas Unterkiefer klappte herunter. Was redete Farbach da? „Doktor Schneider? Wo sind Sie denn? Kommen Sie zu mir nach vorn bitte."

Carolina hörte Farbachs Worte, aber ihr Verstand setzte aus. Das Blut schien in ihren Adern zu gefrieren, sie zitterte wie Espenlaub und dann sah sie ihn. Tim. Tim, den tollpatschigen Touristen. Tim aus Nummer vier. Tim, der ihr noch vor wenigen Stunden einen Kuss auf die Wange gehaucht hatte und sich mit ihr für ein Vielleicht-Spazier-Date verabredet hatte. Er trug einen feinen Anzug, dazu eine Krawatte und ging in einer befremdlichen Selbstverständlichkeit zu Farbach, der ihm die Hand schüttelte und auf die Schulter klopfend gratulierte. Dieser Tim krallte sich gerade ihren Job. Welch ein Verrat.

„Caro, ist alles in Ordnung? Geht es dir gut?" Erst jetzt hörte sie Mellis besorgte Stimme und spürte deren Arm um ihre Hüfte. Carolina stand auf wackeligen Beinen. Der Applaus der Anwesenden schwoll zu einem unerträglichen Lärm an, ein breit grinsender, verlogener Farbach und neben ihm Tim, der Falschspieler. Wie hatte sie nur so auf ihn hereinfallen können? Wie hatte Farbach sie nur so furchtbar auflaufen lassen können?

„Meine Damen und Herren, ich bin mir sicher, dass Doktor Schneider sich auf die Gespräche mit Ihnen allen freut. Ich eröffne hiermit das Buffet und wünsche uns einen gelungenen Abend."

„Ich muss hier raus", keuchte Carolina und löste sich langsam aus Mellis Griff. Einen Fuß vor den anderen setzend, hoch konzentriert und mit erhobenem Haupt schritt sie zur Ausgangstür. Sobald sie den Flur erreicht hatte und außer Sichtweite war, wurden ihre Schritte schneller.

„Caro, warte! Caro, bitte. Das habe ich nicht gewusst. Merle hat das nicht mit einem Wort erwähnt." Melli folgte ihr und kam näher, während Carolina immer wieder auf den Knopf für den Fahrstuhl drückte.

„Komm schon! Verfluchter Fahrstuhl", flehte sie, die Tränen ließen sich nur noch mit Mühe zurückhalten, aber hier in der Klinik würde sie nicht die Fassung verlieren.

Melli war bei ihr angekommen. „Ach, Süße, das tut mir so leid. Niemand hat damit gerechnet. Hast du die überraschten Gesichter gesehen? Alle haben gedacht, dass du es wirst."

„Tja, das hilft mir nur kein bisschen weiter." Die Aufzugtür öffnete sich. „Ich werde jetzt gehen und dieses Haus nicht so schnell wieder betreten. Frohe Weihnachten, Melli." Carolina trat in den Lift, drückte den Knopf für das Erdgeschoss und sah Melli, mit aller Kraft Haltung bewahrend, an. Plötzlich tauchte noch jemand im Flur vor dem Aufzug auf.

„Caro?" Er glitt an Melli vorbei und hielt seine Hände zwischen die sich schließenden Türen. Eine Sekunde später öffneten sie sich wieder und er blickte sie aus großen braunen Augen an.

„Hi, ich wusste gar nicht, dass du auch hier bist." Mit offenem, nach Worten ringendem Mund stand Carolina im Fahrstuhl und starrte ihn an.

„Frag mich mal!", stieß sie fassungslos hervor, es folgte ein inbrünstiges, wütendes Grollen. Wie er da so stand, so ahnungslos tat, gab ihr den Rest. Sie hatte das Gefühl, einen Fausthieb in den Magen bekommen zu haben. Rang nach Atem und drückte wie wild auf den Knöpfen des Fahrstuhls herum, bis die Tür sich endlich schloss. Erschöpft lehnte sie sich gegen die Metallwand, verließ den Aufzug, sobald die Türen sich wieder öffneten, und lief durch die Kälte zu ihrem Wagen. Der Wind fuhr ihr eisig durch den Pullover. Verflixt, sie hatte ihre Jacke vergessen. Aber sie würde nicht noch einmal zurückkehren. Endlich im Auto angekommen, ließ sie den Tränen freien Lauf und schimpfte all ihre Wut und Enttäuschung hinaus. Wie hatte Farbach sie nur so hinterhältig übergehen können?

„Ich habe mir den Arsch aufgerissen für diese Klinik, habe unendlich viele Überstunden gemacht, diese Weihnachtsfeier organisiert und die letzten Nächte wie blöde gebacken! Ich habe es nicht verdient, dass ich so vorgeführt werde. Und dann ausgerechnet Tim? Was habe ich denn verdammt noch mal angestellt, dass man so mit mir umgeht? Das ist der Dank dafür! Keinen Fuß setze ich mehr in dieses Krankenhaus. Ich kündige. Ja, ich kündige", schimpfte Carolina erst über Farbach und dann weiter über Tim. „Und was sollte dieser Blödsinn mit den Keksen und dem Spaziergang? Welchen Grund habe ich diesem Mann denn gegeben, mich so zu demütigen? Warum hasst er mich so?" Sie wischte sich die

Tränen aus den Augen und von den Wangen und startete entschlossen den Motor.

„Ich hätte es von Anfang an merken und wissen müssen. Dieser Tag war viel zu schön, um wahr zu sein. Aber ich bin es selbst schuld. Wie oft muss ich denn noch lernen, dass die Schutzschilde oben zu bleiben haben? Sie alle haben mich schön verschaukelt und lachen sich wahrscheinlich ordentlich darüber kaputt, dass sie mir so richtig eins reinwürgen konnten. Scheiß Blaubeer-Muffin mit Zuckerguss", schimpfte sie weiter und langsam beruhigte sie sich. Natürlich hatte es keinen Zweck, im Auto zu krakeelen wie ein wütender Spatz. Sie musste zu sich kommen und sich wieder aufs Wesentliche konzentrieren. Lucas! Um ihn musste sie sich sorgen. Sie würde jetzt nach Hause fahren, sich einen Tee kochen oder vielleicht einen Glühwein heißmachen und dann vor dem Fernseher mit Lucas kuscheln, bis sie beide auf der Couch einschliefen.

17 – Unerwarteter Besuch

Mit leerem Kopf und vollkommen ermattet steuerte Carolina ihr Auto durch den alten, aus Stein gemauerten Torbogen in den dunklen Hof. Selbst die romantische Weihnachtsbeleuchtung der Scheune vermochte es nicht, ihr eine Gefühlsregung abzuringen. Verraten und um ihr Recht betrogen stieg sie kraftlos aus dem Auto. Sie hatte nicht einmal die Kraft zu weinen und ignorierte auch den rauen Wind, der die Kälte in ihren Körper trieb und die riesigen Schneeflocken gegen ihren Pullover stob. Schon nach wenigen Schritten hatte sich ein weißes Schneeschild vor ihrer Brust auf der Wolle gebildet. Unwillkürlich erschien die Eiskönigin vor ihrem inneren Auge, sie fegte das Bild jedoch sofort mit dem Gedanken aus dem Kopf, dass das Leben kein Kinofilm war und sich Probleme vor allem nicht durch Magie und Liebe in Luft auflösten. Carolina stieß ein weiteres wütendes Knurren aus, als sie den Hof bereits zur Hälfte überquert hatte. Im nächsten Moment nahm sie eine Bewegung rechts neben sich im Schatten wahr. Es folgte ein Geräusch, Schnee knirschte und schon packte sie jemand am Arm. Ein Überfall! Hörte dieser Tag denn niemals auf? Ohne darüber nachzudenken, drehte sie sich blitzschnell zur Seite, ihre flache Hand stieß in maximaler Anspannung nach vorn, Richtung Angreifer und traf mit der Kante hart auf ein bärtiges Gesicht.

Alles passierte rasend schnell. Dieser Typ strauchelte zwar nach dem ersten Schlag, den sie ihm verpasst hatte. Er hielt sie jedoch immer noch am Arm. Der

Schlag hatte zum Glück Wirkung erzielt, aber es gab keine Zeit zu verlieren. Vom Adrenalin getrieben, griff sie ins Dunkel, hielt den Fremden an seiner glatten Daunensteppjacke fest und hoffte, dass sie einigermaßen in die richtige Richtung trat. Dann schoss ihr Knie nach vorn. Es folgte ein erschrockenes Wimmern, dann schmerzverzerrtes Keuchen, der Typ ließ von ihr ab und sank vor ihren Füßen in den Schnee.

Sie trat einen Schritt zurück, ihr Körper blieb angespannt und gefechtsbereit. Innerhalb kürzester Zeit suchte Carolinas Blick den Hof ab. Sie musste entscheiden, welchen Weg sie einschlagen sollte, um sich in Sicherheit zu bringen, und wie sie dafür sorgte, dass der Typ nicht abhaute, bis die Polizei hier eintrudelte. Sie könnte laut um Hilfe schreien und ihr Vater könnte die Hunde loslassen, aber dafür hatte sie keine Kraft. Carolina zitterte am ganzen Körper und rang nach Luft. Sie hatte in den letzten Sekunden weder Luft geholt noch einen Ton von sich gegeben. Mit einem tiefen Atemzug beförderte sie eine große Portion eiskalter, ländlicher Abendluft in ihre Lungen. Ohne den Blick von dem noch immer im Schnee kauernden Typen abzuwenden, setzte sie vorsichtig einen Fuß hinter den anderen. Sie hatte ihn ordentlich erwischt, er wiederholte ständig „Au-o, au-o, au-o", oder halt, nein, er keuchte und sagte etwas anderes. „Caro, Caro, Caro."

Erneut stockte ihr der Atem, sie zog ihr Smartphone aus der Hosentasche, schaltete die Taschenlampe ein und leuchtete mit zitternder Hand auf den Angreifer. Das durfte doch nicht wahr sein. Dort unten im Schnee kauerte Phillip. In der einen Hand hielt er seinen falschen Vollbart, mit der anderen wischte er sich Blut aus dem Gesicht. Auch im Schnee fanden sich rote Tropfen. Der Schreck dieser Erkenntnis ließ sie erstarren. Mit offenem Mund stierte sie ihn ungläubig an. Langsam löste sich Carolinas Zunge. Sie sah zu, wie er sich unter Schmerzen aufrappelte und behutsam den Schnee von seinen Klamotten klopfte.

„Hast du sie noch alle? Was machst du hier?"

„Das Gleiche könnte ich dich fragen." Er schniefte und nestelte ein Taschentuch aus seiner Jackentasche.

„Du bist lustig. Ich wohne hier. Verdammt, ich habe gedacht, ich werde überfallen." Noch immer leuchtete sie mit dem Telefon auf ihn. Der Lichtkegel zitterte heftiger und Carolina wurde erneut von Tränen durchgeschüttelt. Nun, da die erste Aufregung vorbei war, reagierte ihr Körper angemessen. „Du bist völlig wahnsinnig. Wie kommst du nur auf diesen Blödsinn? Ruf das nächste Mal einfach an."

„Das habe ich ja versucht. Nicht anzurufen, aber ich habe dir Textnachrichten geschrieben. Du hast aber nicht geantwortet und da habe ich beschlossen, zu dir zu fahren und zu warten."

„Hast du geklingelt?" Sie dachte sofort an Lucas, der allein in der Wohnung war.

„Nein, ich bin doch nicht bescheuert." Er stöhnte und schniefte. „Ich habe mich dort drüben unter dem Dach des alten Stalls versteckt, weil ich doch wusste, dass du nicht da bist. Dein Auto war auch nicht zu sehen. Ich wollte warten, bis du wieder heimkommst."

„Das hat ja gut geklappt." Sie wischte sich die Tränen aus dem Gesicht und schaltete die Taschenlampe ihres Handys aus. Dann öffnete sie ihre Benachrichtigungen.

Tatsächlich, vorhin war eine Message von Phil eingegangen.

„Ich bin aufgeflogen. Kann ich für eine Nacht bei dir untertauchen?"

Erschrocken legte sich Carolina die Hand auf den Mund. „Sorry. Die habe ich nicht gesehen." Sie zog den Kopf zwischen die Schultern. Die Kälte war nun wieder deutlich spürbar.

„Ist ja nicht dein Fehler. Du bist nicht für mich verantwortlich. Ich muss da auch allein klarkommen." Er versuchte, sich aufzurichten.

„Wie fühlst du dich? Kannst du laufen?"

„Geht schon", brummte er tapfer, aber Carolinas ärztliche Intuition verriet ihr, dass er am liebsten laut geweint hätte.

„Was für eine Scheiße!", schimpfte sie, legte dann aber ihren Arm um seine Taille und fügte besänftigend hinzu: „Komm erst mal rein. Wir flicken dich schon wieder zusammen. So kannst du dich von der Presse nicht ablichten lassen."

„Ha, ha", entgegnete Phillip gequält und nahm ihre Unterstützung dankbar an.

„Hier entlang", dirigierte Carolina ihn zur Außentreppe, über die ihre Wohnung im ersten Stock zu erreichen war.

„Wo wäre ich denn gelandet, wenn ich dort unten geklingelt hätte?", fragte Phillip unter seinem blutgetränkten Taschentuch hervor.

„Bei meinem Vater, Irina und zwei ausgewachsenen Wachhunden. Du kannst von Glück sagen, dass sie

nicht angeschlagen haben", bemerkte sie einigermaßen erleichtert. „Die beiden sind zwar herzensgut, aber
mit Einbrechern haben sie kein Erbarmen."

„Dann lass uns mal einen Zahn zulegen, bevor sie
doch noch auftauchen."

„Kannst du denn schneller gehen?"

„Auf jeden Fall, ich lass mich ungern zu Hundefutter
verarbeiten."

Oben auf dem Treppenabsatz ließ Carolina ihn los
und kramte den Schlüssel aus ihrer Handtasche.

„Warte kurz hier draußen. Ich muss erst mal reingehen und nach Lucas sehen", flüsterte Carolina. „Gib mir
die Chance, ihn vorzuwarnen. Ich möchte Lucas den
Schock fürs Leben ersparen, wenn du einfach so hier
auftauchst. Mit dem Blut im Gesicht siehst du auch
noch zum Fürchten aus."

„Klar, verstehe ich", erwiderte Phillip ebenso leise.

„Nicht runterfallen. Ich bin gleich wieder da." Leise
schloss sie die Wohnungstür auf, zog die Schuhe aus
und schüttelte den Schnee vom Pullover. Dann schlich
sie wie auf Samtpfoten ins Wohnzimmer, wo das Licht
brannte, und der Fernseher lief. Als sie sich sachte über
die Lehne beugte, fand sie Lucas tief und fest schlafend
vor. Untypisch, so spät war es noch gar nicht. Sie
dimmte das Licht, stellte den Fernseher etwas leiser
und weckte ihn sanft. „Hey, mein Süßer. Mami ist zu
Hause. Komm, ich bringe dich ins Bett."

Verschlafen blinzelte er sie an, legte die Arme um ihren Hals und den Kopf an ihre Schulter.

„Igitt, nass", bemerkte er und löste sein Gesicht wieder.

„Ja, ich habe meine Jacke vergessen. Tut mir leid. Warte, ich ziehe den Pullover aus." Während sie sich schnell den Pulli über den Kopf zog, flogen Erinnerungen an die entsetzlichen Szenen im Krankenhaus durch ihren Kopf. Entschieden jagte sie die Gedanken fort. Jetzt wurde sie hier zu Hause von ihrer Familie gebraucht. Im nächsten Moment hob sie Lucas hoch und trug ihn vorsichtig in sein Zimmer.

Er schmiegte seine Wange an ihre, als sie ihn ins Bett legte. Auch hinterher, als sie ihm dabei half, den Schlafanzug überzuziehen, war er sehr anhänglich.

„Schlaf gut, mein Schatz. Ich muss noch schnell aufräumen und duschen. Dann gehe ich auch ins Bett." Sie küsste ihn, deckte ihn zu und hoffte innerlich, dass Lucas jetzt wirklich weiterschlief und nicht gleich noch eine Begegnung mit Phillip zu überstehen war.

„Gute Nacht, Mama", murmelte Lucas. Sie lächelte und schloss leise die Zimmertür. Nervös sah sie auf die Uhr und lief zur Wohnungstür. Phillip hatte brav davor ausgeharrt und sah sie hoffend an.

„Komm rein, aber sei leise."

Umgehend machte sich Erleichterung auf seinem Gesicht breit, dann mischte sich Nervosität dazwischen.

„Weiß Lucas Bescheid?"

Carolina schüttelte den Kopf. „Nein, er schläft schon. Ich habe ihn gerade ins Bett gebracht. Ich hoffe, dass wir das auf morgen verschieben können. Ich befürchte, das schaffe ich heute nicht mehr."

Sie nahm ihm die Jacke ab, stellte die Schuhe in die Schale neben der Heizung und schob Phillip sanft durch die Dunkelheit in die Küche, wo er sich auf die

Eckbank setzte. Sie lehnte die Tür an und schaltete das Licht ein.

„Du lieber Himmel, wie du aussiehst! Wer hat dich denn so zugerichtet?" Sie verzog spöttisch das Gesicht.

„Es ist noch zu früh für Scherze", antwortete Phillip matt. Er tupfte mit dem Taschentuch auf seiner Nase herum. Es hatte mittlerweile aufgehört, zu bluten.

Carolina holte Waschlappen und Handtuch aus dem Badezimmer. Spülte den Lappen unter kaltem Wasser und reichte Phil dann beides. „Hier, das wird helfen." Dann hielt sie ihm eine Mülltüte hin und wartete darauf, dass er die benutzten Papiertücher hineinwarf.

„Ah", entschlüpfte ihm ein wohliges Stöhnen, als er den kalten Lappen auf seine Nase legte.

„So, und jetzt erzähl mal. Was ist denn genau passiert? Woher weißt du, dass du aufgeflogen bist?"

„Das muss bei der Immobiliensache passiert sein. Anders kann ich mir das nicht erklären. Jedenfalls standen am Nachmittag zwei Paparazzi in der Pension und wollten ein Zimmer buchen."

„Du kennst die Typen also?"

„Nicht persönlich. Aber diese Leute rieche ich drei Meilen gegen den Wind."

„Haben sie gesagt, dass sie von der Presse sind?", forschte Carolina weiter, während sie ihre schmerzende Hand ebenfalls in ein nasses Handtuch einwickelte, um sie zu kühlen.

„Nein, natürlich nicht. Die haben sich als frisch verliebtes Pärchen ausgegeben, das hier spontan Urlaub machen will. Ich habe sie von der Treppe belauscht." Er sortierte den Lappen behutsam neu in seinem Gesicht.

„Erstens ist Lauschen nicht in Ordnung und zweitens, was ist, wenn du dich geirrt hast?“

„Caro, in solchen Dingen irre ich mich nicht. Ich habe ein sehr feines Gespür für diesen Menschenschlag und glaube mir, ich habe sie durchschaut. Ich bin also zurück ins Zimmer und als ich die News gecheckt hatte, war die Katze schon aus dem Sack. Richten wir uns mal drauf ein, dass morgen noch ein paar von den Typen hier aufschlagen werden.“

Vage erinnerte sich Carolina an das Gespräch zwischen Melli und der Urologie-Schwester. Der Artikel fiel ihr wieder ein und dann auch, was danach geschehen war. Nein, darüber konnte und wollte sie jetzt nicht nachdenken. Dann half sie Phillip lieber bei seinen Sorgen.

„Meinst du nicht, dass die so kurz vor Weihnachten deine Privatsphäre respektieren werden?“, formulierte sie ihre vorsichtige Hoffnung.

„Ts!“ Phillip stieß einen geringschätzigen Laut aus. „Da kennst du diese Bagage aber schlecht. Nie im Leben werden die sich das entgehen lassen. Das ist das gefundene Fressen für alle vor den Feiertagen.“ Er winkte müde mit der freien Hand ab.

„Dann lass doch über deine Anwälte ausrichten, dass du die Berichterstattung untersagst.“

„Ob du es glaubst oder nicht, mein Management ist schon dran, aber so einfach ist das nicht, wenn du als Person des öffentlichen Lebens unterwegs bist. Selbst wenn du recht hast, knipsen dich einige. Du kannst sie zwar verklagen, aber das Bild ist dann schon längst um die Welt. Die angedrohten Strafzahlungen kalkulieren sie bereits mit ein in ihren Gewinn.“

„Klingt ziemlich bescheuert und ungerecht und ich meine, du hast mir die Sachlage neulich nicht so dramatisch dargelegt, als es um Lucas und mich ging."

„Na ja, ich gebe zu, dass ich mit denen auch hin und wieder ordentlich zusammenarbeiten kann. Bisher war es mir auch egal, ob da mal was Privates bei herauskam. Aber jetzt ist die Situation eine andere. Euch muss ich schützen und das möglichst, ohne einen Riesenaufstand zu proben. Das kommt nämlich auch nicht gut und deshalb wird gerade jetzt hinter den Kulissen schon ordentlich gearbeitet."

Carolina runzelte die Stirn und stand auf. Sie holte eine Waschschüssel unter der Küchenspüle hervor, füllte kaltes Wasser hinein und stellte sie auf den Tisch.

„Hier, für deinen Lappen", erklärte sie nebenbei. Dann untersuchte sie ihre Hand und bewegte die Finger vorsichtig. Es schien nichts Dramatisches zu sein. „Wie bist du hergekommen? Etwa gelaufen? Da hätte dich jeder sehen können!"

„Nein, ich habe Hermine vom Management angerufen und die hat mir einen Fahrer geschickt. Keine Limo oder so, total neutral und unauffällig. Der wusste auch nicht, wen er da so heimlich durch die Gegend fährt, nur, dass es topsecret ist. Der hat mein Gepäck verstaut und für mich ausgecheckt und dann habe ich mich heimlich aus dem Haus ins Auto geschlichen."

„Meine Güte, was für ein Aufwand." Carolina rieb sich müde die Augen.

„Der Fahrer hat mich ein paar Meter vor dem Tor abgesetzt. Es war längst dunkel und ich war mir sicher, dass ich bis dahin unentdeckt geblieben war. Dann habe ich unterm Dach von eurem Stall gewartet."

„Wie lange?“

„Knapp zwei Stunden.“ Er zuckte mit den Schultern und spülte seinen Lappen aus.

„Ich kann mir vorstellen, dass das ordentlich kalt war. Warum bist du nicht in deinem Zimmer geblieben?“ Sie sah ihn tadelnd an. „Eine Lungenentzündung ist es nicht wert.“

„Ich habe eben Panik bekommen.“ Er machte eine Pause, suchte betreten nach Worten. „Mein Gepäck steht noch dort unten. Vor allem meine Gitarre sollte bald wieder in warme und trockene Gefilde kommen. Würdest du mir helfen, die Sachen hochzuholen?“

„Ja, können wir machen. Gib mir noch ein paar Minuten.“ Carolina sah ihn nachdenklich an und formte dabei die Augen zu schmalen Schlitzen.

„Was ist?“

„Es ist so sonderbar, dass wir hier gemeinsam in meiner Küche sitzen und uns ruhig unterhalten. Du mit blutender Nase, die ich dir auch noch verpasst habe, suchst Zuflucht vor der Presse bei mir. Seltsam. Hätte mir das jemand vor ein paar Wochen vorausgesagt, ich hätte ihn für verrückt erklärt. Danke, dass du nicht einfach so abgehauen bist.“

„Danke, dass ich hier sein darf. Es bedeutet mir viel.“

Carolina nickte und setzte gedankenversunken Teewasser auf.

„Wie war denn die Party? Wie sind unsere Backkreationen angekommen? Ich hätte so gern ein Stück davon gegessen.“ Augenblicklich verfinsterte sich Carolinas Gesichtsausdruck.

„Ging so“, entgegnete sie zerknirscht und kümmerte sich konzentriert um die Teemischung. Sofort war dieser Stein wieder in ihrem Magen. Unfassbar, wie die beiden sie vor versammelter Belegschaft vorgeführt hatten.

„Jetzt habe ich dir wohl den freudigen Abend kaputtgemacht, was?"

Sie hörte, wie er seinen Lappen erneut spülte, brachte es aber nicht über sich, ihn anzusehen.

„Keine Sorge, das haben andere Leute übernommen", stieß sie verbittert aus. Es brodelte geräuschvoll im Kocher.

„Hat etwa jemand am Essen gemäkelt?"

„Nein oder vielmehr, ich weiß es nicht." Carolina goss heißes Wasser in die Glaskanne mit der Kräuterteemischung und stellte sie vor Phillip auf den Tisch. Bevor sie sich ihm gegenüber auf den Stuhl setzte, holte sie zwei Teegläser, Kandiszucker und Löffel aus dem Küchenschrank.

„Ich bin abgehauen, bevor ich jemanden befragen konnte", erklärte sie dann leise und schluckte. Sofort schnürte sich ihre Kehle zu. Die Erinnerung an dieses Drama tat verflucht weh.

„Warum?"

„Tja, warum?" Carolina druckste. Sollte sie Phillip von dieser Demütigung erzählen? Er saß ruhig da, wartete und nach einer Weile fasste sie sich ein Herz. „Ich bin fest davon ausgegangen, dass ich heute zur Oberärztin befördert werde. Ich habe alle Regeln eingehalten und doch habe ich das Nachsehen. Es hat nicht geklappt."

Sie sah ihn an und wartete darauf, dass er etwas sagte, aber Phillip schwieg und so erzählte sie weiter.

„Ich habe auf Anraten meines Chefs die Bewerbung auf diese Stelle eingereicht. Es war schon vor Monaten klar, dass sie zum Jahresbeginn neu besetzt werden müsste. Bis dahin habe ich die anstehenden Arbeiten übernommen, denn der bisherige Oberarzt war ständig krank. Das fand die Klinikleitung wohl sehr bequem. Ist ja schön praktisch, wenn die dumme Carolina die Arbeit auch so macht. Jedes Mal, wenn mir Direktor Farbach über den Weg gelaufen ist, hat er nicht vergessen, zu erwähnen, wie sehr er meine Arbeit schätzte. Angelogen hat er mich, eiskalt. Alle wussten, dass er die Nachfolge verkünden würde, aber mein Name fiel nicht. Stattdessen hat er so einen Möchtegernarzt aus der Großstadt präsentiert. Surprise, Surprise!" Sie machte kreisende Bewegungen mit ihren Händen, als könnte sie damit magische Kräfte beherrschen. „Da konnte ich nicht mehr und bin abgehauen."

„Klingt übel", kommentierte Phillip. Er nahm den Lappen vom Gesicht und legte ihn zurück in die Schüssel.

„Übel ist nett ausgedrückt. Frau Doktor Beeken hat sich zwar den Arsch für uns aufgerissen und hat auch sämtliche benötigten Qualifikationen. Sie ist auch unfassbar engagiert, das hat sie in den letzten Monaten wiederholt unter Beweis gestellt, als sie die Arbeiten vom erkrankten Doktor Sinzenich nahezu vollkommen übernommen hat. Aber jetzt, da die Stelle neu besetzt wird, nehmen wir doch lieber einen Mann von außerhalb, der die Klinik überhaupt nicht kennt!"

„Haben sie das so zu dir gesagt?"

„Nein, natürlich nicht. Dann könnte ich ja etwas dagegen unternehmen. Nein, sie haben mich vorher hingehalten und mich heute einfach übergangen. Ich weiß nicht, ob ich je wieder einen Fuß in diese Klinik setze.

Die Lust, dort zu arbeiten, ist mir jedenfalls gründlich vergangen." Sie goss Tee ein und begann, eifrig mit dem Löffeln die Kandisstücke darin zu verrühren.

„Kannst du denn einfach so zu Hause bleiben?"

„Klar, erst mal schon, ich habe nämlich Urlaub. Sauerverdienten Weihnachtsurlaub. Ich wollte feiern und ausschlafen, gemütlich mit Lucas frühstücken und faulenzen. Nebenbei wollte ich ihm in Ruhe von unserem Treffen am Sonntag erzählen."

„Sorry, das habe ich dir jetzt gründlich verdorben."

„Ach, Farbach hat es mir verdorben. Aber dass du einstecken musstest, hast du selbst zu verantworten."

„Das stimmt. Es war dumm und leichtsinnig von mir, mich so an dich heranzuschleichen. Du bist tough und gefährlich." Es war ein anerkennendes Kompliment.

„Und müde bin ich auch. Wir schlafen morgen lange, oder gehörst du zu den Frühaufstehern?"

„Nein, im Leben nicht. Ich bin für die Nacht gemacht. Das ist eine ziemlich gute Voraussetzung für meinen Beruf." Er bewegte sich vorsichtig und suchte nach einer neuen, halbwegs bequemen Sitzposition.

„Wie geht es denn der unteren Etage?" Schuldbewusst deutete Carolina mit dem Finger durch die Tischplatte nach unten in Richtung seines Schritts.

„Angeschlagen, aber auf dem Weg der Besserung."

„Da bin ich ja beruhigt. Komm, lass uns deinen Krempel holen und dann mache ich dir das Bett. Du schläfst auf der Couch im Wohnzimmer."

„Hast du dir das gut überlegt?", wollte Phillip im Flüsterton wissen, während er sich ächzend nochmals die Winterschuhe anzog.

„Was genau meinst du?"

„Dass ich auf der Couch schlafen soll?"

Abrupt hielt Carolina in ihrer Bewegung inne und funkelte ihn tadelnd an. „Komm wieder runter, Cowboy. Wir schlafen bestimmt nicht in einem Bett."

„Entschuldige, so war das nicht gemeint. Ich dachte nur, dass es vielleicht komisch werden könnte, wenn Lucas mich morgen früh sieht. Nicht, dass er noch Angst bekommt. Außerdem weiß ich nicht, was ich sagen soll, wenn er mich fragt, wer ich bin."

„Es wird auf jeden Fall komisch, wenn er dich sieht. Stell dich schon mal drauf ein. Wenn er dich fragt, wer du bist, sagst du Phillip. Nicht mehr und nicht weniger. Den Rest machen wir dann gemeinsam. Keine Alleingänge!", mahnte Carolina, öffnete die Wohnungstür und die hereinströmende eisige Luft unterstrich ihre Ansage.

Sie trugen die Taschen und den Gitarrenkoffer im Schutz der Dunkelheit die Treppe hinauf in die Wohnung. Wenig später fiel Carolina ermattet ins Bett. Doch sobald sie lag und es still um sie herum wurde, sie nur noch ihren eigenen Atemzügen lauschte, konnte sie nicht einschlafen. Die groteske Situation mit Farbach in der Klinik war wieder in ihrem Kopf.

Das durfte alles nicht wahr sein. Niemals hätte sie ihm so etwas zugetraut. Er war immer eine Respektsperson für sie gewesen und ein Förderer ihrer Arbeit. Wie hatte ein Mann von seinem Format sie nur so dermaßen ausnutzen und dann auflaufen lassen können? Lag es vielleicht an den vereinzelten fachlichen Diskussionen, an den Themen, bei denen sie aus medizinischer Sicht unterschiedliche Ansätze vertraten?

Langsam füllten sich Carolinas Augen mit Tränen, lautlos gab sie sich ihnen hin, durchlitt Enttäuschung, Wut und Hoffnungslosigkeit. Das Schlimmste an allem war dabei, dass ausgerechnet Tim die Stelle bekam, nein, das Schlimmste daran war, dass sie sich nicht an ihre eigenen Vorsätze gehalten hatte. Dass sie sich wider besseres Wissen geöffnet und verwundbar gemacht hatte. Sie weinte, bis sie schließlich einschlief und erst vom Klingeln ihres Telefons geweckt wurde.

***

Es war bereits taghell und das Licht brannte in ihren zugeschwollenen Augen. Dass sie die halbe Nacht geheult hatte, ließ sich nicht verheimlichen. Das wusste sie sofort, ohne sich im Spiegel angesehen zu haben.

„Papa und Irina", stand im Display. Schnell nahm sie das Gespräch an, musste sich jedoch erst einmal räuspern, und brachte erst im zweiten Anlauf eine heisere Begrüßung heraus.

„Ja, was gibts?"

„Guten Morgen, ist alles in Ordnung bei euch?"

„So einigermaßen, bis eben habe ich noch geschlafen. Warum fragst du?" Carolina setzte sich mühsam auf und rieb sich mit den Händen durchs Gesicht.

„Gott sei Dank." Erleichtert stieß Irina die Luft aus. „Dein Vater steht schon mit den Hunden im Hof und stapft nervös von einem Bein aufs andere."

„Was? Aber warum denn?" Carolina wurde wacher.

„Draußen sind verdächtig viele Spuren im Schnee, große Fußabdrücke und Blut, auf deiner Treppe auch. Also raus mit der Sprache, ist jemand verletzt?"

Carolina ließ den gestrigen Abend im Eiltempo Revue passieren.

„Irina, glaube mir, du musst dir keine Sorgen machen. Gestern war mehr oder weniger der Teufel los und so einiges ist aus den Fugen geraten, aber wir sind alle gesund."

„Alle? Ihr beide, Lucas und du?"

Carolina stockte, schloss die Augen und fasste sich ein Herz.

„Was solls, irgendwann erfährst du es ja sowieso", gab sie sich geschlagen und schniefte.

„Was erfahre ich? Caro, soll ich rüberkommen? Weinst du etwa?" Die Sorge in Irinas Stimme war nicht zu überhören.

„Warte, bitte. Gib mir eine Stunde, okay? Dann kommst du Kaffee trinken und ich erzähle, was los ist. Das volle Programm. Aber ich warne dich vor. Du kannst dich auf etwas gefasst machen."

Stille am anderen Ende. Dann antwortete Irina ruhig und gefasst.

„Okay, ich werde da sein. Soll ich deinen Vater mitbringen? Er ist auch sehr beunruhigt."

„Nein, bitte nicht. Noch nicht", bat Carolina. „Gib ihm eine Umarmung von mir und sag ihm, dass ich ihn sehr lieb habe, okay? Er muss sich noch ein wenig gedulden.

Ich schaffe das nicht, so vollkommen ohne Vorbereitung.“

„Dobzre“, erwiderte Irina in ihrer Muttersprache. Ein Zeichen dafür, dass sie nicht so ruhig war, wie sie sich gab. „Ich bin in einer Stunde da.“ Sie legte auf.

Carolina suchte eilig ihre Klamotten zusammen. Sie hatte die Tür zum Schlafzimmer einen Spalt offengelassen, nur für den Fall, dass Lucas aufstand und sich die beiden versehentlich über den Weg liefen. Aber die Tür zum Kinderzimmer war noch zu. Sie verschwand ins Badezimmer und stand kurz darauf vor der geschlossenen Wohnzimmertür. Sie klopfte zaghaft und öffnete, als sie ein leises, zustimmendes Brummen vernahm. Phillip saß auf der Couch, in die Wolldecke gewickelt und seine dunklen Haare standen in sämtliche Himmelsrichtungen ab. Er sah nicht aus, als habe er sonderlich viel geschlafen. Seine Nase leuchtete dunkelrot und war durch den Schlag, den sie ihm darauf verpasst hatte, etwas geschwollen. Unter dem linken Auge zeichnete sich ein violettes ringförmiges Veilchen ab. Immerhin konnte sie mit Fug und Recht behaupten, dass sie sich zur Wehr zu setzen wusste.

„Guten Morgen“, begrüßte sie ihren Übernachtungsgast leise und schloss die Tür behutsam hinter sich. „Wie geht es dir?“

„Ich hatte schon bessere Nächte“, erwiderte er kleinlaut.

„Kann ich mir vorstellen. Die Couch ist leider nicht mit einem komfortablen Bett zu vergleichen. Hast du Rückenschmerzen?“

„Nein, das nicht. Es ist auch nicht die Couch, die mir zu schaffen macht. Ich zermartere mir seit gestern das

Hirn, wie ich auf diese Idee gekommen bin, einfach hier aufzutauchen. Und ich ärgere mich, dass alles so aus dem Ruder gelaufen ist."

„Mach dich auf was gefasst, da kommt noch mehr." Carolina gab sich große Mühe, Haltung zu bewahren, aber das Zittern in ihrer Stimme konnte sie nicht verstecken.

„Was, steht die Presse etwa schon bei euch im Hof? Oh, verflucht. Es tut mir leid. Ich wollte euch auf keinen Fall damit belästigen ..." Er sprang wie von der Tarantel gestochen von der Couch auf, griff fahrig nach seiner Jeans und begann, auf einem Bein hüpfend, sich anzuziehen.

„Nein, keine Sorge. Die Presse steht nicht im Hof", fiel Carolina ihm leise, aber energisch ins Wort und presste sich mahnend den Zeigefinger auf den Mund.

„Wer dann?" Er hielt in der Bewegung inne, starrte sie nervös an und wartete angespannt auf eine Antwort.

„Mein Vater mit den Hunden."

Phillip klappte die Kinnlade herunter, er ließ die Arme samt Hose sinken und starrte sie an. „Ach du Scheiße, meinetwegen?"

„Indirekt. Krieg dich wieder ein." Sie machte eine besänftigende Handbewegung. „Er hat die Blutspuren gefunden und sich Sorgen gemacht. Irina hat eben angerufen. Sie kommt gleich vorbei. Dann müssen wir die Karten auf den Tisch legen. Ich schlage vor, du ziehst dir was an und verschwindest ins Badezimmer, ich wecke Lucas und warne ihn vor, dass du hier geschlafen hast."

Phillip stand erneut der Mund offen.

„Willst du ihm etwa jetzt sagen, dass ich sein … dass er mein … na, du weißt schon, dass wir seine …? Ich dachte, wir machen keine Alleingänge." Er hatte deutlich Schwierigkeiten, den Sachverhalt zu formulieren und auszusprechen.

„Bist du verrückt? Natürlich nicht. Ich sage ihm, dass du ein Freund bist und dass du hier geschlafen hast, weil du dich verletzt hast. Das muss fürs Erste reichen. Eins nach dem anderen."

„Und was ist, wenn er mich fragt? Ich kann ihn doch nicht anlügen."

Sie überdachte Phillips Worte und traf eine Entscheidung.

„Für den Fall, dass er dich fragt, wovon ich allerdings nicht ausgehe, dann sage ihm die Wahrheit. Wenn er wirklich fragt, verkraftet er die Antwort auch."

„Okay." Erschöpft sank Phillip wieder zurück auf die Couch und zog seine Hose an.

Als sie später zu dritt bei einem kleinen Frühstück mit Müsli und Milch saßen, zeigte sich Lucas sehr gesprächig und interessiert an Phillip. Der aber hatte den Rest seiner Coolness vollkommen abgelegt und blickte gerührt aus der Wäsche. Obwohl er um Fassung rang, bemühte er sich, alle Fragen vernünftig zu beantworten, die der Junge ihm stellte.

Dass seine Mutter einen guten Freund aus der Not gerettet hatte, imponierte Lucas besonders. Carolina saß schweigend am Tisch, hielt die Arme verschränkt vor der Brust und ließ die Fingerkuppen nervös auf ihren Oberarmen tanzen. Immer wieder blickte sie auf die Uhr und kaute auf ihrer Unterlippe herum. Den Tee, den sie sich gekocht hatte, rührte sie nicht an.

„Wie hast du dich verletzt?“

„Ich bin hingefallen, im Schnee“, erwiderte Phil, nachdem er unsicher Carolinas Blick gesucht und sie kaum merklich mit den Schultern gezuckt hatte.

„Du musst es kühlen. Wir haben Kühlakkus. Warte, ich hole dir einen.“ Er stand auf, ging zum Kühlschrank und nahm eines der blauen Kühlpäckchen heraus. Dann nahm er ein frisches Geschirrtuch aus der Küchenschublade, wickelte das Kühlpäckchen darin ein und reichte es Phillip.

„Hier, immer schön kühlen. Das hilft.“

„Vielen Dank, sehr aufmerksam.“ Phillip lächelte und Carolina beobachtete die beiden genau. Lucas mochte ihn, das war schon mal ein guter Anfang.

„Kann ich aufstehen?“, wollte Lucas wissen, noch bevor er richtig aufgekaut hatte.

„Klar, warum nicht. Phillip und ich müssen sowieso noch einiges besprechen.“ Sie stand ebenfalls auf, ging hinüber zum Küchenfenster und sah hinaus in die verschneite Winterlandschaft mit den kargen Bäumen. Jetzt waren es nur noch wenige Tage bis Weihnachten und nichts lief wie geplant. Dabei hatte sie sich in diesem Jahr solche Mühe gegeben, alles richtig zu machen.

Erneut ereilte sie die schmerzvolle Erinnerung an Farbachs Gemeinheit, an den zerplatzten Traum von der Karriere als Oberärztin, und während sich verdächtig viel Wasser in ihren Augen sammelte, hing Carolina wiederholt dem Gedanken nach, den Job in der Klinik tatsächlich hinzuschmeißen. Aber was dann? Einen viel weiteren Fahrtweg in Kauf nehmen? Umziehen und all das hier aufgeben? Ihre Wohnung, ihr Zuhause, Gut Beeken, die Familie? Nein, das wollte, das konnte sie Lucas und sich nicht antun. Es musste eine andere Lösung geben. Sie tupfte mit den Fingerspitzen die Tränen aus den Augenwinkeln, setzte sich zurück an den Tisch und griff nach ihrer Tasse. Sie trank und im nächsten Moment fing sie Phillips intensiven Blick auf.

„Es tut mir so unfassbar leid", sagte er leise und das schlechte Gewissen stand ihm auf die Stirn geschrieben. „Ich wollte dir dein Leben nicht durcheinanderbringen. Es war nicht fair von mir, einfach hier aufzukreuzen."

„Mir tut es auch leid, aber nicht, dass du hergekommen bist. Ich gebe es ungern zu, aber auch ich habe Fehler gemacht. Und dass hier alles gerade so durcheinander ist, hast du nicht allein zu verantworten. Zumindest in einem Teil des Schlamassels säße ich auch, wenn du nicht in unser Leben geplatzt wärst." Carolina schluckte.

Im nächsten Moment klingelte es an der Wohnungstür und sie sah, wie Phillips Miene augenblicklich einfror. Ihm stand die Angst deutlich ins Gesicht geschrieben.

„Dann mal ran an den Speck. Wir schaffen das. Nicht weglaufen", raunte sie Phillip im Vorbeigehen zu und ging, um aufzumachen. Lucas war jedoch schneller und fiel seiner Oma wie immer gut gelaunt um den Hals.

„Hast du mir was mitgebracht?", hörte Carolina die Standardfrage und Irina zog eine Praline aus dem Weidenkörbchen hervor, das sie im Flur abgestellt hatte, um ihren Enkel standesgemäß zu begrüßen.

„Mm, lecker", kommentierte Lucas die Schokolade, bevor er sie schnell in seinem Mund verschwinden ließ.

„Du hast doch gerade gefrühstückt." Carolina blickte ihn milde lächelnd an und fuhr ihm liebevoll durchs Haar, als er an ihr vorbei in sein Zimmer lief.

„Hast du wieder deine Erste-Hilfe-Ausrüstung mitgebracht?" richtete sie sich nun an Irina und deutete auf das Körbchen. Seit sie in das Leben der Familie getreten war, hatte sie sich hingebungsvoll um alle Mitmenschen sorgen und kümmern wollen. Sie hatte den Gegenwind ertragen und sich beharrlich durchgesetzt. In diesem Körbchen befanden sich mit Sicherheit noch viele weitere von ihren selbst gemachten Köstlichkeiten, gewiss auch ein warmes Getränk und vielleicht sogar etwas Hochprozentiges, nämlich Wodka aus ihrer polnischen Heimat. So sehr Carolina sich auch mühte, Haltung zu bewahren, die Woge der Rührung und der Freude darüber, dass Irina gekommen war, sich sorgte und ihr beistehen wollte, was auch immer gerade im Argen lag, schlug über ihr zusammen. Sie nahm die Hände vors Gesicht und verbarg ihre Tränen dahinter. Sofort waren Irinas Arme da und drückten Carolina tröstend an sich.

„Alles wird gut, Caro, alles wird gut. Der Teufel ist nicht so schwarz, wie man ihn malt." Sie wartete einige Zeit, bis Carolina sich wieder von ihr löste und fragte. „Wollen wir uns nicht in die Küche setzen und dann erzählst du der Reihe nach, in Ruhe?"

„Ja, das müssen wir sogar. Wir sind aber nicht alleine. Ich habe Besuch."

Irina sagte nichts, wartete vielmehr darauf, dass Carolina weitersprach und in ihrer Erklärung fortfuhr.

„Ich warne dich nur vor. Es ist alles kompliziert." Dann ging sie voraus in die Küche. Sobald Irina den

Raum betreten hatte, stand Phillip höflich zur Begrüßung auf. Schüchtern reichte er ihr seine Hand und sagte: „Guten Morgen, ich bin Phillip."

Irina ergriff seine Hand, schüttelte sie kräftig und antwortete, ohne sich überrascht zu zeigen: „Guten Morgen, ich bin Irina."

Sie setzte sich auf den freien Stuhl. Dann stellte sie das Körbchen neben sich auf den Boden und verschränkte die Finger ineinander.

Perplex sah Phillip zu Carolina hinüber, aber die sah genauso ratlos zurück. In der Tat war Carolina nicht klar, ob Irina tatsächlich nicht wusste, wer vor ihr saß oder nicht.

„Ein ansehnliches Veilchen hast du im Gesicht, Phillip. Das sollest du kühlen", riet sie ihm.

In absolutem Gehorsam nahm er das eingewickelte Kühlpäckchen, das er neben sich auf die Sitzbank gelegt hatte, wieder auf und hielt es sich ins Gesicht.

Irina lächelte zufrieden und wendete sich dann an Carolina.

„So, nun erzähle mal. Wo drückt der Schuh?"

Verlegen räusperte Carolina sich, dann gab sie sich einen Ruck. Sie begann von der Weihnachtsfeier zu erzählen, dass die ersehnte Beförderung ausgefallen und jemand anderes eingestellt worden war.

„Das darf doch wohl nicht wahr sein. Deine eigenen Kollegen hauen dich in die Pfanne", empörte sich Irina. „Kenne ich ihn? Bestimmt. Denen würde ich so gerne die Leviten lesen."

„Das ehrt dich, aber es wird nichts bringen. Farbach hat eine Personalentscheidung gefällt und ich muss sehen, wie ich jetzt damit umgehe."

„Und wer bekommt nun deine Stelle?“

„Du kennst ihn tatsächlich. Es ist der Mann, mit dem ich mich neulich im Caféhaus getroffen habe. Da habe ich allerdings noch nicht gewusst, was mir bevorstand. Ich wusste nicht einmal, dass er Arzt ist.“

„Du meinst den, den ich in Verdacht hatte …“ Sie zögerte, getraute sich nicht, in Phillips Nähe offen zu sprechen, und machte eine Kopfbewegung in Richtung des Wohnzimmers, wo Lucas vor dem Fernseher saß.

„Ja. Den meine ich.“

„Du siehst mich überrascht und schockiert. Das ist furchtbar!“

„Aber noch lange nicht das Ende der Geschichte.“

„Ich bin ganz Ohr.“ Irina sah zu Phillip, der sich in Schweigen hüllte und das Gesicht hinter dem Kühlakku versteckte.

Dann erzählte Carolina von ihrem nächtlichen Aufeinandertreffen mit Phillip.

„Wir kennen uns von früher. Als ich nach Hause kam, hat er hier auf mich gewartet, weil er“, sie stockte kurz, „mich unangekündigt besuchen wollte. Seine Blessuren sind das Ergebnis meiner Selbstverteidigung.“ Carolina machte eine Pause, tauschte den Kühlakku für Phillip aus, während Irina Pralinen, einen Porzellanteller mit Goldrand, drei passende Tassen mit geschwungenem Griff, Plätzchen und warmen Kakao aus ihrem Korb holte und auf dem Tisch bereitstellte. Als hätte Lucas es im Blut, steckte er seinen Kopf zur Küche hinein und fragte keck: „Darf ich auch noch einen?“

„Natürlich.“ Irina lächelte und hielt ihm den Teller hin, damit er sich ein Stück von den Leckereien aussuchen konnte.

„So weit so gut, ich ahne, dass da noch mehr kommt."

„Ja, richtig. Das ist noch längst nicht alles", hob Carolina erneut an. „Zuerst einmal das Allerwichtigste. Du darfst niemandem sagen, dass Phillip hier ist. Er versteckt sich."

„Was hast du ausgefressen?" Die Frage kam wie aus der Pistole geschossen. Irina sah Phillip eindringlich in die Augen, ohne dabei unfreundlich zu wirken.

„Nichts, das ist der alltägliche Wahnsinn. Die Paparazzi sind froh, wenn sie mich vor die Linse bekommen, um sich eine Schlagzeile dazu auszudenken", verteidigte sich Phillip und nun sah Carolina es deutlich hinter Irinas Stirn arbeiten.

„Phillip", wiederholte sie nun, „und wie weiter?"

„Mein Name ist Phillip Dahmen."

„Kenn ich nicht."

„Mein Künstlername ist Phil Damians."

Für einen Moment, kaum sichtbar, durchzuckte die Erkenntnis Irinas Körper. Ihre Augen wurden ein winziges Stück größer, sie hörte kurz auf, die Praline zu kauen.

„Ja, jetzt wo du es sagst, sehe ich es auch", gab sie zu. „Und ihr zwei kennt euch also? Interessant. Ich wusste gar nicht, dass du so ein Geheimnis mit dir herumträgst. Woher?"

Carolina vergewisserte sich, dass Lucas außer Hörweite war, dann beugte sie sich etwas über den Tisch zu Irina und rückte mit der Wahrheit heraus.

„Phillip ist Lucas' Vater."

Irina erwiderte nichts. Stumm sah sie von einem zum anderen, dann zog sie eine sehr kleine Wodkaflasche und drei Schnapsgläschen aus dem Korb. Stellte alle drei nebeneinander, gab einen winzigen Schluck in jedes Glas und stellte ungläubig fest: „Das ist mal eine Überraschung." Sie schob den beiden die Gläser hinüber, hob ihres hoch und flüsterte: „Cheers, Phillip, cheers, Caro."

Doch dieser war nicht nach Irinas Allheilmittel und sie lehnte dankend ab. Auch Phil schob sein Glas zurück und so sprach Irina einen weiteren Toast aus: „Auf Lucas und die Familie", dann trank sie auch die anderen beiden Schlückchen.

„Bin ich froh, dass ich heute nicht ins Café muss. Das sind unfassbare Neuigkeiten. Jetzt möchte ich auch wirklich alles im Detail wissen."

„Phil hat mich vor einigen Tagen im Krankenhaus aufgesucht."

„Einfach so?"

„Nein, nicht einfach so. Verkleidet und vorher hat er ein paar unreife Anrufe getätigt." Carolina sah milde lächelnd zu ihm hinüber. „Um es abzukürzen: Wir haben uns ausgesprochen und sind zu dem Entschluss gekommen, dass in der Vergangenheit viel falsch gelaufen ist. Das wollen wir ändern und versuchen, die Zukunft familiärer zu gestalten. Das heißt, Lucas und ihm einen guten Start in die Vater-Sohn-Beziehung zu ermöglichen."

„Das heißt, ihr zwei seid ein Paar?"

„Nein", antworteten beide wie aus einem Munde. Irina nickte und rieb sich nachdenklich das Kinn.

„Als Lucas letztens erzählt hat, dass du seinen Vater gefunden hast, habe ich mir alle möglichen Szenarien ausgedacht. Aber das ...?" Sie ließ nachdenklich einige Sekunden verstreichen. „Und darf ich dich fragen, wie ihr euch das vorgestellt habt? Wie und vor allem wann wollt ihr ihm die Neuigkeit erzählen?" Irina deutete bei dem Wort „ihm" mit dem Zeigefinger hinaus in den Flur.

„Tja, wenn wir das wüssten", seufzte Carolina, umschlang ihren Körper und rieb sich die Oberarme, obwohl sie nicht fror. „Wir sind mehr oder weniger kurzfristig in die Situation hineingestolpert. Das ursprüngliche erste Kennenlernen hatten wir für morgen geplant."

Irina runzelte die Stirn. „Lucas ist sieben. Unter ‚kurzfristig in die Situation gestolpert' stelle ich mir aber etwas anderes vor."

„Das meine ich nicht. Erzähle du lieber, Phillip", gab Carolina bereitwillig das Wort an ihn weiter.

„Na ja, ich hatte den Gedanken, Carolina zu besuchen schon einige Zeit im Kopf. Also bin ich vor einer Weile abgetaucht und konnte mich recht gut in der kleinen Pension verstecken."

„Doch nicht etwa bei Janssens?"

„Doch."

„Die armen alten Leute. Die haben es gewusst?"

„Natürlich nicht. Ich war inkognito unterwegs. Eingecheckt wurde ich mit einem Decknamen, und wenn ich draußen unterwegs war, habe ich mich verkleidet. Mein Management hat eifrig Gerüchte gestreut und wollte mich decken, bis ich die privaten Angelegenheiten sortiert habe. Die Sache mit dem Tonstudio in Kanada, falls du das mitbekommen haben solltest. Das war der Plan. Wenn ich offiziell in Kanada bin, habe ich hier freie Bahn. Aber gestern Vormittag checkte plötzlich ein Pärchen ein, das mir verdächtig vorkam. Die taten so scheinheilig, aber ich war mir sicher, dass sie auf der Suche nach mir waren. Da habe ich Panik bekommen und habe meine sieben Sachen gepackt. Das Management hat einen Chauffeur in unscheinbarem Auto geschickt, der mich bis zum Gut gefahren hat. Dann habe ich hinter dem alten Stall gewartet, bis Caro nach Hause gekommen ist. Sie hat mich glücklicherweise hier übernachten lassen."

„Das war bestimmt kalt, und als Carolina nach Hause kam, hat sie dich auch noch vermöbelt", mutmaßte Irina und Phillip nickte bestätigend.

„Ist schon gut. Es war meine Schuld. Ich hatte mich im Dunkeln versteckt und bin wie aus einem Hinterhalt aufgetaucht. Ich habe es nicht anders verdient und das verheilt schon wieder. Dieses Verstecken vor den Klatschfotografen macht auf Dauer wohl ein bisschen paranoid." Phillip versuchte, zu lächeln.

„Womit wir dann wieder beim Thema sind. Waren die zwei nun Leute von der Klatschpresse? Haben sie dich fotografiert?"

„Ich hoffe nicht, aber ehrlich gesagt, habe ich keine Ahnung. Ich habe sie danach nicht mehr gesehen."

„Das dürfte mit ein oder zwei Klicks im Internet herauszubekommen sein. Ich hole mal mein Handy." Carolina holte ihr Telefon aus dem Schlafzimmer. Sie warf einen Blick ins Kinderzimmer und stellte fest, dass Lucas dort hoch konzentriert mit seinen Legosteinen spielte. Ein Lächeln huschte über ihr Gesicht. Auf dem Weg zurück in die Küche prüfte sie die entgangenen Anrufe. Melli, Nick, Natalie und Tobi hatten versucht, sie anzurufen. In ihrem E-Mail-Postfach türmten sich die eingegangenen Nachrichten. Sie ignorierte alles und öffnete den Internetbrowser.

„Phil Damians", sagte sie leise, als sie sich wieder an den Tisch setzte und seinen Namen eintippte. Dann startete die Suche. Irina und Phillip sahen ihr dabei gespannt zu.

„Grundgütiger, das sind ja endlos viele Artikel über dich." Sie scrollte durch die Ergebnisliste.

„Nimm die oberen. So weit unten brauchst du nicht suchen. Darf ich mal?"

„Okay." Carolina reichte ihm ihr Telefon und sah zu, wie Phillip sich durch verschiedene Gossip-Portale klickte und wischte.

„Ach, fuck …", stieß er grollend aus und reichte das Smartphone gleich darauf an Carolina zurück. Irina und sie fanden ein ansprechendes Bild mit einem alten Schlösschen inmitten einer verschneiten, bergigen Waldlandschaft. Darüber war die Schlagzeile: *Heimliches Liebesnest in Belgien? – Phil Damians kauft Schloss in der Eifel* zu lesen. Darunter war ein schlecht geschriebener kurzer Artikel zu finden, in dem darüber gemutmaßt wurde, ob Phil sich heimlich verliebt und verlobt habe und wer die Unbekannte sei, die ihm den Kopf verdreht haben könnte, oder ob er sich doch endlich um seine schon so oft abgestrittene Drogensucht und Depression kümmern würde. Eine Therapie in aller Abgeschiedenheit könne dem gebrochenen Mann gewiss wieder auf die Beine helfen.

„Liebesnest, Drogensucht, Depression?" Carolina sah prüfend vom Display auf.

„Da ist natürlich nichts dran. Das stimmt hinten und vorne nicht. Die schreiben, was sie wollen, und legen noch irgendein doofes Foto dazu. Genau aus diesem Grund bin ich abgehauen."

„Und was ist mit dem Schloss?"

„Ja, nichts. Ich hatte dir gesagt, dass ich mich in den letzten Tagen um Immobilien bemüht habe. Ich wollte etwas finden, dass ich in der Nähe wohnen kann. Aber doch nicht das Schloss. Wie käme ich denn dazu?" Er ballte die Fäuste und stieß die Fingerknöchel immer wieder nervös zusammen. „Irgendwer hat jedenfalls gequatscht. Jetzt wird diese Sache auch immer komplizierter und ich muss mir einen Strohmann suchen."

„Oder Strohfrauen", fügte Carolina hinzu und deutete zuerst auf Irina und dann auf sich. Das Klingeln ihres Handys unterbrach das Gespräch. Schon wieder Nick.

„Hallo, Nick, guten Morgen. Was gibt es denn?"

„Machst du Witze?" Er klang sehr aufgebracht.

„Nein. Was ist los?"

„Wir haben uns Sorgen gemacht. Du gehst seit Stunden nicht ans Telefon. Du hast die Sachen aus der Klinik nicht abgeholt und hier sitzt den ganzen Morgen schon dieser Typ, mit dem du dich letztens getroffen hast, und fragt ständig nach dir. Er sagt, dass du gestern einfach so von der Feier abgehauen bist. Also, was ist los? Hattet ihr ein beschissenes Date? Soll ich ihn vor die Tür setzen? Bist du okay?" Nachdem er seine Ansprache hinuntergerasselt hatte, redete er etwas gemäßigter und schien sich zu beruhigen.

Im Gegensatz zu Carolina. Als Nick Tim erwähnte, wurde ihr schlagartig flau im Magen, denn nun war auch dieses Desaster wieder präsent. Sie zwang sich, ruhig zu atmen und sachlich zu antworten.

„Entschuldige bitte, ja, ich bin okay, aber bei mir ist gestern echt viel Chaos dazwischengekommen. Das kann ich dir nicht in zwei Sätzen am Telefon erzählen. Wäre es nicht möglich, dass du die Sachen selbst in der Klinik abholst, ausnahmsweise? Hier ist echt der Wurm drin und ich mache es wieder gut. Ganz bestimmt."

„Bei dir ist der Wurm drin? Frag uns mal. Im Caféhaus ist die Hölle los. Ein Haufen Leute von der Zeitung und vom Fernsehen sind in Weidingen eingefallen. Die glauben, dass der Sänger von dieser Rockband, ‚The Damians‘, hier in der Gegend ist. Pitt heißt der oder so, aber ist ja auch egal. Die rennen allesamt rum, wie aufgescheuchte Hühner und wir wissen nicht, wo uns der Kopf steht. Ich kann keinesfalls hier weg.“

Carolina unterdrückte nur mit Mühe das Bedürfnis, Nick zu berichtigen und ihm den richtigen Namen des Sängers mitzuteilen. In ihrem Kopf überschlugen sich die Erinnerungen an den Vorabend und Fantasievorstellungen über Paparazzi, die mit riesigen Teleobjektiven und Satellitenschüsseln auf ihren Autos die schmale Weidinger Durchgangsstraße blockierten. Sie musste ruhig bleiben. Panik half hier niemandem weiter.

„Und was ist mit Tobi?“

„Der schläft, ist noch nicht wieder einsatzfähig, hatte wohl eine längere Nacht. Du weißt, dass ich normalerweise entspannt bin, aber du musst das heute erledigen. Ich brauche den Transporter morgen. Ich habe eine angemeldete Wandergruppe zu betreuen, der Termin steht schon ewig.“

Carolina wusste, dass Nick mit Leib und Seele in der Bäckerei arbeitete und dass er mit ebenso viel Einsatz als Wanderführer für Touristengruppen im Hohen Venn unterwegs war. Er hatte diese Ausflüge zugunsten des Caféhauses zwar stark zurückgefahren, dafür waren ihm die wenigen verbliebenen umso wichtiger.

„Ach, herrje. Ist schon okay, ich sehe zu, dass ich hier alles auf die Kette kriege und schnell da bin.“

„Danke!“

„Kann Natalie mir wenigstens helfen?“, fragte sie vorsichtig, aber Nick wiegelte ab.

„Die hilft schon im Laden.“

„Schon gut, mir wird schon was einfallen. Gib mir eine Stunde. Ich muss noch ein bisschen was organisieren“, beschwichtigend verabschiedete sie sich und erstattete Irina und Phillip, die sie beide neugierig ansahen, Bericht.

„Das Letzte, was ich will, ist es, euch Schwierigkeiten zu bereiten. Mit jedem Tag, den ich länger hier bin, bestätigt sich, dass es ein Fehler war, hierherzukommen. Ich kümmere mich selbst darum.“

„Es war kein Fehler, auch wenn ich am Anfang genauso gedacht habe. Es ist richtig und wichtig, dass du hier bist. Und wie willst du dich denn um die Presse kümmern? Hingehen und mit ihnen sprechen?“

„Im Ernstfall ja.“

„Vergiss es. Ich fand es nicht gut, wie du hier reingeplatzt bist, aber jetzt musst du hierbleiben und die Sache mit mir durchziehen. Wir können diese wichtige Sache nicht weiter aufschieben. Lucas muss die Wahrheit erfahren und wir müssen nach vorn blicken. Auch, wenn es dir nicht gefällt, ab jetzt sind wir ein Teil deines Lebens und du musst deine Entscheidungen mit uns absprechen.“

„Ich habe nicht gesagt, dass es mir nicht gefällt. Ich weiß nur nicht, wie wir das anstellen sollen. Ich kann kaum einen Schritt unerkannt aus der Tür gehen.“

„Ich habe dich nicht sofort erkannt“, warf Irina dazwischen.

„Das ist jetzt auch egal. Wir machen eins nach dem anderen. Wir müssen Lucas Zeit geben, mit dir warm zu werden und die Situation zu verdauen. Wenn du jetzt abhaust, dann erreichen wir das Gegenteil."

Carolina trank ihren mittlerweile erkalteten Tee aus und sah auf Zustimmung hoffend in die Gesichter der beiden. Sie nickten.

„Jetzt brauche ich nur noch jemanden, der mit mir zur Klinik fährt und den Lieferwagen holt. Wenn ich Nick jetzt hängenlasse, darf ich ihn wohl nie wieder um einen Gefallen bitten. Vielleicht kann ich Natalies Bekannten noch überzeugen oder ich habe Glück und treffe irgendjemand anderen Bekannten im Café."

Beim Gedanken daran, dass Tim noch im Caféhaus sitzen oder ihr später in der Klinik über den Weg laufen könnte, rebellierte Carolinas Magen. Sie war nicht nur enttäuscht, sondern auch schrecklich wütend. Je mehr sie versuchte, die Gedanken an ihn zu verdrängen, desto häufiger fanden sie den Weg zurück.

„Wenn es dir recht ist, dass Lucas und ich währenddessen allein sind, dann passe ich so lange auf", bot Phillip schüchtern an.

Erstaunt blickte Carolina zu ihm auf und nahm noch erstaunter zur Kenntnis, dass sie tatsächlich in Erwägung zog, sein Angebot anzunehmen. Noch gestern hätte sie rigoros Nein gesagt, aber jetzt? Sie warf Irina einen fragenden Blick zu, doch diese hielt sich aus der Entscheidung heraus.

„Ich werde Lucas fragen, was er darüber denkt, und ihm die Entscheidung überlassen." Damit erhob sich Carolina und verließ die Küche.

Lucas zeigte sich begeistert und drängte sofort darauf, endlich den geheimnisvollen Gitarrenkoffer zu öffnen, der neben der Couch im Wohnzimmer stand.

„Nimmst du mich mit? Wenn so viel los ist, kann ich doch nicht zu Hause sitzen bleiben. Zum einen bin ich viel zu neugierig, zum anderen handelt es sich um mein eigenes Geschäft. Selber fahren kann ich jetzt leider nicht mehr." Sie hob die Schnapsgläser bedeutungsschwer in die Luft und ließ sie dann in ihrem Weidenkörbchen verschwinden.

„Na gut, dann treffen wir uns gleich an meinem Auto." Carolina rieb sich nervös die Hände. Die Idee, jetzt im Krankenhaus aufzutauchen, behagte ihr keineswegs.

***

Nick hatte nicht übertrieben. Schon als Carolina ihr kleines Auto die gewundene Straße von Gut Beeken hinunter in den Ortskern von Weidingen steuerte, entdeckten sie den Verkehrsstau. Neben den üblichen Weihnachts- und Wochenendtouristen konnte Carolina auch zwei Übertragungsfahrzeuge entdecken, die nahe der Pension Janssen abgestellt worden waren. Sie fuhr zielstrebig an der Kundenschlange vorbei und bog in den Hof hinter dem Caféhaus, der ausschließlich als Privatparkplatz und Ladezone diente, und vermied es, in das Innere des Lokals zu blicken. Falls Tim die Dreistigkeit besaß, noch immer dort drinnen zu hocken, wollte sie es nicht wissen. Sie betraten das Geschäft durch den Hintereingang und trafen auf Nick, der in der Backstube alle Hände voll zu tun hatte, den Proviant für seine Wandergruppe vorzubereiten.

„Hi, da bin ich und ich habe sogar Verstärkung mitgebracht." Sie zeigte auf Irina und bemerkte zufrieden

287

den Ausdruck der Freude, der über Nicks Gesicht huschte.

„Hast du den Autoschlüssel?", fragte Nick.

Mit einem zielsicheren Griff zog sie ihn aus der Handtasche, zeigte ihn hoch und wollte wieder gehen.

„Warte kurz", hielt Nick sie zurück, während er zwei Schüsseln mit Apfelschnitzen in den Kühlschrank stellte. „Jetzt, da Irina hier ist, kann Natalie dir vielleicht helfen. Frag sie doch, sie ist vorn." Nick zeigte mit dem Daumen hinter sich in Richtung Gastraum und augenblicklich erhöhte sich Carolinas Blutdruck.

„Ist ER auch noch da?", fragte sie finster.

„Du meinst deinen Typ?"

„Er ist nicht MEIN Typ", erwiderte sie schroff, merkte aber, dass sie ihren Unmut über sich selbst und über Tim an der falschen Person ausließ. Also fügte sie etwas milder hinzu: „Ich habe mal wieder einen Fehler gemacht. Das ewig gleiche Spiel, unbelehrbar, wie ich bin."

Sie sahen sich eine Weile an, dann entgegnete Nick besänftigend: „Geh nicht zu hart mit dir ins Gericht. Die Menschen sind nicht dafür geschaffen, allein zu sein."

„Aber ich bin offensichtlich nicht dafür geschaffen, mit jemandem zusammen zu sein. Also, ist er noch da?"

„Ich glaube nicht."

Carolina durchquerte bangen Herzens die Backstube und lugte vorsichtig ins Lokal. Es herrschte reger Andrang an der Verkaufstheke und alle Tische waren besetzt, aber Tim war nirgendwo zu erblicken. Also nahm sie sich zusammen und lief zügig zu ihrer Schwester.

„Hi, hier ist ja ordentlich was los."

„Das kannst du laut sagen, noch mehr als sonst. Die neuesten Nachrichten machen die Leute vollkommen verrückt. Heute früh ist sogar ein Fanklub von den Damians hier eingekehrt. Du hast doch die Nachrichten gelesen?" Natalie trat einen Schritt beiseite, um Platz für Irina zu machen, und unterhielt sich dann weiter mit Carolina. „Die Presseleute denken, dass Phil Damians, der Rockmusiker, hier in der Nähe herumschwirrt und die Gegend aufkaufen will. Unglaublich, oder?"

„Ja, ich habe es kurz überflogen", entgegnete Carolina, ohne ihre Schwester anzusehen.

„Und, was denkst du?", wollte Natalie wissen.

„Was soll ich denken?"

„Na, glaubst du, dass sich so ein Megastar in unser verschlafenes Nest verirrt? Ich glaube, da erlaubt sich jemand einen Spaß zu den Feiertagen. Angeblich ist der Typ doch in Kanada."

„Spaß oder nicht, du siehst ja, dass es wirkt, und bei euch rollt der Rubel." Carolina versuchte, sich unbeteiligt zu geben. „Statt sich zu Hause mit ihren Familien auf Weihnachten vorzubereiten, rennen sie unbescholtenen Leuten hinterher und verderben ihnen den Urlaub."

„Na so unbescholten ist Phil Damians aber nicht, wenn man den Medien glauben darf. Aber wenn der Urlaub machen will, dann ist er ganz sicher in Kanada", fasste Natalie entschieden zusammen.

„Ja, kann sein. Vielleicht ist ein Doppelgänger unterwegs." Carolina winkte ab, um zu zeigen, wie wenig Bedeutung sie der Geschichte zukommen ließ.

„Mir soll es recht sein. Der Laden brummt ohne Ende und ich verdiene mir mit den Extraschichten was dazu.“ Trotz der Aufregung war Natalie gut gelaunt.

„Apropos Extraschicht, Schwesterlein. Würdest du mir einen Gefallen tun?“

„Kommt drauf an.“

„Fährst du mit mir rüber in die Klinik? Ich muss die Sachen und den Lieferwagen abholen. Ich kann aber nicht mit zwei Autos zurückfahren.“ Natalie blickte ihre Schwester eine Weile schweigend an, neigte den Kopf zur Seite, als müsste sie erst gründlich darüber nachdenken. Dann erwiderte sie. „Von mir aus. Ich sage Irina Bescheid und dann erzählst du mir aber widerstandslos, was es mit dem Kerl auf sich hat, der sich stundenlang hier aufhält und nach dir verzehrt.“

„Ist ja schon gut.“ Sie nickte ergeben und wartete, bis Natalie abfahrbereit war.

„Was ist dir denn alles schon zu Ohren gekommen?“, fragte Carolina einige Minuten später, als sie zwischen den teils windschiefen Fachwerkhäusern und dem regen Verkehr aus dem Dorf fuhren.

„Ach, fangen wir mal damit an, dass du angeblich Lucas’ Vater aus der Versenkung geholt hast und eine Familienzusammenführung planst. Sag schon, wer ist es? Kenne ich ihn und woher kommt dein Sinneswandel?“

„Nein, du kennst ihn nicht.“

„Schade, aber das war ja zu erwarten. Und wann willst du ihn uns vorstellen? Wo war der Mann all die Jahre, was sagt Lucas dazu?“

„Keine ungesunde Hektik. Zunächst war er sich gar nicht sicher, ob er überhaupt Vater ist. Damals wollte er es nicht wahrhaben, und als ich mich nicht weiter bei ihm gemeldet habe, hat er angenommen, dass wirklich nichts an der Sache dran war."

„Und warum hast du dich jetzt doch bei ihm gemeldet?"

„Habe ich nicht. Er hat sich bei mir gemeldet. Über die Webseite vom Krankenhaus war ich relativ einfach zu finden. In letzter Zeit hat er mehr und mehr an seiner Entscheidung gezweifelt. Er wollte sich Klarheit verschaffen, ob er nun ein Kind hat oder nicht."

„Unfassbar. Wie hat er reagiert, als du ihm von Lucas erzählt hast? Hast du doch, oder?"

„Zuerst war ich so wütend und aufgebracht, dass ich ihm nichts sagen wollte und auch keinen Kontakt erlauben wollte. Aber dann ist mir klar geworden, dass ich diese Entscheidung nicht für Lucas fällen darf. Ich kann nur versuchen, die beiden so gut wie möglich auf diesem Weg zu begleiten, und hoffen, dass er als Vater die Sache gut macht."

„So kenne ich dich. Immer vernünftig und im Plan. Darum beneide ich dich, ehrlich gesagt."

Einige Minuten herrschte ahnungsloses Schweigen, dann fragte Natalie weiter. Vielleicht hatte ihre Schwester geglaubt, sie müsste angesichts der Ernsthaftigkeit des Gesprächsthemas eine angemessene Zeit verstreichen zu lassen. Vielleicht wartete sie auch darauf, dass Carolina von sich aus weitersprach, aber sie tat es nicht.

„Wie findet Lucas ihn?"

„So weit sind wir noch nicht. Er hat nur mitbekommen, dass ich eine Nachricht von ihm abgehört habe.

Er denkt, das sei sein Weihnachtsgeschenk." Carolina bemühte sich, dieses Thema vage zu umgehen.

„Lass ihn das doch denken. Ich finde diese Vorstellung irgendwie niedlich."

„Abwarten." Carolina bog auf die Landstraße Richtung Sankt Vith ein. Die Sonne strahlte kräftig am wolkenlosen blauen Himmel und sorgte für gleißend helle schneebedeckte Felder. Sie musste die Sonnenblende herunterklappen und ihre Augen zusätzlich mit der Hand abschirmen.

„Ich dachte ja, dass es vielleicht dieser ominöse Tim ist, mit dem du dich seit einiger Zeit triffst." Der lauernde Unterton in Natalies Stimme, die Hoffnung, sie könnte ihre Schwester überführen, war nicht zu überhören.

„Ernsthaft? Nein!" Carolina warf einen schnellen Blick in den Rückspiegel, vergewisserte sich, dass niemand hinter ihr fuhr und trat auf die Bremse. Sie schaltete die Warnblinkanlage ein und drehte sich ihrer Schwester zu.

„Nein, der ist es ganz bestimmt nicht und zu deiner Information, dieser ominöse Tim ist für mich gestorben. Es war mal wieder ein Reinfall. Dieser Mistkerl ist ein für alle Mal gestorben. Du kannst dir gar nicht vorstellen, was er mir angetan hat."

„Was denn?" Natalie zog skeptisch die Stirn kraus.

„Er hat mir den Job im Krankenhaus eiskalt vor der Nase weggeschnappt. Ich blöde Kuh habe mich von ihm einwickeln lassen und er krallt sich meine Oberarztstelle. Der ist so was von abgebrüht, das kannst du dir gar nicht vorstellen."

„So kam er mir gar nicht vor. Er sah aus, als hätte er sich Sorgen um dich gemacht, weil du plötzlich verschwunden warst. Hier", Natalie zog einen zusammengefalteten Papierzettel aus der Hosentasche, „er hat mich gebeten, dir seine Nummer zu geben, falls du sie nicht hast, und dich zu bitten, ihn anzurufen."

„So weit kommt es noch." Carolina ignorierte den Zettel und setzte sich wieder gerade auf den Fahrersitz.

„Warte mal", bat Natalie nun einfühlsam und legte ihre Hand auf Carolinas Unterarm. Eine angenehme, tröstende Berührung, die Carolina gleichermaßen genoss und ablehnte. Wenn ihre Schwester sich weiterhin so verständnisvoll gab, dann würde sie gleich noch anfangen zu heulen.

„Was?" Carolina blickte stur nach vorn und hielt sich am Lenkrad fest.

„Stimmt das? Der kriegt deine Stelle?"

Carolina war nicht in der Lage zu antworten. Sie nickte stumm.

„Aber warum, ich denke, es war alles klar? Komm mal her!" Natalie schnallte sich ab und legte beide Arme um ihre Schwester. Das war zu viel für Carolina. Im nächsten Moment brachen alle Dämme und sie weinte sich an der Schulter ihrer jüngeren Schwester aus. Viele Tränen und eine Packung Taschentücher später ging es ihr etwas besser.

„Und was willst du jetzt machen?" Natalie zeigte sich ernsthaft besorgt.

„Alles der Reihe nach, anders funktioniert es nicht. Hier ist gerade so viel Chaos um mich herum, dass ich mich um einen Brandherd nach dem anderen kümmern muss. Jetzt lass uns erst mal den Lieferwagen und die Töpfe abholen. Ich bin froh, dass du dabei bist. Ich hätte mein Auto ungern dort stehengelassen. Außerdem hoffe ich auf deinen Beistand, falls mir jemand über den Weg läuft und mich vielleicht sogar noch zur Rede stellt."

„Ich bin auch froh, dass ich dabei bin. Trotzdem bist du eine starke Frau und nichts wird so heiß gegessen, wie es gekocht wird. Vielleicht sprichst du noch mal mit deinem Chef?"

„Du meinst, ich soll um die Stelle betteln, obwohl sie schon vergeben ist? Never. Eher suche ich mir einen Job woanders und fange neu an."

„Was? Du kannst doch nicht einfach abhauen. Lucas auch nicht."

„Na ja, nicht sofort", beschwichtigte Carolina. „Aber ich nehme mir die Freiheit, ausführlich darüber nachzudenken und meine Optionen auszuloten."

„Optionen ausloten", echote Natalie und seufzte, während Carolina sich bereit machte, die Fahrt fortzusetzen. „Ich dachte, dass wir endlich ein gemütliches, unaufgeregtes Weihnachtsfest im Kreis der Familie feiern, und nun muss ich daran denken, dass es vielleicht das erste und letzte Mal ist, dass wir alle bei dir essen."

„Verdammt!", fluchte Carolina und würgte den Motor ihres Wagens ab. „Ich habe das Weihnachtsessen vergessen!"

Sie ließ sich gegen die Rückenlehne sinken und drehte den Kopf zur Seite. Die verschneite Landschaft verschwand hinter einem erneuten Tränenschleier.

„Ich bin eine Totalversagerin", platzte sie dann heraus und verschränkte die Arme vor der Brust.

Natalie schwieg, streichelte mitfühlend über Carolinas Arm und sagte schließlich: „Komm, wir tauschen Plätze. Ich fahre.“

20 – Ausgeladen, abgesagt

In der Klinik angekommen, parkte Natalie für alle sichtbar gleich neben dem Lieferwagen direkt vor dem Haupteingang. Die müden Proteste ihrer Schwester überhörte sie gekonnt.

„Du musst mich nicht noch auf dem Silbertablett servieren", knurrte Carolina und stieg aus.

Vor dem geschmückten Weihnachtsbaum in der Eingangshalle blieb Natalie stehen, aber Carolina zog ihre Schwester weiter.

„Komm schon, tu mir das nicht an. Es ist nur ein Weihnachtsbaum. Ich habe keine Lust, hier Wurzeln zu schlagen und doch noch gesehen werden. Wir machen es wie die Bankräuber. Rein, Zeug schnappen, raus. Und wenn einer fragt, waren wir nie hier."

Sie warf einen heimlichen Blick zum Empfang, doch der war gerade nicht besetzt. Gott sei Dank, die nette Bettina hätte sie jetzt nicht auch noch ertragen.

„Wie kommst du denn jetzt auf diesen Blödsinn?", wollte Natalie wissen und ließ sich nur widerstrebend zum Fahrstuhl bugsieren.

„Ich habe keine Lust auf mitleidige Blicke oder vielleicht noch dem neuen Oberarzt über den Weg zu laufen. Ich will einfach nur das Zeug holen und wieder nach Hause. Da wartet noch genug Arbeit auf mich."

„Nun beruhige dich mal. Das Weihnachtsessen kriegen wir schon hin. Wenn alle Stricke reißen, dann bringt eben jeder von uns eine Kleinigkeit mit. Ich kann mir kaum vorstellen, dass irgendwer von uns überhaupt großen Hunger haben wird, nach der Völlerei in der Vorweihnachtszeit.“

„Es geht doch gar nicht darum, es sollte so schön und entspannt im Kreis der Familie sein, alle bei mir versammelt und wir stoßen auf die Zukunft an.“

„Auf die Zukunft kannst du immer anstoßen.“ Die Lifttür öffnete sich, die Schwestern warteten, bis ein älteres Pärchen den Fahrstuhl verlassen hatte. Dann traten sie ein und Carolina drückte energisch auf die Drei.

„Es ging aber um eine besondere Zukunft. Mein Leben sollte endlich in geordneten Bahnen verlaufen. Weniger Stress auf der Arbeit, mehr Zeit für Lucas und jetzt?“

Sie steckte die Hände in die Gesäßtaschen ihrer Jeans und blickte nervös an die Decke der Fahrstuhlkabine.

„Mach dir keine Sorgen. Irgendwie kriegen wir das schon hin. Eins nach dem anderen. Hast du selbst gesagt, okay?“

„Es bleibt mir ja nichts anderes übrig“, gab sich Carolina geschlagen.

Die Lifttür öffnete sich und sie sah sich prüfend um, bevor sie mit Natalie eilig aus dem Fahrstuhl trat und zügig hinüber zum großen Besprechungssaal lief. Die Doppeltür war geschlossen, und als Carolina sie schwungvoll öffnete, platzte sie in eine Besprechung der Abteilung für Innere Medizin. Erschrocken zog sie die Tür wieder zu, sie schloss lauter als beabsichtigt.

„Was ist?“, wollte Natalie wissen.

„Besprechung, da drin, aber keine Bleche und Töpfe.“ Sie schluckte überrascht.

„Wen wundert’s?“, entgegnete Natalie. „Die werden gestern noch aufgeräumt haben, nachdem du die Party frühzeitig verlassen hast.“

„Und wo ist der Kram nun? Nick wird mich einen Kopf kürzer machen und Irina wird auch nicht gerade begeistert sein."

„Wo werden die Küchenutensilien schon sein? Komm schon. Wo geht es zur Küche?"

„Nach ganz unten", erwiderte Carolina und folgte Natalie zum Fahrstuhl.

„Caro? Hey, Frau Doktor Beeken, warte doch mal!"

Die Stimme hinter sich erkannte Carolina sofort. Es war Melli. Auch das noch. Sie war geliefert, jetzt durfte sie sich gewiss gleich was darüber anhören, wie unprofessionell sie sich gestern Abend verhalten hatte. Aber das brauchte Melli ihr nicht zu sagen, das wusste sie selbst und sie würde es wieder tun, falls sie sich jemals wieder in so eine Lage brächte.

„Hey, was machst du denn hier?" Ohne eine Antwort abzuwarten, trat Melli an Carolina heran, schloss sie in die Arme und drückte sie fest an sich. „Ich habe mir Sorgen gemacht. Das nächste Mal rufst du mich gefälligst zurück, wenn du einfach so abhaust, Cinderella."

„Warum bist du hier und was redest du denn da für ein Durcheinander?"

„Erstens: Kurzfristig mit Andrea den Dienst getauscht. Zweitens: Wie nennst du eine Frau, die den Ball verlässt, den Prinzen stehen lässt, dabei auch noch einen Teil ihrer Klamotten verliert?"

„Melli, ich raff das nicht. Was willst du mir sagen?"

„Entschuldige. Das war nicht witzig. Ich weiß nur nicht, wie ich anders mit der Situation umgehen soll. Du hältst mich ja seit Neuestem vollständig aus deinem Privatleben raus." Melli verschränkte die Arme vor der Brust und zog eine beleidigte Schnute. „Nachdem du rausgerannt bist und unser neuer Oberarzt dir nachgelaufen ist, darfst du dreimal raten, wer ihn danach an der Backe hatte." Carolina und Natalie stiegen in den Fahrstuhl, Melli stellte sich dazu. „Wir haben kurz geredet, ich war natürlich neugierig und er sagte mir, dass ihr euch kennt."

„Den kenne ich nicht mehr. Der Typ kann mir gestohlen bleiben. Wie kann er es nur wagen, sich meinen Job unter den Nagel zu reißen."

„Wenn ich ihn richtig verstanden habe, wusste er nicht, dass du hier arbeitest. Er erzählte die ganze Zeit etwas vom Caféhaus. Seit wann arbeitest du denn da? Musst du Zusatzschichten machen oder hast du ihn verarscht?"

„Ich habe niemanden verarscht", zischte Carolina und ließ Mellis Worte gedanklich nachwirken. In diesem Punkt hatte sie recht. Sie hatte mit Tim nicht über ihren Beruf gesprochen.

„Weiß er jetzt, dass ich hier arbeite?"

„Von mir nicht, wie käme ich dazu, meine Freundin zu verpfeifen? Aber es ist kein Geheimnis. Das wird er schnell rauskriegen. Schließlich ist er jetzt dein Boss."

Carolina wurde augenblicklich wieder flau bei dem Gedanken. „Herzlichen Dank, dass du mich so freundlich auf dieses charmante Detail hinweist."

„Kein Problem. Ich rede ja über solche Dinge noch mit dir."

„Weißt du, jetzt ist es wohl auch egal. Wenn er mein Boss ist, dann nicht für lange. Ich glaube, ich suche mir was anderes", flüsterte Carolina bedrückt. Während sich die Aufzugtür langsam öffnete, sah Carolina in Mellis vor Schreck erstarrtes Gesicht.

„Mach keinen Blödsinn, Caro. Nichts wird so heiß gegessen, wie es gekocht wird. Du kannst doch gegen diese Entscheidung vorgehen. Farbach hat die ganze Zeit von nichts anderem geredet, dass du die geeignete Person für diesen Posten bist und eine gute Oberärztin wärst. Das ist so etwas wie ein Versprechen, an das er sich halten muss.“

„Wer es glaubt? Du, Melli, sei uns nicht böse, aber wir sind ein bisschen unter Zeitdruck. Ich muss den ganzen Kram von gestern zurückbringen.“

„Schon gut, kein Problem. Das hier“, sie hielt eine Patientenakte hoch, „sollte sowieso zügig woanders hin. Ich habe sozusagen auch Zeitdruck.“ Sie drückte Carolina nochmals kurz, verabschiedete sich von Natalie und stieg wieder in den Fahrstuhl. Gleich darauf schloss sich die Tür und Melli war verschwunden.

Die Küchencrew hatte nicht nur alle Töpfe, Bleche und Kisten hinunter geräumt, sondern auch alles, was nicht zum Klinikinventar gehörte, ordentlich abgewaschen und neben dem Lieferanteneingang zur Abholung bereitgestellt. Sie fuhren Nicks Lieferwagen direkt vor die Tür und die Crew war so freundlich, alles sofort einzuladen.

„Vielen Dank und frohe Weihnachten“, verabschiedete sie sich und schon ging es zurück nach Weidingen. Natalie fuhr im Lieferwagen voraus und Carolina folgte ihr, wobei sie mit mäßigem Erfolg versuchte, nicht an Tim zu denken.

An einer Kreuzung summte ihr Smartphone in der Hosentasche. Sie zog es umständlich heraus. Eine Nachricht von Melli war eingegangen.

Hat alles geklappt?

Ja.

Carolina tippte eilig, während sie die rote Ampel im Blick behielt.

Ich habe dir gar nicht den neuesten Tratsch erzählt. Willst du es wissen?

Wenn ich Nein sage, schreibst du es mir dann trotzdem?

Noch immer zeigte die Ampel rot.

Ja!????

Also gut, dann ja! Aber schick mir eine Sprachnachricht. Ich fahre gerade.

Die Signalleuchte sprang um und Carolina fuhr weiter. Erst als sie in Weidingen im Verkehrsstau stand, hörte sie die Nachricht ab.

„Wir haben seit letzter Nacht zwei verrückte Reporter im Haus. Knallharte Braut und ihr Typ. Sie behauptet, dass sie aus dem Fenster im ersten Stock gefallen ist, als sie Phil Damians fotografieren wollte."

Carolina stockte der Atem. Einige Male spielte sie die Nachricht ab, dann antwortete sie.

Wie kommt sie darauf, dass der hier ist?

Mellis Antwort ließ nicht lange auf sich warten.

„Kriegst du gar nichts mehr mit? Die Presse zerreißt sich das Maul. Die einen sagen, der sitzt irgendwo in Weidingen und kuriert sich aus, die anderen, dass er in Kanada im Tonstudio sitzt. Mach doch mal das Radio an.“

Später. Wie geht es der Frau denn?

Carolina täuschte Ahnungslosigkeit und medizinisches Interesse vor. Innerlich zerriss es sie vor Neugier, wo die Reporterin Phillip hatte ablichten wollen.

„Die hatte zuerst nur einen einfachen Wadenbeinbruch. Ist gegipst worden und hat sich dann heute früh selbst entlassen. Warte kurz.“

Die Nachricht war zu Ende, wenig später traf eine weitere ein.

„Also, sie wurde von einem anderen Typen abgeholt. Auch ein Reporter. Sie haben sich dann auf dem Krankenhausparkplatz gestritten. So laut, dass alle es hören konnten. Er hat ihr Vorwürfe gemacht, dass sie keine Grenzen kennt, und sie ihm, dass er eine Lusche sei ohne Gespür für Sensationen. Dann sind sie losgelaufen, aber keine halbe Stunde später wurden sie wieder eingeliefert. Sind ausgerutscht, beim Streiten. Er die

Nase gebrochen, sie den Gips kaputt und jetzt auch noch den Arm gebrochen. Irre, was?"

Carolina konnte nicht fassen, was sie da hörte. Sie war mittlerweile am Caféhaus angekommen, stieg jedoch nicht aus, sondern tippte aufs Display, um die Nachricht ein zweites Mal abzuhören. Im nächsten Moment klopfte Natalie gegen die Scheibe der Fahrertür.

„Stimmt was nicht?" Carolina blickte gedankenversunken auf und öffnete die Tür. „Lass mich raten, dir gehen die Reporter auch auf die Nerven, was? Die und ihre Fahrzeuge verstopfen die Dorfdurchfahrt komplett. Wir sind hier nicht in Hollywood. Die würden alles tun für eine Sensationsgeschichte."

„Darum geht es hier auch." Carolina hob das Handy in die Höhe. „Zwei von den Paparazzi sind seit heute im Klinikum, weil sie es übertrieben haben. Beim Fotografieren aus dem Fenster gefallen. Kannst du dir das vorstellen?" Sie erwähnte Phillips Namen absichtlich nicht, sondern versuchte, den Fokus der Unterhaltung auf den Fenstersturz zu legen.

„Wenn du mich fragst, haben die alle einen neben sich laufen. Ich weiß gar nicht, wo die ganzen Reporter plötzlich herkommen. Nick hat sie heute früh höflich aus dem Laden geschickt, als sie angefangen haben, unsere Gäste anzuquatschen. Die sind vollkommen besessen davon, dass Phil Damians hier ist. Wie bescheuert ist das denn?"

Carolina schwieg.

„Glaubst du etwa auch, dass der hier ist?"

Statt ihrer Schwester zu antworten, rief Carolina Phils Instagram Profil auf und zeigte ihr den letzten

Post. Phil ohne Blessuren mit der Gitarre vor einem Kamin, einen Weihnachtsbaum im Hintergrund. Wie auch immer er und sein Management das gedeichselt hatten, es sah glaubwürdig aus. *„Geile Blockhütte. Die Arbeiten am neuen Album schreiten voran"*, las sie den Text unter dem Bild vor. „Demnach dürfte er wohl in Kanada sein."

Natalie griff sich das Smartphone und warf einen Blick auf das Foto.

„Du weißt schon, dass man so etwas easy faken kann?", belehrte sie ihre Schwester.

„Und wenn schon. Mir egal, wir sollten uns lieber um die wichtigen Dinge kümmern und die Töpfe ausräumen. Der Glühwein-Pott muss in mein Auto, den bringe ich Irina nach Hause."

Plötzlich hatte es Carolina sehr eilig. Sie war bereits mehr als eineinhalb Stunden fort. Das schlechte Gewissen und die Sorge, ob Phillip und Lucas miteinander auskamen, überfielen sie mit einer unerklärlichen Heftigkeit.

Sie zückte das Handy, als Natalie wieder zum Lieferwagen ging, und tippte eine Nachricht an ihn.

„Bin gleich zurück, alles in Ordnung bei euch?" Sie musste nicht lange auf seine Antwort warten.

„Alles bestens. Lucas spielt Gitarre. Er ist der geborene Rockstar. Es liegt ihm im Blut."

Carolina atmete erleichtert aus.

Als alles in der Backstube verstaut war, umarmte sie Natalie und Nick herzlich zum Abschied. „Danke, dass ihr mir geholfen habt. Auch wenn es am langen Ende nichts genützt hat."

„Wie meinst du das? Hat das Essen nicht geschmeckt?“ Nick sah sie verwundert an.

„Ich denke schon. Zumindest hat sich niemand beschwert. Aber ich bin nicht lange geblieben, nachdem Farbach meinen Job an jemand anderen gegeben hat.“

„Was? Spinnt der? An wen denn?“

„An den reizenden Herrn, der heute Morgen hier auf mich gewartet hat.“ Sie setzte das Wort „reizenden“ mit den Fingern in Anführungszeichen, ließ dann aber die Arme sinken und gab auf.

„Ist nicht wahr!“ Nick sah sie mitleidig an.

„Shit happens.“ Sie versuchte, ihre Misere mit Fassung zu tragen, aber als Nick sie nochmals tröstend in den Arm nahm, geriet ihre Fassade erneut ins Wanken.

„Schon gut. Ich muss jetzt los. Lucas wartet auf mich und dann verkriechen wir uns für den Rest des Wochenendes und spielen Gesellschaftsspiele.“

„Ach, wie schön! Wenn hier nicht so viel los wäre, würde ich uns glatt dazu einladen. Aber wie du siehst, brummt die Bude und morgen bin ich wieder als Wanderführer unterwegs.“

„Jetzt, wo du es sagst. Es wäre mir lieber, wenn ihr in den nächsten Tagen nicht unangekündigt vor der Tür steht.“ Sie knetete nervös ihre Hände, während Nick und Natalie neugierige, große Augen machten.

„Es hat sich kurzfristig eine neue Situation ergeben“, druckste Carolina rum. Die beiden warteten ungeduldig darauf, dass sie weitersprach.

„Der Vater von Lucas ist überraschend zu Besuch und sie lernen sich gerade vorsichtig kennen. Wir werden mal sehen, was das Wochenende so bringt. Und damit wir nicht verhungern, muss ich jetzt los und noch schnell ein paar Lebensmittel einkaufen."

Beide sahen Carolina wie vom Donner gerührt an.

„Lucas' Vater ist HIER? Wieso hast du mir das vorhin nicht erzählt?", schimpfte Natalie. „Verdammt noch mal, ich bin deine Schwester!"

„Deine Art, wie du gute Neuigkeiten verkündest, war aber auch schon mal besser", pflichtete Nick seiner Freundin bei.

„Ich wusste nicht weiter, ungeplant war es auch und ich habe gerade große Angst, alles falsch zu machen."

„Musst du nicht. Du machst das alles großartig und wir freuen uns für dich und Lucas. Wie läuft es denn bis jetzt?"

„Ziemlich gut sogar. Alles noch aufregend und ungewohnt, aber die zwei haben einen guten Draht zueinander."

„Wie lange bleibt er denn?"

„Darüber haben wir noch nicht im Detail gesprochen. Ich sagte ja, es ist alles gerade etwas chaotisch. Auf jeden Fall über Weihnachten. Der Rest steht noch in den Sternen."

„Läuft da etwa was zwischen euch beiden? Ich dachte du und dieser Arzt ...", zischte Natalie fassungslos.

„Kannst du das mal sein lassen, bitte. Natürlich nicht. Es ist so schon kompliziert genug."

„Echt abgefahren. Er ist jetzt gerade auf dem Gut?", wollte Nick wissen.

Carolina nickte. „Und deshalb muss ich jetzt auch los."

„Klar, kein Problem. Fahr ruhig. Wir lernen ihn ja dann an Weihnachten kennen." Nick zog Natalie zu sich heran, als könnte er sie auf diese Weise davon abhalten, weitere Fragen zu stellen. Doch nun stand Carolina wie angewurzelt vor ihnen und rührte sich nicht.

„Was ist jetzt? Du bist weiß wie eine Kalkwand. Ist dir schlecht?"

„Nein. Ich habe mich nur dazu entschieden, unser Familienessen abzusagen. Es ist mir bei dem Durcheinander untergegangen und ich bin an dem Punkt angelangt, an dem ich weiß, dass ich es einfach nicht mehr schaffen kann. Ich bin vollkommen erledigt und ausgepowert. Die wenige Energie, die ich noch habe, muss ich für Lucas aufbringen und ihn unterstützen. Ich habe sogar vergessen, eine Weihnachtsgans zu kaufen." Je länger sie sprach, desto höher wurde ihre Stimme.

„Du siehst mich geplättet. Du lädst uns echt drei Tage vor Weihnachten aus und sagst das Familienessen ab?" Nick fiel aus allen Wolken.

„Willst du Weihnachten etwa ganz ausfallen lassen? Ich glaube nicht, dass das in Lucas' Sinn ist", fügte Natalie hinzu und sah betroffen drein.

„Natürlich nicht. Wir, also ich und sein Vater, werden Weihnachten mit ihm feiern, in kleinem Rahmen. Wir alle zusammen auch, aber nicht in drei Tagen. Ich brauche etwas Luft und dann holen wir das Weihnachtsessen bei mir nach. Versprochen."

„Hm", stimmte Natalie traurig zu. „Du weißt, dass ich dir alles Glück der Welt wünsche und Lucas auch. Traurig bin ich aber trotzdem. Ich drücke die Daumen, dass alles gut wird. Immerhin bist du doch die Schwester von uns beiden, die immer einen Plan hatte."

„Hatte, wohl gemerkt. Im Moment bin ich die Schwester, bei der alles vollkommen durcheinandergeraten ist." Und die gerade keine Ahnung hat, wie es in Zukunft weitergehen soll, fügte sie in Gedanken hinzu. „Tut mir einen Gefallen und sagt noch nichts. Ich sage Papa und Irina nachher selbst Bescheid. Okay?"

„Okay, diese Aufgabe kannst du auch schön selbst übernehmen. Keine Sorge, da mischen wir uns nicht ein", erwiderte Nick und hob abwehrend die Hände.

Alle drei umarmten sich ein letztes Mal, dann stieg Carolina eilig in ihr Auto. Das Radio tönte, als sie die Zündung betätigt hatte, und sie hörte die Worte der Moderatorin. „... Management zufolge verbringt der bekannte Musiker die Weihnachtstage mit Freunden am Comer See. Hier kommt sie nun, die neue Single von ‚Phil Damians and the Band', in der es so wunderbar weihnachtlich zugeht: ‚Christmas wishes'." Carolina ließ den Kopf auf die Brust sinken. Kannte diese Welt denn keine anderen Themen mehr? Sie stellte das Radio aus. Jetzt war nicht der richtige Zeitpunkt, Weihnachtslieder von Phillip im Radio zu hören.

***

Zu Hause überraschten sie ein ausgelassener Lucas, der inbrünstig in die Saiten der Gitarre schlug, und ein vor Stolz fast aus allen Nähten platzender Phillip, der ihn dabei beobachtete.

„Hi, da bin ich wieder. Wollt ihr was essen?"

„Auf jeden Fall, Rock 'n' Roll macht hungrig!", rief Lucas und hielt die für ihn recht große Gitarre dabei fest in den Händen.

„Kann ich so lange noch ein bisschen spielen?“, wollte er von Phillip wissen und grinste von einem Ohr zum anderen, als dieser nickte.

Phillip holte ein Paar Kopfhörer hervor, stellte die Lautstärke am kleinen Verstärker ein und schon war Lucas in einer anderen musikalischen Dimension unterwegs. Dann folgte er Carolina in die Küche. „Darf ich dir helfen?“

„Im Grunde schon, aber ich weiß noch gar nicht, was wir essen sollen. Wie wäre es mit Pizza?“

„Jaaa!“, rief Lucas, der plötzlich hinter ihnen in der Küche stand.

„Schon mal gemacht?“, fragte Carolina, zog sich die Küchenschürze an und begann sogleich damit, den Inhalt des Kühlschranks nach geeigneten Zutaten zu durchforsten.

„Soll ich ehrlich sein?“

„Ich bitte darum.“

„Nein. In der Küche bin ich auf verlorenem Posten. Ab und zu gibt es bei mir Tiefkühlpizza, ansonsten bin ich verwöhnt und lasse liefern oder die Caterer kümmern sich um alles, wenn wir unterwegs sind.“

„Dann sieh zu und lerne“, forderte Carolina lächelnd und suchte nach einer zweiten Schürze für Phillip. „Als Assistent bist du relativ begabt, das kann ich aus meinen bisherigen Beobachtungen schließen.“

„Wer weiß, vielleicht hänge ich meinen Job an den Nagel und werde Koch“, philosophierte Phillip, aber Carolina riet ihm ab. „Wie heißt es so schön, Schuster bleib bei deinen Leisten.“

In den nächsten zwei Stunden kümmerten sie sich um den Pizzateig, verschiedene Beläge und Tomatensoße. Während Lucas mit ungebremster Leidenschaft auf der Gitarre klimperte, entspann sich ein lockeres Gespräch zwischen ihnen.

„Hier, die Presse sucht mittlerweile auch in Italien und Dänemark." Er hielt ihr kurz das Handy mit den neuesten Schlagzeilen unter die Nase.

„Ach, da fällt mir ein, dass zwei von den Pressefritzen bei uns in die Klinik eingeliefert wurden."

Erschrocken steckte Phillip sein Telefon wieder in die Tasche seiner Jeans. „Oh nein, weißt du, was passiert ist?"

„Keine Details, nur, dass es sich um einen Mann und eine Frau handelt, die vermutlich ein Pärchen sind. Sie behauptet, beim Versuch, dich zu fotografieren, aus dem Fenster gefallen zu sein."

„Scheiße. Wie stark ist sie verletzt?"

„Bein in Gips, nichts Bedrohliches. Sie war sich aber ziemlich sicher, dich gesehen zu haben."

„Dann kann es sich ja nur um die Beiden aus der Pension handeln. Wusste ich es doch. Wenn sie behauptet, mich gesehen zu haben, dann ist klar, dass hier so viel los ist."

„Ausrichten kann sie sowieso nichts. Den Schnappschuss hat sie nicht bekommen und ihr Freund glaubt ihr offenbar nicht."

„Woher willst du das schon wieder wissen?"

Carolina legte ein sauberes Tuch über die kleinen gleichmäßig geformten Teigkugeln in der Küchenschüssel und wusch sich die Hände. Dann zog sie ihr Handy hervor und spielte Mellis Sprachnachrichten ab.

„Die beiden haben jetzt andere Sorgen“, fasste sie anschließend zusammen. „Hier du kannst jetzt Paprika und Pilze schneiden.“ Phillip begann sofort mit der aufgetragenen Arbeit, während Carolina noch ihren E-Maileingang prüfte.

„Oh, nein“, entfuhr es ihr.

„Was ist jetzt schon wieder?“

„Jetzt ist es so weit. Ich glaube, Weihnachten fällt endgültig ins Wasser. Was habe ich denn verbrochen, dass ich so schrecklich bestraft werde?“

„Magst du es mir erzählen?“

Sie sah verzweifelt an die Decke. Phillip wartete geduldig, bis sie weitersprach. Solange sie sich sammelte, hörte sie das gleichmäßige Klacken, jedes Mal, wenn die Klinge des Messers auf das Holzbrettchen traf.

„Das wird eine längere Geschichte, denn dafür muss ich etwas ausholen. Hast du Zeit?“

„So viel du brauchst. Ich habe nicht vor, irgendwohin zu gehen.“

Und dann erzählte sie von den letzten arbeitsintensiven Monaten, dem Versprechen, Weihnachten für die Familie auszurichten, vom Catering, von der Liebelei mit Tim, der sich ihren Job unter den Nagel gerissen hatte, und auch davon, dass sie die Familie vom Weihnachtsessen ausgeladen hatte und keine Gans besorgt hatte. „Alles geht schief und läuft anders, als geplant. Demnächst weiß ich nicht einmal mehr, wie ich heiße.“

„Caro.“

„Ja?“ Sie suchte seinen Blick und wartete darauf, dass er weitersprach, aber Phillip lächelte nur und sagte: „Caro, das ist dein Name.“

Sie musste unwillkürlich zurücklächeln, aber sofort fiel ihr wieder die Katastrophe ein, die der Auslöser für ihren wortreichen Rundumschlag gewesen war.

„Jetzt habe ich gerade die Nachrichten erhalten, dass die definitiv zugesagten Liefertermine für die Weihnachtsgeschenke doch nicht eingehalten werden können. Ich hatte extra darauf geachtet, dass alles pünktlich lieferbar ist, und jetzt kommen die Sachen erst im Januar. Ich habe selbstredend das Recht zu stornieren. Das will ich doch gar nicht, ich will die Lieferung. Kannst du dir Weihnachten ohne Geschenke vorstellen?"

Carolina stand auf und machte sich am Teig zu schaffen. Energisch verarbeitete sie die Kugeln, sodass schließlich drei Backbleche mit Pizzaboden darauf warteten, belegt zu werden.

„Du fragst dich bestimmt, warum ich mich nicht schon viel früher um die Sachen gekümmert habe. Stimmts?" Sie begann, die Tomatensoße in eine Schüssel zu füllen und mit getrockneten Kräutern und Gewürzen zu verfeinern.

„Eigentlich nicht", gab Phillip zu. „Ich bin auch eher so der Auf-den-letzten-Drücker-Typ."

„Ich sage es dir trotzdem. Weil ich auch das vergessen habe. Die Liste habe ich schon vor Monaten fertiggehabt, sie ist superakribisch. Ich konnte damit gestern, ohne nachzudenken, einkaufen. Online. Abgesehen davon habe ich damals angegeben, wie ein Sack Seife, dass sich alle auf was Besonderes gefasst machen dürfen. Ich habe mich richtig ins Zeug gelegt, als ich mir die Geschenke überlegt habe. Dann habe ich die Liste gut versteckt, liegengelassen und vergessen. Ganz ehrlich. Gut, dass ich zu Hause bin. In meinem Zustand wäre es gerade echt fahrlässig, zur Arbeit zu gehen."

Sie verteilte die Soße auf dem Teig und stellte die Schüssel in die Spüle.

„Weißt du, ich überlege mir gerade tatsächlich, den Job an den Nagel zu hängen und irgendwo noch mal neu anzufangen." Sie drehte sich zu Phillip um. Er starrte sie aus verwunderten Augen an, erwiderte aber nichts.

21 – Katze aus dem Sack

Nachdem die Pizzen bis auf wenige Reste verspeist waren und Lucas bereits in seinem Bett schlief, obwohl er die Schlafenszeit nach allen Regeln der Kunst hinausgezögert hatte, saßen Phillip und Carolina noch immer gemeinsam in der Küche und redeten. Sie tranken Tee und Phillip erzählte von seinen aufregenden, anstrengenden, verrückten und manchmal auch einsamen Jahren als Rockstar.

„Ich habe immer nur Musik machen wollen, und als der große Durchbruch kam, habe ich keinen Gedanken daran verschwendet, eine Beziehung zu führen oder sogar eine Familie zu gründen. Ich war der Meinung, dass es nicht möglich ist, wenn man ständig unterwegs ist. Dann wurde ich eines Besseren belehrt. Von meinem eigenen Bandkollegen." Anerkennend klopfte Phillip mit den Fingerspitzen auf den Tisch. „Warum hat es bei dir nicht geklappt?", fragte er Carolina.

„Weil ich von Anfang an ein schlechtes Händchen bewiesen habe", erwiderte sie und gähnte.

„Du meinst moi?" Entrüstet deutete Phillip mit dem Finger auf sich.

„Stimmt, das klingt ziemlich hart. Wenn du nicht gewesen wärst, dann gäbe es Lucas nicht und der ist für mich das Größte auf der Welt. Den will ich um nichts in der Welt missen. Aber mit den Männern hat es halt irgendwie nie gepasst. Irgendwas ist immer und wenn sie dir den Job klauen." Beim Gedanken an Tim verspürte sie einen Stich im Herzen. Dass sie sich so sehr getäuscht hatte und dass sich ihr unverbesserliches

Herz so schnell in ihn verguckt hatte, machte ihr zu schaffen. Das musste endlich aufhören.

„Willst du dich immer noch hier niederlassen und ein Haus kaufen?", wechselte Carolina unvermittelt das Thema.

„Klar, warum nicht? Ich habe doch gesagt, dass ich mich kümmern will und für Lucas da sein will."

„Ich meine ja nur. Das wäre echt blöd, wenn du hier etwas kaufst und ich woanders einen Job bekomme."

„Du meinst das echt ernst? Du willst wegziehen?"

„Ach, ich weiß es doch auch nicht." Sie rieb sich müde die Augen.

„Weißt du, an mir soll es nicht liegen. Ich habe nicht nur die Wohnung in London, sondern auch woanders ein paar Unterkünfte. Und verstehe mich nicht falsch, es soll keinesfalls großkotzig klingen, aber wenn ihr umziehen wollt, dann schaue ich eben, ob ich da etwas finde. Das passt schon", bot Phillip an.

„Versteh du mich bitte nicht falsch. Es klingt großkotzig." Sie lächelte nachsichtig und bekam dann einen verträumten Blick. „London. Wie verführerisch. Da bekomme ich sofort Fernweh. Ob ich mit Lucas einfach nach London ziehe?" Im nächsten Moment strahlten ihre Augen wie die Morgensonne.

„Bist du jetzt völlig verrückt geworden?" Phillip richtete seinen Oberkörper auf und blickte sie prüfend an.

„Nein, aber wahrscheinlich übermüdet. Und nur zu deiner Information, diesen Floh hast du mir gerade ins Ohr gesetzt. Jetzt beschwere dich nicht, dass er mir vielleicht gefällt." Carolina machte eine Handbewegung, gerade so, als ob sie die Idee beiseite wischen wollte. „Ich sollte ins Bett gehen und mich endlich mal ausschlafen. Ich habe das Gefühl, dass ich überhaupt keinen klaren Gedanken mehr fassen kann. Du hast recht. Nichts ist schlimmer, als Lucas unüberlegt aus seinem gewohnten und geliebten Umfeld zu reißen. Warum neige ich immer dazu, mich falsch zu entscheiden?"

„Wer sagt denn, dass London eine falsche Entscheidung wäre? Ich finde, das ist neben der Pizza die beste Idee des Abends."

Ein schwacher Versuch, sie zu trösten, der nicht die gewünschte Wirkung erzielte. Aber sie rechnete ihm seine Mühe an. „Danke", sagte sie leise und blickte auf die Uhr ihres Telefons. Es war mittlerweile nicht nur spät geworden, sie hatte auch vor einiger Zeit eine Nachricht von Irina erhalten.

Kommt ihr morgen zum Frühstück zu uns? Dein Vater platzt vor Neugier und ich möchte nicht länger Geheimnisse hüten.

Warum eigentlich nicht, dachte Carolina. Sie hatte beschlossen, Nägel mit Köpfen zu machen. Der Illusion, dass es leicht werden würde, durfte sie sich nicht hingeben. Sie musste durchhalten, stark sein und nicht auf halber Strecke umkehren.

„Glückwunsch, wir müssen uns morgen nicht ums Frühstück kümmern", sagte sie deshalb zu Phillip und legte das Telefon auf den Tisch.

„Warum nicht, was ist los?"

„Wir wurden eingeladen. Mein Vater möchte dich auch gern kennenlernen." Sie stand auf, nahm die Tassen vom Tisch und sah Phillip erwartungsvoll an.

„Gut, dann wird es also ernst. Okay." Er sah plötzlich so blass im Gesicht aus, als hätte er einen Geist gesehen.

„Geht es dir gut?"

„Ja, ich muss mich nur an die Situation gewöhnen. Hin und wieder fühlt es sich echt viel an."

„Ich habe noch nicht zugesagt, falls du abspringen willst."

„Nein, das ist es nicht. Sag zu, ich komme mit, auf jeden Fall. Ich schaffe das."

„Gut, dann gebe ich Irina Bescheid und dann sollten wir schlafen gehen. Ich gehe zuerst ins Bad." Sie tippte ihre Nachricht ein, brachte die Tassen in die Küche und ging ins Badezimmer. „Wir sollen halb zehn unten sein. Bis morgen, schlaf gut", wünschte sie Phillip eine gute Nacht und ging ins Bett. Carolina wollte endlich versuchen, richtig zu schlafen. Sie hatte es bitternötig.

Am nächsten Morgen wurde sie jedoch unsanft von heftigem Krach aus dem Schlaf gerissen. Es polterte und klang, als nähme ihr jemand die Küche auseinander. Sie fuhr hoch, war schon mit einem Bein aus dem Bett, als sich lang gezogene Töne einer E-Gitarre daruntermischten.

„Oh nein."

Erledigt ließ sie sich zurück in die Kissen fallen, rieb sich mit den Händen durchs müde Gesicht und starrte gegen die Decke. Aber der Lärm ließ nicht nach und so zog sie sich ihren Morgenmantel über und ging ins Wohnzimmer. Ein seltsamer, heimeliger Moment, obwohl die überwältigende Geräuschkulisse eher nach dem Gegenteil klang. Im Durchgang blieb sie stehen, verschränkte die Arme vor der Brust und lehnte sich gegen den Türrahmen. Bei dem Anblick, der sich

Carolina bot, wurde ihr warm ums Herz. Lucas hatte sich eine Schüssel und einen Putzeimer auf dem Couchtisch umgedreht und schlug ausgelassen mit zwei Kochlöffeln darauf herum, während Phillip den lang gestreckten Arm kreisend immer wieder professionell in die Saiten hieb.

„Hi, Mama!", rief Lucas und ließ seine improvisierten Trommelstöcke unbeirrt auf den Boden des Eimers prasseln. Der verzerrte Gitarrensound verstummte gleich darauf. Unbeeindruckt legte Lucas ein Trommelsolo hin. Immer wieder sah er zu Phillip hinüber und schien zu hoffen, dass dieser nochmals mit einstimmte.

„Guten Morgen", wurde sie von Phillip begrüßt, der sich, verschämt schmunzelnd wie ein Schuljunge, am Nacken kratzte. Offenbar hatte ihm die Session große Freude bereitet, aber nun schien er unsicher, wie Carolina darauf reagieren würde. Sie blieb gelassen.

„Jungs, ich sehe, ihr habt alles im Griff. Lasst euch nicht stören, ich gehe duschen." Damit verließ sie das Wohnzimmer, vernahm einen gedämpften Schrei der Freude, den Lucas ausstieß, und dann ertönte erneut Phillips E-Gitarre.

Unter der Dusche ging sie gedanklich sämtliche Optionen durch. Sie konnte Lucas nicht mehr länger verheimlichen, dass Phillip sein Vater war. Sie wollte es auch nicht. Die beiden verstanden sich prima. Der Zeitpunkt würde vielleicht nie besser werden. Vielleicht war es ganz gut, dass sich gerade alles überschlug und nicht viel Zeit zum Nachdenken blieb. Entschlossen stellte Carolina das Wasser ab, legte einen Zahn zu und gesellte sich, frisch und voller Tatendrang wieder zu Phillip und Lucas ins Wohnzimmer. Sie bedeutete

Phillip mit einem Kopfnicken, dass es etwas zu besprechen gebe und er ihr in die Küche folgen solle.

„Lucas, ich muss mal kurz was mit deiner Mama besprechen. Magst du so lange an der Gitarre spielen?"

„Klar!" Sofort ließ der Junge die Trommelstöcke fallen und stürzte sich auf das Saiteninstrument. Phillip setzte ihm erneut die Kopfhörer auf. Dann überließ er Lucas seine Gitarre, der hellauf begeistert mit dem Plektrum die Saiten zum Klingen brachte.

„Ich weiß, dass es laut war. Aber er hat so großen Spaß daran und ich auch. Da konnte ich ihm seinen Wunsch, gemeinsam Musik zu machen, nicht abschlagen. Sei nicht böse. Es war immerhin schon hell."

„Ich bin nicht böse. Im Gegenteil. Mir geht das Herz auf, wenn ich euch beide miteinander sehe. Ich frage mich eher, wie es hätte sein können, wenn alles anders gelaufen wäre mit uns. Und ich sehe noch mehr als sonst, wie sehr Lucas einen Vater vermisst hat."

Phillip sah betreten zu Boden. „Ich würde alles anders machen, wenn ich könnte. Ich war so ein Idiot."

„Können wir aber nicht. Ich war auch eine Idiotin. Aber darauf wollte ich doch gar nicht hinaus."

„Nicht? Worauf dann?"

„Dass es besser ist, ihm schnell die Wahrheit zu sagen. Ihr habt gerade so enormen Spaß miteinander. Das ist bestimmt eine gute Basis für tiefgreifende Neuigkeiten."

„Du meinst jetzt? Jetzt sofort, bevor wir gleich zum Frühstück eingeladen sind?"

„Ja, genau jetzt. Es sei denn, du hast es dir anders überlegt." Carolina sah ihn eindringlich und prüfend an.

Zweifelte er etwa? Wollte er nach alldem noch einen Rückzieher machen?

„Phillip, bist du dir sicher, dass du die Verantwortung annehmen willst?" Sie bebte, während sie diese Frage stellte, denn sie hatte keine Ahnung, wie sie auf ein Nein reagieren würde.

„Bin ich. Von ganzem Herzen. Es hat schon viel zu lang gedauert." Er legte seine Hand auf den Tisch und wartete darauf, dass sie ihre hineinlegte.

„Dann los." Carolina ging voraus.

Eine knappe Stunde später standen ein sichtlich nervöser Phillip, ein hungriger und glückseliger Lucas, der Phillips Hand nicht loslassen wollte, und Carolina vor der Eingangstür zum Wohnbereich von Franz und Irina. Sie hob den kalten Türklopfer, für die wenigen Meter hatte sie keine Handschuhe übergezogen, und wartete darauf, dass jemand öffnete. Sie sah, dass Phillip von einem Bein aufs andere trat, und strich ihm über den Arm.

„Wird schon. Läuft doch gut bis jetzt." Im nächsten Moment wurde die Haustür geöffnet und eine gut gelaunte, rotbäckige Irina nahm den sehnlichst erwarteten Besuch in Empfang. Durch die Tür schlugen ihnen warme Luft, Kaffeearoma und der Duft nach süßem Gebäck entgegen. Fast so, als würden sie das Caféhaus betreten.

„Kommt rein!" Sie winkte alle schnell zu sich und nahm Carolina die Jacke ab. Mit einem fragenden Blick wies sie auf Lucas, der Phillips Hand noch immer nicht losließ, und Carolina verstand ihre Stiefmutter.

„Ja, die Katze ist seit ein paar Minuten aus dem Sack", raunte Carolina und wurde nur eine Zehntelsekunde später in eine inbrünstige Umarmung gezogen. Danach umarmte Irina Phillip und zum Schluss Lucas, indem sie sich zu ihm hinunterkniete. „Ach, mein Schatz, ich freue mich so, dass ihr da seid. Ich hoffe, ihr habt Hunger mitgebracht."

Hatten sie, obwohl das Thema sehr emotional war. Glücklicherweise war Lucas so aufgeregt und stolz auf diese besondere Neuigkeit, dass er von sich aus die allerneusten Informationen preisgab. Carolina konnte es nicht abstreiten. Sie war froh, dass ihr Sohn alles so glücklich aufgenommen und keine unangenehmen Fragen gestellt hatte. Im Moment schwebten sie alle drei noch wie in einem sicheren Kokon durch den Hausflur.

Es kam in letzter Zeit nicht so oft vor, dass Carolina ihren Vater bat, ihr die Hunde für einen Spaziergang zu überlassen. Sie war in ihrem eigenen Strudel aus Arbeit und noch mehr Arbeit gefangen gewesen, dass sie irgendwann keinen Kopf mehr dafür gehabt hatte. Umso schöner war es, dass Franz keine Einwände erhob, als sie mit Lucas und Phillip hinauswollte. Die drei hatten reichlich miteinander zu besprechen und wollten das mit einem ausgiebigen Spaziergang in der Natur verbinden. Außerdem wollte Lucas seinem Vater zeigen, wo er wohnte.

Franz hatte die Lüftung des Geheimnisses in der ihm eigenen stoischen Ruhe aufgenommen, Phillip bei der Verabschiedung jedoch kräftig umarmt und auf die Schulter geklopft. Carolina hatte er ein kurzes „Gut gemacht" ins Ohr geflüstert, als sie sich verabschiedet hatten, und an diesen Moment dachte Carolina gerade, als Phillip sie fragte.

„Hey, du lächelst ja zur Abwechslung mal. Woran denkst du?"

„An meinen Vater."

„Ja, der scheint echt nett zu sein."

„Scheint? Der ist der Größte. Er war es, der mir die Wohnung umgebaut hat, als ich schwanger war und allein nicht wusste, wohin. Er hat mich, ohne mit der Wimper zu zucken, all die Zeit unterstützt, obwohl ich von Anfang an klargemacht hatte, dass ich den Namen des Vaters nicht preisgeben würde. Er hat mir gezeigt, wie stark eine Familie sein kann, auch wenn sie nicht im klassischen Sinn vollständig ist. Bei ihm habe ich gelernt, dass ich mich auf ihn verlassen kann. Ich wünschte, es wären mehr Männer so wie er."

„Wenn du mich fragst, sind die beiden ein ziemlich guter Background."

„Ja", stimmte Carolina zu und nickte.

Sie hielt an einer Weggabelung an, streichelte Aramis, der neben ihr an der Leine ging, und pfiff nach Fiona, die sich mit Lucas schon recht weit entfernt hatte. Sobald der Pfiff ertönte, kehrte die Hündin um und sprang durch den hohen Schnee zurück.

„Was ist denn los?" Lucas, der einen leuchtend blauen Schneeanzug trug, stapfte neugierig und keuchend hinterher. „Wir haben gerade so schön gespielt", beklagte er sich, als er endlich bei Phillip und Carolina ankam. Seine Wangen waren von der frischen Luft gerötet.

„Wir nehmen Fiona lieber an die Leine, wenn wir durch den Wald gehen. Ich war schon so lange nicht mehr mit den beiden draußen, da ist es mir sicherer, wenn sie bei uns bleibt."

„Darf ich sie nehmen?" Lucas streckte bereits die Hand nach der Leine aus und Carolina übergab sie ihm, sobald Fiona daran festgemacht war.

„Magst du Hunde?" Wollte Lucas nun von Phillip wissen.

„Ja, als Kind hatte ich auch mal einen."

„Was für einen?"

„Ich weiß nicht. Es war ein Mischling aus dem Tierheim. Er war kleiner als eure Hunde und hatte hellbraunes Fell."

„Was ist mit ihm passiert?"

„Er ist sehr alt geworden und dann gestorben. Mein Vater und ich haben ihn dann in unserem Garten begraben.“

„Da warst du bestimmt traurig.“

„Na klar. Ich hatte Benni sehr lieb und habe ihn lange vermisst.“

„Und was ist jetzt?“

„Jetzt vermisse ich ihn auch ab und zu, aber es tut nicht mehr weh, sondern ist schön, sich an ihn zu erinnern.“

„Warum hast du dir keinen neuen Hund geholt?“

„Meine Eltern wollten so schnell keinen mehr, und als ich größer wurde, war ich so oft unterwegs, um zu arbeiten, dass ich gar keine Zeit für einen Hund hatte. Das wäre gemein, wenn der arme Kerl die ganze Zeit allein in der Stadtwohnung sitzen müsste.“

„Ja, das stimmt. Ich bin froh, dass wir hier wohnen und nicht in der Stadt. Hier ist es einfach am schönsten. Alle, die ich lieb habe, sind hier und du jetzt auch. Ich bin froh, dass Mama dich endlich gefunden hat.“ Dann lief er mit Fiona voraus und Carolina schluckte den großen Brocken, der sich schlechtes Gewissen nannte, mühsam hinunter.

„Apropos Stadtwohnung“, wendete sich Phillip an sie, als Lucas außer Hörweite war, und riss sie aus ihren plötzlichen, wehmütigen Gedanken. „Deine Idee, vielleicht nach London zu ziehen. Hast du darüber nachgedacht?“

„Ja, habe ich.“ Sie lief neben ihm her, mied den Blickkontakt, in dem sie sich ganz auf Aramis konzentrierte, der brav neben ihr hertrottete.

„Und, sagst du mir, zu welchem Ergebnis zu gekommen bist?"

„Ich habe ernsthaft darüber nachgedacht. Denke immer noch darüber nach und je länger ich grübele, desto schwieriger erscheint mir das Unterfangen und es macht mir Angst. Lucas müsste die Schule wechseln und sich von jetzt auf gleich in Englisch zurechtfinden. Er hat seine Freunde hier und alle, die ihn lieben, und abgesehen davon habe ich überhaupt keinen Job dort. Ich müsste mich erst mal beruflich auf solch einen Wechsel vorbereiten und dann Bewerbungen schreiben. Ich will Lucas nichts wegnehmen, nur um mich besser zu fühlen." Sie liefen eine Weile schweigend nebeneinanderher. Dann ergriff Phillip erneut das Wort.

„Du sollst ihm das doch nicht wegnehmen. Es wäre aber eine Chance, seinen Horizont zu erweitern, und so schwierig, wie du dir das vorstellst, muss es ja gar nicht werden."

Nun sah Carolina ihn doch an.

„Wie meinst du das?"

„Also, nachdem du diese Idee erwähnt hattest, konnte ich nicht anders und habe in London bei meinem Management und meinem Anwalt nachgefragt, ein bisschen die Beziehungen spielen und Informationen einholen lassen. Es gibt eine sehr gute deutsche Privatschule ganz in der Nähe meiner Wohnung. Lucas könnte problemlos dorthin wechseln und ihr könntet erst einmal bei mir wohnen. Die Bude ist groß genug. Für mich allein reine Verschwendung." Er machte eine Pause, schien abzuwarten, ob Carolina etwas dazu sagen wollte, aber sie schwieg. Eine mittlere Verstimmtheit breitete sich in ihr aus.

„Wenn du willst, kannst du im Royal London Hospital anfangen. Meine Kontakte haben schon ganz diskret die Finger ausgestreckt und das ginge klar. Was sagst du? Wenn die Dinge nicht so schwierig sind, wie befürchtet, wäre es doch eine Option?“

Bedächtig schritt Carolina den verschneiten Waldweg entlang. Lucas und Fiona liefen einige Schritte voraus, während sie sorgfältig ihre Antwort überdachte. Alles, was Phillip ihr gerade erzählt hatte, schwirrte in ihrem Kopf herum. Ihre Gefühle fuhren Achterbahn.

„Ich weiß nicht, was ich tun soll. Meine Antwort müsste Nein lauten. Lucas und ich gehörten immer hierher. Jetzt schwanke ich, ob meine Idee der große Durchbruch wird oder völliger Unsinn. Was, wenn es nur ein Fluchtimpuls ist, weil es in meinem Leben gerade schwierig ist und ich enttäuscht darüber bin, dass sich nicht alles so fügt, wie ich es mir gewünscht habe? Was, wenn wir scheitern? Was, wenn ein wunderbares Leben auf Lucas und mich in London wartet? Ich weiß nicht, was ich tun soll.“

Phillip hatte ihr ruhig zugehört und hob nun ratlos die Arme.

„Wenn ich abhaue, nur weil es schwierig wird, bin ich kein gutes Vorbild. Wenn ich mich vor Veränderungen drücke, dann wohl auch nicht“, fasste Carolina zusammen.

„Bist du da nicht etwas zu streng mit dir? Viele Menschen nehmen neue Jobs an und ziehen dafür um. Das ist kein Zeichen von Schwäche.“

„Ich weiß einfach nicht mehr, was ich noch denken und entscheiden soll. Ich habe das Weihnachtsessen abgesagt. Wir wollten uns alle zusammen bei mir in der

Wohnung treffen. Du kannst dir vorstellen, dass meine Familie zwar Verständnis gezeigt hat, aber trotzdem traurig darüber war. Und nun stell dir vor, es ist das letzte Mal, weil Lucas und ich nach London ziehen könnten. Das bringt mich beinahe zum Heulen."

„Entschuldige, es war nicht meine Absicht, dich zum Heulen zu bringen. Ich wollte nur helfen."

„Das weiß ich. Darf ich dir zum Thema helfen auch noch etwas sagen?"

„Klar."

„Wenn du dir das nächste Mal Gedanken machst und Erkundungen einholst, nimm mich mit ins Boot. Es betrifft doch nicht nur dich, sondern auch Lucas und mich. Lass uns in Zukunft an deinen Planungen teilhaben. Vorfreude ist die schönste Freude und ich möchte mich nicht jedes Mal überfahren fühlen. Versprichst du mir das?" Sie blieb stehen und hielt Phillip die ausgestreckte Hand in ihrem dicken Handschuh entgegen.

„Ja. Verstehe ich", gab Phillip zähneknirschend klein bei, dann griff er nach Carolinas Hand. „Ich würde gern sagen, dass es nicht wieder vorkommt, aber ich habe da noch etwas angeleiert, ohne mich mit dir abzusprechen."

Carolina hielt seine Hand fest und schaute argwöhnisch. „Was hast du gemacht?"

„Du warst so fertig, weil deine Geschenke nicht pünktlich ankommen, obwohl du dir solche Mühe gegeben hattest. Ich fand es schade, dass du nun Weihnachten ohne dastehen könntest. Vor allem für Lucas fand ich die Vorstellung schrecklich. Ich habe deine Geschenkeliste gefunden und einen Auftrag nach London geschickt. Gerade ist eine Expresslieferung hierher unterwegs. Alles was auf deiner Liste stand, wird geliefert. Sogar die Weihnachtsgans. Du könntest also noch alle einladen. Ich würde dir in der Küche assistieren."

„Du hast, was?" Carolina schloss die Augen und ließ seine Worte sacken.

„Entschuldige, es sollte eine Überraschung sein. Ich schwöre, das kommt nie wieder vor. Ehrenwort." Er sah schuldbewusst drein und hielt die rechte Hand wie zum Schwur erhoben. Carolina schüttelte fassungslos den Kopf, konnte sich ein Grinsen aber nicht verkneifen. „Du hast dich ganz schön verändert, Phillip. Ich erkenne dich bald nicht wieder."

„Meinst du das gut oder schlecht?"

„Weder noch, du bist einfach anders und so gern ich jetzt sauer auf dich wäre, weil du mir meine Liste geklaut und dich in meine Privatangelegenheiten eingemischt hast, bin ich gespannt, ob dein ominöser Lieferdienst tatsächlich das bringt, was ich mir ausgedacht habe." Phillip zückte sein Handy. „Nach dem letzten Stand der Dinge erreicht der Bote sein Ziel in etwa eineinhalb Stunden. Du wirst es also bald erfahren."

Sie liefen zügig weiter und zwischendurch schüttelte Carolina immer wieder den Kopf.

„Was ist los?"

„Inklusive Weihnachtsgans. Du spinnst echt. Weißt du, dass wir dann richtig früh aufstehen müssen, um die fertig zu braten?"

„Ich habe nie gesagt, dass ich der Küchenprofi bin. Ich habe nur eine Gans bestellt."

„Dann lass uns einen Schritt zulegen, damit wir pünktlich zu Hause sind. Hast du nicht Angst, dass du dich durch diese Aktion jetzt verraten könntest?"

„Nein, das sind Profis und es wird auf deinen Namen geliefert."

***

Nachdem die Lieferung, mehrere Kartons in verschiedenen Größen, eingetroffen und mehr oder weniger im Wohnzimmer verstaut waren, unter und auf dem Tisch, der Carolina als Arbeitstisch und zu Familienfeiern als Esstisch diente, spielten sie Karten und Gesellschaftsspiele, dabei hörten sie Weihnachtsmusik.

Phillip entpuppte sich als Naturtalent im Unospielen. Als Melli anrief, setzte Carolina einige Runden aus, um in Ruhe mit ihr zu telefonieren.

„Sag mal, sind wir zwei eigentlich noch Freundinnen?"

„Ja, klar. Warum denn nicht?"

„Weil du mich nicht zurückrufst, nur sporadisch auf meine Textnachrichten reagierst und mir nicht sagst, was bei dir gerade los ist. Erst rennst du weg, weil Farbach dich nicht befördert, und dann tust du so, als wäre es dir egal und du hättest Wichtigeres zu tun."

„Sei nicht albern. Aber ich glaube, du hast recht mit deiner Vermutung. Über Farbachs Hinterhältigkeit bin ich noch nicht drüber weg. Es ist aber gerade alles ein bisschen viel und in der Tat muss ich mich um noch wichtigere Dinge als diese verlorene Beförderung kümmern."

„Noch wichtiger? Du machst es vielleicht spannend. Seit Monaten hast du kein anderes Thema mehr und jetzt plötzlich wusch, alles unwichtig? Es fühlt sich nicht gut an, außen vorgelassen zu werden. Nur, dass du es weißt."

329

„Schon gut, ich sage es dir ja, weil du meine Freundin bist, und im Krankenhaus bitte noch niemandem davon erzählst. Um meinen Tratsch kümmere ich mich später lieber selbst.“

„Okay, versprochen. Was ist denn los?“

„Lucas' Vater ist hier und wir lernen uns alle gerade ein bisschen besser kennen.“

„Nein.“

„Doch.“

Melli schwieg.

„Melli? Bist du noch da?“, fragte Carolina nach einer gefühlten Ewigkeit.

„Ja.“ Es folgte eine weitere Pause, dann legte sie los. „Das ist ja ein Hammer und das erzählst du mir nicht? Ausgerechnet mir, deiner besten Freundin. Ich könnte dich auf den Mond schießen und gleich danach wieder zurückholen und knuddeln. Nun erzähle es mir endlich. Wie ist das passiert und wie ist er denn so? Mag Lucas ihn, magst du ihn noch?“

Carolina versuchte, der Reihe nach zu antworten.

„Er hat Kontakt mit mir aufgenommen und wir haben uns getroffen. Lucas und er mögen sich total, die sind bis jetzt auf einer Wellenlänge.“

Mellis „Wie ist er denn so“-Frage, wenn es um Männer ging, umfasste einen immer gleichen Fragenkatalog, den Carolina bereits auswendig kannte.

Ist er nett?

Ist er Single?

Steht er auf Frauen?

Ist er auf der Suche nach einer Beziehung?

Sieht er gut aus?

Wenn er so toll ist, warum ist er dann nicht vergeben?

Carolina erteilte ihrer Freundin Auskunft, so gut es ging. Dass es sich um Phil Damians handelte, verschwieg sie selbstredend.

„Und, liebt ihr euch noch?"

„Was soll denn diese Frage jetzt wieder? Hier geht es doch die ganze Zeit über um Lucas."

„Jetzt erzähle mir nicht, ihr habt noch nicht darüber gesprochen." Melli zeigte sich empört.

„Doch, aber nur kurz. Es gab genug anderes drumherum zu erledigen", verteidigte sich Carolina.

„Hast du etwa noch Gefühle für ihn?"

„Nein, also nicht solche, wie du denkst. Freundschaftliche."

„Und er für dich? Du musst ihn fragen."

„Ja, ich werde es bei Gelegenheit tun."

„Versprich es mir. Kläre das", bat Melli eindringlich.

„Versprochen. Erzählst du mir noch, was es Neues im Krankenhaus gibt? Was machen die Fotografen?", wechselte Carolina dann hart das Thema.

„Die sind gelinde gesagt etwas anstrengend. Nachdem sich herausgestellt hat, dass ihr Objekt der Begierde doch nicht hier ist, setzen sie alles daran, schnellstmöglich das Weite zu suchen. Sie nerven die meiste Zeit wegen ihrer Entlassungspapiere und haben immer etwas zu streiten."

„Also ist es definitiv bestätigt, dass Phil Damians nicht mehr hier ist?", hakte Carolina nach.

„Nicht mehr? Ich zerstöre dir deine Illusionen nur ungern, meine Liebe. Er war nie hier. Was sollte er auch in einem so verschlafenen Kaff wie Weidingen?"

„Du hast recht. Viel gibt es hier nicht zu sehen. Aber die Presse schien überzeugt. Da siehst du mal, wie verrückt die alle sind." Carolina atmete schwer aus.

„Ja, Augen auf bei der Berufswahl."

„Wem sagst du das?", seufzte Carolina getroffen.

„Sorry, wie unsensibel von mir. Dein Desaster habe ich für einen kurzen Augenblick vergessen."

„Ist nicht schlimm. Du kannst nichts dafür und meine Berufswahl ist nicht schuld an meinem Desaster. Ich verstehe nur nicht, warum Farbach seit Monaten von nichts anderem spricht, als davon, wie schön es wäre, wenn ich Sinzenichs Nachfolge antrete, und mich dann so schrecklich auflaufen lässt."

„Frag ihn doch einfach. Ich finde, dass er mit offenen Karten spielen sollte. Du hast das Recht, zu erfahren, warum es so gelaufen ist. Schließlich brauchst auch du Planungssicherheit und die hat er dir genommen."

„Ach, ich weiß nicht. Soll ich wirklich noch nachsetzen? Die Sache ist eh schon gelaufen."

„Du musst ja nicht. Mich interessiert es aber. Dann frage ich ihn morgen eben."

„Melli, nein. Tu das bitte nicht. Ich kümmere mich selbst um meine Angelegenheiten."

„Okay, aber warte nicht erst bis nächstes Jahr. Ich platze vor Neugier."

Carolina schwieg eine Weile, dann ging sie auf Mellis Bemerkung ein. „Was machst du denn morgen in der Klinik? Ich denke, du hast frei?"

„Ach, ich habe noch mal getauscht. Das mit Doktor Radinger hat ja nicht geklappt, und bevor ich mir den Abend allein um die Ohren schlage, kann ich auch arbeiten."

„Du kannst doch zu mir kommen", entfuhr es Carolina, ohne darüber nachzudenken. Im nächsten Moment wurde ihr klar, was sie gesagt hatte.

„Nein, mach du mal dein Familiending und ich halte hier die Stellung. Ist sowieso schon eingetragen. Ich wünsche euch frohe Weihnachten und muss jetzt auch auflegen, ich gehe ins Bettchen, denn ich muss früh raus."

„Ja. Dir auch frohe Weihnachten und schlaf gut."

Carolina legte auf, sann eine Weile über das Gespräch nach. Die Idee, Farbach in einem ruhigen Moment zu fragen, warum er sich anders entschieden hatte, klang mit einem Mal gar nicht mehr so abwegig.

Nachdem Lucas im Bett war, machten Carolina und Phillip sich daran, die Geschenkelieferung auszupacken und genauestens zu inspizieren. Mit Staunen stellte Carolina fest, dass der- oder diejenige, die Phillip zum Einkaufen angestiftet hatte, sich strikt und geschmackvoll an ihre Geschenkeliste gehalten hatte.

„Unglaublich, die Auswahl ist wunderbar. Ich hoffe, dass du niemandem mit dieser Extraeinkaufstour das Weihnachtsfest verdorben hast."

„Keine Sorge, habe ich nicht. Schau mal hier." Er zog verschiedene Rollen Geschenkpapier aus einem länglichen Karton. „Wenn du nichts dagegen hast, dann wickeln wir alles gleich in Papier ein. Fangen wir mit dem Schlagzeug an. Dann ist es wenigstens vor Lucas sicher", flüsterte er.

„Du hast auch das Schlagzeug bestellt? Wo ist das denn, müsste dann nicht eine der Kisten wesentlich größer sein?"

„Nein, es sind nämlich E-Drums." Er holte stolz ein Paket hervor und öffnete es. Dabei erklärte er sachlich und kaum hörbar: „Das sind anschlagsdynamische Pads. Die funktionieren wie ein gewöhnliches akustisches Schlagzeug. Je fester du draufhaust, desto lauter klingen sie."

„Danke." Carolina sah Phillip aus offenen Augen an. „Danke für die Mühe. Jetzt musst du mir noch sagen, was du dafür bekommst. Ich überweise dir das Geld in den nächsten Tagen." Phillip sah sie enttäuscht an.

„Ich hatte gehofft, dass ich die Geschenke übernehmen darf. Als kleine Wiedergutmachung für die letzten Jahre."

Carolina schluckte und Mellis Stimme ertönte in ihrem Kopf. Also gut. Jetzt oder nie. „Phillip, ich muss dich etwas fragen und du musst bitte ehrlich antworten. Das ist enorm wichtig für mich."

„Okay." Er sah sie aufmerksam an und wartete.

„Möchtest du wieder eine Beziehung mit mir?"

Seine Gesichtszüge entglitten ihm für einen Moment, Carolina bemerkte es genau. Dann suchte er nach Worten.

„Caro, ich wollte dir keinesfalls ein falsches Bild vermitteln und Hoffnungen in dir wecken, die sich nicht erfüllen werden. Bitte sei nicht böse, aber nein. Ich möchte keine Beziehung mit dir."

Erleichtert atmete sie aus und lächelte, was Phillip zusätzlich verunsicherte.

„Mir geht es doch genauso. Gut, dass wir darüber gesprochen haben."

„Ja, gut. Obwohl ich zugeben muss, dass du mir gerade ein wenig Angst gemacht hast."

„Hey, so schlimm bin ich nun auch wieder nicht", zischte sie ihn an und warf ein Papierknäuel zu ihm über den Tisch.

„Das habe ich auch nie behauptet."

„Danke für die Geschenke, obwohl das wirklich nicht nötig gewesen ist. Danke dafür, dass du den Mut gefunden und mich aufgesucht hast, und danke, dass du noch ein bisschen bleibst, damit wir uns alle weiter kennenlernen können."

„Gern."

Weit nach Mitternacht hatten sie endlich alle Geschenke eingepackt und mit Namensschildchen versehen. Da zog Phillip noch einen Brief aus einem der Kartons. Es war ein persönliches Schreiben, an ihn gerichtet. Er öffnete es und las.

„Weihnachtsgrüße vom Management. Hermine schreibt, dass ich ihr eines der aufregendsten Weihnachtsfeste in ihrer Laufbahn beschert habe und dass sie glücklich ist, dass ich mich nicht bei ihr durchschnorre. Kleiner Witz. Sie mag mich und hat mich in den letzten Jahren immer aufgenommen. Sie schreibt, dass es ein besonderes Vergnügen war, die Geschenke wie im Rausch zu besorgen, nur die Gans sei eine Herausforderung gewesen. Sie hat deshalb eine Gans in der Region bestellt, die aber erst am Vierundzwanzigsten geliefert werden kann. Hatte ich erwähnt, dass Hermine ein Schatz und eine Zauberkünstlerin ist?"

„Nicht direkt, aber sie hinterlässt auch bei mir einen bleibenden Eindruck. Dass die Geschenke noch angekommen sind, ist echt unglaublich. Jetzt gibt es nur noch zwei große Aufgaben und dann steht unserem ersten kleinen Familienweihnachten nichts mehr im Wege."

„Ich bin ganz Ohr."

„Wir brauchen einen Baum. Normalerweise reicht uns der große in der Scheune, aber in diesem Jahr fände ich einen für hier drinnen recht passend. Vielleicht kriegen wir meinen Vater dazu überredet, mit dir einen zu fällen. Lucas kommt bestimmt gern mit."

„Das klingt nach Abenteuer. Warum nicht. Ich bin dabei und das zweite?"

„Wir müssen uns ein alternatives Weihnachtsessen überlegen. Da die Gans erst am Vierundzwanzigsten geliefert wird, wird alles zu knapp. Die essen wir dann lieber einen Tag später."

„Dann los, alles einsteigen", forderte Franz Beeken, hielt den Kofferraum auf, sodass Aramis und Fiona hineinspringen konnten, und wartete, bis auch Phillip und Lucas eingestiegen waren. Dann fuhren sie in den Wald. Carolina winkte eifrig hinterher. Sobald das Auto außer Sichtweite war, lief sie ums Haus herum und ging in den Keller, um den Baumschmuck zu holen. Außerdem hatte sie sich nach der Aktion von Phillip überlegt, auch ihm ein Geschenk zu machen. Es sollte aber nichts Gekauftes, dafür etwas sehr Persönliches sein und etwas, das sie beide mit Lucas verband. Sie hatte auch schon eine Idee und wusste, wo sie suchen musste.

Wenig später in der Wohnung betrachtete sie Lucas' erstes Ultraschallbild. Der Moment, als sie dieses winzige bohnenähnliche Wesen auf dem schwarz-grauen Monitor in der Arztpraxis entdeckt hatte, war unbeschreiblich gewesen. Dieses Gefühl war unfassbar eng mit dem Fotoausdruck auf dem dünnen Papier verbunden, dass Carolina niemals in Erwägung gezogen hätte, das Bild wegzugeben. Trotzdem oder gerade deshalb wollte sie es Phillip schenken und hoffte, es würde ihm genauso wichtig werden wie ihr. Nachdem sie einen passenden Umschlag gefunden hatte, legte sie ihn an einen sicheren Ort und begann damit, die Wohnung aufzuräumen. Die hatte sie in den vergangenen Tagen sträflich vernachlässigt und so war Carolina froh, dass die beiden unterwegs waren und sich um den Baum kümmerten. Sie freute sich schon darauf, ihn gemeinsam zu schmücken.

***

„Die ganze Wohnung riecht nach Wald“, rief Lucas und flitzte aufgeregt von einem Zimmer zum anderen. „Es ist das beste Weihnachten, das wir je hatten“, verkündete er freudig. „Machen wir zusammen Musik, Papa?“ Er schmiegte sich an Phillip und genoss jede Minute mit ihm. Auch, dass er ihn Papa nannte, war ihm sofort in Fleisch und Blut übergegangen. Carolina und Phillip brauchten noch etwas, um sich daran zu gewöhnen.

„Klar, lass uns Musik machen und danach muss ich Küchendienst leisten. Ich habe deiner Mama versprochen, dass ich ihr assistieren werde.“

Er sah zu Carolina hinüber, die auf der Couch saß und sich so entspannt wie selten zeigte. Der Baum war geschmückt, alle Geschenke besorgt und da die Gans wie erwartet noch nicht geliefert worden war, gab es zum Weihnachtsabend Kartoffelauflauf, der nicht viel Aufwand verursachte.

„Von mir aus macht Musik, ich freue mich über ein Konzert und genieße das Nichtstun.“

Je länger sie aber auf der Couch saß und sich an der Ausgelassenheit von Lucas und Phillip erfreute, desto wehmütiger wurde sie auch und vermisste den Rest der Familie. Ja, sie hatte gesagt, sie würde das gemeinsame Essen nachholen, aber es war eben nicht das Gleiche wie am Heiligabend.

Als sie später den Auflauf im Backofen kontrollierte, klingelte es.

„Hervorragend. Das wird der Gänselieferant sein." Sie öffnete die Tür, hielt aber gleich darauf in ihrer Bewegung inne. In der Tat wurde eine Gans geliefert, nur nicht so, wie Carolina es erwartet hatte. Vor der Tür stand ein untersetzter Mann mittleren Alters und neben ihm auf dem Treppenabsatz stand eine hübsche Holzkiste. Die Kiste war mit frischem Stroh ausgelegt und darin saß eine schneeweißgefiederte, lebendige Gans. Um ihren Hals trug sie eine rote Schleife. Mit schiefgelegtem Kopf sah sie Carolina an. Neben der Kiste stand ein Stoffsack, ebenfalls mit einer roten Schleife versehen. Auf einem Stoffaufnäher stand: „Mareikes Futtersack".

„Guten Tag und frohe Weihnachten", begrüßte sie der Mann.

„Guten Tag."

„Sie haben eine Gans bestellt. Darf ich vorstellen? Das ist Mareike und sie freut sich schon sehr auf ihr neues Zuhause."

„Mhm, das ist unerwartet. Wir hatten nicht mit einer lebendigen Gans gerechnet."

„Oh." Der Mann sah auf seinen Lieferschein. „Carolina Beeken, Weidingen, das sind Sie doch?" Er zeigte auf das Namensschild neben der Wohnungstür.

„Ja, das bin ich."

„Dann sollte alles seine Richtigkeit haben. Sie müssen nur noch hier den Empfang quittieren." Er hielt ihr das Klemmbrett mit dem Lieferschein und einen Kugelschreiber hin.

„Ach, was solls. Jetzt ist sie schon mal hier. Ich frage mich nur, was ich jetzt mit ihr mache."

„Nehmen Sie sie erst einmal mit hinein und lernen Sie sich kennen. Mareike ist sehr zahm und liebt Gesellschaft. Frohes Fest wünsche ich Ihnen. Tschüss, Mareike." Er beugte sich zu dem Tier hinunter, streichelte sie zum Abschied und sie gab ein leises Schnattern von sich.

„Danke schön und ebenfalls frohe Feiertage", wünschte Carolina und nahm die Kiste mit in die Wohnung.

„Phillip, Lucas, die Gans ist da. Darf ich vorstellen: Mareike." Sie stellte die Kiste ins Wohnzimmer und sah in herrlich verdutzte Gesichter. „Ich glaube, Hermine hat sich vertan."

„Das glaube ich auch", erwiderte Phillip. Lucas dagegen war vollkommen hin und weg.

„Darf ich sie streicheln?"

„Ich denke schon. Der Lieferant sagt, sie wäre zahm und liebt Gesellschaft. Ich glaube nicht, dass sie für den Ofen bestimmt ist. Sie hat sogar einen Futtersack, auf dem ihr Name steht."

„Sie ist so lieb und weich. Dieses Weihnachten wird immer besser", schwärmte Lucas und blieb neben der Kiste sitzen. Mareike begann, leise zu schnattern.

„Und was machen wir jetzt mit ihr", wollte Phillip wissen. „Der Plan war doch ein anderer."

„Abwarten. Ich werde ihr jedenfalls nichts tun. Soll Mareike ein schönes Weihnachtsfest haben und morgen bekommt sie ein schönes Plätzchen im Stall. Ist ja nicht so, dass wir keine Möglichkeit haben, sie unterzubringen. Mich schockt heute nichts mehr. Ich gehe jetzt unseren Auflauf aus dem Ofen holen. Und dann sollten wir auf die Bescherung warten."

Mareike kommentierte Carolinas Aussage mit einem lauten Schnattern. Sie wurde von Minute zu Minute lebhafter und während des Essens hüpfte sie geschickt aus der Kiste und begann, die Wohnung zu erkunden. Gleich darauf klingelte es erneut.

„Frohe Weihnachten! Du hast doch nicht geglaubt, dass wir uns so einfach ausladen lassen?" Franz und Irina standen vor der Tür. „Hier, wir haben auch was mitgebracht. Gänsekeulen", erklärte Irina stolz, worauf im nächsten Moment lautes Geschnatter aus dem Wohnzimmer drang.

„Euch auch frohe Weihnachten. Ich hätte es wissen müssen." Sie nahm den Behälter mit dem wohlduftenden Fleisch, stellte ihn ab und begrüßte beide mit einer herzlichen Umarmung. „Kommt rein. Ich freue mich, dass ihr hier seid."

„Oma, Opa!", rief Lucas begeistert. „Schaut mal, das ist Mareike. Die gehört uns!" Stolz präsentierte er die Gans, aber schon im nächsten Moment klingelte es zum dritten Mal.

Carolina warf Irina einen wissenden Blick zu. „Lass mich raten? Natalie und Nick?" Sie öffnete die Tür und hatte recht.

„Frohe Weihnachten, Caro. Hier, Klöße und Rotkohl, reicht für alle." Natalie grinste.

„Kommt rein, es ist so schön, dass ihr da seid. Ich bin total gerührt."

„Damit hattest du wohl nicht gerechnet. Die Überraschung ist uns gelungen", stellte Nick zufrieden fest.

„Das stimmt. Dann macht euch mal auf die Überraschung gefasst, die ich euch zu bieten habe. Sie wartet im Wohnzimmer. Hier nehmt eure Töpfe, geht schon mal rein. Ich hole euch Stühle aus der Küche." Mit klopfendem Herzen ließ sie den Dingen ihren Lauf, stand in der Küche und lauschte den Ereignissen. Zunächst schnatterte Mareike, dann wurde es plötzlich still. Carolina griff an eine Stuhllehne, ihre Hände zitterten wie Espenlaub.

„Caro?", hörte sie Natalie rufen. Als sie die Stühle ins Wohnzimmer stellte, bot sich ein seltsamer Anblick. Die gesamte Gesellschaft schien erstarrt. Lucas und Phillip saßen vor dem Kartoffelauflauf. Irina hielt die Gänsekeulen, ihr Vater Mareike. Natalie und Nick standen, jeweils einen Topf mit Rotkohl und Klößen in den Händen, im Raum und staunten mit offenem Mund.

„Was ist los? Nehmt doch Platz", versuchte sie die groteske Situation zu überspielen und schob die Stühle an den Tisch. Dann zeigte sie auf Phillip.

„Ich hatte bereits erwähnt, dass Lucas und ich in diesem Jahr einen unerwarteten Gast haben. Natalie, Nick, darf ich vorstellen, das ist Phillip, aber ich glaube, ihr kennt ihn schon. Phillip, das sind meine Schwester Natalie und ihr Freund Nick. Dann lasst uns mal essen, bevor alles kalt wird." Sie holte weitere Teller und Besteck aus dem Schrank und setzte sich an den Tisch. Langsam setzten sich auch alle anderen.

„Phillip ist mein Papa", verkündete Lucas, worauf Mareike erneut in lautes Schnattern verfiel und gemischte Blicke gewechselt wurden.

„Mach bitte mal Musik an, Phillip", bat Carolina. Gleich darauf ertönte festliche Musik und langsam löste sich die Stimmung. Natalie, die neben Carolina saß, stieß die mit dem Ellenbogen sanft in die Seite.

„Caro, dein Ernst? Ich bin schockiert. Wie konntest du das so lange für dich behalten. Bei dir muss man wohl auf alles gefasst sein." Sie grinste und es entspann sich ein lockeres Tischgespräch. Zwischendurch streiften sich Phillips und Carolinas Blicke und sie entdeckte die Erleichterung in seinen Augen.

Nach einem reichhaltigen Essen und einer Bescherung mit vielen Ohs und Ahs brachte Lucas sein neues Schlagzeug ins Kinderzimmer, wo er hinter verschlossener Tür nach Leibeskräften proben konnte. Diesen Moment, da ihre Familie so entspannt beisammensaß, wollte Carolina für eine kleine Ansprache nutzen.

„Ihr Lieben, ich freue mich wahnsinnig, dass ihr meiner Ausladung nicht gefolgt seid. Es tut so gut, euch beisammenzuhaben. Ich hätte euch sehr vermisst. Obwohl ich am Anfang alles andere als begeistert war, freue ich mich sehr darüber, dass Phillip hier ist und dass ihr alle nun Bescheid wisst. Ich habe euch in den letzten Minuten beobachtet, ich glaube, ihr habt euch schon ganz gut an die Situation gewöhnt. Lange Rede, kurzer Sinn. Nachdem sich so vieles in meinem Leben geändert hat und sich mein beruflicher Aufstieg nicht eingestellt hat, möchte ich euch sagen, dass ich mit dem Gedanken spiele, mir eine neue Stelle zu suchen. Im Moment trage ich mich mit dem Gedanken, nach London zu gehen. Phillip würde mich dabei unterstützen."

Die erwartete Wirkung ihrer Rede blieb nicht aus. Betretenes Schweigen breitete sich im Wohnzimmer aus, im Hintergrund sang eine glockenhelle Stimme „Ave Maria", aus Lucas Zimmer ertönte das Schlagzeug.

„Ihr dürft ruhig etwas dazu sagen", versuchte Carolina das Gespräch wieder in Gang zu bringen und erhob ihr Weinglas. „Zum Wohl!"

Erneut klingelte es an der Tür. Diesmal hatte sie keine Vermutung, wer es sein könnte, und staunte, als Melli vor ihr stand und ihr eine Flasche Rotwein entgegenstreckte.

„Frohe Weihnachten, Caro", grüßte sie quietschvergnügt.

„Frohe Weihnachten. Komm rein. Ich dachte, du musst arbeiten?"

„War ich doch auch, schau mal auf die Uhr. Ich hoffe, ich störe nicht bei deiner Familienfeier, aber ich muss dir unbedingt etwas sagen. Können wir irgendwo ungestört reden? Es ist megawichtig."

„Klar, komm mit in die Küche." Sie schloss die Tür und sah ihre Freundin erwartungsvoll an. „Schieß los!"

„Ich war bei Farbach und habe mit ihm gesprochen. Es ist alles vollkommen anders, als wir gedacht haben. Es hat sich herausgestellt, dass Merle deine Bewerbungsunterlagen verlegt hat, sich aber nicht getraut hat, es Farbach zu sagen. Der hat die ganze Zeit darauf gewartet, dass du endlich in die Pötte kommst, musste dann aber, weil ihm nichts vorlag, den anderen einzigen Bewerber auf die Stelle, Doktor Tim Schneider, der dir bestens bekannt ist, berücksichtigen. Caro, das ist alles ein riesengroßes Missverständnis. Verstehst du? Er musste die Stelle mit jemand anderem besetzen, weil er dachte, dass du nicht zur Verfügung stehst."

Es klingelte erneut, Nick rief: „Ich gehe schon", Stimmengemurmel ertönte im Flur, aber Carolina war nur damit beschäftigt, zu begreifen, was Melli ihr da berichtete.

„Das ist nicht dein Ernst. Ich bekomme die Stelle nicht, weil Merle die Unterlagen verlegt hat?" Sie schüttelte fassungslos den Kopf. „Und jetzt? Die Stelle ist besetzt. Farbach wird Tim nicht einfach wieder rausschmeißen."

„Nein, das muss er nicht. Als Tim von der ganzen Sache erfahren hat, ist er von der Stelle zurückgetreten. Farbach hat ihm angeboten, deine Stelle anzunehmen, aber das hat er abgelehnt."

„Ich fasse es nicht. Wo ist er jetzt?"

„Keine Ahnung, ich nehme an, dass er zurück nach Düsseldorf fährt."

Es klopfte an die Küchentür und Nick trat ein. Er machte ein äußerst besorgtes Gesicht.

„Caro, ich glaube, hier ist gerade mächtig was schiefgelaufen. Das wurde für dich abgegeben, aber wenn du mich fragst, ist es besser, wenn du hinterhergehst." Er hielt ihr eine große Tüte, Zimtsterne aus dem Weidinger Caféhaus entgegen.

Tim!, schoss es ihr durch den Kopf. Sofort lief sie aus der Küche, nahm im Vorbeigehen ihre Jacke von der Garderobe und lief hinaus. Tim hatte bereits die Hälfte des Hofs überquert.

„Tim! Tim, warte!" Ihre Stimme gehorchte nicht, war viel zu leise und überschlug sich dabei. Sie lief ihm hinterher, der Schnee fiel in ihre Hausschuhe und erst neben der Scheune, kurz bevor er sein Auto erreicht hatte, holte sie ihn ein.

„Tim." Eine Weile standen sie sich schweigend gegenüber. Sie sah in seine braunen Augen, während ihr Herz vor Aufregung laut in ihrer Brust hämmerte.

„Hi! Danke für die Zimtsterne", flüsterte sie verlegen.

„Gern geschehen. Frohe Weihnachten, Caro. Mach's gut", verabschiedete er sich traurig.

„Bitte warte, ich weiß von dem Missverständnis. Melli ist oben, sie hat es mir gerade erzählt." Die Traurigkeit in seinem Blick schnürte Carolina fast die Kehle zu. Sie wusste nicht, was sie tun sollte. „Willst du nicht reinkommen und wir reden in Ruhe?"

Seine Lippen bebten, als er endlich sprach. „Weißt du, das hatte ich mir gewünscht, als ich hergefahren bin. Ich hatte gedacht, gehofft, dass ich nicht allein diese besondere Verbindung zwischen uns gespürt habe. Dass es dir genauso ergangen ist und dass wir dieses blöde Missverständnis einfach vergessen könnten. Wie hätte ich den Job noch annehmen können, nachdem ich wusste, was passiert war? Ehrlich gesagt hat er mich auch nicht mehr gekümmert. Er war mir nicht mehr wichtig. Du aber schon." Er machte eine Pause, musste sich sammeln, bevor er weitersprach: „Du warst mir wichtig. Deshalb bin ich hergekommen und dann ..."

Carolina blickte ihn an, wollte ihm sagen, dass es ihr genauso erging, aber er sprach weiter, traurig und enttäuscht.

„... dann erfahre ich, dass du nur eine Show mit mir abgezogen hast, dir einen Spaß erlaubt hast, um dir die Zeit zu vertreiben. Mich nimmst du ins Verhör und du selbst spielst mir Theater vor. Du hast eine Familie, ein Kind und zur Hölle noch mal, dein Mann ist Phil Damians?"

Mit offenem Mund starrte sie ihn an. Das dachte er also?

„Mach's gut, Caro!" Er wendete sich ab, um zu gehen.

„Nein, glaub mir, so ist es nicht. Ich gebe zu, hier herrscht gerade viel Chaos, aber bitte glaube mir. Ich würde dasselbe Verhör bestehen, wenn du mich hier und jetzt fragst." Sie sah ihn flehend an. Der Gedanke, er könnte jetzt fahren und alles wäre vorbei, war Carolina unerträglich.

„Na schön, aber nichts als die Wahrheit."

„Nichts als die Wahrheit." Carolina legte die Hand auf ihr Herz und sah ihn eindringlich an.

„Bist du verheiratet?" – „Nein."

„Bist du in einer Beziehung?" – „Nein"

„Wie lange bist du schon Single?" „Etwa ein Jahr."

„Gibt es einen verrückten Ex, der dich unbedingt zurückhaben will?" – „Nein."

„Hast du eine kriminelle Vergangenheit?" – „Nein."

„Realistin oder Romantikerin?" – „Romantikerin, mit einer Vorliebe für Zimtsterne, die mit dir unter einem Mistelzweig steht."

Langsam entspannten sich Tims Gesichtszüge und er blickte nach oben. An der Traufe der Scheune hing in der Tat ein Mistelzweig.

„Dein Ernst?"

Carolina zitterte am ganzen Körper, als sie nickte und vorsichtig einen Schritt auf ihn zutrat. Langsam nährten sich ihre Lippen und eine Woge des Glücks durchflutete Carolina, als sie sich endlich berührten und sanft küssten. Behutsam löste sie sich wieder von ihm, lächelte und Tim lächelte zurück. Sie nahm all ihren Mut zusammen, griff nach seiner Hand und zog ihn hinter sich her. „Komm mit rein, es ist kompliziert, aber nicht schwer zu verstehen.“